1400
Deutsche Gedichte und ihre Interpretationen

Herausgegeben
von Marcel Reich-Ranicki

Achter Band

Von
Bertolt Brecht
bis
Erich Kästner

Insel Verlag

Umschlaggestaltung: Hermann Michels und Regina Göllner

Quellenhinweise am Schluß des Bandes
Satz: Memminger MedienCentrum AG, Memmingen
Druck: Ebner & Spiegel, Ulm
Printed in Germany
Erste Auflage 2002

1 2 3 4 5 6 – 07 06 05 04 03 02

Von Bertolt Brecht
bis Erich Kästner

INHALT

PETER GAN
EISBLUME

Winter wurde. Glas auf Glas
blüh' ich greisenalt.
Sterne ohne Unterlaß
zwinkern klar und kalt.

Weißer Winter. Klar und kalt
glüh' ich, Glas in Glas,
Sterne singen grillenalt
Ohne Unterlaß.

Kränze blühen Glas in Glas,
Kreisen greisenalt,
glühen ohne Unterlaß:
Stille, starr und kalt.

KARL KORN
WIE EIN CHINESISCHES TUSCHBLATT

Wer schreibt heute ein solches Gedicht? Der es schrieb, nannte sich Peter Gan und ist 1974 achtzigjährig gestorben. Er ist fast vergessen. Sollte das artistische Gebild »Eisblume« eine Mystifikation sein, ein unbekannter Rückert oder Platen? Richard Moering, wie Gan mit seinem bürgerlichen Namen hieß, war bei aller Neigung zum philosophisch-spekulativen Hintersinn keineswegs ein unmoderner Mensch. Er hat den nach dem Zöllner Rousseau interessantesten Naiven der französischen Malerei, Vivin, entdeckt.

Als Lyriker hat er mit den alten Formen bis zurück ins Barock auf durchaus moderne Weise virtuos gespielt. Das erste Gedicht seiner ersten 1935 erschienenen Sammlung, »Die Windrose« betitelt, galt unter Kennern alsbald als Kostbarkeit. Es war das »Preislied auf eine Seifenblase« und begann so:

Seifenblase, himmelwärts verloren
aus Entzücken an der Welt geboren
und aus eines Kindes Vaterhand
in den Wind auf Wanderschaft gesandt.

»Eisblume«, eines seiner letzten Gedichte, ist diesem Erstling nicht nur thematisch verwandt. Seifenblase und Eisblume haben das Gläserne, Diaphane, Stofflich-Überstoffliche gemeinsam und sind dem Dichter so etwas wie metaphysische Metaphern für die Nahtstelle zum Übersinnlichen. Das kristalline, nur aus Wortwiederholungen und Variationen bestehende Sprachmaterial des Gedichts ist mit dem Innern des merkwürdig gläsernen, glühenden, greisenalten Gebildes Eisblume so identisch, daß das Nächtliche, Eisige, Astrale welthaft wird.

Das Gedicht in drei, durch wiederkehrende Reime nach Art des Ghasels verschränkten Strophen verwendet nur einen aufs äußerste reduzierten Wortschatz, nicht unähnlich chinesischen Tuschblättern, auf denen der Bambus auf ein paar sicher gesetzte Pinselstriche reduziert ist. Die Wortmaterialien, aus denen das Gebild gemacht ist, sind Glas auf Glas, Glas in Glas, Sterne, klar und kalt, sie zwinkern, singen, glühen, greisenalt, grillenalt und wieder greisenalt. Im genau umgrenzten Sprachraum dieser Wörter verändern die Varianten die Motive mit nur leichten Abweichungen. Das Silbern-Diaphane der Eisblume am winterlichen Fenster wird mit asketischen sprachlichen Mitteln in Empfindungsqualitäten übersetzt, die mit eleganter Penetranz das Winterlich-Greisenhaft-Kalte und zugleich sein üppig sternenhaftes Blühen und Glühen bezeichnen.

Die Variationen dieser auf die Spitze getriebenen Artistik sind so eng gefaßt, daß gerade und nur in der ersten Zeile der dritten Strophe an die Stelle der Sterne Kränze treten dürfen, die die Rotation der Kristalle in der Eisblume ausdrücken. Das Glashaft-Winterlich-Astrale der kristallinen Konfiguration Eisblume wird nicht mehr, wie es für den frühen und mittleren Peter Gan charakteristisch war, gedanklich umkreist oder allegorisch ausgeweitet. Das Altersgedicht verzichtet auf die Spekulation, es ist alterskalt wie das Gebild. Das Konkrete fällt mit dem Abstrakten in eins.

In der Strophenfolge sind Steigerungen wahrzunehmen.

Die kristallinen Sterne zwinkern, in der zweiten Strophe singen sie wie Grillen, schließlich verbinden sie sich wie Sternenbilder zu Kränzen. Das Blühen wird ein kaltes Glühen, schließlich ein Kreisen, das dann in das starre, stille Glühen zurückfällt. Jede Strophe wiederholt mit erschreckender Monotonie, daß das Flimmern, Kreisen, Glühen und Blühen »ohne Unterlaß« geschehe. Solche fast umgangsprachliche Formel ist so »unpoetisch« (in einem antiquierten Sinne), wie sie modern ist.
Die Adäquatheit der kristallinen Sprachform und der Reimwiederholungen, in denen eine auffällige »A«-Monotonie wahrzunehmen ist, zu Wesen und Erscheinungsbild Eisblume gibt den Strophen den Rang des kosmischen Dinggedichts, freilich eines thematisch und formal greisenalten Gedichts und ist darum vermutlich nicht nach jedermanns Geschmack.

PETER GAN
HERZENSHÖFLICH

Herzenshöflich, heiter-offen,
Unverzichtend wunschbefreit,
ohne Härmen, ohne Hoffen,
kühl, gelassen, reif, bereit;

alt und einsam in der Mitte
einer altgewordnen Welt
ohne Klage ohne Bitte
ruhend: Dulder nicht, noch Held;

dankbar atmend, dankbar schweigend,
weltverschwiegen, gottverstummt,
fingerlos den Fernen zeigend:
schleierlos in Sich vermummt;

wahnverlassen, weltverglichen,
Sinn, so weder weiß noch will:
heil und heilend, weltentwichen,
herzenshöflich, heiter-still.

WILHELM KÜHLMANN
RESULTATE DER EINSAMKEIT

Das Gedicht trifft ins Schwarze, dorthin nämlich, wo die Alltagsbarbarei nicht mehr literarisch oder elektronisch reproduziert wird. Der Dichter umkreist nicht Konflikte und Probleme des lieben Ich, sondern zieht lapidare Schlußfolgerungen, bietet Resultate eines Lebens und Denkens, deren Geschichte dezent verschwiegen wird. So ergibt sich ein Tableau von Einsichten, Einstellungen, von Haltungen und Maximen, die Unmögliches zu einer waghalsigen Synthese bringen. Von einer Person ist nicht die Rede, und ob es einen Menschen gibt, der das humane Wunschprogramm verkörpern könnte, bleibt dahingestellt.

Nicht die Erfüllung gesellschaftlicher Formen ist gemeint, sondern eine zarte Beziehung zu sich und zu anderen, Zeichen von Reife und Resignation, auch von Abrechnung mit enttäuschten und müde gewordenen Gefühlen: »Ohne Härmen, ohne Hoffen«. Peter Gan nimmt Abschied von der Literatenpose des »Dulders« und des »Helden«. Was ihm vorschwebt, ist ein heikler Akt paradoxer Dialektik: nicht mehr zu wünschen und doch nicht zu verzichten, sich offen zu geben und sich doch zu »vermummen«, über die Gegenwart hinaus zu denken und doch nicht den Finger des Präzeptors oder Propheten auszustrecken.

Ohne Pathos deutet sich »Einsamkeit« an und führt zur Diagnose der epochalen Lage: *in der Mitte / einer altgewordnen Welt*. Archaische Tugenden wie die der Dankbarkeit berühren sich mit kostbaren Erfahrungsbegriffen einer ursprünglich mystischen »Stille« und »Gelassenheit«. Fast beiläufig kommt zu Wort, was zuerst und vielleicht allein »Heil« und »Heilung« bewirken könnte, nämlich die Fähigkeit, mit sich zurechtzukommen. Nicht der Egotrip einer verbissenen Haltungsethik ist gefragt, sondern der Abschied von Formen des »Wahns«, auch der Abschied von religiösen Gewißheiten. Nicht in tumber Dumpfheit werden Wissen und Wollen zurückgenommen, sondern in der Schwerelosigkeit einer taghellen Bilanz, die das Trauern kennt, ohne es emphatisch zu demonstrieren.

Diese Schwerelosigkeit findet in der genauen Form ihren Ausdruck, im variierten Klang der Vokale und Alliterationen, in der Wiederaufnahme der ersten Zeile im Schlußvers, im Parallelismus von Wortgruppen, die auf engstem Raum das Widersprüchlichste in frappierender Fügung verknüpfen. Die übergangslose Dichte der Begriffe kontrastiert in der zweiten Strophe einem versübergreifenden Sprachbogen, der auf ein Ziel zuläuft, das sich im Wort »ruhend« kundtut. Nicht »über allen Wipfeln« lockt das Versprechen der Ruhe, sondern in der Mitte der Welt. Protestierende Absonderung liegt Gan fern, und der Begriff »Höflichkeit« umschließt wohl auch die quasi natürliche Anpassung an Forderungen der Geselligkeit. Daß sich dahinter Skepsis breitmacht, wird offenkundig, doch geht es um jene Skepsis, die freundliches Miteinander ermöglicht, weil sie mit dem »Wahn« und dem »Wissen« zu rechnen gelernt hat.

Richard Moering, der sich als Dichter Peter Gan nannte, starb 1974 im Alter von achtzig Jahren. Das Odium des Unzeitgemäßen störte ihn nicht. Zumeist wollte er im

Spiel der Verse und Laute eine Art von Heiterkeit verbreiten, in der sich ergriffene Traditionen noch einmal bewährten. Ohne Krampf und ohne Parolen bestand Gan auf dem metaphysischen Gehalt selbst des schönen Scheins und entließ seine betörenden Verse selten aus dem Vorbehalt der Reflexion. Selbst als subjektlose Imagination des Unmöglichen bewegt mich dies Gedicht immer von neuem im Sinne des bekannten Verses (jedoch ganz anders als bei Rilke): »Du mußt Dein Leben ändern.«

PETER GAN
SPRACHE

Sprache weiß alles,
bis man ihr's sagt.
Nun kann sie alles:
Dürre, dann Dalles.
Ein Käuzchen klagt.

Was sie vermochte,
sie mag's nicht mehr,
die Ausgekochte
häuft an, läuft leer:

läufige Sanduhr,
laufendes Band
Standläufer fand nur
Knochen im Sand.

KARL KROLOW
SANDUHR UND ZAUBERGLAS

Er nannte sich Peter Gan und hieß eigentlich Richard Moering. Der gebürtige Hamburger wäre in diesem Jahr neunzig Jahre alt geworden. Vor zehn Jahren starb er. Man konnte ihn sich eher in Paris als in Norddeutschland lebend vorstellen. In Paris traf ich ihn während der späten fünfziger Jahre: einen Herrn, einen Juristen, der Gedichte und Essays schrieb, der übersetzte, der sich in den Sprachen auskannte und vom Leben der Sprache und auch von ihren Grenzen wußte. Dies war eigentlich ein Hauptthema seiner vielen Gedichte. Seine distinguierte Klugheit verband sich mit hanseatischer Weltläufigkeit. Paris war für ihn die rechte Wahlheimat, so schien es. Er nahm die Sprache, drehte und wendete sie spielerisch-elegant wie einer, der Bescheid weiß, dem man nichts vormachen kann.

Mit der Sprache verfuhr er immer so, wie es virtuos Kenntnisreiche tun: leicht und ironisch. Es geschah präzis, wirkte aber gelegentlich fast lässig. Man könnte sagen: er entlockte der Sprache die Sprachfähigkeit, so daß sie – wie in diesem Gedicht, das ihr gewidmet ist – »alles« konnte und zugleich Sprachelend und Sprachübermut (»Dürre und Dalles«) zeigte. Dem »Nun kann sie alles« wird ein »Sie mag's nicht mehr« entgegengehalten, die Misere beim Namen genannt. Das geschieht kurz und bündig, ohne Bedauern und so knapp wie möglich: »Die Ausgekochte/häuft an, läuft leer:/läufige Sanduhr, laufendes Band.« Vergänglichkeit, Sprachvergehen, wie das Vergehen von Hören und Sehen, bleibt Peter Gans Thema. Anhäufung wird vom Leerlauf abgelöst. Beides bedingt einander, während das *Perpetuum mobile* Sprache (»laufendes Band«) nicht zu sein aufhört.

Einer seiner letzten Gedichtbände nannte sich »Soliloquia« (1970): der Autor schien mit seinem »Spielzeug«, der Sprache, oft allein, und was er schrieb, hatte nicht selten den Charakter von Selbstgesprächen, Selbstbefragungen – auf die leichteste Art und Weise, geschwind und gescheit und immer höchst kunstvoll verschränkt. Es war eine »gebildete« Lyrik, voller Anspielungen. Und wie dies beim Spielen mit der Sprache ist: dem Spieler wird mitgespielt. Er weiß, wie wenig und wie viel zugleich ihm in die Hand gegeben ist. Vor vielen Jahren hat der Schweizer Max Rychner Gans Gedichte charakterisiert und auf die »zauberische« Leichtigkeit wie auf die dunkle Kehrseite verwiesen, das »Clair-obscur« dieser Verse, ihre schillernde Schönheit, ihre Klarheit und ihre kühle Einsicht.

Gans Gedichte sind – wie das nebenstehend abgedruckte auch – oft Übungen zur Sprache, zuweilen mit einer gewissen trockenen Pedanterie, die aber stets fähig zur distanzierenden Ironie bleibt und nicht allein in spielerischer Gelehrsamkeit ihr Vergnügen findet. Mit zwei Zeilen umschreibt Gan einmal seine Situation: »Spottend spielt Dein leichter Reim/auf den schwierigsten Registern.« Er konnte übermütig und ein Spottvogel sein. Die französische Literatur zog ihn wohl aus diesem Grund besonders an. Er war »ganz bewußt und ganz befangen«, und er kostete Bewußtheit und Befangenheit in der mitunter federleichten Diktion aus, die ihm eigen war. Er überspielte auf diese Art und Weise die leise Resignation und

Melancholie: beides funkelte wie in einem Zauberglas klar. Darin ist noch das Unterschiedlichste in scharfen Umrissen zu erkennen und in Ruhe zu betrachten, während die »läufige Sanduhr« das Vergehen der Zeit nur beschleunigt.

PETER GAN
UNTER VIER AUGEN

Gern bring' ich wie von ungefähr
ein wenig Dunkelheit
in meinen Versen an, als wär'
ich Gott weiß wie gescheit:

von König Salomo gezeugt,
geboren von der Sphinx,
von den Sibyllen aufgesäugt,
allkundig jedes Dings.

Dem Leser raunt der Reim ins Ohr:
»Du siehst, die Sache stimmt!«,
bis er, betäubt, den Nebelflor
auf seine Kappe nimmt.

O Leser mein! Nur dir allein
will ich's geheim gestehn:
auch ich kann nur bei Kerzenschein
(wie du) im Dunkeln sehn!

HANS MAIER
LIEDER AUS GLAS

Gedichte von Peter Gan wirken oft wie Kunstübungen im alten Stil. Sie folgen strengen Regeln: Die Gedankenführung ist abgezirkelt und genau, das Metrum zuverlässig, der Reim allgegenwärtig (manchmal leicht verfremdet durch ironischen Nachdruck, ähnlich wie bei Morgenstern). Alte Formen kehren wieder: das Preislied, das Lehrgedicht, der Spruch, die Epistel. Man könnte meinen, dieser moderne Hamburger Weltbürger, der von 1894 bis 1974 lebte und mit bürgerlichem Namen Richard Moering hieß, treibe Schabernack mit längst vergessenen Künsten, spiele und klingle mit Reimen, verblüffe mit anmutigen Paradoxien und lasse die Sprache beben und tönen wie eine Glasharmonika.

»Unter vier Augen« ist ein Gelegenheitsgedicht. Es steht in dem zuerst 1949 erschienenen Gedichtband »Die Holunderflöte« in der Rubrik »Leichtsinniges«. Hier bläst Peter Gan mit sanftem Atem die Fabel in die Lüfte, ein Gedicht müsse, wenn es gut sein solle, ein wenig dunkel sein – sibyllinisch, sphinxhaft, in poetischen Dunst gehüllt. Er spielt dem Leser eine kleine Komödie vor, tritt ihm als Zauberer gegenüber, der mit Bedacht Dunkelheiten in seine Verse mischt. Selbst der Reim muß durch stete Wiederholung seinen magischen Künsten dienen, er soll den Leser beeindrucken, betäuben, bis er überzeugt ist; die Sache stimmt, das Unverständliche hat Sinn.

Doch dann nimmt der Dichter plötzlich die Maske vom

Gesicht und überrascht uns mit dem Geständnis, auch er, der Zauberer, könne im Dunkeln nichts sehen. Manchmal – so dürfen wir folgern – ist die Tiefe des Kunstwerks eben nicht die Tiefe der Welt. Manchmal ist sie nur ein absichtsvolles Arrangement des Künstlers – dazu bestimmt, einfache Dinge interessanter aussehen zu lassen, als sie in Wahrheit sind. Der Poesie wird ein hieroglyphisches Element beigemischt. Das verfehlt seinen Eindruck auf schlichte Geister selten. Doch der Dichter weiß es besser, er lacht augenzwinkernd: Wie können denn Menschen ernsthaft glauben, Gedichtemacher seien Kinder von Propheten und Sibyllen?

Heißt das nun, daß es nach Peter Gans Wunsch und Willen nur noch Dichter mit gläsernen Taschen geben soll? Daß »dunkle Poeten« wie John Donne, Hölderlin, Leopardi ausgedient haben? Daß Schwerverständliches, Hermetisches, daß Rätsel kein Gastrecht mehr haben im Reich der Dichtung? Nun, so ernst und grundsätzlich fasse ich Peter Gans fröhliche Wissenschaft vom Gedicht nicht auf. Der Hamburger Meister wollte die Virtuosen der Verrätselung nicht aus dem Sattel heben – auch wenn ihre Art gewiß nicht die seine war. Er wollte nur bescheidenerweise daran erinnern, daß nicht alles Schwerverständliche auch bedeutungsschwer sein muß, daß mancher Tiefsinn auch an der Oberfäche liegen kann. Haben wir nicht oft erlebt, daß sich etwas dunkel gibt, was in Wahrheit nur unklar und verworren ist, daß sich etwas fachlich spreizt, weil ihm die Fähigkeit abgeht, sich allen (oder vielen) verständlich zu machen? In seinem »Faust« nennt Paul Valéry den Teufel einen »Vertiefer«. Das ist er in der Tat: Der alte »Durcheinanderwerfer« (Diabolos) fischt nur allzugern in tückisch trübgemachten Wassern.

Peter Gan war zeitlebens auf der Suche nach dem graziösen, schwerelosen Gedicht. Nicht nach Sibyllen und Propheten, nicht nach Unergründlichem und Esoterischem stand sein Sinn, sondern nach klaren Dingen. Verworrenes war ihm zuwider. In einem langen, keineswegs idyllischen Leben, das ihn nach Berlin, Paris, Madrid – und im Krieg ins Lager Gurs – führte, hielt er sich an der Sprache fest; er hoffte, es werde ihm »ein spätes Lied aus lauter Glas« gelingen. Das ist, inmitten lyrischer Dunkelheiten, ein eher antizyklisches Programm. Aber darf es im weiten Areopag der Deutsch-Bedeutsamen nicht auch einen kleinen Balkon für leichtsinnige Anmut geben?

HENRIETTE HARDENBERG
WIR WERDEN

Wir werden herrlich aus Wunsch nach Freiheit.
Der Körper dehnt sich,
Dieses Zerrende nach geahnten Formen
Gibt ihm Überspannung.
Schwere Hüften schauern sich zu langem Wuchse.
Im Straffen beben wir vor innerem Gefühl –
Wir sind so schön im Sehnen, daß wir sterben könnten.

CLAUS-ULRICH BIELEFELD
EIN ZIEHENDER, SCHMERZENDER KLANG DER SEHNSUCHT

Ein jubilierender, ein hochgespannter Auftakt: Helles und Leichtes strahlen aus dem ersten Vers, der den Zauber des Beginns beschwört. Es ist ein Schöpfungsakt, dem wir beiwohnen. Ein Mensch wird sich seiner selbst bewußt und erschafft sich aus eigenem Willen und Begeisterung als fühlendes Wesen. Psalmodierend beginnt die Dichterin ihr Hoheslied, in dem sie von den Wandlungen erzählt, die jeden ergreifen, der sich »aus Wunsch nach Freiheit« der Welt öffnet und sich dem Prozeß des Werdens hingibt. Es ist ein Erwachen, das ohne die Regentschaft des Eros nicht denkbar ist. Dezent und doch flammend wird von der Liebe gesprochen, einer Liebe, die allumfassend ist, die sich der ganzen Welt wie einem Geliebten hingeben will. Wem dies geschieht, der bleibt kein Einzelner mehr, er geht im großen »Wir« auf.

Achtzehn Jahre alt war Margarete Rosenberg, als sie ihr Gedicht schrieb, neunzehn Jahre, als es im April 1913 mit einem zweiten Gedicht, »Zwei gehen nackt«, in Franz Pfemferts Zeitschrift »Die Aktion« veröffentlicht wurde. Ihr Vater, der angesehene Berliner Rechtsanwalt Hugo Rosenberg, zeigte sich nicht begeistert, und fortan veröffentlichte seine am 5. Februar 1894 in Berlin geborene Tochter unter einem Pseudonym. Ihre zweite Veröffentlichung in der »Aktion«, verfaßt von einer »junge(n) Gymnasiastin, stadtfern«, wie Pfemfert die Autorin ankündigte,

erschien unter dem Namen Martha von Eschstruth. Alle folgenden Gedichte trugen das Signum Henriette Hardenberg.
Das junge Mädchen, von dessen Schönheit und Anziehungskraft Fotos und die Aussagen der Zeitgenossen künden, hatte mit seinen beiden Gedichten eine literarische Welt betreten, in der eine für das wilhelminische Deutschland unerhörte Sprache gesprochen wurde: Rebellisch und prophetisch kündeten junge Dichter vom Untergang einer überlebten Zivilisation, beschworen die Geister der Zerstörung, die bald mit dem Ausbruch des Krieges ihr Werk beginnen würden. Georg Heym hatte 1911 sein Gedicht »Der Krieg« geschrieben; Gottfried Benns »Morgue«-Zyklus war 1912 erschienen; und zu Beginn des Jahres 1913 stand in der »Aktion« das expressionistische Poem schlechthin: »Weltende« von Jakob van Hoddis mit der berühmten Anfangszeile »Dem Bürger fliegt vom spitzen Kopf der Hut«.
Das Laute und Schrille waren Henriette Hardenbergs Sache nicht. Ihre leicht gefügten Gedichte bezaubern viel mehr durch die leisen Töne. Ein ziehender, schmerzender Klang der Sehnsucht weht durch ihre Verse, die von der atemberaubenden Intensität kreatürlicher Liebe künden. Wer liebt, gerät außer sich, formt sich zu einem neuen Menschen, wird ein anderer und zugleich er selbst, sagt uns auch ihr erstes Gedicht.
Im letzten Vers klingt dann das Echo des ersten Verses auf, aber ein dunkler Ton ist diesem Echo beigemischt. Eine Ahnung steigt auf: Das rauschhafte Erlebnis von Freiheit und Schönheit läßt sich nicht unendlich verlängern. Und so drängt eine derart gesteigerte Existenz zum lustvoll-schmerzlichen Streben und zum Tod, in dem das höchste

Glück für immer unversehrt bleibt und nicht vom Alltag zerstört werden kann. Das Helle und Dunkle der Liebe, Schönheit und Vergänglichkeit der Liebenden hat Henriette Hardenberg in diesem kleinen Gedicht festgehalten.

Das Werk der Henriette Hardenberg, die 1916 den Dichter Alfred Wolfenstein geheiratet hatte, blieb schmal und geriet fast ganz in Vergessenheit. Im Jahre 1918 hatte sie ihren einzigen Gedichtband »Neigungen« publiziert, der ihr die Wertschätzung von Rainer Maria Rilke einbrachte. Aber das Band zur Lyrik lockerte sich, obwohl sie nie ganz mit dem Schreiben aufhörte. In den zwanziger Jahren betätigte sie sich in der Film- und Modebranche, 1937 emigrierte sie nach England, wo sie bis zu ihrem Tode im Jahre 1993 lebte. Das späte Interesse an ihren Gedichten hat sie mit Freude und Freundlichkeit zur Kenntnis genommen.

GERTRUD KOLMAR
ABSCHIED

Nach Osten send ich mein Gesicht:
Ich will es von mir tun.
Es soll dort drüben sein im Licht,
Ein wenig auszuruhn
Von meinem Blick auf diese Welt,
Von meinem Blick auf mich,
Die plumpe Mauer Täglich Geld,
Das Treibrad Sputedich.

Sie trägt, die Welt in Rot und Grau
Durch Jammerschutt und Qualm
Die Auserwählten, Tropfentau
An einem Weizenhalm.
Ein glitzernd rascher Lebenslauf,
Ein Schütteln großer Hand:
Die einen fraß der Mittag auf,
Die andern schluckt der Sand.

Drum werd ich fröhlich sein und still,
Wenn ich meinen Soll getan;
In tausend kleinen Wassern will
Ich rinnen mit dem Schwan,
Der ohne Rede noch Getön
Und ohne Denken wohl
Ein Tier, das stumm, ein Tier, das schön,
Kein Geist und kein Symbol.

Und wenn ich dann nur leiser Schlag
An blasse Küsten bin,
So roll ich frühen Wintertag,
Den silbern kühlen Sarkophag
Des ewigen Todes hin,
Darin mein Antlitz dünn und leicht
Wie Spinneweben steht,
Ein wenig um die Winkel streicht,
Ein wenig flattert, lächelnd bleicht
Und ohne Qual verweht.

JÜRGEN THEOBALDY
UNBESIEGBARES ZEUGNIS

Es fällt mir schwer, das Gedicht zu lesen, als wüßte ich nichts vom Schicksal seiner Verfasserin. Von Anfang an wirkt in diesen eher schlichten Versen eine starke Spannung. Wer immer die Frau ist, die sich da hinaussehnt ins Weite und in kindlich-märchenhaften Wendungen weg will von der Beschäftigung mit sich selbst, sie braucht die Welt auch, um sich ihrer bescheidenen Größe ebenso gewiß zu bleiben wie ihrer Einzigartigkeit. Ihr Ich sieht sie als »Tropfentau«, leicht von den Blättern zu schütteln, doch auch als Teil der »Auserwählten«. Und allen Entgrenzungswünschen zum Trotz will sie sich mit der Perspektive begnügen, daß ihr Dasein auf Erden ein kurzer, »glitzernd rascher Lebenslauf« gewesen sein wird. Dann aber, nachdem ihr »Soll getan« ist, wird sie nur noch teilhaben an der lauteren Schönheit des Kreatürlichen. Hier ist die Spannung am stärksten, das Gedicht erreicht seine engste Stelle: Sein Ich bescheidet sich in der Unermeßlichkeit von »tausend kleinen Wassern«; es fügt sich der Größe des Weltlaufs, um sich an die Natur anzuschmiegen.
Aus dieser Engführung kehrt die letzte Strophe erweitert hervor. Nicht nur sind ihre beiden Doppelreime gegenüber den anderen, gleich gebauten Strophen verdreifacht, sie enthält zudem in ihrer Mitte den einzigen Bruch des durchgängig jambischen Metrums: Die doppelte Senkung im »ewigen« Tod verlängert gerade die kleinste formale Einheit, den Versfuß; Hoffnung, gar einen Anspruch auf ein Leben nach dem Tod hegt das Ich nicht.

Viele Male habe ich dieses Gedicht gelesen, auch um mich zu vergewissern, daß sein erster Eindruck auf mich standhält. Das Gedicht nimmt einen Abschied vorweg, den Gertrud Kolmar um 1932 nicht im Sinn gehabt haben kann, obschon sie sich früh über die Ziele der Nationalsozialisten im klaren war. Die Versuche anderer nach 1945, deren Untaten zu begreifen, haben die Wörter des Gedichts mit Bedeutungen aufgeladen, die es zu einem bewegenden, grandiosen Gesang machen. Der »Abschied« übersteigt das Andenken an Gertrud Kolmars Schicksal, ihren eigenen, nie mehr datierbaren Tod in Auschwitz, wo sie, die jüdische Rüstungsarbeiterin aus Berlin, neunundvierzigjährig entweder am 5. oder 7. März 1943 ankam, um sogleich in der Gaskammer, die alles andere als eine Kammer war, oder innerhalb kurzem durch Zwangsarbeit, durch Entbehrung und Drangsal im Lager umgebracht zu werden.

Das Gedicht ist eine Grabinschrift auf den Tod von Millionen, geschrieben nicht im nachhinein, auch nicht als Prophezeiung entworfen und gerade daher von einer ungeheuren Authentizität. Sein »Gesicht« erschaut Bilder, die auszulöschen selbst den gründlichen und effizienten nazistischen Planern nicht gelungen ist, das Grab in den Lüften – und in den Wassern: denn die Asche und die zerstampften Knochenreste der im Gas Erstickten, dann in den Krematorien Verbrannten war ab 1942 in die nahe Weichsel geschüttet und so der See zugetrieben worden.

Inzwischen weiß ich, daß »Abschied« als das vorletzte Gedicht von »Mein Kind« gedacht war, einem Zyklus, der zu Lebzeiten der Dichterin nie vollständig veröffentlicht wurde. Geschaffen für ein Kind, das Gertrud Kolmar nicht geboren hat, ist ihr Gedicht zum Abschied für das mittel-

und osteuropäische Judentum geworden, dessen Leben und Sterben nur in solchen Versen und Zeugnissen bewahrt bleibt. Was ein fiktives kleines Wesen trösten sollte – daß das Antlitz seiner Schöpferin nach derem Tod »ohne Qual« verwehen werde –, kündet nun vom finstersten realen Verbrechen dieses Jahrtausends. Die Spuren davon sind noch im Unscheinbarsten, in dem »leisen Schlag an blasse Küsten«, gegenwärtig.

GERTRUD KOLMAR
AN DER GRENZE

An der Grenze grüßt ein Haus.
Wandrers Zuflucht, stammgezimmert,
Schirmt's vorm Strahl, der ficht und flimmert,
Wehrt dem Herbstwind, der's umwimmert.
Oftmals späht ich von ihm aus
Nach der Grenze.

An die Grenze kroch der Schmerz,
Lag im Busch als bunte Steine;
Fand ich einen, ward's der meine.
Schrittweis kehr ich heim und weine,
Und mir blieb mein müdes Herz
An der Grenze.

Auf die Grenze fällt bald Schnee,
Stäubt und schlägt: Ein Weg erblindet,
Der durch Tann sich aufwärts windet.
Ob zurück ins Tal er findet?
Eins nur weiß ich wohl: ich steh
An der Grenze.

RÜDIGER GÖRNER
SCHMERZ UND STEINE UND SCHNEE

Sie spürte früh, daß sie »immer die Andere war, nie die Eine«. Nur ihren Tieren und Worten konnte sie vertrauen, sie, die Fremde im eigenen Land, die sich schon ausgegrenzt fühlte, als ihr Vater, der erfolgreiche Anwalt Ludwig Chodziesner, noch in den höchsten Kreisen des wilhelminischen Deutschlands verkehrte. Er glaubte an den Geist des Bürgerlichen Gesetzbuches, seine Tochter an Theodor Herzls »Judenstaat«.

Das Gedicht »An der Grenze« gehört zu Gertrud Kolmars zwischen 1918 und 1922 entstandenen, zu ihren Lebzeiten nicht veröffentlichten »Frühen Zyklen«; aus ihnen sprechen düstere Ahnungen, »zagendes Verlangen« und unaufhebbare Gegensätze: »Grenzenlos das Sehnen, doch das Sein begrenzt«. Das Ich dieser Gedichte geht den »Grenzpfad« entlang in der vergeblichen Hoffnung, in eine andere Welt übertreten zu können. Es sehnt sich nach Prag, Wien und Neapel, muß sich letztlich aber damit begnügen, daß seine Zeit im Streusand der Mark Brandenburg zerrinnt.

Von welcher Grenze ist nun die Rede in diesem Gedicht? Von der Bewußtseinsgrenze, der Grenze zum Schweigen oder, schlichter, von einer Landesgrenze? Das Gedicht beginnt mit einer scheinbar romantischen Szene. Sie könnte der »Winterreise« entnommen sein: Ein Wanderer sucht Schutz; das Haus verheißt Geborgenheit. Und doch lockt das Draußen, der Blick auf die Grenze. Sie ist eine ständige Versuchung: Wer sie gesehen hat, will sie überschreiten. Doch diesem Wanderer ist es nicht gegeben, die Grenze zu überwinden; vielmehr wird er zum Grenzgänger, die Grenze zu seinem Schicksal.

Den Wanderer lockt sogar der Schmerz entlang der Grenze. In Form von »bunten Steinen« wirkt er kostbar. Doch wer sich dazu verleiten läßt, diese Steine aufzuheben, dem werden sie unterderhand zum Verhängnis. Das Kostbarste jedoch, das »müde Herz«, erliegt dem leidvollen Zauber der Grenze; ihre Magie rührt daher, daß sich auf ihr Diesseits und Jenseits begegnen, die problematische Lebenswirklichkeit und die Hoffnung auf eine andere Welt.

In Gertrud Kolmars Gedicht gleichen die Empfindungen des Wanderers Grenzwerten; denn genau bestimmbar sind sie nicht. Der Wanderer weiß nicht, warum er »weint«. Die letzte Strophe zitiert nur noch Anklänge an einstige Naturromantik: Die verschneite Grenze täuscht vor, daß sie sich nun leichter überwinden lasse. Die geographischen Verhältnisse werden unscharf, die Wege funktionslos. Ihre Richtungen sind auf der Strecke geblieben. Dieser Wanderer kann nicht länger zwischen Weg und Ziel unterscheiden. Am Ende der dritten Strophe steht fest, daß er mit der Grenze wird leben müssen, ohne Aussicht darauf, sie hinter sich lassen zu können. Mithin ist nicht mehr eine bloße Landesgrenze gemeint, sondern die Grenze seiner Möglichkeiten.

Auffällig ist der Aufbau dieses Gedichts: Seine Strophen werden vom refrainartig gebrauchten Hauptmotiv buchstäblich umgrenzt. Die streng durchgehaltene parallele Reimstruktur und der bis zum Litaneihaften gleichtaktige Rhythmus bewirken, daß man bei wiederholtem Lesen

glaubt, selbst an diese ›Grenze‹ zu stoßen. Was ahnte die junge Gertrud Kolmar, als sie dieses Gedicht schrieb? War ihr »Wanderer« jüdisch-deutsch wie sie, von den Antisemiten vor und nach der November-Revolution 1918 an den Rand der Gesellschaft gedrängt, in seiner Existenz bedroht, um schließlich (wie sie selbst 1943 und vor ihr der greise Vater) über die Grenze in die Vernichtungslager deportiert zu werden?
Oder war ihr Gedicht anders gemeint? Hatte sie an die Grenze zwischen dem Ich und Du gedacht? Spiegelte es ihre Not, den eigenen Kreis nicht durchbrechen zu können – hin zum Anderen, zum Geliebten? Versuchte sie sich zu entgrenzen, indem sie so betont über die Grenze schrieb? Gewiß ist dies: Was Gertrud Kolmar in ihrer kunstvollen, weil einfachen, unverbraucht wirkenden Sprache als Grenze bezeichnete und erfuhr, muß uns heute, gerade im Wissen um ihr Leiden, eine Brücke werden.

GERTRUD KOLMAR
DIE FAHRENDE

Alle Eisenbahnen dampfen in meine Hände,
Alle großen Häfen schaukeln Schiffe für mich,
Alle Wanderstraßen stürzen fort ins Gelände,
Nehmen Abschied hier; denn am andern Ende,
Fröhlich sie zu grüßen, lächelnd stehe ich.

Könnt ich einen Zipfel dieser Welt erst packen,
Fänd ich auch die drei andern, knotete das Tuch,
Hängt es auf einen Stecken, trügs an meinem Nacken,
Drin die Erdenkugel mit geröteten Backen,
Mit den braunen Kernen und Kalvillgeruch.

Schwere eherne Gitter rasseln fern meinen Namen,
Meine Schritte bespitzelt lauernd ein buckliges Haus;
Weit verirrte Bilder kehren rück in den Rahmen,
Und des Blinden Sehnsucht und die Wünsche des Lahmen
Schöpft mein Reisebecher, trinke ich durstig aus.

Nackte, kämpfende Arme pflüg ich durch tiefe Seen,
In mein leuchtendes Auge zieh ich den Himmel ein.
Irgendwann wird es Zeit, still am Weiser zu stehen,
Schmalen Vorrat zu sichten, zögernd heimzugehen,
Nichts als Sand in den Schuhen Kommender zu sein.

KLAUS JEZIORKOWSKI
IM UNSCHEINBAREN VERSTECKTE ENERGIE

Gertrud Kolmar hat ein Schicksal, ist ein Schicksal. Wo ihre schreibenden jüdischen Mitschwestern – Else Lasker-Schüler, Nelly Sachs – mit der Zeit ihren Ruhm etablieren konnten, bewahrheitete sich an ihr die letzte Zeile des Gedichts auf schreckliche Weise: nichts als Sand in den Schuhen Kommender. Sie, die neben Walter Benjamin in derselben großbürgerlichen Schicht Berlins aufgewachsen war, bekam von den Nazis den gelben Stern aufgeheftet und hatte Zwangsarbeit in einer Berliner Kartonagenfabrik zu leisten. 1943 verschleppte man sie, wie vorher schon ihren achtzigjährigen Vater, in ein Konzentrationslager, und sie blieb verschwunden.

Viel mehr als Asche sind uns ihre Gedichte nicht geworden. Es sind Gedichte, von denen die meisten – ich setze mich in alle verfügbaren Nesseln mit der Behauptung – die Lyrik der Lasker-Schüler und der Sachs an Qualität überflügeln. Die Kolmar ist der noch nicht gehobene Schatz der jüdischen Kultur Europas.

Der Mythos des ewigen Juden wurde hier zum Mythos der ewigen Jüdin, und zwar nicht plaziert in eine ferne mythische Agrarwelt. Die Fahrende geht um mit den Spielsachen ihrer Zeit, den Eisenbahnen, Häfen und Schiffen. *Dort* spielt sich jüdisches Schicksal ab, nicht allein im Alten Testament, wohin wir es so gerne einsperren, wenn wir von ihm in Ruhe gelassen sein wollen. Die Kolmar spricht für die Emigranten, die noch heute auf Jets und

Schiffen zwischen ihren verschiedenen Nichtheimaten unterwegs sind.
Nun ist dieses Gedicht nicht klagend, sondern zupackend. Hier identifiziert sich eine aktiv mit dem, was ihrem Volk an mehrtausendjähriger Geschichte von anderen zugeteilt wurde. Sie setzt das Erleiden des Ahasver-Schicksals um in eine Titanengeste – der wahnsinnige Mut einer »Courage« am Ende der Verzweiflung, könnte man sagen: Ich bin denen voraus, wenn ich das anpacke und überflügle, was die andern mir als Qual zugedacht haben, ich, die Kämpfende – ein Topos in den Gedichten der Kolmar, ein noch oder nachexpressionistischer Topos, wie auch die gesamte Szenerie, das Bühnenbild des Gedichts (es muß zwischen 1925 und 1934 geschrieben worden sein) so aussieht, als sei es aus einem der noch expressionistischen Filme der zwanziger und frühen dreißiger Jahre herausgeschnitten: »Meine Schritte bespitzelt lauernd ein buckliges Haus« – das ist Caligari-Szenerie und jüdisches Schicksal zugleich in jenen Jahren, als die Häuser und Wände anfingen, Ohren zu bekommen, und die Ohren mancher Juden-Nachbarn sichtbar länger wuchsen.
Das Gedicht ist in Metrum, Vers, Reim und Strophe eher konventionell, von klassizistischer Architektur und darin charakteristisch nicht nur für den größeren Teil der Kolmar-Gedichte, sondern auch für die Tradition der Rilke und George, der Gedichte Georg Heyms etwa und für die spätere Tradition der Lyrik Loerkes und Lehmanns. Und doch ist es in den Bildern und der Szenerie im Unscheinbaren versteckte Energie.
Ein solches Gedicht übersteigt den jüdischen Horizont. Wer von uns allen wäre sicher, daß er nicht Fahrender ist oder war oder sein könnte. Wer wäre gewiß, daß er nicht

eines schönen Tages – oder noch vorher eines schrecklichen – Robinson oder Ahasver spielen müßte. Wer dann mit der Welt so umgehen könnte wie »Die Fahrende«, hätte denen, die von einer unseligen Ideologie an Blut und Ackerscholle festgeklebt werden, ungeheuer viel voraus, freilich auch nur »schmalen Vorrat«, leichten Ballast mit sich zu tragen – der größte Vorteil all derer, die ihren Fuß nur leicht aufsetzen und auf irgendwelchen Stationen »Flüchtlingsgespräche« halten, sei es mit sich allein. Jene *Fahrenden* sind das Salz der Erde.

GERTRUD KOLMAR
DIE GELBE SCHLANGE

Ich war ein Mädchen auch im Traum.

Und meine Brüste lagen, helle Inseln,
Auf jeder eine kleine braune Stadt
Mit spitzem Turm
Und rot geheimer Ströme unterirdnem Rinseln.

Wann werden weiße Quellen aus den Steinen brechen?

Die Schlange zuckte
Ungesehn durch Kraut.
Ach, alle Moose, die sie grüßte,
Verrotteten.
Ihr Leib ließ eine Wüste.
Baumgrün vergilbte vor der gelben Haut.

Die gelbe Schlange kam.
Sie zog sich übers Meer
Und sank in Grund,
Wo seltsam bunt und schwer
Tierblumen an verfallnen Schiffen saugen
Mit zähnelosem Mund.

Sie schlich
in meine roten Grottenflüsse ein.
Sie lächelte.

Die kleine Stadt ward krank,
Zermürbte, wich.
Ihr stolzer Wartturm sank
Tief in Weiches ein.

Die Insel, einmal glücklich schön
Mit Hügelkuppe und mit sanfter Bucht
Und vieler Wellen blitzendes Getön,
Hing müd in See.

Wie überreife, halbvermulschte Frucht.

JOCHEN HIEBER
DIE GESCHÄNDETEN BRÜSTE

Gelb ist, volkstümlicher Überlieferung gemäß, die Farbe der Anmaßung, der Hoffart und des Neides. Die Schlange, bei vielen Naturvölkern als wohltätiger Dämon in hohem Ansehen, gilt der abendländischen Tradition als Verkörperung von List und Tücke, Verschlagenheit und Verrat: Sie ist das böse Prinzip. Und der Traum, so verstand man es jedenfalls vor Sigmund Freud, verbindet den Schlafenden auf natürliche Weise mit der übersinnlichen Welt: Er ist ein Fingerzeig des Absoluten, in dem sich göttlicher Fluch und göttlicher Segen offenbaren.

»Tierträume« heißt einer von drei Gedichtzyklen, die Gertrud Kolmar zwischen 1927 und 1932, in der wichtigsten Phase ihrer poetischen Laufbahn, geschrieben hat. Auch biographisch ist diese Zeit von großer Bedeutung. 1927 löst sich die dreiunddreißig Jahre alte Tochter eines angesehenen jüdischen Rechtsanwalts und Justizrates zum ersten und einzigen Mal aus der Familie: Sie verläßt Berlin, zieht allein nach Hamburg, um als Erzieherin zu arbeiten. Noch im selben Jahr ist sie in Frankreich, zum Sprachdiplom in Dijon.

Aber schon im Herbst 1928 lebt sie wieder im Vorort Finkenkrug bei Berlin: Anstelle der schwer erkrankten Mutter übernimmt sie den elterlichen Haushalt. Zwölf weitere Jahre wird sie, nach deren Tod, den Vater versorgen, bis ihn die Nazis im September 1942 ins KZ Theresienstadt deportieren. Sie selbst kommt in Auschwitz um.

»Die gelbe Schlange«, das vorletzte Gedicht der siebenundvierzig »Tierträume«, blieb zu ihren Lebzeiten unveröffentlicht: Gertrud Kolmar hat es nicht in den Band »Die Frau und die Tiere« aufgenommen, der im Frühherbst 1938 noch beim Jüdischen Buchverlag Erwin Löwe erscheinen konnte – einige barbarische Wochen später nur, nach der Pogromnacht vom 9. November, wurde er eingestampft. Die Schonung des Vaters mag beim Verzicht auf den Druck dieser Verse eine Rolle gespielt haben. »Die gelbe Schlange« nämlich ist, in mythologischer Verkleidung, zuallererst eine bittere Abrechnung mit den familiären Zwängen, eine radikale Anklage, die die im Leben fügsame Tochter unfügsam nur im Schreiben wagte.

Unmißverständlich die erste Zeile: Hier geht es um mich, sagt die Dichterin, um mein Schicksal, nicht bloß um eine Rolle, die ich poetisch erprobe. Den Grad der späteren Zurichtung lassen dann jene vier Zeilen ermessen, in denen die Kolmar, einzigartig in ihrem Werk, den eigenen Körper unbefangen feiert: In der Sprache des Hohenlieds besingt und rühmt sie die Schönheit ihrer Brüste.

Als eher herb und verschlossen wird sie von Zeitgenossen geschildert, man spricht über die unvorteilhafte Art, in der sie sich kleidete. Von ihren großen, herausfordernd prüfenden Augen ist oft, von Schönheit indes ist nie die Rede. Sie selbst hat sich, sehr prosaisch, eine »Spartanerin« genannt. In der Poesie indes, im Gedicht »Die gelbe Schlange«, folgt der leiblichen Emphase die leidenschaftliche Aussicht auf glückliche Mutterschaft, aufs Stillen eines Neugeborenen: *Wann werden weiße Quellen aus den Steinen brechen?* In der scheinbar hoffnungsfrohen Frage verbirgt sich in Wahrheit jedoch das Trauma ihres Lebens.

Mit Anfang Zwanzig verliebte sie sich in den Offizier Karl Jodel. Diese große Liebe hat sie, unter Zwang, der Familienräson preisgegeben. Und das Kind, mit dem sie schwanger ging, wurde abgetrieben. Gertrud Kolmar hat dieses Erlebnis, bei dem sie Täterin und Opfer zugleich war, nie verwunden. Das verlorene, das getötete Kind wird fortan zu einem zentralen Motiv ihrer Dichtung. Unstillbar ist die Sehnsucht nach ihm, unstillbar sind die Selbstvorwürfe.

»Kind« heißt demzufolge einer der Zyklen aus dem produktiven Jahrfünft der Reife. Gram und Trauer verdichten sich hier zu eindringlich nachrufender Klage, stellvertretend etwa in den Anfangsversen des Poems »Wahn«: *Die Nacht steht draußen und die Wiege leer / Und die sie schaukelt, eine bleiche Frau, / Trägt Strähnenhaare, schwarz und zäh wie Teer.*

Die gelbe Schlange hingegen, die sich einschleicht in »meine roten Grottenflüsse«, ist unschwer als poetisches Bild für die Abtreibung zu verstehen, als Allegorie des großen Erschreckens. Im Bild der Schlange aber sucht das Gedicht auch nach der Schuld der anderen, nach der Schuld der Familie, der Mutter zumal, die gemäß elterlicher Arbeitsteilung die Tochter zur Tat nötigte: So wurde sie, die Mutter, selbst ein Teil des bösen Prinzips. Auch auf ihr lastet der Fluch von Gertrud Kolmars lyrischem Traum über die geschändeten Brüste.

GERTRUD KOLMAR
DIE KRÖTE

Ein blaues Dämmer sinkt mit triefender Feuchte;
Es schleppt einen breiten rosiggoldenen Saum.
Schwarz steilt eine Pappel auf in das weiche Geleuchte,
Und milde Birken verzittern zu fahlerem Schaum.
Wie Totenhaupt kollert so dumpf ein Apfel zur Furche,
Und knisternd verflackert mählich das herbstbraune Blatt.
Mit Lichtchen gespenstert ferne die düsternde Stadt.
Weißer Wiesennebel braut Lurche.

Ich bin die Kröte.
Und ich liebe die Gestirne der Nacht.
Abends hohe Röte
Schwelt in purpurne Teiche, kaum entfacht.
Unter der Regentonne
Morschen Brettern hock ich duckig und dick;
Auf das Verenden der Sonne
Lauert mein schmerzlicher Mondenblick.

Ich bin die Kröte.
Und ich liebe das Gewisper der Nacht.
Eine feine Flöte
Ist im schwebenden Schilf, in den Seggen erwacht,
Eine zarte Geige
Flirrt und fiedelt am Felderrain.
Ich horch und schweige,
Zerr mich an fingrigem Bein

Unter fauler Planke
Aus Morastigem Glied um Glied,
Wie versunkner Gedanke
Aus dem Wust, aus dem Schlamm sich zieht.
Durch Gekräut, um Kiesel
Hüpf ich als dunkler, bescheidener Sinn;
Tauiges Laubgeriesel,
Schwarzgrüner Efeu spült mich dahin.

Ich atme, schwimme
In einer tiefen, beruhigten Pracht,
Demütige Stimme
Unter dem Vogelgefieder der Nacht.
Komm denn und töte!
Mag ich nur ekles Geziefer dir sein:
Ich bin die Kröte
Und trage den Edelstein…

RUTH KLÜGER
AUSSENSEITERTIER

Die Verbindung von Kröte und Edelstein, von widerlichem Tier und leuchtender Kostbarkeit, ist altes Volksgut. Der Dichterin Gertrud Kolmar ist diese Tradition vielleicht über Hans Christian Andersens Märchen »Die Kröte« vermittelt worden. Dort erfährt eine sehr sympathische, idealistisch veranlagte kleine Kröte zwar, daß es Kröten mit Edelsteinen gibt, doch nicht, daß sie selber einen solchen trägt. Andersens Kröte kommt aus dem Brunnen und wird in einer fremden, ihr feindlichen Tageswelt getötet. Der Edelstein in dieser Erzählung steht ohne Umschweife für die Sehnsucht nach Höherem. Gertrud Kolmars nicht minder gefährdetes Tier hingegen hat Selbstbewußtsein und kennt seinen eigenen Wert. Trotz ihrer »demütigen Stimme« weiß diese Kröte, daß sie nur für andere, nicht in Wirklichkeit, ein »ekles Geziefer« ist.

Die erste Strophe unseres Gedichts scheint zunächst überfrachtet, Naturlyrik wie schon oft gehabt. Die Landschaftsmalerei entpuppt sich nach ein paar Zeilen als ein gespenstischer Geisteszustand (kollernder Apfel gleich Totenhaupt). Folgerichtig tritt ein Ich in der zweiten Strophe auf und legitimiert (das doppelte »ich liebe«) diese unheimliche Abendszene. Freilich wirkt das tierische Ich selbst befremdend auf den Leser.

Gertrud Kolmar veranschaulicht die Häßlichkeit der Kröte in einer Sprache, die musikalisch, daher konventionell »schön« bleibt. Doch die Bilder entschleiern das Abstoßende. Die Kröte ist »duckig und dick«, hat schlechte Augen, die nicht viel ertragen (*Auf das Verenden der Sonne / Lauert mein schmerzlicher Mondenblick*), sie lebt in einem Milieu von faulen Planken, Schlamm, Morast, Wust und traut sich erst am Abend aus ihrem Versteck unter der Regentonne hervor. Im Kontrast zu ihrer Mißgestalt verkörpert sie geistige Werte: dunklen Sinn und versunkenen Gedanken, eine Liebe für das »Vogelgefieder der Nacht«, ein zartes Gehör für Nachtmusik. Das unscheinbare Wesen, einerseits realistisch gezeichnet, andererseits Märchen- und Fabeltier, hat die Funktion eines todesbereiten Antihelden und ist in dieser Hinsicht eine tragisch moderne Figur.

»Die Kröte« entstand im Oktober 1933 und gehört zu dem Zyklus »Das Wort der Stummen«, einem Konvolut von zweiundzwanzig Gedichten, die Gertrud Kolmar innerhalb von drei Monaten schrieb und ihrer Schwägerin, der Nichtjüdin Hilde Benjamin, zur Aufbewahrung gab. So überstanden sie die Nazizeit, in der ihre Verfasserin unterging. Wer Zweifel hat, daß man im Jahre 1933 über die Ausschreitungen des Regimes informiert war, braucht nur im »Wort der Stummen« zu blättern und darin die Gedichte über Lager, Juden und Gefangene zu lesen. Sie sind Gertrud Kolmars politischstes Werk. Man kann, wenn man will, aus unserem Gedicht die ausgegrenzte, künstlerisch sensible Jüdin herauslesen; doch die Kröte einfach mit ihrer Urheberin oder auch nur mit einer von Hitler Verfolgten gleichzusetzen wäre zu kurz gegriffen. Einsame, Verachtete spielen eine entscheidende Rolle in Kolmars Werk, sind vielleicht ihr eigentlichstes Thema. Auch eine Gestalt wie Robespierre, den sie als eine Art Heiligen behandelte und dem sie zwei Gedichte im »Wort der

Stummen« widmete, vergleicht sie in einem nichtveröffentlichten Theaterstück mit einer Kröte. Kröte, das ist der verkannte Außenseiter schlechthin.
Nach dem ausführlichen Wortgemälde der ersten Strophe und dem komplizierten Zeilensprung von der dritten zur vierten Strophe wird das Gedicht syntaktisch und metaphorisch einfacher und kommt am Ende mit einem Mindestaufwand an Wörtern aus. In den schlichten letzten vier Versen erinnert uns die Sprecherin zum dritten Mal an ihren Tiernamen und damit an ihre armselige Kreatürlichkeit; sie fordert den Mörder heraus und überrascht mit einem ersten und einzigen Hinweis auf ihren Besitz des mythisch Unzerstörbaren, den Edelstein. Es sind Verse, die im Gedächtnis nachklingen.

GERTRUD KOLMAR
DIE VERLASSENE

An K. J.

Du irrst dich. Glaubst du, daß du fern bist
Und daß ich dürste und dich nicht mehr finden kann?
Ich fasse dich mit meinen Augen an,
Mit diesen Augen, deren jedes finster und ein Stern ist.

Ich zieh dich unter dieses Lid
Und schließ es zu und du bist ganz darinnen.
Wie willst du gehn aus meinen Sinnen,
Dem Jägergarn, dem nie ein Wild entflieht?

Du läßt mich nicht aus deiner Hand mehr fallen
Wie einen welken Strauß,
Der auf die Straße niederweht, vorm Haus
Zertreten und bestäubt von allen.

Ich hab dich liebgehabt. So lieb.
Ich habe so geweint ... mit heißen Bitten ...
Und liebe dich noch mehr, weil ich um dich gelitten,
Als deine Feder keinen Brief, mir keinen Brief mehr schrieb.

Ich nannte Freund und Herr und Leuchtturmwächter
Auf schmalem Inselstrich,
Den Gärtner meines Früchtegartens dich,
Und waren tausend weiser, keiner war gerechter.

Ich spürte kaum, daß mir der Hafen brach,
Der meine Jugend hielt – und kleine Sonnen,
Daß sie vertropft, in Sand verronnen.
Ich stand und sah dir nach.

Dein Durchgang blieb in meinen Tagen,
Wie Wohlgeruch in einem Kleide hängt,
Den es nicht kennt, nicht rechnet, nur empfängt,
Um immer ihn zu tragen.

ULLA HAHN
IN FRIEDEN GELASSEN

Noch einmal schreibt die Verlassene an den Geliebten. Die Schmerzen sind vorüber, brennen nicht mehr. Worte stehen wieder bereit. Fast aggressiv trumpfen die drei ersten Strophen auf mit nahezu gewalttätigen Bildern. Nicht als Bettlerin, die sich erbärmlich macht, um Erbarmen zu erzwingen, tritt die Verlassene auf; sie ist die Jägerin, der Geliebte die Beute.
Nicht die wartende, winselnde Dulderin spricht, die alles in Kauf nimmt, wenn er nur wiederkommt. Die Verlassene hofft nicht, aber sie verzweifelt auch nicht länger. Sie kämpft nicht mehr, sie hat gesiegt: indem sie ihr Gefühl, ihre Liebe vorbehaltlos annahm. Denn: Verlassen sein heißt auch »In Ruhe gelassen sein«, heißt auch, nicht immer aufs neue Enttäuschungen und Demütigungen ertragen zu müssen – »Du läßt mich nicht aus deiner Hand mehr fallen« – heißt, sich nicht mehr behandeln zu lassen, sondern zu handeln.
Bestimmt, aber ohne Groll, nimmt die Verlassene den Verlorenen in Besitz. Erst im Verlust ist er ganz ihr eigen. Indem die Verlassene ihr Leiden abschreibt, sucht sie sich den Geliebten wieder zuzuschreiben. Das Erinnern wird sanft beschwichtigt, das Vergangene verklärt und überhöht. Leid wird in Liebe verkehrt, Liebe durch Leid vermehrt. (»Und liebe dich noch mehr, weil ich um dich gelitten«).
Doch kaum versucht die Verlassene sich im Gedicht des

Vergangenen zu versichern, wird die gefaßte Haltung der Eingangsstrophen aufgegeben. Neben das vergoldete Bild des Geliebten tritt ein zwar poetisch formuliertes, dennoch nüchternes Resümee. Über Liebe und Liebesleid ist die Zeit der Jugend vergangen: der Geliebte verließ eine alternde Frau. In der letzten Strophe ist diese Frau dann wieder die demütig Empfangende, die der Vergangenheit Ergebene, Erlegene. Die Geste der Ergebenheit ist in vielen Gedichten Gertrud Kolmars anzutreffen. Dennoch bleibt ein zwiespältiger Eindruck. Fest steht: Diese Frau erwartet nichts mehr. Aber ist die Verlassene, allein Gelassene, wirklich gelassen? Ist sie wirklich zufrieden, in Frieden gelassen zu werden? Oder soll nicht vielmehr der Poesie gelingen, was der Frau im Leben fehlschlug: den Geliebten zurückzugewinnen?

Wir wissen, daß Gertrud Kolmars Liebesgedichte von privatem Erleben ausgehen. Glücklich waren ihre Beziehungen nie. Und in ihrer Not, in Worte zu fassen, was sie im Leben nicht festhalten konnte, bürdete sie in ihren Gedichten der Sprache mit einem Übermaß an Metaphern und Bildern mitunter zu viel auf. Dieser Versuchung erliegt sie in diesem Gedicht nicht. Für mich ist es eines ihrer schönsten.

GERTRUD KOLMAR
EIN GRÜNES KLEID

In diesem Kleide möcht ich eine Mutter sein.
In diesem Kleid, drum Träume fahren
Wie Hummeln um den grünen Wein
Mit dunklen Liedern und mit braunen Haaren.

Ich möchte sitzen, still verneigen mein Gesicht
In diese sinkenden und sanften Falten,
Draus Wald mit allen Zweigen bricht
Und rätselhaften Wunschgestalten,

Die noch in flüsternden Gehäusen schlummerlos
Den Grashalm ohne Ende haspeln,
Das Garn aus grünem, grünem Moos
Zu meines Kleides Saum und Paspeln.

Dann wie die Woge, die mit großem Meertier schwanger geht,
Wird kühlend Seide um mich schweigen,
Darüber meine Hand als eine Möwe weht
Und als ein Sternbild meine Augen steigen.

In ihrem grünen Bogen liegt
Der Muschelschoß mit rosenfarbnen Rändern,
Der noch sein kleines Wesen wiegt
Den Palmenküsten zu und Papageienländern.

WALTER HELMUT FRITZ
VISIONÄRE SCHÖNHEIT

Es war das Bild von den Träumen, die wie Hummeln um den grünen Wein fahren, das mich auf dieses herrliche Gedicht aufmerksam werden ließ; ein Bild, das weit Auseinanderliegendes zusammenbringt, dabei unmittelbar einleuchtet und dank seiner Frische und Originalität im Gedächtnis bleibt.

Das Staunen setzt sich von Strophe zu Strophe fort – angesichts des Waldes, der aus den Falten des Kleids bricht; der Woge, über welche die Hand als Möwe weht; des Sternbilds der Augen; bis zu dem Muschelschoß, der das erwartete Kind – was für ein fast märchenhafter, übermütiger Schluß – den Palmenküsten und Papageienländern »zuwiegt«. Es ist dichterische Magie, die hier sichtbar wird. Ein alltäglicher Gegenstand, ein grünes Kleid. Aber was macht daraus – in Verbindung mit dem Wunsch nach einem Kind – die Einbildungskraft!

Das Motiv des Kleids hat, das liegt auf der Hand, unter anderem zu tun mit dem der Verwandlung, weil es verhüllt und zugleich »zeigt«. Es kehrt verschiedentlich in Gertrud Kolmars Arbeiten wieder, taucht übrigens als Teil einer Naturszenerie bereits in der ersten Strophe des ersten Gedichts auf, das von ihr überliefert ist, »Weihnacht in der Heide« heißt und 1908, als sie vierzehn Jahre alt war, entstand. (*Es breitet sich die Heide / So endlos aus, so weit / In einem weißen Kleide / Von Flocken ganz verschneit.*)

Wie jedes gute Gedicht verbindet »Ein grünes Kleid« zwei

Dinge, die sich zu widersprechen scheinen; das Träumerische und das äußerste Wachsein. Gerade dieses Ineinander aber ist eine wesentliche Voraussetzung für poetische Erfahrung, für die Art und Weise, wie Verse zu einer Wirklichkeit von eigenem Recht werden.

Daß das Wort »grün« fünfmal in dem Gedicht vorkommt, ist kein Zufall; daß es eine der häufigsten Farbbezeichnungen in Gertrud Kolmars Lyrik überhaupt ist, Signal-Wirkung besitzt, hat man früh gesehen. Dies mag auch Elisabeth Langgässer veranlaßt haben, in einem Brief an Peter Suhrkamp vom September 1947 über die Kollegin zu schreiben: »Welch eine Einsamkeit, welch eine irdische Flugbahn gleich der einer Fledermaus an opalgrünen Abendhimmeln.« Eine Formulierung, die freilich nicht den Blick für die Tatsache trüben kann, daß Gertrud Kolmars Leben sehr schwierig und in den späteren Jahren von Entsetzen erfüllt war, von Angst, Ohnmacht, Verschleppung – bis zu ihrem Tod in Auschwitz 1943.

Das Gedicht deutet auf einen der entscheidenden Impulse ihres Schreibens. Er kam aus einem Trauma, das sich bildete aus ihrer Sehnsucht nach einem Kind, einer von den Eltern gewollten Abtreibung, lebenslanger Kinderlosigkeit, dem sich kaum aufhellenden Gefühl von Verlassenheit und dem Bewußtsein von Schuld.

GERTRUD KOLMAR
ZUEIGNUNG

Sie nahm den Silberstift
Und hieß ihn hingehn über die weiße matt glänzende
Fläche:
Ihr Land. Er zog
Und schuf Berge.
Kahle Berge, nackte kantig steinerne Gipfelstirnen,
über Öde sinnend;
Ihre Leiber
Schwanden umhüllt, vergingen hinter dem bleichen
Gespinst
Einer Wolke.
So hing das Bild vor dem schwarzen Grunde, und
Menschen sahen es an.
Und Menschen sprachen:
»Wo ist Duft? Wo ist Saft, gesättigter Schimmer?
Wo das strotzende, kraftvoll springende Grün der
Ebenen
Und der Klippe bräunlich verbranntes Rot oder ihr
taubes graues Düster?
Kein spähender Falke rüttelt, hier flötet kein Hirt.
Nie tönen groß in milderes Abendblau die schön
geschwungenen Hörner wilder Ziegen.
Farbenlos, wesenlos ist dies, ohne Stimme; es redet zu
uns nicht.
Kommt weiter.«

Sie aber stand und schwieg.
Klein unbeachtet stand sie im Haufen, hörte und
schwieg.
Nur ihre Schulter zuckte, ihr Blick losch in Tränen.
Und die Wolke, die ihre zeichnende Hand geweht,
Senkte sich und umwallte, hob und trug sie empor
Zum Schrund ihrer kahlen Berge.
Ein Wartender,
Dem zwei grüngoldene Basilisken den Kronreif
schlangen,
Stand im Dämmer auf, glomm und neigte sich, sie zu
grüßen.

LUDWIG VÖLKER
DAS ANDERE BÜRGERRECHT DER KUNST

Die Geste, mit der das Gedicht, Schlußgedicht des Zyklus »Welten«, den Leser entläßt, ist von vielsagender Symbolik: Ein weibliches Künstler-Ich wird in die Höhe emporgetragen und dort von einem mit magischen Hoheitszeichen ausgestatteten »Wartenden« ehrerbietig empfangen, auf diese Weise die Wertschätzung und Anerkennung findend, die ihm von der Mitwelt versagt wurde. Ein Gedicht mithin, das, wie der Originaltitel – er lautet ursprünglich (und eigentlich richtig) »Kunst« – ausdrücklich zu erkennen gibt, Fragen der Kunst und des Künstlertums reflektiert. Seinen programmatischen Anspruch hat Hermann Kasack, der verdienstvolle Herausgeber des Kolmarschen Werks nach 1945, richtig erkannt, aber auch eigenmächtig verstärkt, als er mit dem Titel die Stellung des Gedichts im Ganzen des Zyklus veränderte: in der von ihm besorgten Ausgabe des lyrischen Gesamtwerks steht das Gedicht am Anfang, und der neue Titel »Zueignung« unterstreicht die ihm zugewiesene Rolle als Einleitungs- und Programmgedicht.

Ihre Zugehörigkeit zur deutschen Literatur und Kultur hatte Gertrud Chodziesner, die Tochter aus bürgerlich assimilierter jüdischer Familie – der Vater war ein berühmter Strafverteidiger in Berlin –, mit der Wahl der deutschen Namensform ihrer preußisch-polnischen Geburtsstadt als Autorname zu erkennen gegeben. Noch 1934 erschien unter diesem Namen die Sammlung »Preußische Wappen«.

Dann machte der Rassismus des Dritten Reiches die Namenswahl hinfällig und verwies die Dichterin auf das Judentum ihrer Abstammung zurück.

Unter dem Druck der antisemitischen Verfolgung nahm das von Anfang an vorhandene, zunächst jedoch eher familiär-biographisch motivierte Grundgefühl des »Anders-seins« Züge dessen an, was Gertrud Kolmar in dem Gedicht »Wir Juden« als Judentum vom »Rad und Galgen« definiert: *Und wir, wir sind geworden durch den Galgen und durch das Rad!* Schon ganz früh und auf bestürzende Weise konsequent und kompromißlos hat die Dichterin sich mit der Rolle des wehrlosen »Opfers« identifiziert.

»Welten«, der letzte abgeschlossene Gedichtzyklus Gertrud Kolmars, in der zweiten Hälfte des Jahres 1937 geschrieben, markiert den Übergang von einer bis dahin eher konventionellen Technik zu einer freieren Form der lyrischen Gestaltung. Die festen Bauteile Reim, Vers, Strophe werden durch unregelmäßige prosanahe Zeilen und Blöcke ersetzt. Was die Idee des Opfers anlangt, wird sie zum einen mit frühgeschichtlich-archaischen Vorstellungen in Verbindung gebracht (»Das Opfer«). Zum andern wird sie in Zusammenhänge gestellt, die über das Judentum hinaus auf Asiatisch-Fernöstliches weisen. So wird »Asien« (im gleichnamigen Mittelgedicht des Zyklus) als die *Mutter, die du mir warst, eh mich die meine wiegte* apostrophiert und das höhere Wissen *vom Nicht-Tun*, das taoistische Ideal eines reinen Seins ohne *Tun* und *Wirken* beschworen.

Zwei erzählende, beschreibende Blöcke stehen sich, durch eine Leerzeile getrennt, antithetisch gegenüber. In beiden Blöcken bestimmt Asiatisch-Chinesisches die Darstellung. Der erste beschreibt die Entstehung (und Wirkung)

eins Landschaftsbildes, das die typischen Merkmale chinesischer Landschaftsmalerei zeigt: Monochromie, Betonung der Vertikale, Darstellung von Bergen, Wolken, leerem Raum, Verzicht auf die (von den »Menschen« erwartete) Farbigkeit.
Chinesisch beeinflußt ist auch der zweite Block, der den Vorgang der Apotheose des Künstler-Ichs darstellt. In ihm wird das Vorstellungsmuster jener Maler-Legende sichtbar, wonach der altgewordene Wu Daozi in das von ihm vollendete Landschaftsbild hineingeht, »den Pfad hinauf wandert«, wie es heißt, und »im Nebel der Berge für immer verschwindet«. In Gertrud Kolmars Gedicht verschwindet das Maler-Ich nicht spurlos in der gemalten Landschaft, sondern wird von der gemalten »Wolke« emporgetragen und von dem Repräsentanten der höheren Ordnung ehrenvoll begrüßt – eine Abweichung, die man als eine spezifisch weibliche Interpretation der Legende durch Gertrud Kolmar auffassen mag.
Mit dem Abtransport in das Vernichtungslager Auschwitz am 2. März 1943 ist die Dichterin für immer aus dem Gesichtskreis der Lebenden verschwunden. Im Wissen um die drohende physische Vernichtung hat sie im Gedicht den utopischen Glauben an das andere, höhere Bürgerrecht der Kunst entworfen.

ALBIN ZOLLINGER
STILLE DES HERBSTES

Im Herbste kommen der Wiese die Herbstzeitlosen
   und mir die Lieder,
Die lieben Kinder der Melancholie,
   die dämmernden Lampen im Nebel blühn wieder.
Sanft dunkelt das tiefe Zuhause gebrochener Lüfte,
   die Landschaft am Lethe,
Der Sommer verwelkt, und Verträumung
   füllt Gärten des Himmels, balsamische Beete.

Wie einer, der heimkehrt, nachdenksam verweilt
   sich das Jahr in den Räumen der Stunden,
In diesem Meer, dieser Stille von Schilf
   voller Weite, in der sich die Wasser gefunden.
Strömt alles zurück? kommt die Kindheit noch einmal mit
   Abend, mit Ängsten, mit ahnenden Wonnen
Von Regen des Nachts? Du bist da, trübes Herz,
   an des Herbstes melodischem Bronnen!

ADOLF MUSCHG
EIN SCHUTZBEDÜRFTIGES GEDICHT

Es gibt Autoren und Werke, die zu »verlieren« man sich weigert, die man gegen das eigene kritisch gewordene Urteil in Schutz nimmt. Hier ist ein Gedicht, das diesen Schutz wohl verlangt. Der Zürcher Lyriker und Erzähler Albin Zollinger hat es vor bald vierzig Jahren geschrieben. Es beginnt mit einer Kunstfigur, die in der Rhetorik als Zeugma bekannt ist: Wiese und Autor, Herbstzeitlose und Lieder fließen über das gleiche Verb in eine salopp scheinende Analogie zusammen und geraten lyrisch in Fahrt – die erst in der fünften Zeile zwischen »sanft« und »dunkelt« einem Widerstand begegnet, einem gegenrhythmischen Anspruch, den die gebrochene Zeilenordnung noch nicht wirklich wahrgemacht hatte.

Von da an aber hält diese Hemmung den Leser in Atem, in Unsicherheit über die Schwere der Betonungen, die Richtung des Gefühlsablaufs. Die lyrischen Kennworte schwanken unter der Belastung durch Pathos; belastet sind sie freilich auch durch Schiefgewordenes in ihrer Verwendung. Die reichen Adjektive und Adverbien, die klassisch-literarischen Reminiszenzen müssen, wie die gedehnten »Atemgruppen«, der Beglaubigung und Beteuerung dienen; auf so zweifelhaften Stützen erscheint der rhythmische Überschwang als eine Form des Zusammenbruchs.

Die erste Strophe dieses Gedichts habe ich als Sechzehnjähriger geliebt ohne Mißtrauen gegen ihren Ton; daß die zweite Strophe zum Erbarmen ist, mit ihrem Wiederholungsversuch die Wirkung der ersten angreift, hat mich schon damals gestört; heute ist »stören« nicht mehr das richtige Wort dafür. Denn die ästhetische Verletzbarkeit des ganzen Gedichts ist mehr als eine Geschmackssache. »Stille des Herbstes« gab einem Bändchen den Titel, das 1939 im Morgarten-Verlag, Zürich und Leipzig, erschien – und schon diese Daten bezeichnen eine Situation, gegen die ein »literarisches Gelingen« nicht aufkam und wenig besagte. »Blut und Boden« im Dritten Reich, »geistige Landesverteidigung« in der belagerten Schweiz – die äußerlich verfeindeten Komplexe waren untergründig im Bunde gegen die Literatur und machten einem Schweizer Autor den Weg in die »Heimat« ebenso schwer wie den in die »Welt«. Schon Gottfried Keller hatte gewußt, daß es eine schweizerische Nationalliteratur nicht geben kann; 1939 war das Reich der falschen Töne fast undurchdringlich geworden. Der gebrochene Ton, den Zollinger dagegenzusetzen hatte, mag für die Literaturgeschichte unterdessen ebenfalls »überwunden« sein. Für mich behält er das Gewicht eines moralischen Zeugnisses.

Durch örtliches Lob, wie es Emil Staiger den Zeilen 5-8 unseres Gedichts gespendet hat, dürfte es also wohl nicht zu »retten« sein: »Wie sind in solchen unfaßbaren Rhythmen alle Formprobleme gelöst oder gar nicht mehr vorhanden, die der um neue Wege ängstlich bemühten Wortkunst unserer Tage sonst so große Sorgen bereiten!« Immerhin hat Zollinger für jüngere Schweizer Autoren eine Bedeutung behalten, an der die Zensuren des Kunstrichters völlig vorbeigehen: die des geschichtlichen Opfers.

Der Rückstand, zu dem Zollingers Werk verurteilt war,

ist keinem Defizit an Empfindlichkeit oder ehrlicher Zeitgenossenschaft zuzuschreiben, ganz im Gegenteil. 1941 ist er, im Schulamt aufgerieben, durch die private und patriotische Misere überfordert, noch nicht 46jährig gestorben. Kindlers vielbändiges Literaturlexikon kennt seinen Namen nicht. Der Leser von »Bin oder die Reise nach Peking« mag wenigstens (wohl ahnungslos) seinem Vornamen begegnet sein oder der Atmosphäre seines Werks in den Zürcher Landschaften des »Stiller«.

Max Frisch ist der greifbarste – wenn auch kritische – Zeuge für Zollingers Gegenwart in der deutschen Literatur. »Vielleicht lieben wir ihn nicht zuletzt darum, weil wir seinen Mangel als familiär empfinden«, sagt er im Vorwort zu einer Neuausgabe von Zollingers gesammelten Werken im Atlantis-Verlag. Die Probe sei gemacht, ob dieses schweizerisch gedachte »wir« von deutschen Lesern nachgesprochen werden kann.

HEIMITO VON DODERER
AUF DIE STRUDLHOFSTIEGE
ZU WIEN

Wenn die Blätter auf den Stufen liegen
herbstlich atmet aus den alten Stiegen
was vor Zeiten über sie gegangen.
Mond darin sich zweie dicht umfangen
hielten, leichte Schuh und schwere Tritte,
die bemooste Vase in der Mitte
überdauert Jahre zwischen Kriegen.

Viel ist hin gesunken uns zur Trauer
und das Schöne zeigt die kleinste Dauer.

GERHARD KAISER
DAS SCHÖNE ZEIGT DIE KLEINSTE DAUER

Die Strudlhofstiege im 9. Bezirk von Wien, eine 1910 errichtete Fußgängerverbindung zwischen der Strudlhofgasse und der tiefgelegenen Liechtensteinstraße, ist in einem spröden Jugendstil elegant und dekorativ. Ist nicht dieses Gedicht, eingemeißelt in eine Tafel auf einem Treppenabsatz und dem gleichnamigen Roman Doderers 1951 als Prolog vorangestellt, »Art Déco«, konventionell in den Motiven, raffiniert im Kunsthandwerklichen? Herbst und Trauer, Blätterfall und Hinfälligkeit, Moos und Mond sind wohlvertraute Versatzstücke gepflegter Innerlichkeit seit der Gräberromantik des 18. Jahrhunderts.

Gewiß sind die Verse ebensowenig avantgardistisch wie Doderers Epik. Beide sind »herbstlich«, aber auch »herbstlich atmend« in einem lebendigen Rhythmus gegenläufiger Bewegungen. Eine Treppe führt hinauf und hinab. Die fallende Sprache, dem langsamen Hinabschreiten auf flachen Stufen entsprechend, kommt im Überspielen der Satzgrenze durch den Reim, der Versgrenze durch den Satz und durch die folgende Parenthese – »leichte Schuh und schwere Tritte« – zu einer Schwebe des Tons, der die Auflösung des Satzbaus entspricht. Leicht schwimmt das schwere Trauergedicht syntaktisch. Der Satz festigt sich erst, indem er vom Überdauern der Vase spricht. Doch indem er das tut, schwingt er melodisch vom tiefsten Punkt der Sprachtreppe zum höchsten zu-

rück, denn die reimlose letzte Zeile reimt sich mit der ersten Zeile der Strophe.
In welcher Mitte steht die Vase? In der Mitte der Stiege, in der Mitte der flüchtigen Zeit, in der Mitte des Bildes, in dem das Vergangene des menschlichen Umrisses und das Gegenwärtige der Dinge zusammenkommen und wieder auseinandertreten. Sie bezeichnet damit den Ort der Erinnerung, in der sich Außen und Innen, Imagination und Realität, Menschen und Gegenstände, Einst und Jetzt vermitteln und umfangen, fest und flüchtig wie vorzeiten die Umarmung der Liebenden war.
Auch Vorstellungs- und Sinneinheiten sind untergründig aufeinander zu und voneinander weg bewegt. Von den alten Stiegen zielt der Sinn zu Schuh und Tritten, aber die Vorstellung »Mond« kommt dazwischen. Zum schweren gehört der leichte Tritt, doch das Dingliche, der Schuh, schiebt sich vor. Die Treppe, nicht die Schreitenden; der Mond, nicht die Liebenden; die Vase, nicht was hinging in den Jahren zwischen den Kriegen, bestimmen die Topographie dieses Hades. Gegenstände und Atmosphäre, menschliche Bewegungen und Gebärden, Augenblick und Epoche sind zum fließenden Ornament verschlungen, in dem der Mensch die flüchtigste Spur ist.
So scheint im fraglosen Vorhandensein der Vase das Gedicht zur Ruhe zu kommen. Um die bemooste Urne schweben die Schatten; in ihrem zerbrechlichen Überdauern ist die Vase das Gefäß, das die Erinnerung sammelt. Als dieses gegenständliche Sammelbecken des Menschlichen ist sie das Schöne: die Vollkommenheit als Konstellation von Mensch und Welt, die flüchtiger ist als alles: »und das Schöne zeigt die *kleinste Dauer*.«
Doch widerspricht das nicht der Erhaltung der Vase im

Zentrum des Gedichts? Der logische Sprung deutet auf den geheimen Gegensinn der Aussage, durch den sich das Vermittelnde, Treppenhafte, Atmende des Gedichts bis in die Sentenz durchhält. Das Schöne ist am vergänglichsten und das Vergänglichste ist am schönsten. Es wird als Vergänglichstes am tiefsten erinnert. Darin aber ist das Schöne das Unverlierbare, Zeichen und Erscheinung noch der kleinsten, unscheinbarsten Momente von Dauer: »und das Schöne *zeigt* die kleinste Dauer.« Die Erinnerung haftet an den Dingen, aber die Dinge leben durch Erinnerung, und durch sie ist denn doch der Mensch mit seiner Rede die Mitte und nicht das Anhängsel der Dinge.

Das Gedicht macht vor, was es sagt: Das Schöne ist Verewigung des Verfließenden, ja des Verfließens. Deshalb ist zuletzt das Gedicht die Vase, von der es spricht.

WERNER KRAFT
LIED

Der Mandelbaum blüht,
Vom Wetter geschwächt
Steht er verfrüht
In seinem Recht.

Ich aber blühe
In schwarzen Wettern
Ganz ohne Frühe
Mit gelben Blättern.

GÜNTER BLÖCKER
EIN BOTE KOMMENDER HERRLICHKEITEN

Ende Januar, Anfang Februar – es ist unwirtlich auch noch im milden Süden. Nur der Mandelbaum blüht schon und wirft ein Gespinst aus rosa Blüten über das kahle Land. Werner Kraft gibt diesem Vorgang eine zarte Wendung ins Animistische. Sein Mandelbaum erscheint als ein beseeltes Wesen, das dem Herrschaftsanspruch der unfreundlichen Jahreszeit trotzt und auf seinem Recht besteht, ein früher, ja ein verfrühter Bote kommender Herrlichkeiten zu sein.

Vier schlichte, jedoch metrisch streng gearbeitete Zeilen, die mit ihrem jeweils männlichen Ausgang ein Gefühl von Festigkeit und Selbstbehauptung vermitteln. Auch der Reim trägt zu diesem Eindruck bei. Er ist nicht bloß tönende Schmuckfigur, sondern Klang gewordene Argumentation. Das kraftvoll-sinnliche »blüht« des ersten Verses ist stark genug, um das schwächlich-begriffliche »verfrüht« des dritten zum Schweigen zu bringen. Es überstrahlt, was sich als Einwand regen möchte. Ebenso wie das beinahe drohend aufgereckte »Recht« am Schluß der Strophe über das ein wenig bängliche »geschwächt« triumphiert.

Ganz anders die zweite Strophe. Sie handelt – metaphorisch – vom Menschen und seiner Preisgegebenheit. Nicht von der zwar strengen, aber auch wieder tröstlichen Regelhaftigkeit eines Naturprozesses ist da die Rede, sondern von der tragischen Unbestimmtheit des Menschenloses. Das Ich, das sich in diesem Abgesang schmerzlich vernehmen läßt, »blüht« auch. Doch das fraglose Aufgehobensein im Naturgesetz, das »Recht«, auf das die erste Strophe so selbstbewußt verweist, ist ihm verwehrt. Sein Teil sind die »schwarzen Wetter«, die den Sprecher vor der Zeit und »ganz ohne Frühe« alt und welk werden lassen.

Keine Frage, daß in diesen poetischen Chiffren ein Stück Autobiographie verschlüsselt ist. Werner Kraft, der hochbetagt in Jerusalem lebende Dichter, mußte Deutschland 1933 verlassen, zu einem Zeitpunkt, wo (so hat er selbst es einmal formuliert) »ein Leben mit normalem Glück und normalem Unglück hätte beginnen können«. Statt dessen kam »das wahrhaft Andere«, ein Leben jenseits aller Normalität, das dennoch bestanden werden mußte, wenn auch – in der Sprache des Gedichts – »mit gelben Blättern«.

Bezeichnenderweise sind in dieser zweiten Strophe alle Zeilenausgänge unbetont (weiblich), und der Rhythmus ist trotz der Kürze der Verse eher weich und schwermütig. Das Gedicht wird, wie der Titel es will, zum Lied, zu einem Lied allerdings, das sich asketisch jedem breiten Ausschwingen verweigert. Wie sein gesamtes dichterisches und essayistisches Werk, so hat der Autor auch dieses »Lied« unter das Gesetz einer Sachlichkeit gestellt, die nur das »wahre Ding« gelten läßt und alles Rankenwerk tilgt. So entstehen Verse, die in ihrer rigorosen Komprimiertheit einen trügerischen Eindruck von Einfachheit erwecken. In Wahrheit sind sie Ausdruck einer höchst anspruchsvollen Kunstgesinnung, eines Kunstwillens, der seine Befriedigung allein im kompromißlosen Rückgriff auf die Substanz findet.

WALTER MEHRING
DENN: ALLER ANFANG IST SCHWER

Und als er an der Reling stand,
Winkt sie, die Fackel in der Hand.
Da küßte er dem Riesenweib
Von fern den nebelweichen Leib
Und schaut sie an.
Doch sie verschwand
In einer Wolkenkratzer-Wand . . .

Und als er die »First Papers« nahm,
Sich brüstet als ihr Bräutigam,
Sich hart durchs neue Leben schlug,
Ihr jeden Cent nach Hause trug –
Sie schaut nicht hin, wie er sich plagt,
Und hat sich steinern ihm versagt . . .

Fünf Jahre dient er um sie ab,
Schaut keine an, und lebte knapp.
Doch als man in den Sarg ihn tat,
Geschminkt, in seinem Hochzeitsstaat,
Da haucht sie:
Wandre in mich ein!
Ich bin, die Freiheit, Ewig Dein . . .

PETER RÜHMKORF
ÜBER DIE UNWILLKOMMENHEIT VON ZEITGEDICHTEN

Walter Mehrings Ballade von der Schwierigkeit des Neubeginnens ist ein zur Unzeit verfaßtes Zeitgedicht. Es fiel im amerikanischen Exil der Jahre 1941/42 praktisch zwischen alle politischen Raster und konnte im späteren Nachkriegsdeutschland schon gar nicht mehr auf Verständnis hoffen. Dabei gehörten Mehring-Chansons wie »Heimat Berlin« oder »Wenn wir Stadtbahn fahren« einmal zum allgemeinen urbanen Kulturbesitz, ganz zu schweigen von seinem unvergäng-/-vergeßlichen Seefahrersong »Wir haben die ganze Welt gesehn / – Die Welt war kugelrund –«. Es wurde selbst zur Nazizeit unbekümmert weitergesungen, Verfasser unbekannt, aber der Wortlaut war einfach nicht totzukriegen, was für ein Shanty fast so etwas wie ein insgeheimer Gottesbeweis ist.
Das erinnert uns an Heines »ich weiß nicht, was soll es bedeuten«. Und als Loreleylied läßt sich auch unsere kleine Moritat verstehen, obwohl ihr bekannter Zeit- und Begleitumstände wegen ein vergleichbares Echo versagt blieb. Vor den Nazis außer Landes geflohen, vom französischen Vichy-Regime eine Zeitlang in unwürdiger Haft gehalten (unwürdig zumal für das Zufluchtsland), gelingt es dem Gejagten mit soviel Glück wie Verstand, eine Passage nach Übersee zu ergattern, und da sieht er sie eines nebelgrauen Tages beinah greifbar und doch unbegreiflich vor sich: die amerikanische Freiheitsstatue, ein machtvol-

les »Riesenweib« und für einen den Hakenkreuzkrallen nur mit knapper Not entronnenen Juden »Die schönste Jungfrau . . . wunderbar«.

Daß das steinerne Sinnbild womöglich nur eine fromme Sinnestäuschung ist, läßt allerdings bereits der Schluß der ersten Strophe erahnen. Dennoch geben verzweifelte Wunschvorstellungen so leicht keine Ruhe, und wo »der Schiffer im kleinen Schiffe« der Sirenenmusik seiner Schönen nur allzu willig erliegt, legt sich unser Mann erst mal richtig ins Zeug, seiner eigenen Angebeteten als honoriger Freier zu erscheinen. Aber Vorsicht, wir haben es hier mit einem Vexiergedicht zu tun, bei dem weder die »First papers« (vorläufige Einbürgerungspapiere) als reelles Heiratsgelöbnis zu betrachten noch auch die mühsam zusammengeklingelten Cents für bare Münze zu nehmen sind.

Genauer gesagt, unser Sinngedicht spricht in verschlüsselter Sprache, und statt an *money-money-money* ist wohl eher an eine immaterielle Mitgift zu denken. Dazu muß man wissen, daß Mehring wie andere deutsche Kollegen für eine Zeitlang aus einem Charity-Fonds der »Metro Goldwyn Mayer Pictures« unterstützt wurde – mit der verfänglichen Auflage, den Gedanken an Drehbücher lieber gleich zu vergessen.

Das war nun allerdings ein etwas zweifelhaftes Angebot. Beinah schon ein Knebelvertrag. Aber wo ihm schon keine ernsthaften Arbeiten abverlangt werden, besinnt sich Mehring noch einmal auf seine alten Künste und versucht sich auf fremdem Boden als Zeitdichter in Erinnerung zu bringen. Schade nur, daß er von Berufs wegen kein gelernter Preisredner ist und sich ihm partout keine Loblieder aufs Gelobte Land entringen wollen. Dagegen geraten ihm seine lyrischen Widmungsblätter immer lästerlicher, krächziger, ungefällige, für einen Minnewerber nicht gerade die glücklichste Selbsteinführung und für einen verfolgten Dichter nur die Fortsetzung seiner Elendskarriere in die wirtschaftliche und moralische Erfolglosigkeit.

Noch einmal zurück zur »Loreley«. Was uns zwei seelenverwandte Poeten von zwei unterschiedlichen Scheiterkandidaten zu vermelden haben und was uns einerseits immer noch als verführerischer Sog des Gesanges süß zu Ohren geht, liest sich in Mehrings schneidender Kontrafaktur als unendlich traurige Weise von der Unwillkommenheit der Poesie.

Der Schluß, wie bitter er uns ankommen mag, zeigt dennoch keinerlei Anflug von Wehleidigkeit. Er gibt sich eher aufgekratzt gefaßt und fängt sich in einem Moritatenbild von diabolischer Komik. Der Hochzeitsstaat des Zeitgedichtes nur ein im Futter gewendeter Sterbekittel, das ist schon eine Pointe von überirdischem Witz, bedenklich zu Herzen gehend und zugleich noch schauerlich zum Lachen.

ERICH JANSEN
ANNETTES KUTSCHE AUF RÜSCHHAUS

Wie graue Seide, Rosenrauch,
die Kutsche innen mit der hohen Lehne.
Die Polster träumen noch.
Nicht einer hat davon geschrieben:
wenn sich das Fräulein rückwärts lehnte,
und von Resedenbackwerk
träumte,
gleich einer Puppe, die im Waggehäuse
den Sommernachmittag versäumt.

Im Rüschhaus waren dann die Bilder traurig,
im Garten wurden kaum die Bohnen reif,
und Jenny rief:
das aufgesparte Essen wird verderben.

Noch steht lebendig da die Kutsche
und wartet
wie ein abgedienter Gaul
hart unterhalb Annettes Kammer,
ob sich nicht doch
noch einmal
oben in der Wand
das kleine Fenster öffnet:
»*Jetzt*, stummer Wagen
fahren wir!«

»Nie!«
sprach der Sonnengott von draußen
auf der Tenne.
»Die Damen sind doch abgereist;
auch Jenny,
schon vor hundert Jahren!«

ECKART KLESSMANN
DAS KLEINE FENSTER

Das Rüschhaus bei Münster, das der Baumeister Johann Conrad Schlaun 1745/48 für sich als Landhaus errichtete, war von 1826 bis 1846 der bevorzugte Aufenthalt der Annette von Droste-Hülshoff. Sie teilte ihn mit ihrer Mutter, ihrer Amme und ihrer Schwester Jenny, die 1834 heiratete und nach Meersburg zog, wohin ihr die jüngere Schwester endgültig 1846 folgte. Im Rüschhaus, einem der schönsten deutschen Poetengehäuse, hat die Droste einen großen Teil ihres Werkes geschrieben, darunter »Die Judenbuche«.
Betritt man die Küche, so sieht man oben rechts ein Fenster; es gehört zum unverändert erhalten gebliebenen Arbeitszimmer der Dichterin, von ihr selbst »Schneckenhäuschen« genannt. Aus diesem Fenster konnte sie auch sehen, ob »das aufgesparte Essen« aufgetragen war. Diesem Fenster gegenüber ist die Tür zur Tenne, und dort, auf grobgepflastertem Boden, »steht lebendig da die Kutsche«; die erinnernde Phantasie des Dichters hat »das kleine Fenster« in die Wand der Tenne versetzt. Die Kutsche ist klein, schwarz und bescheiden. Kein Wagen für die wiederholten Reisen nach Bonn; mit diesem zierlichen Zweispänner fuhr man sonntags zur Messe oder ins nahe Münster. Heute sind es von der Kutsche bis zur Autobahnabfahrt Münster-Nord nur wenige hundert Meter, und das von dort kommende permanente Motorengeräusch läßt im »Schneckenhäuschen« das Fensterglas

vibrieren, und wenn die Bilder dort je »traurig« waren, so sind sie es heute.

Erich Jansen, der 1968 verstorbene Apotheker aus Stadtlohn, ist erst wenige Jahre vor seinem Tode zu späten lyrischen Ehren gekommen. Sein 1963 erstmals veröffentlichtes Gedicht (es stand in einem Band, mit dem er, fünfundsechzig Jahre alt, als Lyriker sein Debüt gab) sieht die Kutsche als ein Symbol von Freiheit und Phantasie. Im Rüschhaus war die Einsamkeit groß. »Ich lebe hier sehr still für mich«, schrieb die Dichterin 1837. Ein andermal empfand sie sich so einsam und verlassen »wie ein armer Soldat, der sich auf dem Schlachtfelde verblutet«. So versetzt des Autors Imagination »das Fräulein« in den ausgespannten Wagen und läßt sie dort ins Weite träumen.

Was Jansen faszinierte, läßt sich noch heute im sommerlichen Rüschhaus nachempfinden: Draußen der warm duftende Sommertag, drinnen die schattige Kühle der Tenne. Wird noch einmal angeschirrt? Nein. »Die Damen sind doch abgereist«, wenngleich es uns im Rüschhaus scheinen möchte, sie wären auch wohl heimgekehrt hierher.

Ich glaube nicht, daß »im Waggehäuse« Annette »von Resedenbackwerk träumte«. Ihre Träume galten einer so unvorstellbaren wie ungehörigen Freiheit, die ihr auf vielfache Weise versagt bleiben mußte: Als Frau, als Katholikin, als Adlige, als chronisch Kranke, als in die Einsamkeit Verwiesene, als Dichterin. Dem Wunsch, ins unbestimmbar Weite hinauszufahren, sich selber gleichsam zu entgrenzen, hat damals schon der Sonnengott (und was sonst diesem Rang entsprach) sein »Nie!« entgegengesetzt.

Das im jambischen Rhythmus geschriebene Gedicht hält die glückliche Mitte zwischen dem Erzählen und einer wie schwebenden Beschwörung, zwischen dem Einst und dem Jetzt. Was war, kann wieder sein, auch wenn die Damen längst schon abgereist. Es öffnet sich ein kleines Fenster, das nicht da ist, scheinbar.

THEODOR KRAMER
ABSCHIED VON EINEM AUSREISENDEN FREUND

Meinem Freund, der seinen Paß schon hatte,
gab ich gestern das Geleit zur Bahn;
unsre Hände waren wie aus Watte,
als wir tief uns in die Augen sahn.
Dreimal winkte er mir aus dem Wagen
und ich winkte stumm ihm wie erschlagen:
denn ich selber war noch immer hier.

Aus der Halle fuhr mit ein paar Pfiffen
schon der Zug mit ihm, er reiste aus;
doch ich hatte es noch nicht begriffen,
ging vom Bahnsteig wie betäubt nach Haus.
So als säß er, wo er oft gesessen,
war mir, und mir mundete kein Essen:
denn ich selber war noch immer hier.

Hinter den vertrauten Fensterläden
immer noch vermeinte ich den Mann,
und ich rief ihn, um mit ihm zu reden,
heute zur gewohnten Stunde an.
Aus der Muschel kam ein kleines Knacken,
und ein Schauer lief mir durch den Nacken:
denn ich selber war noch immer hier.

HERTA MÜLLER
DER LEICHTE KLANG DES SCHWEREN

In diesem liedhaften Rhythmus und Reim kommt in Kramers Gedichten der Schrecken daher. Sie sind so einprägsam und beklemmend, daß man sie nicht mehr vergißt. Hier spricht einer Klartext wie der Alltag und macht Poesie unterderhand. Das Unerhörte sagt sich wie nebenbei. Was da steht, als wäre es von sich selbst überrascht, ist besessenes Handwerk. Rigoros legt Kramer es ins Unauffällige, unter den Text, nicht hinein. Kein anderer Lyriker findet für das Schwere so leicht einen Klang. Die Last lernt fliegen, aber darunter ist die Tiefe der Celanschen Welt.

1936 schrieb Kramer einem Freund: »Ein großer Kummer von mir ist, daß meine Sachen noch nicht vertont wurden.« Und 1937 mußte er dem Freund schon schreiben: »Komponiert hat mich einer, schreibt mir aber ›Mit deutschem Gruß‹, das wird für uns beide peinlich werden.«

Die Nazis setzten alle Bücher des Juden Theodor Kramer auf die »Liste des schädlichen und unerwünschten Schrifttums«. Schlag auf Schlag kamen Zwangsumsiedlungen, drohende Verhaftung, Verstecke in heimlichen Wohnungen, Nervenzusammenbruch, Selbstmordversuch, schwere Sehnenentzündung, nachdem ein SS-Mann ihm in der Warteschlange um Ausreisepapiere in den Knöchel getreten hatte. Dies war der Alltag. Erst Ende Juli 1939 gelangte er ins englische Exil. Er blieb achtzehn Jahre, schrieb über Fremdsein und Heimweh, Suff und Stundenhotels, Liebesgier im Alter, wenn der Körper abdankt. Bestürzende

Themen und liedhafter Ton, der die zu dünnen Nerven zähmen sollte. Kurz vor dem Tod erst kehrte Kramer nach Wien zurück. In meinem Kopf haben sich Kramers Angstgedichte immer mit denen Celans verbunden. Exemplarisch zeigen die beiden Autoren, wie der gleiche Schmerz sprachlich ganz und gar verschieden ausgedrückt werden mußte und konnte.

Bei Kramer muß man lernen, daß der Skandal nicht erst mit der Vernichtung in Todeslagern begann, sondern Jahre vorher in den belebten Städten, in den Läden, Cafés, Parks und Straßenbahnen. Man wird aus Kramers Gedichten nicht entlassen ohne die Einsicht, daß im Nationalsozialismus nicht nur der Uniformierte, sondern auch der Nachbar, Briefträger, Passant Politik machte, da sie dem Bedrohten als potentielle Denunzianten zur leibhaftigen Politik werden mußten, ob sie es wollten oder nicht. Alle, die sich nicht als Gegner dieser Politik zu erkennen gaben, waren ein Teil von ihr geworden. Und daß Flucht nur im Vergleich zur Vernichtung als Glück bezeichnet werden kann, daß Exil ein Existenzrutsch ist, ein Marathon der Einsamkeit, das lernt man aus Kramers Gedichten.

Ich habe Celans und Kramers Gedichte von Anfang an mit Blick auf meinen Vater lesen müssen. Wie die meisten Söhne der Deutschen im Rumänien jener Zeit war er ein SS-Soldat. Und Jahre später, wie viele seiner Kameraden, ein Dorftrinker, der Nazilieder sang. Gerade beim Lesen, wenn ich ihn gern vergessen hätte, wurde er in der Rasanz des Poetischen der mir vertrauteste Vertreter der Tat, dessen Taschentücher und Schraubenzieher ich kannte.

Später hatte ich Bespitzelung, Hausdurchsuchung, Verhör, Todesdrohung durch Ceauşescus Geheimdienst als Alltag zu bezeichnen. Auch Fluchtversuche, die selten glückten und oft im Gefängnis oder im Tod endeten. Auch meine besten Freunde hatten schon den Paß und reisten aus. Das Gedicht vom ausreisenden Freund war plötzlich das Gültigste, was ich in Büchern zum Thema Abschied fand. Es ist verblüffend, wie Kramer es fertig bringt, lapidar Gesagtes erst im Kopf zu vergrößern. Das Gedicht nutzte sich nicht ab, seine Direktheit wechselte bei jedem Auswendigsagen ihr Geheimnis. Auch vor drei Wochen und am Flughafen in Budapest waren Kramers Gedichte wieder da. Am Flugsteig nebenan saß eine Familie aus dem Kosovo: Eine Großmutter weinte in ihr verknäultes Kopftuch, zwei Eltern sahen starr zu Boden, drei Kinder hatten aufgeblasene Plastikflugzeuge, summten und ließen sie über fremde Koffer segeln. Keiner der Angehörigen rief sie zu sich. Sie liefen weit weg, aber sie konnten beim Spielen hier nicht mehr verlorengehen.

THEODOR KRAMER
DIE GAUNERZINKE

Die stillste Straße komm' ich her,
im Schluchtenfluß die Otter schreit.
Mein Schnappsack ist dem Bund zu leer,
Gehöfte stehen Meilen weit.
Im Kotter saß ich gestern noch
und tret ins Tor im Abendrot
und weiß im Janker Loch um Loch
und bitte nur ganz still um Brot.

Und dem, der hart mich weist ins Land,
dem mal ich an die Wand ein Haus –
und vor das Haus steil eine Hand;
die Hand wächst übers Haus hinaus.
Hier, seht, hier bat – und bat nur stumm,
– nach mir, ihr Brüder, – eine Hand.
Und Einer geht ums Haus herum
und Einer setzt's einst nachts in Brand.

HANS J. FRÖHLICH
AM RANDE DER SOZIETÄT

Diese Verse des 1958 – nach seiner Rückkehr aus zehnjährigem Londoner Exil – in einem Wiener Spital gestorbenen Theodor Kramer stehen in seinem 1929 veröffentlichten ersten Gedichtbuch »Die Gaunerzinke«. 36 Gedichte von Tagelöhnern, Häuslern, Ziegelbrennern, von Menschen am Rande der Sozietät. Zuckmayer, der ebenfalls Gedichte geschrieben hat, nannte Kramer »den stärksten Lyriker Österreichs seit Georg Trakl«. Beim Lesen des balladenhaften »Bericht vom Zimmerhändler Elias Spatz« oder der Moritat vom Selbstmörder Aron Lumpenspitz wird man eher an Brechts »Hauspostille« erinnert.

Das nebenstehende Gedicht hat zwei Doppelstrophen zu je acht Zeilen. Diese kontrahierende Notation anstelle der üblichen von vier Vierzeilern ist, wie man bald erkennt, strukturell wie inhaltlich bedingt.

Der hier monologisiert, ist ein aus dem »Kotter« (Dorfarrest) entweder Entlassener oder Geflohener, der sich auf Schleichwegen den »Meilen weit« voneinander entfernt liegenden Gehöften nähert, um (so erfährt man aus der ersten Strophe) »ganz still um Brot« zu bitten. Wer ihm diese Bitte abschlägt, dem wird er (droht er in der zweiten Strophe) eine Gaunerzinke an die Wand malen, damit sich unter den nachfolgenden »Brüdern« einer finde, der dem Geizhals das Haus anzündet.

Den zwei Wünschen (dem nach Brot und – wird ihm dies verweigert – dem nach Rache) entspricht die Zweiteiligkeit des Gedichts, wobei das in der zweiten Strophe beibehaltene Erzähltempus nur grammatisch ein Präsens ist. Die vermiedene Futur-Form legt nahe, das ganze Gedicht als Wunschvorstellung eines noch Inhaftierten zu deuten. Charakteristisch für Kramer ist der parataktische Satzbau. In der ersten Strophe besteht jede Zeile aus einem einfachen, nur durch Interpunktion oder ein »und« vom vorangehenden getrennten Aussagesatz, und jeder dieser Sätze bildet eine Station. In der zweiten Strophe, wo Reflexion oder Imagination in den Vordergrund treten, geraten die (gedachte) Bewegung und damit die Sätze ins Stocken, veranschaulicht durch Relativsätze, Parenthesen, vokativische und imperativische Einschübe.

Wie in fast jedem Kramer-Gedicht, bestimmt den formalen Aufbau auch in diesem der Reim. Vom Metrum abgesehen, ist die klassische Kreuzung (a b a b) indes das einzige traditionelle lyrische Element in diesem Gedicht, das im übrigen auf alle artistischen Raffinements verzichtet. Aber auch diese Reimpaare sind von beinahe ausgesuchter Kunstlosigkeit. Es sind Gebrauchsreime, abgewetzte und durch häufige Benützung handlich gewordene Wörter. Sie wollen nicht Harmonie und Einverständnis in der Sprache herstellen, wo diese realiter nicht vorhanden sind. In ihrer klappernden Einsilbigkeit (her-leer, wodurch die Leere noch potenziert wird, noch-Loch, Hand-Brand) dienen sie der leichteren Memorabilität und können zugleich auf Widersprüche (Haus-hinaus) aufmerksam machen.

Mehr als bei einem Prosatext stellt sich bei einem Gedicht die Frage: Was ist neu daran? – Auch die herben Fügungen, auch die knappen, metaphernfreien Sätze, auch die Verwendung von Rotwelsch und Regionalsprache (statt des lyrischen Formelvorrats). Vor allem aber ist es Kramers bevorzugtes »Milieu«, seine Motive und Themen: das Leben der Ausgesteuerten, denen er – sein eigenes Schicksal (das eines zur Flucht gezwungenen Sozialisten und Juden) gleichsam antizipierend – Stimme gab.

THEODOR KRAMER
LIED AM BAHNDAMM

Süß das schwarze Gleis entlang
duftet die Kamille;
Mückenschwall und Vogelsang
sind verstummt, die Grille
regt allein sich schrill im Sand,
und uns beide, Hand in Hand,
überkommt die Stille.

Rote Tropfen streut der Mohn
über Hand und Stätte,
auf dem Stockgleis der Waggon
ist heut unser Bette,
wo man uns zwei schlafen läßt,
und schon hält dein Haar mich fest,
als ob's Finger hätte.

In der Tür das Blau wird satt,
Sterne schaukeln trunken;
wenn auf Spelt und Schaufelblatt
sprühen jähe Funken,
und ein Zug vorüberfährt,
bleib ich ganz dir zugekehrt,
ganz in dich versunken.

BARBARA FRISCHMUTH
FUNKEN DER VERHEISSUNG

»Lied am Bahndamm« spricht von Glückserfahrung, einer im Werk Theodor Kramers eher selten angesprochenen Gemütslage. Wie schon Bruno Kreisky im Vorwort zu seinen »Gesammelten Gedichten« schrieb, »war Theodor Kramer der Dichter der armen Menschen unserer Zeit«. Und da die Armen bekanntlich wenig Glück erfahren, und schon gar nicht in der Zeit, in der Kramer die meisten seiner Verse schrieb, nämlich zwischen Mitte der zwanziger und Mitte der fünfziger Jahre (davon auch noch siebzehn als Vertriebener in England, bis man ihn schließlich 1957 zum Sterben heimholte), entspricht die Stimmung in seiner Lyrik dem selbst erlebten Elend.

Nicht aber in diesem Gedicht, in dem die Liebenden einander so sehr im Leib und in der Seele liegen, daß sogar die Sterne trunken ins Schaukeln geraten. Nicht ins Schunkeln, das hätte Kramers Zunge nicht hergegeben. Die war zwar zur Hereinnahme englischer Wörter bereit, die in manchen seiner Sätze wie Kiesel von einem fremden Strand herumliegen; im Deutschen aber war und blieb er Österreicher. Während sich in Wien erst nach dem Krieg Verlage für ihn fanden, und auch dann selten genug, erschienen seine früheren, in Deutschland herausgegebenen Bände jeweils mit einem Glossar.

Theodor Kramer, Sohn eines Landarztes in Niederhollabrunn (das heißt aus der Provinz gebürtig), war jüdischer Herkunft und hat am Ersten Weltkrieg als junger Offizier der k.u.k. Armee teilgenommen. Dabei wurde er verwundet, schwer genug, um zeit seines Lebens und unbedankt an den Folgen zu kränkeln. Dennoch hat er sich in einer Treue zum Österreichischen geübt wie ansonsten vor allem Joseph Roth.

Kramer hatte zugelassen, daß seine Sprache sich in einer ganz bestimmten Gegend zwischen Waldviertel und Neusiedlersee, zwischen Weinviertel, Marchfeld und Wien auf all den zu Fuß oder per Rad unternommenen Reisen bildete – und das unwiderruflich. Als eine Sprache der Gegenstände, die von ihm nur benannt, selten beschrieben und so gut wie nie kommentiert wurden. Eine eher sachliche Vorgangsweise und doch von magischer Wirkung. Das treffende Wort, das sich mit seinem Gegenstand trifft, ihn in sich aufnimmt, um mit ihm eins zu werden – auch eine Glückserfahrung, eine, die Welt zeugt.

Schon der Titel »Lied am Bahndamm« stimmt in die Landschaft des Kargen ein, so als führe bereits von der Kamille eine Duftspur zu den Ausgesteuerten, den Unterstandslosen. Aber es wird auch eine Liebesgeschichte erzählt, eine, von der man nicht mehr erfährt, als daß sie sich erfüllt hat, in einem alten Waggon, der vielleicht Jahre an dieser Stelle stehenbleiben wird. Oder auch nicht. Wer könnte das von einem Waggon so genau sagen? Und von einer Liebesgeschichte? Auch niemand. Schon gar nicht in dieser ärmlichen Gegend, die aus unscheinbarem Bahndammbewuchs, ein paar Vogellauten, dem Zirpen von Grillen und einem Abstellgleis ersteht. Das einzig Prächtige, Zukunftsweisende, Funken der Verheißung Versprühende ist ein vorüberfahrender Zug, dessen Bedeutung man nur ermißt, wenn man weiß, welche Rolle die Eisenbahner als gesellschaftliche Kraft in der ersten Republik spielten und wie viele Eisenbahnergedichte Kramer geschrieben hat.

In diesem Augenblick der Liebe jedoch interessiert nicht einmal die Eisenbahn, es sei denn als auswaggonierte, die den Liebenden ein Nachtlager gewährt, was wohl so ziemlich alles über deren soziale Befindlichkeit sagt. An diesem Punkt des Ineinander-versunken-Seins gibt es auch kein Gesicht mehr, das zu beschreiben wäre, nur noch Haar, das den anderen umfängt. Lust ist ausdruckslos, besser gesagt, sie hält die Augen geschlossen.

Kramer schrieb vierzig Jahre lang beinah jeden Tag ein Gedicht. Zu seinen Lebzeiten sind davon, wie sein Herausgeber und Nachlaßverwalter Erwin Chvojka schreibt, nur etwa 650 in Buchform und weitere 450 in Zeitungen und Anthologien veröffentlicht worden, was einen Nachlaß von an die 12000 Stück ergibt. In seinen Gedichten finden sich Zeilen, die zum Anrührendsten gehören, was deutschsprachige Lyrik zu erbringen imstande war.

THEODOR KRAMER
LOB DER VERZWEIFLUNG

Verzweiflung, Freund des Armen,
du letzter Rest vom Rest,
du hast mit ihm Erbarmen,
wenn alles ihn verläßt;
du läßt sein bißchen Leben
im Schein des frühen Lichts
sich krümmen und erbeben
und führst ihn dann ins Nichts.

Du hast gar viele Namen,
bist unter allen groß,
heißt Würfel, Messer, Samen,
heißt Branntwein, Strick und Schoß;
du bist im Klirrn der Scherben,
im Zucken des Gesichts,
du fährst ins träge Sterben
und wirbelst es ins Nichts.

Du warst mir oft Gefährtin
in meiner Einsamkeit;
für mich wär jeder Wert hin,
wär ich von dir befreit;
gib Kraft mir, daß ich lebe,
und führ mich durch das Nichts,
auf daß ich mich erhebe
am Tage des Gerichts.

GÜNTER KUNERT
TAG DES GERICHTS

Daß einer die Verzweiflung lobt, klingt nach Spott und Hohn, jedenfalls so, als sei es nicht ernst gemeint. Noch dazu, da sie, die Verzweiflung, zum Freund des Armen ernannt wird – eine Freundschaft, auf die man gut und gerne verzichten könnte. Doch im weiteren Fortgang der Verse, von Zeile zu Zeile, von Strophe zu Strophe erweist sich die Verzweiflung als das letzte *Agens* des dichterischen Subjekts: Verzweiflung als einzige, unverzichtbare Grundlage poetischen Sprechens. Wer dergestalt »seine Sache« aufs schlimmste der Gefühle stellt, gefährlich nah dem Suizid, dem muß die Welt entsprechend niederschmetternde Erfahrungen vermittelt haben. Theodor Kramer, unserem Dichter, ist in einem Übermaß widerfahren, was andere vermutlich zum Verstummen gebracht hätte.

In Niederösterreich als Sohn eines Gemeindearztes 1897 geboren, lebte er später auf Wanderungen als Tagelöhner, Zimmermaler und Vagabund. Ein unruhiger Geist, der nach dem Umherschweifen ausgerechnet »Staatswissenschaften« studiert, im Ersten Weltkrieg als Soldat schwer verwundet wird, zum Beamten aufsteigt, den Posten hinwirft, um als Buchhändler und endlich als freier Schriftsteller fortzuexistieren. Die auffällige Gegensätzlichkeit seiner Unternehmungen macht das Ungewöhnliche dieser Persönlichkeit kenntlich.

Verschärfend kommt hinzu, möchte man mit einer gewissen Ironie sagen, daß Kramer Jude ist. Die Folge davon läßt auch nicht lange auf sich warten. Nach dem Einmarsch Hitlers in sein geliebtes Österreich emigriert Kramer nach England, wo er, was kaum zur Aufhellung seines Gemüts beiträgt, drei Jahre lang, bis 1942, arbeitslos bleibt. Spät wird er Bibliothekar in der Provinz, am *Technical College* in Guildford, wo er bis zu seiner Rückkehr 1957 tätig ist.

Exilierte jener Tage, welchen Kramer begegnete, erinnern sich eines etwas heruntergekommenen Mannes, eines Sonderlings, der sich Emigrantenkreisen fernhielt. Einsamkeit und Verlassenheit bilden die Signets seiner Dichtung. Und das geheime Motto seines Schaffens heißt *De profundis*. Bewundernswert, wie da jemand sprichwörtlich aus seiner Not eine Tugend macht, indem er nicht anklagt, jammert, revoltiert und protestiert, sondern mit einem düsteren Stolz die Unerträglichkeit des Seins, seines armseligen Daseins bewältigt und aushält, indem er das Leiden, das Erlittene in Gedichte verwandelt.

Dennoch: Das Gegengewicht läßt sich nicht übersehen. Es besteht in einem quasireligiösen Hoffnungsschimmer, bezogen auf die Wiederauferstehung am Tage des Gerichts. Ist diese biblische Formel nun der notwendige formale Kontrast, um dem Gedicht die Balance zu bewahren, oder künden diese Worte von einer trotzigen Glaubensfähigkeit? Eigentümlich ist die doppelte Natur des Nichts, denn einmal wird das träge Sterben in Nichts gewirbelt, ein Verschwinden in Sinnlosigkeit, doch zum zweiten kehrt dieses Nichts als eine Art Purgatorium wieder: »und führ mich durch das Nichts«. Eine Erwartung bekundet sich, eine Bitte, fast ein Gebet.

Theodor Kramer ist kurz nach seiner Heimkehr nach Wien einundsechzigjährig gestorben. Auf den Tag des Gerichts brauchen wir nicht zu warten, er findet tagtäglich und zu unseren Lebzeiten statt. Der Dichter in Gestalt seines Werkes hat diesen Gerichtstag in Würde bestanden. Er ist nicht im Orkus versunken wie so viele, denen die Verzweiflung keine Zeile wert war.

THEODOR KRAMER
WENN EIN PFRÜNDNER EINMAL WEIN WILL

Wenn ein Pfründner einmal Wein will,
sucht er im Gemeindehaus
eine Harke, eine Schlinge,
und dazu noch eine Schwinge
geht er auf den Anger aus.

Wo die Erde fett und frisch ist,
gräbt er schwarz dem Maulwurf nach.
Raben krächzen in den Kolken,
leise ziehen weiße Wolken
und die Gräser gilben brach.

Alle Gänge hebt der Pfründner
gründlich aus, die Zunge dick,
faßt die samtnen bei den Fellen,
schlägt die traurigen Gesellen
mit dem Schaft in das Genick.

Mittags mißt der Armenvater
ihm den Trunk zu trübem Rausch.
Faulig schmeckt der Wein, die Krallen
rosenroter Zehenballen
wachsen zart in seinen Rausch.

GERHARD KAISER
MAULWÜRFE

Ein Armenhäusler bricht »beschwingt« auf (Schwinge ist ein Mundartwort für den Tragkorb), um sich nach Lesebuchmoral sein Vergnügen durch Arbeit zu verdienen. Er macht sich nützlich für die Gemeinde, die ihm Unterhalt gewährt, und erreicht in der Gangart fast hüpfender Verse den Anger, einen alten Ort für Spiel und Tanz. Die Erde dort ist fett und frisch von vermodertem Leben. Die gilbenden Gräser, die krächzenden Raben – Unglücksboten – machen die weiß dahinziehenden Wolken verdächtig. Die Assoziation ›Schindanger‹ stellt sich ein. Das Geschäft des Dorfarmen ist nützlicher Mord. Schwarzen Wesen nachgrabend, die seinem Zugriff nicht, wie die Raben in den Kolken, entzogen sind, ist er selber der schwarze Mann.
Ein einziges Attribut, »die Zunge dick«, macht ihn häßlich vor Tötungsanstrengung, Durst und Bedürftigkeit. Den Maulwurf dagegen, den schädlichen Wühler, der mit seinen Erdaufhäufelungen die schöne Regelmäßigkeit und Brauchbarkeit des Dorfangers stört, trifft ein melancholisch-zärtlicher Blick. Der traurige Geselle ist sanft, samten, vom Paradies her dem Menschen zur Gesellung bestimmt. Doch der wendet Nahkampfmethoden an. Das Schlimmste stellt sich als Erinnerungsinhalt dar. Im Rausch kommen dem Pfründner seine Opfer immer näher, wachsen in das getrübte Bewußtsein hinein, werden von ihm ununterscheidbar. Das wuselnde Detail der

Maulwurfskörper ist verdinglichte Innerlichkeit, ein Ineinander von Krallen, Zehen, Zartheit, rosiger Nacktheit. Es ist gegenständlich, was eines der berühmtesten Gedichte der deutschen Lyrik in der gebildeten Seelensprache der gehobenen Stände das »Labyrinth der Brust« nennt.

Die Trunkenheit ist vom Faulgeschmack des schlechten Weins durchzogen, durch Mord erkauft, von Gärung und Verwesung geschwängert. Der Mörder schmeckt den Mord an den Mitgeschöpfen als eigenen Tod. Er schmeckt ihn mit einer Sinnlichkeit, die empfindlicher ist als sein Denken. Er ist selbst Opfer einer ihn entstellenden Armut und schmählichen Abhängigkeit, die seiner Existenz das Häßlich-Maulwurfsartige anheften, das die Tiere im Gedicht gerade nicht behalten. Blind wühlt er in der Erde nach seinem bißchen Lust, das doch nur armselige Hirntrübung sein kann und damit Vorwegnahme des eigenen Sterbens.

Der Armenvater, den Lohn zumessend, ist der Repräsentant der moralischen und sozialen Ordnung. Er ist gerecht im Dienst eines Systems, das als Rechtssystem auch fragwürdiges Herrschafts- und Besitzsystem ist. Eine sehr leichte Spur schwerer Verzweiflung geht von ihm zu jenem Vater, der über dem großen Armenhaus, Welt genannt, waltet. Er mißt aus dem Paradies gefallenen Pfründnern und Mördern gnadenlos ihre Belohnung zu.

In diesem Gedicht ist keine Spur von Häme und Denunziation. Auch keine antireligiöse Polemik. Nur Schmerz. Es erneuert in unserem Jahrhundert den Blick Georg Büchners auf seinen Woyzeck. Theodor Kramer lebte von 1897 bis 1958. Das Gedicht aus seiner 1929 erschienenen

»Gaunerzinke« liegt abseits von den Leitwegen der Lyrik der Epoche – auch das wohl ein Grund, weshalb nur der kranke Lyriker, nicht sein Werk aus der englischen Emigration zurückfand. Das ähnelt der Verdrängung der großen konkreten Maler während der Alleinherrschaft der Abstrakten aller Provenienz. Eine Entdeckung nicht nur für Insider steht an. Vor kurzem erschien der dritte Band einer Ausgabe von Kramers Gedichten.

THEODOR KRAMER
WER LÄUTET DRAUSSEN AN DER TÜR?

Wer läutet draußen an der Tür,
kaum daß es sich erhellt?
Ich geh schon, Schatz. Der Bub hat nur
die Semmeln hingestellt.

Wer läutet draußen an der Tür?
Bleib nur; ich geh, mein Kind.
Es war ein Mann, der fragte an
beim Nachbar, wer wir sind.

Wer läutet draußen an der Tür?
Laß ruhig die Wanne voll.
Die Post war da; der Brief ist nicht
dabei, der kommen soll.

Wer läutet draußen an der Tür?
Leg du die Betten aus.
Der Hausbesorger war's; wir solln
am Ersten aus dem Haus.

Wer läutet draußen an der Tür?
Die Fuchsien blühn so nah.
Pack, Liebste, mir mein Waschzeug ein
und wein nicht; sie sind da.

KURT KLINGER
DER LANGSAME TOD DER FREIHEIT

Die Freiheit eines Landes erlischt nicht über Nacht. Als Hitler sich am 15. März 1938 auf dem Heldenplatz in Wien von hysterischen Massen feiern ließ, hatte er das kleine Land zwar geschluckt, aber nicht verdaut. Das System brauchte Zeit, seine Totalität zu entfalten, den Umsturz der Verhältnisse in alle Landstriche, in jedes Haus, in die entlegensten Bezirke zu tragen. Das Netz hatte Lücken, es gab noch Fluchtwege frei. Zugleich festigte es sich bis zur Kristallnacht mit jeder Verfügung, lähmend und Angst verbreitend, rücksichtslos entschlossen, die Diktatur alltäglich zu machen.

Diese Monate der ausbrennenden Hoffnung sind im Gedicht Theodor Kramers »Wer läutet draußen an der Tür?« bedrückend gegenwärtig geblieben. Die Verse setzen sich im Gehör und im Herzen fest wie ein Volkslied, freilich wie eines, das nicht ins trällernde Repertoire unserer Heimatchöre paßt. Absichtslos ist der Volkston nicht. Die Nazis liebten die naiven Lieder, sie sangen sie mit Inbrunst, ohne zu fühlen, daß sie in ihrem Mund den Sinn veränderten. So muß Theodor Kramer das haarsträubend muntere »Horch, was kommt von draußen rein ...« als höhnischen Kontrast zur Lage des bedrohten Menschen empfunden haben, der beten mußte, daß die Schritte vor der Tür nicht haltmachten. »Geht vorbei und schaut nicht rein. Wird's wohl nicht gewesen sein.« Wer? Das Abholkommando? Wer auch immer – wer zu den Aussätzigen

dieser Zeit ging, kam nicht in freundlicher Absicht, wenn er vorbeiging, kam er bestimmt zurück, und nicht allein.
Zunächst ist scheinbar alles noch in guter Ordnung. Nichts Dramatisches geschieht, als wäre man von der Macht gegen alle Wahrscheinlichkeit übersehen worden. Es klingelt, man fährt zusammen: es ist nur wie alle Tage der Junge mit dem frischen Brot. Dann erkundigt sich jemand, droht, stellt listige Fragen – Verdachtsmomente verknüpfen sich zum Beweis. Die Folge ist, daß der Brief, der alles wenden könnte, die Ausreisegenehmigung vielleicht oder die Bürgschaft von Freunden in Übersee, nicht eintrifft. Auch ein anderer Brief, der zu erwarten war, fehlt in der Post: die Vorladung unter harmlosem Vorwand, der man Folge leistet, um nicht mehr zurückzukommen. Die Knoten schürzen sich auch ohne ihn: Delogierung, Seelenmord genau nach gesetzlicher Kündigungsfrist, Deportierung, der Griff nach dem Leben, eines nach dem anderen ohne Übereilung. So einfach ist das.
Zwei Menschen teilen die Todesgefahr ohne Herumgerede, ohne Klage, ohne schwach zu werden, ohne irgendein Aufflackern von Egoismus oder Untreue. Entscheidend sind die Pausen zwischen den Strophen, immer knapper werdende Atem-Pausen. Die Verfolger bereiten eine neue Verschärfung, ein neues Druckmittel vor, die Opfer stellen sich darauf ein und antworten mit wachsender Gefaßtheit. Wenn es das letzte Mal an der Tür klingelt, ist der Mann bereit. Sein innerer Widerstand wird nicht zu brechen sein.
Kramer wußte, was ihm in einem »entjudeten« Wien bevorstand. Trotzdem zögerte er die Emigration bis zur

letzten Minute hinaus. Keinem österreichischen Dichter scheint es damals so schwergefallen zu sein, sich loszureißen. Vielleicht hat Kramer dieses Gedicht als Warnung an sich selbst geschrieben, vielleicht hat es ihn besser als die Bitten seiner Freunde überredet, sich in Sicherheit zu bringen. Ihm könnte sein Volkslied vom langsamen Tod der Freiheit zu einem lebensrettenden Gedicht geworden sein. Wenn es heute den Dichter vor dem Vergessenwerden, uns vor der Vergeßlichkeit rettet, schenkt es die beste Hilfe, die Verse leisten können.

THEODOR KRAMER
ZUR HALBEN NACHT

Was bin ich plötzlich aufgewacht.
Die Luft ist schal und dick;
unsichtbar sitzt zur halben Nacht
ein Druck mir im Genick.
Ist niemand da, der trinken will
mit mir vorm Nahn des Lichts?
Ich trommle laut, ich trommle still
den schwarzen Marsch ins Nichts.

Der Mond steht kalt am Himmel, wie
gefallen aus der Zeit;
die Sträucher seufzen hohl wie nie
vor lauter Einsamkeit.
Ist niemand da, der schlafen will
mit mir vorm Nahn des Lichts?
Ich trommle laut, ich trommle still
den schwarzen Marsch ins Nichts.

Erschöpft hat sich, was du verlangst
von mir, o Welt; ich härm
im Schlaf mich sehr und ich hab Angst
und mach, allein, mir Lärm.
Ist niemand da, der mithörn will
die Stimme des Gerichts?
ich trommle laut, ich trommle still
den schwarzen Marsch ins Nichts.

MILO DOR
DER MARSCH INS NICHTS

Dieses Gedicht von Theodor Kramer habe ich unmittelbar nach dem Krieg in einer der ersten Nummern der von Otto Basil herausgegebenen Zeitschrift »Plan« gelesen. Basil machte seine nicht sehr zahlreichen Leser vor allem mit Autoren bekannt, die vertrieben worden waren. Er druckte auch zum ersten Mal eine Handvoll Gedichte des aus Rumänien geflüchteten Paul Anczel, der sich Paul Celan nannte. In einem dieser roten Hefte las ich das Gedicht »Zur halben Zeit« von Theodor Kramer, das meine eigenen Gefühle ausdrückte und mir so gut gefiel, daß ich den Refrain – *Ist niemand da, der trinken will / mit mir vorm Nahn des Lichts? / Ich trommle laut, ich trommle still / den schwarzen Marsch ins Nichts* – bald auswendig konnte.

Theodor Kramer, der schon vor dem Krieg mehrere Gedichtbände veröffentlicht hatte, darunter »Die Gaunerzinke« und »Die grünen Kader« (österreichische Deserteure gegen Ende des Ersten Weltkriegs), fristete als Collegebibliothekar in Guildford, etwas südlich von London, sein karges Emigrantendasein. Es ist bezeichnend, daß er dieses Gedicht im Juni 1945 schrieb, als die Engländer, bei denen er Zuflucht gefunden hatte, nach der Zerstörung der Naziherrschaft endlich aufatmen und wieder fröhlich sein durften. Für ihn schmeckte dieser mit unzähligen Opfern errungene Sieg schal, weil er noch immer ein Fremder unter Fremden war, mit dem niemand trinken oder schlafen wollte.

Diese Ballade über die Einsamkeit erinnert mich an das Bild eines Wiener Malers aus den späten zwanziger Jahren, auf dem ein Mann mittleren Alters ganz allein am Küchentisch gelehnt sitzt und unendlich traurig vor sich hinstarrt. Es war ein typisches Bild im Stil der »Neuen Sachlichkeit«. Ebenso scharf gezeichnet, beinahe kantig, wirken die Gedichte von Theodor Kramer. Sie erinnern auch an die Balladen von François Villon, die der ehemalige k. u. k. Oberst Klammer unter dem Pseudonym K. L. Ammer kongenial ins Deutsche übersetzt hat. Brecht hat einige dieser übersetzten Balladen beinahe wörtlich in seine »Dreigroschenoper« eingefügt. Ich stelle mir vor, daß man viele Gedichte von Kramer auch mit Musikbegleitung vortragen oder gar singen könnte, wie die Gedichte von Frank Wedekind, Erich Kästner und anderen Vertretern dieser Epoche, die man mit dem Begriff »Neue Sachlichkeit« etwas ungenau definiert.

Meine Situation war jedenfalls ähnlich wie die des aus seiner Heimat vertriebenen Theodor Kramer. Ich war aus einem Lager aus Serbien zur Zwangsarbeit nach Wien verschleppt worden und wollte nicht in meine frühere Heimat, die in den ersten Nachkriegsjahren von Stalinisten beherrscht war, zurückkehren. So saß ich, ein Fremder unter Fremden, in einem kleinen, ungeheizten Mansardenzimmer im Haus eines Studienfreundes und versuchte, in deutscher Sprache zu schreiben, die nicht meine Muttersprache war, die ich aber seit meiner frühen Kindheit halbwegs beherrschte.

Viktor Matejka, der legendäre kommunistische Stadtrat für Kultur, der sich schon nach den ersten Prozessen in Budapest und Prag, also 1948, von den Kommunisten getrennt hatte, wollte Theodor Kramer nach Wien holen, indem er ihm eine Stelle in der Stadtbibliothek anbot. Doch Kramer zögerte. Erst gegen Ende des Jahres 1957 kam er wieder nach Wien, wo er, wiederum ein Fremder unter Fremden, nach sechs Monaten, kaum einundsechzigjährig starb. Die Stimme des Gerichts, von der er in seinem Gedicht spricht, gibt es nicht. So trommle ich für ihn laut und still den schwarzen Marsch ins Nichts.

ALEXANDER LERNET-HOLENIA
DIE BILDER

Du über dem Spieltisch, über den silbernen
Leuchtern; du Halbversteckter im Schatten des
Vorhangs; du
Schöne, nahe der Uhr; du im weißen
Rocke! Herkunft und Ursprung! Verwandte! Ihr meines
Vaters
Väter, ihr Männer der Mütter! Ihr Hundert(und mehr)-
jähr'ge als Jünglinge, ihr um Jahrhunderte älter als Alte!
Bin ich denn wirklich, was ihr einst wart? Seid denn ihr,
was
ich bin, gewesen? Ich zwar, ich such' euch
noch mit den Blicken, mich selbst such ich in euch. Aber
ihr, auf
wen denn blickt ihr im Saale umher? Nicht auf mich.
Ach, vorbei
seid ihr und blickt mir vorüber. Näher als ich bin, der
Garten
ist's euch, auf welchen ihr blickt, wenn er im Mittag
ertönt.
Näher als ihr ist der Atem des Tags mir, ist mir der
Himmel,
ist mir der Schatten des Lichts, das flüsternde Laub und
der Ruf ist
eines Vogels mir näher, die Wiese beinahe mir Herkunft,
Herkunft ist mir das Weh'n, das den Garten bewegt.
All die Wurzeln des Grases, sie sind mir Ursprung, des
Bodens

Feuchte, der Sommerregen, die Blüte des Schneeballs,
all die zögernde Zeit des Lebens, alle die Stunden,
die erst, wenn man nicht mehr glaubt, sie vergingen,
vergehn ...

HILDE SPIEL
HERKUNFT UND URSPRUNG

Man hört ihn heraus, den Ton, man sieht sie vor sich, die wechselnd langen, hinübergezogenen Zeilen, die Alexander Lernet-Holenia von seinem großen Vorbild übernahm. Wie er sich in der Prosa, deren Bogen sich von der profunden Reflexion bis zur seichten Romanze spannt, an Kleist geschult hat, so in der Lyrik als junger Mann an Rilke, dann nur noch an Hölderlin. Aber ist nicht für den, der in seinen Versen nach erhabener Form strebt, nach antikischer Entrückung, Hölderlin die höchste Stufe, die letzte Mündung, die man erreichen kann?

So klingt Lernet-Holenias Gedicht »Die Bilder«, enthalten in dem Band »Die Trophäe«, etwa an jene zweite Fassung des »Mnemosyne« an, in der es heißt: »Und es tönet das Blatt und Eichbäume wehn dann neben / Den Firnen. Denn nicht vermögen / Die Himmlischen alles. Nämlich es reichen / Die Sterblichen eh an den Abgrund. Also wendet es sich, das Echo / Mit diesen.« Nicht anders spricht Alexander Lernet-Holenia vom »flüsternden Laub« und dem »Weh'n, das den Garten bewegt«, nicht anders stockt er am Ende einer Zeile unvermittelt im Satz, um ihn erst im nächsten Atemzug zu beenden: »und der Ruf ist / eines Vogels mir näher«. Gewiß aber hat er nicht diese oder jene Stelle Hölderlins nachempfunden, sondern sich die ganze Welt dessen lyrischer Sprache zu eigen gemacht.

Er schrieb diese Verse in einer bewegten Zeit, vermutlich nicht lange vor oder nach dem Ende des Krieges. Dennoch zeugen sie von der Distanz, in der Lernet-Holenia zu seiner Gegenwart stand. Er war großjährig geworden, als die Habsburgermonarchie zerfiel. Danach blieb er der Vergangenheit zugewandt, spürte ihr nach und denen, die vor ihm gewesen waren, suchte gleich Hamlet »beständig mit gesenkten Wimpern nach seinem edlen Vater in dem Staub«. Sein Vater war das österreichische Kaiserreich, das vor seinen Augen mit blutigen Bannern und geborstenen Emblemen in den Staub gesunken war, und dies um so mehr, als sein wirklicher Vater im Zwielicht lag – entweder der Marineleutnant Lernet war, der am Tage der Hochzeit seine Frau und den ungeborenen Sohn verlassen hatte, oder ein geheimnisumwitterter Fremder, dessen Identität sich ihm niemals mit Gewißheit erschloß.

Herkunft und Ursprung: nichts anderes hat ihn zeitlebens bewegt, kein Thema ihn so gefangengehalten wie das seines Ausgangs, des Erbes seiner Altvordern im eigenen Geist und Leib. In seinem Landhaus wie in den hohen und verwitterten Räumen seiner Stadtwohnung in der Hofburg war er umgeben von Ahnenbildern, und immer hängen sie dort noch an den Wänden, von denen er in diesen Versen spricht. Die »Schöne nahe der Uhr«, eine Dame mit weißgepuderter Frisur und zobelverbrämter Robe. Der »Halbversteckte im Schatten des Vorhangs«: ein Husar im pflaumenfarbigen Waffenkleid. Sie sind alle Vorfahren der Mutter, die – wie Rilke es sich nur wünschte – mit dem gesamten kärntnerischen Adel verwandt und verschwägert war. Nur der »im weißen Rocke« ist ein Lernetscher Stammherr, doch ebensowenig wie die mütterlichen Holenias blickt er den zweifelhaften Nachkommen an.

In diesem Gedicht ist Lernet-Holenias ganze vergebliche Sehnsucht nach den Ahnen enthalten, sein Schmerz über ihre Verweigerung und sein Trotz, der ihn die wahre Herkunft im Wind, den wahren Ursprung in den Wurzeln des Grases, der Feuchte des Bodens suchen läßt. In den zwei letzten Zeilen aber hat er prophetisch sein eigenes Ende vorweggenommen, das ihn nach vielen Jahrzehnten eines gleichförmigen, zögernd vergehenden Lebens plötzlich mit aller Schnelle aus dem Dasein riß.

ALEXANDER LERNET-HOLENIA
LINOS

Sind die Worte nicht zahllos, und was du im Haupte getragen,
war es nicht eine Welt, die du gerühmt und beklagt?
Nur was du wirklich gemeint hast, hast du nicht sagen
können! Und nichts ist gesagt.

Tust du nicht zahllose Dinge? Nur was du am meisten,
was du seit jeher gewollt, denn es hätte daran
alles gehangen, den wirklichen Auftrag hast du nicht leisten
können! Und nichts ist getan.

ARMIN AYREN
KUNST DER BAULEUTE

Linos, so Alexander Lernet-Holenia, sei der erste Dichter gewesen, von dem wir wissen. Er hätte sich demnach alles, was ein Gedicht formal zum Gedicht macht, Vers und Strophe, Metrum und Rhythmus, erst schaffen müssen. Auch Lernet-Holenia, der sich viel mit antiken Versmaßen beschäftigte, hat sich für dieses Gedicht eine eigene, ungewöhnliche Form geschaffen. Jede Strophe besteht aus zwei Distichen, doch ist das zweite Distichon jeweils stark verkürzt, und vollends auffallend sind bei solchen Versen Reim und Strophe.

Dieses Bemühen um eine möglichst kunstvolle, nicht Zusammengehöriges doch zusammenzwingende Form, die gleichwohl in den abgebrochenen Distichen wieder zerstört wird, entspricht dem Inhalt: Eine ganze Welt hat der Dichter im Haupte getragen, das absolut Vollkommene, das Eigentliche hat er sagen wollen, aber er ist daran gescheitert. Es macht die Spannung und wohl auch die besondere Schönheit des Gedichts aus, daß diese Form, die des Dichters Versagen ausdrücken soll, gerade nicht unvollkommen wirkt, sondern vollkommen. Lernet-Holenia hat, nach Expressionismus und Dada, zu zeigen gewagt, daß man nicht stammeln, nicht die Sprache zerstören muß, um Scheitern und Verzweiflung zum Inhalt eines Gedichts zu machen.

Linos hat also, wie nach ihm bis zu Hofmannsthals Lord Chandos so viele, die Ohnmacht der Worte erfahren. Daß er nicht verstummt, sondern eben dieser Ohnmacht so überzeugend Sprache verleiht – ist dies Goethes »... gab mir ein Gott zu sagen, was ich leide«? Danach sieht es zunächst nicht aus, sondern eher nach der Versuchung Fausts, an die Stelle des Worts die Tat zu setzen. Schluß mit unnützer Kunst; handeln statt reden. Aber dem steht nicht nur die Erfahrung entgegen, daß auch unser Tun immer Stückwerk bleiben muß. Linos ist Dichter, für ihn sind Sprechen und Handeln dasselbe, seine Flucht führt im Kreis herum; und die Versuchung, dieser Erkenntnis auszuweichen, muß ihn notwendig zum Ausgangspunkt zurückbringen.

Die zweite Strophe kann auch anders gelesen werden. Sie ist dann keine Wiederholung der ersten, sondern Ausweitung vom Privaten ins Allgemeine. Die Anrede »du«, in der ersten Strophe vom Dichter an sich selbst gerichtet, wendet sich nunmehr auch an den Leser, der vielleicht nicht rühmt und klagt wie Linos, aber auch immerzu zahllose Dinge tut und darüber das Eigentliche nicht leistet. So läuft es doch wohl auf Goethes Lösung hinaus: Bewältige den Schmerz, indem du ihn aussprichst. Bändige ihn durch die gebändigte Form. Linos stößt an die Grenze, die ihm wie uns allen gesetzt ist, und findet sich damit nicht ab. Aber wenn er auch das Nichtsagbare nicht sagen kann, so kann er doch sagen, daß er's nicht kann. Daß und wie er das kann – das ist schon viel. Es ist die Widerlegung seiner Klage: »Und nichts ist gesagt.«

Dieses Gedicht enthält, kaum verschlüsselt, die wahrscheinlich bitterste Erfahrung eines Autors, der zeitlebens darunter litt, daß man ihn wegen seiner Romane schätzte, an denen ihm wenig lag, nicht aber wegen seiner Gedichte. Er hat selbst zugegeben, daß er Kitsch produziert hat, leichte Ware für den Tag, und nie begreifen können, daß man ihm daraus in der wertenden Literaturkritik einen Strick drehte und seine Lyrik, die sich früh von Rilke-Nachahmung löste und einen eigenen, absoluten Rang erreichte, nicht mehr zur Kenntnis nahm, daß niemand sah, wie ihm in diesem und einigen anderen lyrischen Versuchen »das Höchste, das Gedicht, gelungen« war (Hölderlin). So verzweifelte er schließlich am Wert seiner Lyrik, schrieb Romane und tat zahllose andere Dinge, glaubte den wirklichen Auftrag nicht leisten zu können, weil ihm niemand sagte: Doch, du kannst.

Dieser durch die falschen Bücher bekannt gewordene und seitdem stets falsch bewertete Dichter ist als Lyriker noch zu entdecken. Vielleicht können seine Gedichte auch lehren, daß die Befreiung des modernen Gedichts von der überlieferten Form nicht unbedingt in jedem Fall ein Fortschritt gewesen ist. Ein Gedicht wie »Linos« ist nicht epigonal, denn es ahmt nicht schon Erreichtes nach, sondern spricht vom Unerreichbaren und nähert sich ihm so weit wie möglich. Aber auch wer den Turm zu Babel baut, kann nicht auf die Kunst der Bauleute verzichten.

BERTOLT BRECHT
ACH, WIE SOLLEN WIR DIE KLEINE ROSE BUCHEN?

Ach, wie sollen wir die kleine Rose buchen?
Plötzlich dunkelrot und jung und nah?
Ach, wir kamen nicht, sie zu besuchen
Aber als wir kamen, war sie da.

Eh sie da war, ward sie nicht erwartet.
Als sie da war, ward sie kaum geglaubt.
Ach, zum Ziele kam, was nie gestartet.
Aber war es so nicht überhaupt?

GERHARD SCHULZ
IM BILDE DER ROSE

Die Vermutung, daß es sich bei diesen Versen um die lyrischen Bekundungen eines begeisterten Rosenzüchters handle, dürfte bei Brecht wohl kaum aufkommen. Die »Große kommentierte Berliner und Frankfurter Ausgabe« seiner gesammelten Werke datiert das Gedicht auf das Jahr 1954 und erläutert dazu, Brecht habe es für Isot Kilian geschrieben. Bei ihr handelte es sich um eine junge Schauspielerin – zur Zeit des Gedichts war sie dreißig –, die 1949 in Brechts Gravitationssphäre gekommen war und diese bis zu seinem Tod nicht mehr verlassen hat. Brecht und Helene Weigel waren Trauzeugen bei ihrer Heirat mit dem Philosophen Wolfgang Harich, aber Brecht besaß für sie die stärkere Anziehungskraft.

Nun gehört allerdings das Bild der Rose nicht zu den originellsten Metaphern in der Literatur. Die Ballade vom Knaben, der ein Röslein stehen sah, das er zu Lust und Schmerz unbedingt abpflücken mußte, war längst nicht mehr neu, als Goethe sie für sich zu einem Liebesgedicht in Anspruch nahm. Bei Brecht überrascht deshalb um so mehr der spontane Gebrauch der alten, emotionsgeladenen Metapher, hat er sich doch stets als der große Verfremdungskünstler, Maskenabreißer und Entromantisierer aufgeführt. Seine Verehrerinnen und Verehrer haben das gern für bare Münze genommen. Aber im Herzen seines Herzens liebte er Pathos und genoß seine Gefühle. Sonst wäre er auch sicher kein so bedeutender Lyriker geworden, der

zum Beispiel vermochte, daß selbst ein paar konventionell erscheinende Verse wie diese tief ins Ohr dringen.
Die Hand des Meisters ist deutlich erkennbar, wie sie das Bild der Rose aus uralter Tradition auffrischt und auf eigene Art schön werden läßt. Der Verfremdungskünstler meldet sich mit »buchen« und »gestartet« zu Wort, Wörter, die beide aus der lyrischen Rolle fallen, gerade dadurch aber das Gedicht dem modernen Geschmack erträglich machen. Zu der Zeit von Brechts Anfängen in den zwanziger Jahren gehörte der Einbezug sachlicher, ernüchternder Wörter in einen poetischen Kontext zu den Charakteristika der »neuen Sachlichkeit«, und diese Schule hat Brecht nie gänzlich verlassen.
Merkwürdig das »wir« – ein Pluralis Majestatis? Denn daß etwa dem Gedicht Eindrücke eines gemeinsamen Besuches von Helene Weigel und Bertolt Brecht bei Isot Kilian zugrunde liegen, dürfte gleichfalls nicht sehr wahrscheinlich sein. Der Plural, das scheinbar Hoheitsvolle, Gravitätische des »wir«, kann jedoch, wenn man genauer hinhört, eine dem Majestätischen ganz entgegengesetzte Funktion haben: er überdeckt persönliche Anteilnahme und ist eher Instrument der Scheu als der Erhabenheit. So aber wird das Gedicht erst ohne Peinlichkeit möglich, und auch der Verfremdungskünstler Brecht kann sich besser dabei fühlen.
Wollte man jemand mitteilen, womit sich das Gedicht beschäftigt, so müßte man sagen, es sei ein Bekenntnis zur Irrationalität oder besser Unerklärlichkeit der Gefühle. Es besteht aus Fragen, auf die es keine Antwort gibt als durch sich selbst. Eine weitere Eigenheit unterstützt dieses Bekenntnis. Drei Zeilen beginnen mit »Ach« – eine Interjektion, die dort, wo sie mit Gewicht verwendet wird, auf die

Kapitulation des Verstandes vor der Wirklichkeit hindeutet.

Dieses dreimalige Ach hilft auch dem Metrum auf die Sprünge, mit dem Brecht in diesen Versen ohnehin gerungen hat. Die erste Zeile zum Beispiel lautet in der Fassung der Großen Ausgabe: »Ach wie solln wir nun die kleine Rose buchen«. Und die fünfte klingt dort, als sollte Mutter Courage sie singen: »Vor sie da war, war sie nicht erwartet.« Derartige oberdeutsche Volkssprachlichkeit hat Brecht um des Fremdmachens einer Aussage, um des Herabtönens oder Versteckens der Gefühle willen gern gebraucht.

»Aber war es so nicht überhaupt?« Wie war es denn? Und was war? Der Zyniker Brecht, von dem man weiß, daß er Frauen oft zu seinen Zwecken benutzte, kann mit einem solchen Gedicht nicht aus der Welt geredet werden. Die betroffenen Frauen haben sich freilich selten über ihn beklagt, denn er muß das Kunststück fertiggebracht haben, bei aller Berechnung und Aufmerksamkeit auf den eigenen Nutzen doch zugleich echt und tief zu fühlen. Aus falschen Gründen sind keine guten Gedichte zu münzen, und Brecht hat ein paar wundervolle und zarte Liebesgedichte geschrieben. Diese Verse hier lassen sozusagen in die Werkstatt blicken: wie das geschah und wie er selbst immer wieder überrascht war von sich und den Gefühlen, die ihn da überkamen und die mit aller Verfremdungskunst nicht zu bannen waren – es sei denn eben in ein paar Verse.

BERTOLT BRECHT
ALS ICH IN WEISSEM KRANKENZIMMER DER CHARITÉ

Als ich in weißem Krankenzimmer der Charité
Aufwachte gegen Morgen zu
Und die Amsel hörte, wußte ich
Es besser. Schon seit geraumer Zeit
Hatte ich keine Todesfurcht mehr. Da ja nichts
Mir je fehlen kann, vorausgesetzt
Ich selber fehle. Jetzt
Gelang es mir, mich zu freuen
Alles Amselgesangs nach mir auch.

MICHAEL HAMBURGER
DIE LETZTE SACHLICHKEIT

Dieses späte Gedicht von Brecht zu seinem eigenen Tod springt keineswegs aus dem Rahmen seines lyrischen Gesamtwerks. Die Stimmung ist scheinbar kühl, die Aussage schlicht und scheinbar eindeutig, der Rhythmus – wie meistens im Spätwerk – fast ein Prosarhythmus, die wenigen Bilder dienen der Information, nicht der Steigerung eines Gefühls oder der Erweckung eines Gefühls im Leser durch Rhetorik.

Auch darin, daß man dieses Gedicht als Erlebnislyrik oder als Lehrgedicht lesen kann, unterscheidet es sich nicht von vielen anderen Gedichten Brechts. Jahrzehnte lang hatte er sich bemüht, das Private und Individuelle weder auszuschließen noch zu verdrängen, seine persönlichen Bedürfnisse und Vergnügungen an den gesellschaftlichen Zielen zu messen, denen sein Engagement galt; aber auch umgekehrt, in einer fortwährenden Dialektik.

Selbst daß es zuletzt der Amselgesang war, um den es Brecht ging, kann nur jemanden erstaunen, der noch nicht gemerkt hat, wie schwer es Brecht immer gefallen war, kein »Naturlyriker« zu sein, also keine Gespräche über Bäume in Gedichten zu führen, wenn es um dringendere Angelegenheiten ging. Angesichts des eigenen Todes ging es aber Brecht nicht um dringendere Angelegenheiten. Diesen Tod als gesellschaftliches, kollektives Ereignis zu behandeln, wäre auch unbescheiden gewesen.

Brecht konnte anmaßend oder arrogant sein, ganz besonders in Fragen der Freiheit und Autorität der Intellektuellen (wie in dem viel früheren Gedicht »Ich benötige keinen Grabstein«). Das gehörte zu seinem Engagement, nicht zu seinem Selbstbewußtsein. Durch die Jahrzehnte währende Bemühung, dem subjektiven Gefühl nicht unbedingt der Gesellschaft gegenüber recht zu geben, wie es in der Romantik und Nachromantik üblich geworden war, hatte Brecht sich angewöhnt, auch das private Ich wie jeden anderen Gegenstand in Gedichten darzustellen als etwas, das zu seiner Erfahrung und seinem Wissen gehörte. Ein solches Verfahren beruht auf Bescheidenheit – auf der Bescheidenheit solcher, die gelernt haben, ihre Einzigartigkeit nicht zu überschätzen.

Zuletzt, angesichts des eigenen Todes, geht es Brecht um den Verlust seiner Vergnügungen. Die höchste dieser Vergnügungen ist die Beziehung zur Umwelt; jetzt aber nicht mehr zur menschlichen Umwelt, sondern zu jener, die alle gesellschaftlichen Systeme überdauert hat. Also Amselgesang. Zuletzt wird auch noch diese private Vergnügung den anderen überlassen (oder auch vermacht). Ein Rückfall in die Naturromantik oder gar in die Transzendenz? Ich glaube, nicht. Der Amselgesang, den man selbst in manchen Großstädten hört, ist ja nicht weniger wirklich als das weiße Krankenzimmer in der Charité.

Wenn das Gedicht etwas in Frage stellt oder transzendiert, ist es die Subjektivität, die zum Solipsismus neigt, die aber ohnehin durch den Tod aufgehoben wird. Ganz sachlich, auf materialistischer Basis, streift Brecht den Rest Subjektivität ab, der ihn daran hindern würde, sich noch angesichts des Todes zu freuen. Daß dieses letzte Bedürfnis, diese letzte Vergnügung, selbstlos sein muß, liegt in der Natur der Dinge. Damit hat Brecht auch eine begründete Subjektivität von einer falschen unterschieden, also noch ein Lehrgedicht geschrieben.

BERTOLT BRECHT
ALS ICH NACHHER VON DIR GING

Als ich nachher von dir ging
An dem großen Heute
Sah ich, als ich sehn anfing
Lauter lustige Leute.

Und seit jener Abendstund
Weißt schon, die ich meine
Hab ich einen schönern Mund
Und geschicktere Beine.

Grüner ist, seit ich so fühl
Baum und Strauch und Wiese
Und das Wasser schöner kühl
Wenn ich's auf mich gieße.

MARCEL REICH-RANICKI
DAS GROSSE HEUTE

Was bleibt von der deutschen Dichtung des zwanzigsten Jahrhunderts? Da es sich dem Ende nähert, wird die Frage immer häufiger gestellt. Doch läßt sie sich überhaupt nicht beantworten. Natürlich können wir sagen, was uns von dieser Literatur heute besonders wichtig vorkommt, aber wie die Welt in fünfzig oder gar hundert Jahren beschaffen sein wird, weiß niemand. Schon deshalb ist es nicht voraussehbar, ob man sich für die Poesie unserer Epoche interessieren und wie man sie beurteilen wird.

Die Frage: Was bleibt? ist also müßig. Und dennoch reizvoll. Weil sie uns, was immer die Nachgeborenen denken werden, doch zwingt, unsere Anschauungen zu überprüfen. Wird man Kafka so schätzen und bewundern, wie wir Hölderlin oder Büchner schätzen und bewundern? Es ist schon wahrscheinlich.

Wie aber wird es dem Werk Bertolt Brechts ergehen? Werden seine Theaterstücke, die nicht zu Unrecht eine enorme Rolle gespielt haben und die zum großen Teil jetzt schon vergessen sind, je eine Renaissance erleben? Ich bin nicht sicher. Und seine Lyrik? Ich liebe nach wie vor viele Gedichte von Brecht, ich liebe sie ungleich mehr als jene von Trakl und Stefan George, ja sogar von Rilke – und ich kann mir ein Deutschland nicht vorstellen, dem seine Dichtung gleichgültig sein könnte. Daß zu ihren Höhepunkten erotische Verse gehören, ist allgemein bekannt. Doch was zeichnet sie vor allem aus? Vielleicht die ganz selbstverständliche und daher immer aufs neue verblüffende Einheit von volksliedhafter Schlichtheit und raffinierter Artistik, von Alltagssprache und Poesie.

Das Gedicht »Als ich nachher von dir ging« stammt aus dem 1950 für den Komponisten Paul Dessau geschriebenen Zyklus »Vier Liebeslieder«, bestimmt für eine Singstimme und Gitarre. Sie wurden 1953 uraufgeführt und zunächst im Programmheft zu diesem Konzert gedruckt. In Brechts ursprünglicher Niederschrift lautete der Titel dieses Gedichts: »Lied einer Liebenden«. Doch von der Liebe spricht die Liebende nicht. So ist es meist in der erotischen Dichtung: Sie benennt nicht ihr Thema, sie umschreibt es.

Das Mädchen berichtet, es habe in einer Abendstunde etwas erlebt, wodurch seine Sicht verändert worden sei. Und dies in zweifacher Weise: Es sieht nun alles besser und anders zugleich. Was ist denn gemeint, was hat sich in dieser Stunde abgespielt? Darüber möchte das Mädchen nicht so direkt sprechen (»weißt schon, die ich meine«). Jedenfalls war es davon ganz in Anspruch genommen – so sehr, daß es nicht recht wahrnehmen konnte, was ringsherum war: Erst »nachher«, als es von jenem wegging, den es besuchte, fing es wieder an, richtig zu sehen.

Kann man da noch zweifeln, was sich dort ereignet hat? Waren die beiden miteinander im Bett? Natürlich, doch war es nicht etwa ein alltägliches Beisammensein, vielmehr ein außergewöhnliches Erlebnis: Es machte den Tag zum »großen Heute«. Kurz und gut: Vermutlich hat das Mädchen in jener Abendstunde die Jungfräulichkeit eingebüßt. Da diese Vokabel gar zu betulich und altmodisch klingt, verwenden wir meist ein lateinisches Wort: »Defloration«, zu deutsch »Entblühung«. Nur trifft es nicht recht zu, weil in Wirklichkeit gerade das Gegenteil eintritt: Der erste Geschlechtsverkehr hat in der Regel nicht Entblühung zur Folge, sondern Erblühen: Es ändert sich das Verhältnis zur Welt.

Jetzt sieht sie, die Liebende, um sich lauter lustige Leute, grüner scheinen ihr Baum und Strauch und Wiese, alles ist anders geworden. Ihr Selbstvertrauen ist gewachsen – sie glaubt schon, einen schönern Mund und geschicktere Beine zu haben. Ohne die Liebe auch nur mit einem Wort zu erwähnen, zeigt Brecht, was sie zu bewirken vermag – eine überraschende Intensivierung unseres Lebensgefühls, eine ungeahnte Steigerung unseres Daseins. Das kann man auch knapper ausdrücken: Er zeigt das Glück der Liebe.

Diese Verse kennen keinen Widerspruch zwischen Geradlinigkeit und Charme, zwischen Direktheit und Zartheit. Als er sie schrieb, war Brecht zweiundfünfzig Jahre alt, also längst ein reifer Poet – aber einer, der ein Liebender geblieben ist, vielleicht sogar ein jugendlich Liebender.

BERTOLT BRECHT
AN DEN SCHWANKENDEN

Du sagst:
Es steht schlecht um unsere Sache.
Die Finsternis nimmt zu. Die Kräfte nehmen ab.
Jetzt, nachdem wir so viele Jahre gearbeitet haben
Sind wir in schwierigerer Lage als am Anfang.

Der Feind aber steht stärker da denn jemals.
Seine Kräfte scheinen gewachsen. Er hat ein unbesiegliches Aussehen angenommen.
Wir haben Fehler gemacht, es ist nicht zu leugnen.
Unsere Zahl schwindet hin.
Unsere Parolen sind in Unordnung. Einen Teil unserer Wörter
Hat der Feind verdreht bis zur Unkenntlichkeit.

Was ist jetzt falsch von dem, was wir gesagt haben
Einiges oder alles?
Auf wen rechnen wir noch? Sind wir Übriggebliebene, herausgeschleudert
Aus dem lebendigen Fluß? Werden wir zurückbleiben
Keinen mehr verstehend und von keinem verstanden?

Müssen wir Glück haben?

So fragst du. Erwarte
Keine andere Antwort als die deine!

JOST HERMAND
EINE NEUE LESART

Als ich selber aufhörte, Gedichte zu schreiben (so um die 21 herum), habe ich von Gedichten nicht mehr viel gehalten. Ein solches Abrücken von der Welt der Rhythmen und Reime schien mir damals eine »gereiftere« Haltung zu verbürgen. War nicht angesichts der Dringlichkeit bestimmter politischer und gesellschaftlicher Probleme ein in Verse gebrachtes »holdes Ungefähr« von vornherein etwas höchst Unwichtiges, ja geradezu Sentimentales? Doch schon kurze Zeit später erkannte ich, daß diese Aversion gegen Gereimtes nur daher rührte, weil man mich auf der Schule und Universität vornehmlich mit ominöser Lyrik, aber nicht mit wirklichen Gedichten trätiert hatte. Und diesen neuen Maßstab setzten – wie für manche meiner Freunde – um 1955 die »Hundert Gedichte« Brechts.

Diese Gedichte – spruchhafte balladeske, parabelhafte – enthielten Verse, die man ernst nehmen konnte, die zur Sache sprachen. (Daß sie auch andere Reize – sinnliche, ästhetische, metaphorische – aufwiesen, sollte ich erst später entdecken.) Es waren daher nicht die frühen Gedichte Brechts, die mich zuerst anzogen, sondern eher die mittleren und späten, die mit den »kärglich reinen Worten«, den »sorgsam gewählten Gesten« und den »reimlosen, unregelmäßigen Rhythmen« – also Gedichte, die in meiner Jugend gar nicht als »Gedichte« gegolten hätten. Sie forderten nicht einfach zum Einfühlen, zum emotionalen Mitschwimmen oder zumindest Angemutetsein auf (wie ich damals dachte); sie mußte man sehr sorgfältig – fast buchstabierend – lesen.

Eins dieser Gedichte, das mich zu jener Zeit (und auch später noch) besonders beeindruckte, war das Exil-Gedicht »An den Schwankenden« aus der Mitte der dreißiger Jahre. Damals (gegen Ende der Fünfziger) las ich dieses Gedicht selbstverständlich noch historisch, das heißt nicht auf meine Erfahrung bezogen, sondern als etwas im guten Sinne Objektiviertes, aus der Zeit der Nazi-Barbarei Stammendes. Damals sah ich darin ein moralisch motiviertes Memento, nämlich auch in Zeiten des allgemeinen Rückgangs bei der »dritten Sache« auszuharren und sich nicht einfach vom dreckig-braunen »Fluß der Dinge« mitreißen zu lassen. Damals hatte also das Ganze für mich noch den Charakter des Vorbildlichen, wenn auch höchst Abstrakt-Vorbildlichen. Damals erschien mir dieses Gedicht wie eine Hommage an jenen großen Einzelnen, jenen Lehrer, Dichter oder gar Sehenden, der selbst in Zeiten der »Großen Unordnung« stets die richtige, von seinem eigenen untrüglichen Gewissen diktierte Antwort weiß.

Heute dagegen – im Lichte unserer/meiner Erfahrungen der letzten fünfzehn Jahre – liest sich dieses Gedicht natürlich anders. Heute verstehe ich die Schlußzeilen »Erwarte / Keine andere Antwort als die deine!« plötzlich genau umgekehrt. Heute nämlich frage ich mich immer weniger, was denn »meine« Antwort auf bestimmte politische Fragen, sondern was die »richtige«, weil kollektive Antwort auf solche Fragen wäre. Heute sagt mir die Erfahrung, daß es nur Fragen wie die nach dem »Glück« oder dem »lebendigen Fluß« einer Bewegung, also falsch gestellte Fragen sind, die sich noch subjektiv (oder religiös) beantworten lassen. Heute weiß ich, daß es in Zeiten der allgemeinen Orientierungslosigkeit vor allem, wenn nicht ausschließlich auf jene Antworten ankommt, die bis zu den Grundwidersprüchen unseres Zeitalters herabreichen. Heute glaube ich, Brecht besser verstanden zu haben.

BERTOLT BRECHT
AN MEINE LANDSLEUTE

Ihr, die ihr überlebtet in gestorbenen Städten
Habt doch nun endlich mit euch selbst Erbarmen!
Zieht nun in neue Kriege nicht, ihr Armen
Als ob die alten nicht gelanget hätten:
Ich bitt euch, habet mit euch selbst Erbarmen!

Ihr Männer, greift zur Kelle, nicht zum Messer!
Ihr säßet unter Dächern schließlich jetzt
Hättet ihr auf das Messer nicht gesetzt
Und unter Dächern sitzt es sich doch besser.
Ich bitt euch, greift zur Kelle, nicht zum Messer!

Ihr Kinder, daß sie euch mit Krieg verschonen
Müßt ihr um Einsicht eure Eltern bitten.
Sagt laut, ihr wollt nicht in Ruinen wohnen
Und nicht das leiden, was sie selber litten:
Ihr Kinder, daß sie euch mit Krieg verschonen!

Ihr Mütter, da es euch anheimgegeben
Den Krieg zu dulden oder nicht zu dulden
Ich bitt euch, lasset eure Kinder leben!
Daß sie euch die Geburt und nicht den Tod dann schulden:
Ihr Mütter, lasset eure Kinder leben!

WOLFGANG WERTH
EINE GEREIMTE REDE FÜR DEN PRÄSIDENTEN

Herr Keuner, gefragt, wie er verfahre, wenn er ein Gedicht für das Staatsoberhaupt zu schreiben habe, würde antworten: »Ich schreibe es und sorge, daß es ihm entspricht.« – »Das Gedicht?« – »Nein, das Staatsoberhaupt.«
So auch Keuners Erfinder. Am 2. November 1949 gratuliert er dem bereits drei Wochen zuvor gekürten Präsidenten der neuen, provisorischen Republik: »Lieber Genosse Wilhelm Pieck, darf ich Dir, um meine Freude über Deinen Amtsantritt auszudrücken, ein kleines Gedicht schikken, dessen Sprecher Du noch viel besser sein könntest als der Dichter? Sehr herzliche Grüße, auch von Helli, Dein bertolt brecht.« Beigelegt ist die flehentlich formulierte, mit der Widmung »Bertolt Brecht für Wilhelm Pieck« versehene Ansprache »An meine Landsleute«. Ihr Titel nimmt die Begrüßungsformel auf, mit der sich Pieck an die Deutschen in Ost und West zu wenden pflegt.
Und die vier Strophen nehmen ihn beim Wort – beim Eid, den er auf die Verfassung der DDR geschworen hat: »Friedliebend« vor allem soll diese Republik sein und demokratisch, auf daß sie sich allen Deutschen als Modell für den dermaleinstigen Einheitsstaat empfehle (»Anmut sparet nicht noch Mühe, Leidenschaft nicht noch Verstand, daß ein gutes Deutschland blühe«, empfiehlt Brecht in seiner ebenfalls im Oktober 1949 entstandenen, ebenfalls an die Landsleute gerichteten Paraphrase des Deutschlandliedes).

Brecht und seine Frau Helene (Helli) Weigel haben Pieck als freundschaftlichen, lebhaft an ihren Plänen und Überlegungen interessierten Gesprächspartner schätzengelernt, als sie 1948, vor der endgültigen Rückkehr aus dem Exil, die Möglichkeiten sondierten, in Ost-Berlin für ganz Deutschland das »Theater des neuen Zeitalters« zu eröffnen. Was Wunder, daß der Dichter den nunmehrigen Präsidenten für den richtigen Mann im wichtigen Amt hält: kein kalter Funktionär, sondern ein potentieller Landesvater, dem er helfen möchte, Popularität zu erlangen.
Schon bei den Kleinen will er für ihn werben – zum Beispiel mit dem Kinderlied »Willems Schloß« (das freilich erst aus dem Nachlaß ans Licht kommen wird). Von diesem Wilhelm Pieck erwartet Brecht, daß er die Landsleute wirksam zu der strikt pazifistischen Haltung ermahnen werde, die das ihm so nachdrücklich zugeeignete »kleine Gedicht« predigt. Der Präsident wäre die viel bessere Besetzung für die Sprecherrolle, weil er, anders als der Autor, über die Autorität verfügt, das Textbegehren als Staatsziel zu beglaubigen. Die Bitte an die Landsleute, nicht in neue Kriege zu ziehen, bliebe ja rein rhetorisch, wenn den Angesprochenen nicht das demokratische Grundrecht zuerkannt würde, über ihr Wohl und Wehe selbst zu entscheiden. Deshalb ist das Gedicht auch ein Appell an Pieck: Er möge Sorge tragen, daß die den Ostdeutschen vorerst nur verordnete Republik ihre Legitimation (durch die für Oktober 1950 angesetzten »Volkswahlen«) erfahre.
Dahingestellt bleibt, ob Brecht wirklich hofft oder gar erwartet, Pieck werde die gereimte Rede öffentlich vortragen. Komische Nebenwirkungen wären kaum auszuschließen, zumal da die vier Strophen in ihrer quasiliturgischen Struktur, ihrem altertümelnd-kirchennahen Vokabular und Ge-

stus eher einem Gebet, einer Anrufung (oder den »Bittgängen« der Hauspostille) ähneln als einem politischen Aufruf. Es würde genügen, wenn Pieck seine Zustimmung zum Text bekundete.

Die aber bleibt aus. Schon bald wird sich Brecht belehren lassen müssen, daß unbedingter Pazifismus von Übel, weil dem Klassenfeind dienlich sei. Das »Verhör des Lukullus« muß er zur »Verurteilung« umschreiben. Immerhin hindert ihn niemand daran, das für ihn so wichtige Gedicht als seine persönliche Bittschrift unter die Landsleute zu bringen, was er auch immer wieder tut. Doch wen und was kann er damit erreichen? Nach den »Volkswahlen« von 1950 durften sich die DDR-Bürger gar nicht mehr angesprochen fühlen, da sie ja, angeblich aus Einsicht, nahezu hundertprozentig für den »Friedensstaat« und mithin für den richtigen Frieden votiert haben. (Weh dem, der sich später, nach Anordnung der Wehrpflicht, auf Brecht berufen und sich weigern wollte, für die gerechte Sache »zum Messer« zu greifen!)

Im Westen aber wird das Gedicht als DDR-Propaganda zurückgewiesen, sogar von Brechts Freund und Verleger Peter Suhrkamp. Daß es als Beitrag zum Friedenskampf außerhalb der DDR tauge, meint wohl auch Wilhelm Pieck, der Brecht am zweiten Jahrestag der DDR den Nationalpreis erster Klasse überreicht. Die Verleihungsurkunde rühmt den Dichter als einen, der hilft, »den Kampf für den Frieden zu führen«, und nennt unter den dazu tauglichen Dichtungen ausdrücklich auch »An meine Landsleute«. Erst als 1964, acht Jahre nach Brechts, vier Jahre nach Piecks Tod, der oben zitierte Brief vom 2. November 1949 veröffentlicht wird, erfahren beider Landsleute, was der Dichter angestrebt und was der Präsident unterlassen hatte.

BERTOLT BRECHT
APFELBÖCK ODER DIE LILIE AUF DEM FELDE

1
In mildem Lichte Jakob Apfelböck
Erschlug den Vater und die Mutter sein
Und schloß sie beide in den Wäscheschrank
Und blieb im Hause übrig, er allein.

2
Es schwammen Wolken unterm Himmel hin
Und um sein Haus ging mild der Sommerwind
Und in dem Hause saß er selber drin
Vor sieben Tagen war es noch ein Kind.

3
Die Tage gingen und die Nacht ging auch
Und nichts war anders außer mancherlei
Bei seinen Eltern Jakob Apfelböck
Wartete einfach, komme was es sei.

4
Es bringt die Milchfrau noch die Milch ins Haus
Gerahmte Buttermilch, süß, fett und kühl.
Was er nicht trinkt, das schüttet Jakob aus
Denn Jakob Apfelböck trinkt nicht mehr viel.

5
Es bringt der Zeitungsmann die Zeitung noch
Mit schwerem Tritt ins Haus beim Abendlicht
Und wirft sie scheppernd in das Kastenloch
Doch Jakob Apfelböck, der liest sie nicht.

6
Und als die Leichen rochen durch das Haus
Da weinte Jakob und ward krank davon.
Und Jakob Apfelböck zog weinend aus
Und schlief von nun an nur auf dem Balkon.

7
Es sprach der Zeitungsmann, der täglich kam:
Was riecht hier so? Ich rieche doch Gestank.
In mildem Licht sprach Jakob Apfelböck:
Es ist die Wäsche in dem Wäscheschrank.

8
Es sprach die Milchfrau einst, die täglich kam:
Was riecht hier so? Es riecht, als wenn man stirbt!
In mildem Licht sprach Jakob Apfelböck:
Es ist das Kalbfleisch, das im Schrank verdirbt.

9
Und als sie einstens in den Schrank ihm sahn
Stand Jakob Apfelböck in mildem Licht
Und als sie fragten, warum er's getan
Sprach Jakob Apfelböck: Ich weiß es nicht.

10

Die Milchfrau aber sprach am Tag danach:
Ob wohl das Kind einmal, früh oder spät
Ob Jakob Apfelböck wohl einmal noch
Zum Grabe seiner armen Eltern geht?

RUTH KLÜGER
ZWISCHEN SOPHOKLES UND BOULEVARDPRESSE

Noch heute schockiert dieses Gedicht ein wenig, so hartgesotten wir, durch szenische Gewalt in Film und Fernsehen, auch geworden sind. Es sollte ursprünglich 1920 in einer Berliner Zeitschrift namens »Das Bordell« herauskommen, die aber noch vor der ersten Auslieferung beschlagnahmt und wegen Unzucht verboten wurde. Die Quelle war eine wahre Mordgeschichte, begangen im Jahre 1919 von einem Dreizehnjährigen, so behauptet Brecht in der »Hauspostille«, wo das Gedicht 1927 erschien. Eigentlich war der Junge schon sechzehn, und die Tat war nicht ganz unbegründet; Brecht machte daraus ein sinnloses Verbrechen, begangen von einem noch nicht verantwortlichen Kind.

In einer Postille wird gepredigt, hier wird eher provoziert. Der Verweis auf die Bergpredigt im Titel des Gedichts deutet auf den Widerspruch zwischen deren Versicherung, daß der Herr sich um seine unschuldigen Kreaturen kümmert, und einer widernatürlichen Untat ohne erkennbare Ursache; auch ohne erkennbare Nachwirkung, denn nicht die Tat, sondern der unangenehme Verwesungsgeruch löst die Tränen des Jungen aus: ein Fall für die Psychiatrie. Was soll die Lyrik mit einem solchen Thema?

Anders als im neunzehnten Jahrhundert, eine letzte Blütezeit der Ballade, lesen wir heute Erzählungen fast nur in Prosaform. Aber es gibt eben Ausnahmen, und Brecht war ein Großmeister des erzählenden Gedichts. Hier wählte er den Leierkastenton des Bänkelsängers, die Eintönigkeit von naivem Ausdruck und Reimschema, doch ohne das Zetergeschrei und den Moralismus der volkstümlichen Moritaten. Es walten mildes Licht und gutes Wetter, kein Sturm, keine Wutausbrüche.

In der ersten Fassung gab es eine weitere (vierte) Strophe: *Und als die Leichen rochen aus dem Spind / Da kaufte Jakob eine Azalee / Und Jakob Apfelböck, das arme Kind / Schlief von dem Tag an auf dem Kanapee.* Brecht hat diese Strophe zu Recht gestrichen. Erstens haben wir uns diesen Mörder nicht in Blumengeschäften und wie einen jungen Dandy, mit einer Azalee in der Hand nach Hause zurückkehrend, vorzustellen, sondern als kindlichen Killer, der ohne Unterbrechung bei den Toten bleibt, wartend, er weiß nicht, worauf, und der zu phantasielos ist, um Leichengeruch mit Blumen zu vertreiben. Zweitens ist es gerade die Einheit des Ortes und der Handlung, gepaart mit der Eintönigkeit der Verse, die die irritierende Ästhetik dieses Gedichts ausmacht.

Nun ist aber das Zeug zu sensationellen Zeitungsberichten und zu griechischen Tragödien dasselbe: Man denke an Orestes, den Muttermörder, Ödipus, den Vatermörder. Diese klassischen Täter sind insofern unschuldig, als das Schicksal sie in ihre Vergehen treibt. Bei Jakob Apfelböck ist statt Schicksal ein Impuls oder eine Veranlagung im Spiel, die sich seiner Kontrolle und unserem Verständnis entziehen. In beiden Fällen, bei den Griechen wie beim armen Jakob, entsteht der Eindruck des Unausweichlichen, der Eindruck eines Täters, dessen Taten nicht von seinem Willen gelenkt werden.

Zur literarischen Behandlung von Tatsachen gehören der Kommentar, das sehende Auge, die klagende Stimme, zum

Beispiel der Chor der antiken Tragödie. Dieser bekennt gerne, daß er aus ganz gewöhnlichen Menschen besteht, die keine Ungeheuerlichkeiten begehen und denen sie auch nicht zustoßen, die sie aber wahrnehmen und darauf reagieren. Bei Brecht sind es Milchfrau und Zeitungsmann, die diese Rolle des Chors übernehmen. Sie decken das Verbrechen auf, und die Milchfrau kommentiert es in der letzten Strophe. Ihre Anspielung auf das sentimentale Lied vom Waisenkind, das nichts hat als *die Rasenbank am Elterngrab*, ist eigentlich die Frage nach Jakobs Gewissen, nach Schuldgefühl und Reue. In ihrer beschränkten Hilflosigkeit wirkt sie lächerlich und unpassend, aber auch wie ein ungelöstes Rätsel, da wir ja keine Lust haben, über diesen Mordfall zu lachen.

Die Tragödie, heißt es, reinigt die Gefühle durch Jammer und Schrecken, anders gesagt, durch Mitleid und Furcht; die Boulevardpresse hingegen stachelt Lust und Neugier an. Und deine Gefühle, lieber betroffener Leser? Hier läßt uns der Dichter im Stich, der Vorhang fällt, und es bleiben alle Fragen offen.

BERTOLT BRECHT
AUF EINEN CHINESISCHEN THEEWURZELLÖWEN

Die Schlechten fürchten deine Klaue.
Die Guten freuen sich deiner Grazie.
Derlei
Hörte ich gern
Von meinem Vers.

WULF SEGEBRECHT
SIND LYRIKFREUNDE BESSERE MENSCHEN?

Wer fürchtet sich vor Bertolt Brecht? Früher mag das ja mal vorgekommen sein, hier und da, aber heute? Heute gibt es allenfalls ein paar Unentwegte, die seine Verse immer noch mögen und sich, nach wie vor, ihrer »Grazie« freuen; Brechts »Klaue« aber ängstigt heutzutage im Ernst niemanden mehr, sie hat, wie es scheint, ihre Gefährlichkeit verloren. Demnach müßten (folgt man dem Wortlaut des Gedichts) die »Schlechten«, die seinerzeit offenbar allen Grund hatten, die »Klaue« der Poesie Brechts zu fürchten, inzwischen ganz und gar ausgestorben und nur die »Guten« übriggeblieben sein, die sich an der »Grazie« seiner Gedichte freuen. Ist es so? Das wäre denn doch zu schön, um wahr zu sein.

Es ist ein Programmgedicht: An exponierter Stelle, auf Mittelachse gesetzt, konnte man es auf der Schutzumschlag-Rückseite des von Brechts Freunden Wieland Herzfeld und dessen Bruder John Heartfield gestalteten Bandes der »Hundert Gedichte« lesen, mit denen der Dichter 1951 zum ersten Mal seit der »Hauspostille« (1927) in Deutschland (genauer: in der DDR) wieder als Lyriker vorgestellt wurde. Dort findet sich auch die Anmerkung, die darüber aufklärt, was es mit dem »Theewurzellöwen« auf sich hat: »Figur aus Wurzeln des Theestrauches, im alten China als Glückstier betrachtet und um so höher bewertet, je weniger Schnitzarbeit sie aufwies.« Und die Vorderseite des Umschlags zeigt eine Fotografie

dieser Wurzel: Ein struppiges, vierbeiniges Wesen mit deutlich erkennbaren Krallen an den Füßen, mit glühendem Auge und hochgestelltem, staksigem Schweif tritt dem Leser da entgegen, halb tapsig, halb bedrohlich.
Der so beschriebene und im Bild vorgezeigte »Theewurzellöwe« besitzt sicher Eigenschaften, die Brecht seinem Vers nur wünschen konnte. Er war im besten Fall ein Naturprodukt mit Kunstcharakter: So natürlich, daß ihm die Spuren seiner kunstvollen Bearbeitung nicht anzusehen waren, und so artifiziell, daß man es für vollkommen natürlich halten mußte. Eine solche Übereinstimmung von Natur und Kunst hielt Brecht als Lyriker wohl für erstrebenswert: »Derlei / Hörte ich gern / Von meinem Vers.«
Hat Brecht das jemals zu hören bekommen? Hat er, wenigstens gelegentlich, jene schöne Übereinstimmung von Natur und Kunst erreicht, die den »Theewurzellöwen« im alten China auszeichnete und der er seine erstaunliche Wirkungskraft, die Verbreitung von Furcht und Freude, verdankte? In den »Hundert Gedichten« selbst steht das Gedicht im »Exil«-Kapitel, obwohl es allem Anschein nach erst nach der Rückkehr Brechts aus dem Exil, vermutlich sogar eigens für diesen Band geschrieben wurde. Versteht man das Exil Brechts als seine »antifaschistische Kampfzeit«, so ließe sich das Gedicht als eine Erinnerung an die Zeit lesen, in der seine Verse tatsächlich als gefährliche, nämlich die Nazis entlarvende, und als erfreuliche, nämlich die Nazi-Gegner ermutigende Botschaften galten.
Doch: Wer las damals schon Gedichte Brechts? Wer konnte sie lesen, da sie kaum gedruckt wurden? Und: Können Kampfgedichte überhaupt jene Harmonie von

Natur und Kunst erreichen, die den »Theewurzellöwen« auszeichnet? Verzerrt nicht auch, um mit Brecht zu sprechen, der Haß auf die Niedrigkeit die Züge?

Wie gern würden die Freunde des Lyrikers Brecht ihm bescheinigen, was er selbst gern gehört hätte. Doch sie haben begründete Zweifel daran, daß Verse überhaupt solche Wirkungen zeigen können. Läßt sich etwa an ihren Folgen ablesen, wer böse und wer gut ist? Was kümmert die »Schlechten« schon die Poesie! Und sind, andererseits, Lyrikfreunde vielleicht bessere Menschen? Wer wollte das wirklich glauben! Brecht selbst kann das nicht geglaubt haben, und er konnte nicht erwarten, es je zu hören. Aber das schließt weder für ihn noch für seine Leser aus, einen solchen Zustand trotzdem für wünschenswert zu halten, auch wenn sie zugeben müssen, daß die Lyrik nicht das geeignete Mittel ist, ihn herbeizuführen. Denn die Guten und die Schlechten gibt es nun einmal, unabhängig von aller Poesie.

Es ist ein schlichtes, aber äußerst raffiniertes, dialektisches Gedicht. Es geht aus von der Beschreibung der Wirkungen eines naturähnlichen (nicht naturgleichen) Gegenstands und stellt dann fest, daß es der Lyrik versagt ist, solche gleichsam natürlichen Wirkungen zu haben. Das führt zu der Folgerung, daß dann wenigstens ein solcher Zustand imaginiert werden kann, in dem solche Wirkungen eintreten. Das Gedicht, das diesen utopischen Zustand, in dem Lyrik konkrete Wirkungen haben kann, als nicht vorhanden und auch nicht durch sich selbst erreichbar voraussetzt, ist dennoch damit beschäftigt, diese schöne Vorstellung am Leben zu erhalten. Indem es seine eigene Wirkungslosigkeit formuliert, wirkt es daran mit, sie aufzuheben.

BERTOLT BRECHT
AUSLASSUNGEN EINES MÄRTYRERS

1
Ich zum Beispiel spiele Billard in der Bodenkammer
Wo die Wäsche zum Trocknen aufgehängt ist und pißt
Meine Mutter sagt jeden Tag: es ist ein Jammer
Wenn ein erwachsener Mensch so ist

2
Und so etwas sagt, wo ein anderer Mensch nicht an so etwas denkt
Bei der Wäsche, das ist schon krankhaft, so was macht ein Pornografist
Aber wie mir dieses Blattvordenmundnehmen zum Hals heraushängt
Und ich sage zu meiner Mutter: was, kann denn ich dafür, daß die Wäsche so ist!

3
Dann sagt sie: so etwas nimmt man nicht in den Mund, nur ein Schwein
Dann sage ich: ich nehme es ja nicht in den Mund
Und dem Reinen ist alles rein
Das ist doch ganz natürlich, wenn einer sein Wasser läßt, das tut doch jeder Hund

4
Aber dann weint sie natürlich und sagt: von der Wäsche!
Und ich brächte sie noch unter die Erde

Und der Tag werde noch kommen, wo ich sie werde mit
den Nägeln auskratzen wollen
Aber dann sei es zu spät, und daß ich es noch
merken werde
Was ich an ihr gehabt habe, aber das hätte ich dann
früher bedenken sollen.

5

Da kannst du nur weggehen und deine Erbitterung
niederschlucken
Wenn mit solchen Waffen gekämpft wird, und rauchen
bis du wieder auf der Höhe bist
Dann sollen sie eben nichts von der Wahrheit in den
Katechismus drucken
Wenn man nicht sagen darf, was ist.

ROBERT GERNHARDT
LIEBE CONTRA WAHRHEIT

»Du sollst Vater und Mutter ehren«, verlangt das vierte Gebot, doch scheint diese Forderung die Dichter, zumal die der Neuzeit, nicht sonderlich beeindruckt zu haben. Während sie in ihren Werken die Väter bis zum Mord befehden, wird der Mutter in der Regel statt bloßer Verehrung schiere Liebe entgegengebracht, so, als habe es der Sprößling nicht mit einem Eltern*paar* zu tun, sondern mit zwei einander fremden, ja feindlichen Prinzipien, mit Hirn und Herz, Schwarz und Weiß, Böse und Gut. Brecht macht da eine Ausnahme: Er hadert mit seiner Mutter. Ja, seiner, da das Gedicht getrost autobiographisch gelesen werden kann: Nicht irgendein lyrisches Ich redet da, der Jungdichter Brecht sagt »Ich«, weil er das Wort in eigener Sache ergreifen muß. Sein unaufdringlich kunstvolles Plädoyer wendet sich in kreuzgereimter Alltagssprache an einen Zuhörer, den er zum Zeugen, wenn nicht zum Richter in Sachen Sohn contra Mutter aufruft: Wer hat nun recht – Berthold (der sich später Bertolt nannte) oder Sophie Brecht?

Der neunzehnjährige Sohn hat – offenbar nicht zum ersten Mal – von der Wäsche gesagt, sie »pisse«. Ein Vater hätte sich solche Ausdrucksweise brüsk verbeten, die Mutter arbeitet mit subtileren Strategien. Sie sorgt sich: Du bist krank, mein Sohn. Sie grämt sich: Du bist kein Mensch, mein Sohn. Und sie wehrt sich, indem sie den Sohn unter Tränen zum potentiellen Muttermörder stempelt: »Und

der Tag werde noch kommen, wo ich sie werde mit den Nägeln auskratzen wollen.«
Die Mutter klagt nicht Gehorsam ein, sondern Liebe. Wer seine Mutter liebt, unterdrückt ihr zuliebe Worte wie »pissen«. Ja, er denkt sie nicht einmal, schon gar nicht »von der Wäsche!«, wenn er nicht den Tod der Mutter riskieren will. Der Sohn hat auf den ersten Blick denkbar schlechte Karten. Muß er denn wirklich so von der Wäsche reden? Handelt es sich bei deren »Wasserlassen« nicht lediglich um die Übertragung von Belebtem auf Lebloses, um eine Metapher also? Wiegt metaphorischer Sprachgebrauch den möglichen Tod der Mutter auf?
Im Namen der Wahrheit des Katechismus verweigert der Sohn jedwedes Blattvordenmundnehmen, doch meint er – in Wahrheit – die Wahrheit der Kunst und die Freiheit des Dichters, koste es, was es wolle, aber auch wirklich alle Worte und Bilder zu denken, zu sagen und niederzuschreiben, die dieser Kunstwahrheit dienen.
Brecht hat sein Plädoyer in eigener Sache zu Lebzeiten nicht veröffentlicht, den Prozeß jedoch in weiteren Gedichten fortgeführt. 1920 starb die Mutter an Krebs, und der Sohn gedachte ihrer im achten seiner im selben Jahre veröffentlichten Psalmen, »Lied von meiner Mutter«, deren sechste und siebte Strophe lauten: »Oh, warum sagen wir das Wichtige nicht, es wäre so leicht und wir werden verdammt darum. Leichte Worte waren es, dicht hinter den Zähnen, waren herausgefallen beim Lachen und wir ersticken daran in unserem Halse. / Jetzt ist meine Mutter gestorben gestern, auf den Abend, am 1. Mai! Man kann sie mit den Fingernägeln nicht mehr auskratzen!«
Ein Schuldbekenntnis? Vielleicht. Aber keine Abbitte. Ein Gedicht, das zwei Jahre später entstand und sieben Jahre

später die Sammlung der »Hauspostille« beschließen sollte, »Vom armen B.B.«, redet eine deutliche Sprache. *Ich Bertolt Brecht bin aus den schwarzen Wäldern. / Meine Mutter trug mich in die Städte hinein / Als ich in ihrem Leib lag*, heißt es da, aber auch: »Gegen Morgen in der grauen Frühe pissen die Tannen.«

Was die aus dem Schwarzwald stammende Mutter wohl dazu gesagt hätte? Vermutlich: »Von den Tannen!«

BERTOLT BRECHT
DAS DREIZEHNTE SONETT

Das Wort, das du mir oft schon vorgehalten
Kommt aus dem Florentinischen, allwo
Die Scham des Weibes Fica heißt. Sie schalten
Den großen Dante schon deswegen roh
Weil er das Wort verwandte im Gedichte.
Er wurd beschimpft drum, wie ich heute las
Wie einst der Paris wegen Helenas
(Der aber hatte mehr von der Geschichte!)

Jedoch du siehst jetzt, selbst der düstere Dante
Verwickelte sich in den Streit, der tobt
Um dieses Ding, das man doch sonst nur lobt.
Wir wissen's nicht nur aus dem Machiavelle:
Schon oft, im Leben wie im Buch, entbrannte
Der Streit um die mit Recht berühmte Stelle.

ECKART KLESSMANN
DAS SCHLIMME WORT

Wie das Unsägliche Sagen? *Gib mir statt ›Der Schwanz‹ ein ander Wort o Priapus / Denn ich Deutscher ich bin übel als Dichter geplagt.* So Goethe um 1790. Christiane, seine Geliebte, wußte Rat; sie nannte den Unaussprechlichen »Herrn von Schönfuß«. Und als das dazugehörende Tätigkeitswort genügte ihr die Umschreibung vom »Schlampamps-Stündchen halten«, indes der Geliebte dafür ein Verbum bevorzugte, das seine Herkunft aus der ornithologischen Sphäre nicht verleugnet. Das von Brecht benutzte Wort wird hier in bildungsreicher Anspielung umschrieben in einem Sonett, das der Dichter Anfang 1934 an seine Geliebte Margarete Steffin richtete, die offensichtlich an einem Verbum Anstoß genommen hatte, das Brecht recht unzart zu benutzen pflegte.

In der Tat ist der deutsche Dichter übel geplagt, wenn Sexuelles zur Sprache kommen soll und das Wort sich verweigert. Der Bilderschatz des Pharaonenlandes oder des klassischen Chinas ist ihm versagt. Zwar hält das Vokabular des eigenen Volkes ein ungehöriges Quantum bereit, aber so recht zärtlich will es sich unserem Gehör nicht einschmeicheln, und was uns heute gesellschaftliche Korrektheit an medizinisch geprägten Wörtern empfiehlt, ist lustfeindlicher als der ärgste Jargon und für Mann wie Frau gleichermaßen eher schimpflich.

Schon der große Dante? Das ist ein bißchen geschwindelt, denn *fica* gibt es in diesem Sinn im ganzen Œuvre des Florentiners nicht, man würde es eher in den *Sonetti lussuriosi* des Aretino vermuten, aber der verwendet dort weitaus Gröberes. Vom italienischen Substantiv ein deutsches Verbum der Volkssprache abzuleiten, ist philologisch einigermaßen verwegen und zweifellos augenzwinkernd formuliert. Denn das verpönte schlimme Wort stammt aus dem Mittelhochdeutschen, und kein deutscher Dante fand sich, der ihm die höheren Weihen großer Dichtung gab.

Das *Ding, das man doch sonst nur lobt* – das nenn' ich auf den Schelmen anderthalben setzen: das Ding! Metaphern aus dem Reich von Flora und Pomona sind den Sprachen von Frankreich bis China vertraut und natürlich auch dem Deutschen. Aber Brecht hat sich nun einmal vorgenommen, ein wenig mephistophelisch im Talar des Philologen aufzutreten, und bemüht nächst Paris und Helena darum auch noch jenen Machiavelli, der um 1513 diese Komödie *La mandragola* schrieb: Paul Heyse hat sie übersetzt.

Der eigentliche Anlaß scheint längst vergessen, der Unwille der Geliebten nämlich über ein schlimmes, ihre Ohren und Gefühle kränkendes Wort. Mit pseudogelehrtem Aufwand und fiktiven Nachweisen muß sie sich belehren lassen, es könne etwas nicht anstößig klingen, wenn es durch Weltliteratur erst einmal geadelt sei. Trotz der kunstvollen Form des Sonetts und eines gespielten gravitätischen Einherschreitens hat Brecht nur wenige Gedichte geschrieben, die so leichtfüßig daherkommen und eine so überaus muntere Laune ausstrahlen. Es gehört zum Wesen erotischer Poesie von Rang, daß sie leicht ist und beflügelt vom Humor, daß sie durch ihre verspielte Anmut auch das Gewagteste auszudrücken vermag. Es gibt noch einige andere Sonette Brechts aus diesem Umkreis, die »das Wort« mit unbekümmerter Dreistigkeit auch als schnöden Reim einsetzen – so auf das Verbum »schicken« –, aber keines dieser Sonette nimmt es auf mit dem dreizehnten und letzten an Margarete Steffin gerichteten.

Es wurde geschrieben am Ende von Brechts erstem Exiljahr, und wir erinnern uns, daß in der Antike die Tragödie und die derb-erotische Komödie stets als Geschwister auftraten.

BERTOLT BRECHT
DAS ERSTE SONETT

Als wir zerfielen einst in DU und ICH
Und unsere Betten standen HIER und DORT
Ernannten wir ein unauffällig Wort
Das sollte heißen: ich berühre dich.

Es scheint: solch Redens Freude sei gering
Denn das Berühren selbst ist unersetzlich
Doch wenigstens wurd »sie« so unverletzlich
Und aufgespart wie ein gepfändet Ding.

Blieb zugeeignet und wurd doch entzogen
War nicht zu brauchen und war doch vorhanden
War wohl nicht da, doch wenigstens nicht fort.

Und wenn um uns die fremden Leute standen
Gebrauchten wir geläufig dieses Wort
Und wußten gleich: wir waren uns gewogen.

ECKHARD HEFTRICH
AUFGESPART WIE EIN GEPFÄNDET DING

Am 4. Juni 1941, keine drei Wochen vor Hitlers Überfall auf die Sowjetunion, starb Margarete Steffin, erst 33 Jahre alt, in einer Moskauer Klinik. Hanns Eisler hat die hochbegabte, aus einer echten Proletarier-Familie stammende Autodidaktin die »wertvollste Mitarbeiterin« Brechts genannt. Brecht hatte sich, ehe er sich mit seiner Ehefrau Helene Weigel, den Kindern und einer anderen Mitarbeiterin, Ruth Berlau, am 30. Mai auf die Reise nach Wladiwostok begab, von der Schwerkranken im Hospital verabschiedet. Sie wenigstens war noch voller Hoffnung, bald so weit zu genesen, daß sie in ein paar Wochen ins amerikanische Exil nachfolgen könnte.

Die wenigen Jahre, die Grete für ihre große Liebe zu dem Dichter vergönnt gewesen, waren vom Beginn anno 1932 an nicht nur durch die Tuberkulose überschattet, die sie während des Exils immer wieder zu Aufenthalten in Kliniken und Sanatorien zwang. Auch Brechts Versuch, möglichst lange zu verheimlichen, daß sie nicht nur seine Mitarbeiterin war, machte ihr zu schaffen. Als Helene Weigel die gewiß schon früh geweckte Vermutung bestätigt fand, sagte sie zu der weiteren Rivalin: »Du tust mir leid, mein liebes Kind.«

Das erste der dreizehn an sie gerichteten Sonette kommt dem Versuch gleich, der Heimlichkeit der noch frischen Beziehung wenigstens einen im Verbergen steckenden Reiz zuzuschreiben. Das kleine Wort, Geheimzeichen ihrer Liebe, war ein unauffälliges »Grüß Gott«. Daß der darin liegende Zauber von Schmerz sehr getrübt war, ist, anders als aus Brechts Versen, dem Sonett abzunehmen, mit dem Margarete Steffin auf das Geschenk geantwortet hat. Dessen zweite Strophe lautet: »Das kleine Wort, das damals wir ernannten / Das unauffällig machte das Berühren / (Unwiderstehlich machte das Verführen) / Durch Monde ist es Hort deiner Verbannten.«

Brecht ist nicht eben dafür bekannt, daß ihm das Gewissen den Umgang mit seinen Geliebten sonderlich beschwerlich gemacht hätte. Aber in diesem Fall konnte ihm nicht entgehen, was die Heimlichkeit, und zusätzlich im Verein mit der durch die Krankheit erzwungenen Trennung, für die Betroffene bedeutet haben muß. Und so bietet er den poetischen Trost der Erinnerung an die Ersatz-Intimität an. Unter fremden Leuten, zu denen für heimlich Liebende gerade auch die Nächsten werden, kann er genießen, was ihr weit schwerer wiegt: »Das Wort ist mir Umarmung, ist mir Kuß, / die ich so lange auf dich warten muß / ich küsse es in jedem deiner Briefe.«

Dies Antwort-Sonett mutet wie ein von sehr weit her kommendes, verfremdetes Echo auf eine andere Klage um Trennung und Verzicht an, der wir eines der schönsten Gedichte des »West-östlichen Divan« verdanken. Wir wissen weder, ob Margarete Steffin es gekannt hat, noch, ob ihr jemand anvertraut haben könnte, daß jenes wundervolle Gedicht nebst anderen Kostbarkeiten des Buches »Suleika« nicht von Goethe stammt, sondern von Marianne von Willemer.

Die Liebes-Passion des 66jährigen Goethe hatte auch die um Jahrzehnte jüngere Frau entflammt, und beide tauschten ihr Geheimnis nicht nur in Chiffren-Briefen aus, sondern auch in Gedichten. In dem Lied vom Westwind bekennt Marianne-Suleika ihrem »Lieben«, Goethe-Hatem, was sie durch die Trennung leide, doch soll er dadurch nicht betrübt werden. Das Gedicht endet mit der dem Wind aufgetragenen Botschaft (der Lehrmeister hat daran ein »nur, doch« in ein »aber« verändert): »Sag ihm aber, sag's bescheiden: seine Liebe sei mein Leben.« Bei Margarete Steffin ging es von Anfang an buchstäblich ums Leben, und so antwortet sie, für Brecht »aufgespart wie ein gepfändet Ding«, beschwörend: »Was immer mir auch fehlt, ich muß gesunden / So lang mir deine Liebe nicht entzogen.«

Nicht Hatem-Suleika jedoch ruft Brecht in einem späteren, dem »Zwölften Sonett« herbei, sondern Dante-Beatrice. Aber so, daß es ihm gelingt, ausgerechnet hier eines jener Wörter einzubringen, die erst in unseren Tagen enttabuisiert und damit gerade um ihren, nur im Geheimen wirkenden obszönen Zauber gebracht worden sind. Zu Brechts Zeiten hatten sie noch einen unverbrauchten provokatorischen Reiz. Von dem wollte er die noch immer scheue Geliebte schon mit dem dritten Sonett überzeugen. Nachdem uns mit der Provokation auch der Kitzel des Schocks verlorenging, wissen wir desto mehr die zartere Würze des »Ersten Sonetts« zu genießen.

BERTOLT BRECHT
DAS LIED VON DER MOLDAU

Am Grunde der Moldau wandern die Steine
Es liegen drei Kaiser begraben in Prag.
Das Große bleibt groß nicht und klein nicht das Kleine.
Die Nacht hat zwölf Stunden, dann kommt schon der Tag.

Es wechseln die Zeiten. Die riesigen Pläne
Der Mächtigen kommen am Ende zum Halt.
Und gehn sie einher auch wie blutige Hähne
Es wechseln die Zeiten, da hilft kein Gewalt.

Am Grunde der Moldau wandern die Steine
Es liegen drei Kaiser begraben in Prag.
Das Große bleibt groß nicht und klein nicht das Kleine.
Die Nacht hat zwölf Stunden, dann kommt schon der Tag.

ELISABETH BORCHERS
EIN TROSTLIED, EIN WIEGENLIED

Es ist das Lied der Frau Kopecka, der Wirtin des Wirtshauses »Zum Kelch« in Prag aus dem Stück »Schweyk im Zweiten Weltkrieg«. Wie die Seeräuber-Jenny, als sie ihren kleinen persönlichen rachegelüstenden Traum hatte, singt Frau Kopecka »Das Lied von der Moldau« und spült ihre Gläser dazu.

Wie ein Wiegenlied hebt es an: einfach, still, behutsam. Es fließt, es bewegt sich. Auch die Bewegung der Steine ist einfach, still, behutsam. Sie wandern. Da ist nichts Eiliges, was zur Zeit ankommen muß. Als hätte Brecht gewußt, daß nirgendwo sonst auf der Welt die Steine so wandern können wie hier, daß nirgendwo sonst sich ein Name finden läßt, so weich, so vergessen wie dieses Mol, dieses dau.

Beides, das Fließen und Bleiben des Wassers und der Steine, die die Strömung fortbewegt, ist ohne Ende und Ziel und ohne Bedeutung für die abertausendjährige Geschichte eines Flusses. Ein kleiner beunruhigender Schauder kommt hinzu, denn die Steine sind nicht zu sehen, man muß es schon glauben, daß es sie gibt. Sie wandern dort, wo die Dunkelheit am tiefsten ist. Und tief im Dunkeln sind sie ein Rest; wie die Kaiser, die tief im Dunkeln begraben liegen, seit Jahrhunderten nur noch ein Rest sind von etwas, das einmal groß und mächtig war und dann verging.

Wie kein anderer in der Geschichte des Gedichts – es sei

denn, man hörte auf die Sprache, die das Volk dichtete und sang – erfaßt Brecht Vorgänge mit einem kaum wahrzunehmenden Aufwand der Sprache. Wie hier das dialektische Bild der fortdauernden Vergänglichkeit oder der vergänglichen Dauer. Unerträglich ist die Dauer für die, die in Not geraten sind und auf Veränderung warten – denn ewig wandern schon die Steine, fließt der Fluß, ruhen die Kaiser.

Doch dann, in der dritten Zeile der ersten Strophe, macht Brecht diesem Ewigkeitsgedanken ein Ende und zeigt: die Steine und die Kaiser sind gerade der Beweis dafür, daß nichts Bestand hat. Das Große bleibt nicht groß. Also bleibt auch das Kleine nicht klein. Und, als rechnete Brecht angesichts solcher Logik mit der Kleingläubigkeit der Betroffenen und mit ihrer Ungeduld, tritt er nicht nur den Beweis für diese Behauptung an, er rafft auch die Zeit dieses unmenschlichen, von keinem menschlichen Hirn auszuhaltenden Prozesses eines sich unendlich langsam hinziehenden Vergehens mit kleiner atemberaubender Geste zusammen: »Die Nacht hat zwölf Stunden, dann kommt schon der Tag.«

Wie in allen seinen Werken, so denkt Brecht auch hier historisch und betont »das Moment des Werdens und Vergehens«: »Es wechseln die Zeiten.« Mit dieser Feststellung beginnt die erste Zeile der zweiten Strophe. »Die riesigen Pläne / Der Mächtigen kommen am Ende zum Halt.« Brecht wird nun deutlicher, doch nicht allzu deutlich. Es ist Krieg, die deutschen Truppen haben Prag und nicht nur Prag besetzt. Vertreter des tausendjährigen Reichs kommen und gehen im Wirtshaus »Zum Kelch«. Frau Kopecka sieht und hört, daß die Mächtigen »wie blutige Hähne« einhergehen, ohne Verstand, wie im Rausch.

Aber es hilft nichts, das Lied gibt es ihr ein: »Es wechseln die Zeiten, da hilft kein Gewalt.« Die Geschichte hat es bewiesen, und sie wird es auch diesmal wieder beweisen, Gewalt hilft da nicht, und mögen auch noch so viele untergehen, Menschen wie Städte. Erst muß die Nacht vorbei sein, »dann kommt schon der Tag«. Und nach Art des Volksliedes kehrt das Lied zum Anfang zurück, wiederholt die erste der drei Strophen.
Das »Lied von der Moldau« hat nicht seinesgleichen – es macht geborgen wie ein Wiegenlied, es ist ermutigend wie ein Trostlied, es ist verständlich wie die einfachen großen Gefühle.

BERTOLT BRECHT
DAS SCHIFF

1
Durch die klaren Wasser schwimmend vieler Meere
Löst ich schaukelnd mich von Ziel und Schwere
Mit den Haien ziehend unter rotem Mond.
Seit mein Holz fault und die Segel schlissen
Seit die Seile modern, die am Strand mich rissen
Ist entfernter mir und bleicher auch mein Horizont.

2
Und seit jener hinblich und mich diesen
Wassern die entfernten Himmel ließen
Fühl ich tief, daß ich vergehen soll.
Seit ich wußte, ohne mich zu wehren
Daß ich untergehen soll in diesen Meeren
Ließ ich mich den Wassern ohne Groll.

3
Und die Wasser kamen, und sie schwemmten
Viele Tiere in mich, und in fremden
Wänden freundeten sich Tier und Tier.
Einst fiel Himmel durch die morsche Decke
Und sie kannten sich in jeder Ecke
Und die Haie blieben gut in mir.

4
Und im vierten Monde schwammen Algen
In mein Holz und grünten in den Balken:

Mein Gesicht ward anders noch einmal.
Grün und wehend in den Eingeweiden
Fuhr ich langsam, ohne viel zu leiden
Schwer mit Mond und Pflanze, Hai und Wal.

5
Möw' und Algen war ich Ruhestätte
Schuldlos immer, daß ich sie nicht rette.
Wenn ich sinke, bin ich schwer und voll.
Jetzt, im achten Monde, rinnen Wasser
Häufiger in mich. Mein Gesicht wird blasser.
Und ich bitte, daß es enden soll.

6
Fremde Fischer sagten aus: sie sahen
Etwas nahen, das verschwamm beim Nahen.
Eine Insel? Ein verkommnes Floß?
Etwas fuhr, schimmernd von Möwenkoten
Voll von Alge, Wasser, Mond und Totem
Stumm und dick auf den erbleichten Himmel los.

SIEGFRIED MELCHINGER
SPRACHE IM ÜBERFLUSS

Vielleicht ist er damals, als das Gedicht entstand, ich denke um 1924, noch nie auf einem Schiff gefahren, sicherlich nicht auf den Meeren, deren größtes er dann auf der Flucht überqueren sollte, »öfter als die Schuhe die Länder wechselnd«, und doch wußte er alles darüber, er hatte »Das trunkene Schiff« gelesen. Vielleicht ist das Ganze ein Plagiat, und ein Dissertant findet eines Tages die »Quelle«; 1924 – das war die Zeit, als er die erste Schwierigkeit mit seiner »bekannten Laxheit in Fragen des geistigen Eigentums« hatte, lange bevor Kerr die Villon-Verse in der »Dreigroschenoper« entdeckte, »gestohlen« aus der Übertragung von K. L. Ammer. (Ihn habe ich 1941 in Wien kennengelernt, er hieß Klammer und war k.u.k. Oberst a.D., er sah aus wie Brechts Antityp, jeder Zoll ein Seigneur, und er versicherte mir, daß er stets auf der Seite Brechts – und Karl Kraus' – gestanden sei; von ihm waren auch die Verse Rimbauds übersetzt, deren Plagiat 1924 im »Dickicht der Städte« gefunden und bloßgestellt worden war.)
Das Gedicht steht in der »Hauspostille«, und da muß ich noch einmal autobiographisch werden. Sie ist 1927 erschienen: Freunde der Lyrik, Altersgenossen, Zeitgenossen – welch ein Jahr! Ich war mit der halbfertigen Doktorarbeit (»Sturm und Drang«, natürlich) aus München nach Tübingen zurückgekehrt, und im Gepäck waren die drei Bändchen dieses Jahres: Klabunds »Harfenjule«, Kästners

»Herz auf Taille« und die »Hauspostille«. Klabunds Kaschemmenpoesie – auch Brecht nannte seine frühen Stücke gern Kaschemmentheater (wo geraucht werden darf, daher auch »Rauchtheater«), Kästners verschämte Schnoddrigkeit und Bürgerschreck, Brechts unziemliche »Lektionen«. Niemals wurden durchlässigere Masken getragen; die Masken sollten schockieren, aber die Gefühle liefen den Schockern davon.

»Das Schiff« gehört zur ersten »Lektion«, auch »Bittgang« genannt, »wendet sich direkt an das Gefühl des Lesers«. Worum »Das Schiff« bittet, ist schwer zu sagen, aber das Gefühl, an das es sich wendet, ist sehr allgemein. Ein Topos der Lyrik? Was ist denn Lyrik? Mit Rimbaud sollte man antworten: Imagination und Vokale bedürfen der Worte, die imaginieren, was als i oder e oder o klingt. Strophe 2 zum Beispiel: »hinblich«, »mich diesen«, »Himmel ließen«, »fühl ich tief«. Und dazu immer wieder »Himmel«, »Meere«, »die Wasser«, »Tiere«, »Algen« und der »Mond«. Fast zu deutlich steht das Leitmotiv des Topos in der zweiten Zeile: gelöst von »Ziel und Schwere«, Lust am Untergang, Sinken, Verfall.

Beim Stichwort Verfall taucht einer auf, der 1914 umkam: Trakl. Aber Brecht hatte nichts von seiner Schwermut. Das Schiff sagt es offen: »ohne Groll«, »ohne mich zu wehren«, »ohne doch zu leiden«. Untergang ist auch recht, und schön zu dichten. Eine Elegie.

Sollte man dem Anarchisten dieses spanische Korsett zutrauen, das er als Form bestimmte: je zweimal a + a + b, a weiblich, b männlich? Und die Logik der von Strophe zu Strophe fortschreitenden Zeit: der vierte Mond, der achte Mond, das letzte wie eine Flaschenpost, die aus der Zeit herausschwimmt?

Übersehen wir nicht, daß es sich wohl nur um eine Etüde handelt. Nicht weit davon steht, auf ganz anderem Papier geschrieben, der Vierzeiler: »Von der Erde voller altem Wind / Geht ihr all bedeckt mit Schorf und Grind. / Fast ein jeder hat die Welt geliebt / Wenn man ihm zwei Hände Erde gibt.« Und wieviel andere Töne sonst noch in dieser »Hauspostille«! Wenn man alles ineinander dividiert – was kommt heraus? Nun, das: »Vom armen b.b.«

Kein großes Gedicht. Aber es hätte nichts zu sagen, wenn es ein Plagiat wäre: ist unsere Einbildungskraft nicht voller Plagiate? Es wäre auch dann noch: Sprache in reinem Fluß, im Überfluß. Und Musik mit Hintersinn, Poesie. Laßt uns sagen: es hat Schönheit.

BERTOLT BRECHT
DAS ZEHNTE SONETT

Am liebsten aber nenne ich dich Muck
Weil du mir, wenn du aufmuckst, so gefällst
Wenn du den Klassiker zur Rede stellst
Sei's, daß du Seiten ordnest für den Druck
Sei's, daß er dich schnell anlangt an den Beinen.

Sogleich bestreitest du, daß du mich kennst
Und was wir tun, mit meinem Worte nennst
Wie kann ich Tölpel sowas von dir meinen?

Zornig und fremd sitzt du mir gegenüber
»Was wagt der Mensch, er ist mir unbekannt!«

Und mein Erstaunen ist noch nicht vorüber
Wenn in dir sichtlich eine Freude wächst
Und streng noch schreibst du hin den neuen Text
und plötzlich holst du dir dann meine Hand.

WERNER FULD
VERFÜHRUNG DURCH ARBEIT

Brecht liebte maßlos und vernünftig, meist sogar beides gleichzeitig. In seinem Leben gab es keine Frau, die nicht das Angenehme mit dem Nützlichen für ihn verband oder wenigstens das Unerfreuliche durch ihre Notwendigkeit ausgleichen konnte. Seine Frauen haben ihn zum Klassiker gemacht, die im Leben und die in der Literatur, Polly Peachum und das Küchenmädchen Grusche ebenso wie Helene Weigel oder Margarete Steffin. Nur deshalb funktionierte das Kollektiv Brecht, weil es bei ihm keine Trennung von Erotik und Arbeit geben konnte.

Der ureigene Anteil der Frauen an Brechts Werk sind seine Liebesgedichte; einige der schönsten gehören Margarete Steffin. Sie hatte den Dichter 1932 bei den Proben zu seinem Stück »Die Mutter« kennengelernt. Bald wurde sie seine Geliebte und wichtigste Mitarbeiterin. Sie war vierundzwanzig Jahre alt, stammte aus einer Berliner Arbeiterfamilie, leistete seit ihrer Schulzeit der Kommunistischen Partei Deutschlands treue Dienste und glaubte nun in Brecht den großen Erzieher des Proletariats gefunden zu haben. Daß Brecht kein linientreuer Kommunist war, sondern ein Salonproletarier, der sich bei Gelegenheit sorgfältig den Dreck unter die Fingernägel schob, übersah die Liebende.

Brecht schätzte ihre geradlinige Meinung, mit der sie alles, was er schrieb, auf die politische Nützlichkeit hin überprüfte. Das »Zehnte Sonett« hält solch eine Arbeitssituation fest. Margarete Steffin war im April 1933 aus Berlin nach Paris geflohen; einen Monat später besuchte sie dort Brecht und arbeitete mit ihr unter großem Zeitdruck am Text für das Ballett »Die sieben Todsünden«. Sie treffen sich in Steffins engem Hotelzimmer, sitzen einander an einem schmalen Tisch gegenüber.

Auf Fragen und Einwände reagiert der »Klassiker« mit amüsiertem Wohlwollen, so als nähme ein Souverän zur Kenntnis, daß ein Untertan »aufmuckt«. Steffins Ernsthaftigkeit bei der Arbeit übte einen erotischen Reiz auf Brecht aus, dem sie in diesem Augenblick verständnislos begegnete: Die Hand unterm Tisch war plötzlich die eines Fremden. Ihr ging es um die beste Formulierung, nicht um den Mann, den sie dann aber, wenn er als Autor seine Arbeit zu ihrer Zufriedenheit getan hatte, zärtlich zu sich holte.

Es ist ein liebevolles, aber auch ein listiges Gedicht, denn es sollte eine taktische Aufgabe erfüllen. Brecht schickte es aus Skovsbostrand an die in Paris gebliebene Geliebte. Er hatte inzwischen ein Haus gekauft und mußte sie nun überreden, zu ihm zu ziehen. Das Gedicht ist also einerseits die Beschreibung einer Arbeits- und Liebesidylle, aber mit solcher Darstellung zugleich und vor allem eine Einladung. Seine letzte Zeile meint ja nicht nur eine sexuelle Geste, sondern ist auch als fast imperative Aufforderung an die geliebte Mitarbeiterin zu verstehen, ihr weiteres Leben in Brechts Hand zu legen.

Als die schon schwerkranke Steffin dieser Einladung im Dezember 1933 nach Dänemark folgte, bedeutete es die endgültige Aufgabe des eigenen Lebens. Sie lernte Dänisch, später Schwedisch, um für Brecht zu verhandeln, aber seit Ruth Berlau ins Haus kam, war sie kaum noch

Geliebte. Auf ihre Krankheit nahm Brecht keine Rücksicht; einen Arzt beschied er schroff: »Jetzt kann sie nicht im Krankenhaus liegen, denn ich brauche sie.« An der russischen Grenze rettet sie, die als einzige die Sprache beherrscht, noch seine Manuskripte, dann bricht sie zusammen. Brecht läßt sie in einem Moskauer Spital zurück; auf dem Weg von Moskau nach Los Angeles erfährt er wenig später von ihrem Tod.

BERTOLT BRECHT
DER BAUCH LAUGHTONS

Sie alle verschleppen ihre Bäuche
Als wäre es Raubgut, als würde gefahndet danach
Aber der große Laughton trug ihn vor wie ein Gedicht
Zu seiner Erbauung und niemandes Ungemach.
Hier war er: nicht unerwartet, doch nicht gewöhnlich
Und gebaut aus Speisen, ausgekürt
In Muße, zur Kurzweil
Und nach gutem Plan, vortrefflich ausgeführt.

PETER VON MATT
DER KÖRPER ALS KUNSTWERK

Man achte auf das Wortspiel in der dritten Zeile. Der englische Schauspieler Charles Laughton besaß einen mächtigen Bauch. Das wissen einige Kinogänger noch aus seiner legendären Verkörperung König Heinrichs VIII. Die meisten aber wissen es seit seiner Rolle als Strafverteidiger in dem Film »Zeugin der Anklage« mit Marlene Dietrich. Brecht lernte Laughton 1944 in Kalifornien kennen. Die beiden kamen einander näher. Sie arbeiteten zusammen an der Übersetzung des »Galilei«, und Laughton spielte die Titelrolle bei der Uraufführung des Stücks in Beverly Hills. Das war im Jahr 1947. Im Publikum saßen Charles Chaplin und Ingrid Bergman, Anthony Quinn, Gene Kelly und Frank Lloyd Wright.

Laughton besaß einen Garten am Rand einer Felswand über dem Pazifik. Er pflegte ihn mit Leidenschaft und täglicher Sorge. Gelegentlich stürzte ein Stück der Anlage ab. Dann flüchtete sich Laughton zu Brecht, um bei ihm zu trauern. Der Dichter schrieb ein langes Gedicht über diesen Garten, »Garden in progress«. Am Schluß erwähnt er die Erdrutsche und schließt mit dem Satz: »Anscheinend / Bleibt nicht mehr viel Zeit, ihn zu vollenden.«

Garden in progress spielt an auf *Work in progress*. So wollte Brecht das Kunstwerk verstanden wissen: immerzu in Veränderung. Laughtons Garten wird durch diesen Titel symbolisch für alle Kunst. Der ironische Schluß, der die Vollendung mit dem Untergang zusammen sieht, bezieht

Position gegen die Vorstellung vom Ewigkeitscharakter der großen Werke. Aere perennius, dauerhafter als Erz, hatte Horaz seine Dichtungen genannt. Da hatte Brecht etwas dagegen. Wirklich?

Man achte auf das Wortspiel in der dritten Zeile. Während sich die meisten Bauchträger ihrer Leiblichkeit schämen und sie zu verstecken suchen, als hätten sie sie gestohlen, macht Laughton es anders. Er trägt seinen Bauch »vor wie ein Gedicht«. Das Wortspiel operiert mit dem Doppelsinn von »vortragen«: rezitieren oder vorantragen, vor sich her tragen. Laughton war ein großer Rezitator. Er las Shakespeare-Stücke in kleinem Kreis vor. So einmal in Anwesenheit Brechts den »Sturm«. Brecht notierte sich zu Hause: »Er hockt vor einer herrlichen Standuhr in bayerischem Barock, auf einem weißen Sofa, mit gekreuzten Beinen, so daß nur sein buddhaähnlicher Bauch sichtbar ist, und liest . . .« Shakespeare und Buddha und der bayerische Barock: viele Mythen des Bertolt Brecht schießen da zusammen und werden gegenwärtig in dem eminenten Bauch. Kurz nach diesem Abend entstand das Gedicht.

Indem der große Rezitator seinen Bauch »vorträgt«, wie er auch Shakespeare vorträgt, wird der Körper zu einem Kunstwerk. Laughtons Garten und Laughtons Bauch, beide verwandeln sich in Brechts Gedichten zu Sinnbildern der Kunst. Deshalb kann vom Bauch gesagt werden, was auch von einem guten Stück gilt: Er sei »nach gutem Plan, vortrefflich ausgeführt«. Dieser Plan ist die kühnste Behauptung des Gedichts. Nicht nur habe Laughton seine Speisen sorgsam ausgewählt, heißt das, sondern er habe dabei auch stets an die wachsende Wölbung seines Leibes gedacht und sie von Mahl zu Mahl in eine bessere Form gebracht.

Aber doch alles nur sich selbst zulieb und aus Freude am Genuß – »in Muße, zur Kurzweil, zu seiner Erbauung«. Soll das denn nun auch für das Kunstwerk gelten? Wird da die Metapher nicht frivol? Im Gegenteil. Brechts sublimste Utopie zeichnet sich hier ab. Wenn eines Tages jede Arbeit Genuß ist und jeder Genuß produktive Arbeit, dann rückt das Ziel der Geschichte, die »große Produktion«, in Sichtweite. Etwas davon nimmt Charles Laughton vorweg in der Erschaffung seines Bauches.

Aus der vergänglichsten aller Künste, der Kochkunst, hat Laughton sein abgerundetes Kunstwerk geschaffen. Der Bauch wird zum Denkmal zahlloser vollkommener Mahlzeiten. Doch auch dieses Monument ist vergänglich. Es hält nur wenige Jahrzehnte vor. Und da tritt nun Bertolt Brecht ein und erbaut mit seinen Versen diesem vergänglichen Monument seinerseits ein dauerhaftes Denkmal. Wenn nicht aere perennius, so doch gewiß ventre perennius, dauerhafter als jeder Bauch. Erscheint nicht sogar Laughtons Silhouette in der typographischen Umrißlinie des Gedichts?

BERTOLT BRECHT
DER BLUMENGARTEN

Am See, tief zwischen Tann und Silberpappel
Beschirmt von Mauer und Gesträuch ein Garten
So weise angelegt mit monatlichen Blumen
Daß er vom März bis zum Oktober blüht.

Hier, in der Früh, nicht allzu häufig, sitz ich
Und wünsche mir, auch ich mög allezeit
In den verschiedenen Wettern, guten, schlechten
Dies oder jenes Angenehme zeigen.

WULF SEGEBRECHT
DIE ANNEHMLICHKEIT DER BLUMEN

Brechts Gedicht erschien 1953. Damals faszinierten mich die »feucht verwirrten« Blumengärten Benns; in seinen lyrischen Beschwörungsformeln waren die Gärten Orte traumhafter Erinnerung und schwermütiger Rauscherwartung. Brechts Garten ist von ganz anderer Art: Geplant und in weiser Voraussicht berechnet ist, was er zu bieten hat. Die »monatlichen Blumen« sind das Ergebnis eines spezifisch menschlichen Umgangs mit der Natur.
Zunächst findet man nur eine Lagebeschreibung und -bewertung: Die Anlage (abgeschirmt und weise geplant) hat ihren Wert, weil sie von Menschen für Menschen gemacht wurde. Sie bietet ihrem Benutzer die Möglichkeit, sich zurückzuziehen und Einsichten zu gewinnen über die Weisheit der Planung. Er scheint sich des Privilegs, das er genießt, bewußt zu sein: »in der Früh«, also vor der Tagesarbeit, und »nicht allzu häufig« nimmt er es wahr. Und dann wünscht er sich, selbst im vergleichbaren Sinn so angenehm zu sein wie der Blumengarten. Sein Vorrecht wird ihm zur Verpflichtung. Auf seine Weise möchte er den Menschen zurückgeben, was er ihnen verdankt: die Möglichkeit, Erkenntnisse zu gewinnen und Angenehmes zu genießen.
Daß es um Erkenntnis geht und Genuß, nicht um Nutzung und Konsum, sagen die Blumen. Hätte Brecht die »Nutzung der Produktivität des Gartens und somit die Erfüllung seines Zwecks« propagieren wollen (so hat man

das Gedicht gedeutet), dann hätte er besser von Radieschen, Tomaten und Salat gesprochen, nicht aber von Blumen. Der »Gebrauchswert« von Blumen ist ihre Schönheit, nicht aber ihre Nützlichkeit. Von der Schönheit ist die Rede, vom Angenehmen als einer ästhetischen Qualität. Wie der Blumengarten schön ist, weil er von und für Menschen angelegt wurde, so versteht sich auch der Dichter: Von den Menschen angenommen und für sie bestimmt. Von ihnen hat er seinen Auftrag, für sie ist er da, um ihnen Genuß und Erkenntnis zu ermöglichen.

Das Gedicht setzt, wie man sieht, ein gutes Verhältnis der Wechselseitigkeit des Genießens voraus, das zwischen dem Dichter und der Gesellschaft besteht: Dem Genuß des Angenehmen, das die Gesellschaft dem Dichter gewährt, entspricht der Genuß des Angenehmen, das der Dichter für die Gesellschaft hervorbringt. Und wenn dieser sich wünscht, das Angenehme »allezeit« vorweisen zu können, so erhofft er sich zugleich den Fortbestand dieser Wechselseitigkeit von Geben und Nehmen, unabhängig von äußeren Umständen, die einmal mehr, einmal weniger günstig sein können.

Waren diese Umstände 1953 günstig? Brecht hatte (als Privilegierter) im Jahr zuvor in der Märkischen Schweiz »auf schönem Grundstück am Wasser des Scharmützelsees unter alten großen Bäumen« ein Haus erworben; hier schrieb er die »Buckower Elegien«, zu denen »Der Blumengarten« gehört. Die Gedichtsammlung reflektiert auf hintergründige Weise die geschichtlichen Ereignisse des Jahres 1953, also vor allem den Arbeiteraufstand vom 17. Juni und Stalins Tod. Zu beiden Ereignissen hatte Brecht mit anscheinend unkritischen Sympathieerklärungen Stellung bezogen. Die veröffentlichten Fassungen dieser Äußerungen mußten diejenigen irritieren, die selbst Hoffnungen an diese Ereignisse geknüpft hatten. »Der 17. Juni hat die ganze Existenz verfremdet«, notierte Brecht damals.

Unter solchen Umständen muß auch der Blumengarten seine Schönheit verlieren. See, Silberpappel und Blumen werden fremd und häßlich. So erscheinen sie in dem Gedicht »Böser Morgen«, das die Konsequenz der »Verfremdung«, gleichsam die Kehrseite des schönen Blumengartens, vorführt. Wenn das Verhältnis der Wechselseitigkeit gestört ist, können Dichter und Leser nicht mehr genießen, was sie einander verdanken, und nicht mehr produzieren, was sie einander zu geben haben. Wer den ästhetischen Genuß, die Annehmlichkeit der Blumen, als verpflichtendes Privileg begreift, der ist – als Autor wie als Leser – im Glück der Erkenntnis, das er erfährt und zurückgibt, »allezeit« auch riskanten Mißverständnissen ausgesetzt. Das einfach schöne Gedicht »Der Blumengarten« gibt das zu bedenken, auch in einer Zeit der allgemeinen Abkehr von Brecht.

CARSTEN GANSEL
VERGNÜGEN UND GENUSS

Kaum ein anderer hat wie Brecht die Chance von Kunst darin gesehen, Intellekt und Unterhaltung zu verbinden. »Kunst realisiert sich im Genuß«, lautete eine seiner Maximen. Hier spricht kein knochentrockener Rationalist, sondern ein leidenschaftlicher Genießer, einer, dem nichts Menschliches fremd war. Wen wundert's, daß er gar nicht anders konnte, als von seinen Lüsten – mindestens in der Lyrik – ausdauernd zu sprechen: von der Faszination der Frauen, dem Wahnsinn der Liebe, von Wollust und Sexualität ebenso wie von den Schönheiten der Natur, den Blumen, Bäumen und eben den Gärten. Brecht kannte sich sehr wohl aus mit den Pflanzen, und im Brief an Ruth Berlau zeigt er sich 1943 beeindruckt, wie man am Garten »menschliche Arbeit« erkennen kann, »fortgesetzt durch Jahrzehnte«. Genau dies zeichnet zehn Jahre später seinen Buckower »Blumengarten« aus.
Versteckt am See liegend und durch Bäume geschützt, verrät die Anlage des Gartens die lenkende, die »weise« Hand eines Menschen. Er hat die Natur ebenso überlegend wie spielerisch bearbeitet. Nur so ist zu erklären, daß hier von März bis Oktober »monatliche Blumen« blühen, sie kommen und vergehen, wechseln einander ab und ergänzen sich. Der Garten ist also »gemacht«, komponiert, wie das Gedicht über ihn. Auch dies zielt nämlich auf Stimmigkeit. Das den Sprachfluß störende Dativ-»e« (»Tann«) ist weggelassen, nicht zufällig wird das Verb »beschirmt« ge-

wählt, denn es drückt einerseits Abgeschiedenheit und Ruhe aus, aber ebenso den Schutz vor zu starken Einflüssen durch Sonne, Regen oder Wind.

Die Wertschätzung, die Brecht dem Buckower Garten im Wechselspiel von »verschiedenen Wettern« entgegenbringt, erschließt sich weiter, wenn man vergleicht, wie distanziert Brecht die Künstlichkeit der Gärten im amerikanischen Exil zunächst erlebte. Die durch ständiges Bewässern erzeugte Üppigkeit »mit den Blumen, so groß wie Bäume«, und Früchten, die »weder riechen noch schmekken«, ließ Brecht die Hölle assoziieren. Brecht – ein Öko-Freak und antiutopischer Mahner, einer, der heutiges Dasein vorwegnahm, bis hin zu Möglichkeiten der Genmanipulation? Freilich, eine gewisse Moderne-Kritik ist nicht von der Hand zu weisen. Doch sind Brechts damalige Natur-Metaphern stark aufgeladen durch erste frustrierende Hollywood-Erfahrungen, vor allem das Nicht-tätig-sein-Können.

In dem Maße, wie Brecht Erfolg hat, wird auch die Landschaft versöhnlicher wahrgenommen. So ist er durchaus fasziniert von jenem »hoch über der pazifischen Küste« gelegenen »Garden in Progress« des Schauspielers Charles Laughton, der sich in einem »herrlichen Gleichgewicht« mit der Natur befindet. In Brechts eigenem Garten dagegen gibt es »nur immergrüne Pflanzen«, es fehlt ihm der Herbst. Wo ständig die Sonne scheint, vergeht die Freude an ihr, und die Hoffnung auf Regen und Wind wächst; wo Pflanzen immer grün sind, bedarf es lediglich in Maßen des ordnenden menschlichen Tuns. Der Gärtner mutiert zum Spreng-Meister.

Doch Brecht braucht das Wechselspiel der Jahreszeiten ebenso wie das der Gefühle. Das Mensch-Sein ist gekennzeichnet durch Leben und Tod, Kommen und Gehen, Ruhe und Sturm, Liebe und Haß. Die zweite Strophe läßt daran keinen Zweifel. Der Garten in Buckow kann nur als zeitweiser Ruhepol – »nicht allzu häufig« – erlebt werden, weil es viel (andere) Arbeit gibt. Brecht selbst ist ein Arbeitsbesessener, er braucht die Möglichkeiten zum künstlerischen Formen und Gestalten. Dies scheint, wenn man so will, auch die tiefere Bedeutung des Gedichts zu sein: Die Tätigkeit im »Blumengarten«, also *mit* und *in* ihm, weist gewissermaßen auf das künstlerische Schaffen, der Garten steht als Allegorie. Bei der Garten-Arbeit wie im Kunst-Schaffen entsteht durch eigene Tätigkeit Neues.

Der Garten bietet den »Rohstoff« Erde, er bietet Blumen, Sträucher; sie müssen in eine Form gebracht werden, um Freude und Genuß erzeugen zu können. Vergleichbar hat auch der Dichter es mit einem Stoff zu tun, nämlich den Realien des Lebens, der Wirklichkeit. Und je nachdem, wie diese Wirklichkeit beschaffen ist, muß er die Mittel für ihre Gestaltung suchen. »Von den Stoffen gezwungen, habe ich dann eine bestimmte Form benötigt«, schreibt Brecht im Jahr 1955.

Bleibt mindestens die Frage, worauf Brechts Wunsch zielt, »dies oder jenes Angenehme (zu) zeigen«. Sollte es sich um ein Plädoyer für das zeitlos Schöne, das Gesellschaftsferne, das Idyllische handeln, den Rückzug in den Garten? Der Dialektiker Brecht setzt sich sehr wohl für das Schöne ein, die Blume, den Baum, den Garten, für Dinge also, deren »Brauchbarkeit« nicht ohne weiteres erwiesen ist. Der Mensch bedarf – so könnte man Brecht lesen – um des Mensch-Seins all seiner Sinne, und dies schließt die Beschäftigung mit jenen Dingen ein, die zunächst keinen direkten Nutzen versprechen.

Davon wird also, davon muß in Dichtung geredet werden, nicht zuletzt auch deshalb, weil eine »Verschärfung der Sinne und der Haltung« nötig ist. Wozu? Brecht gibt eine schlüssige Antwort: »um das Vergnügen zu steigern«. Der denkende Genießer Brecht weiß zu gut, daß nur derjenige wirklich Spaß auch an seinem Theater haben kann, der mit allen Sinnen wahrnimmt und »gelernt hat zu beobachten«. Wenn also das lyrische Ich »Angenehmes zeigen« will, muß dies »nichts Nützlicheres« bedeuten, »als wie man sich genußvoll bewegt, in körperlicher und geistiger Hinsicht«.

BERTOLT BRECHT
DER GAST

Sie fragt ihn viel, wiewohl es draußen nachtet
An sieben Jahre gibt er eilends aus
Und hört: im Hofe wird ein Huhn geschlachtet
Und weiß: es ist kein zweites mehr im Haus.

Er wird vom Fleische wenig essen morgen.
Sie sagt: Greif zu; er sagt: Ich bin noch satt.
Wo warst du gestern, vor du kamst? – Geborgen!
Und woher kommst du? – Aus der nächsten Stadt!

Nun steht er eilends auf, die Zeit entflieht!
Er sagt ihr lächelnd: Lebe wohl! – Und du?
Zögernd entfällt ihr seine Hand: sie sieht
Ihr unbekannten Staub auf seinem Schuh.

WOLFGANG ROTHE
FLÜCHTIGE EINKEHR

Ein Flüchtlingsgedicht aus dem Exil? Weit gefehlt. Die Strophen stammen aus den späteren zwanziger Jahren und nehmen sich neben dem damals von Brecht neusachlich Gedichteten ziemlich verloren aus. Die drei »Volksliedstrophen« gehören zu den Funden, die sich noch immer unverhofft bei diesem großen Lyriker machen lassen.
Wer ist dieser »er«, und vor allem: wer ist »sie«, bei der er nach siebenjährigem Fortsein einkehrt? Ist sie die Mutter? Die Schwester? Die verlassene Frau, einstige Geliebte? Eine Freundin, Genossin aus früheren, vielleicht schöneren Tagen? Der Dichter sagt es nicht, macht nicht die geringste Andeutung. Ebensowenig erfährt man, um wen es sich bei diesem Mann handelt, welcher Klasse oder welchem Stand er angehört, wes Geistes Kind er ist, noch warum er unterwegs ist und weshalb er kurz vorbeikommt. Man kann in ihm einen Flüchtling, Verfolgten vermuten, doch auch einen Vagabunden à la Baal, also den expressionistischen *homo viator,* ewigen Wanderer über die Landstraßen der Welt – einen Flüchtigen in anderem Sinne als dem gebräuchlichen, politischen.
Alles bleibt offen, der Phantasie des Lesers anheimgestellt. Sogar die Tatsache der Liebe bleibt unausgesprochen. Sind die zwei oder waren sie einst Liebende? Kein Wort über die eine Nacht, die der Besucher unter dem Dach der Frau weilt, sie liegt verhehlt zwischen dem 5. und 6. Vers. Und dennoch kündet das Poem in buchstäblich jeder Zeile von

zartester Zuneigung, einer scheuen Rücksichtnahme, die nichts mehr fürchtet, als dem anderen wehezutun oder ihn zu berauben; sie zwingt den Gast zu lauter frommen Lügen. Nichts sonst als Sozialität und Sympathetik stellt der Inhalt des kargen Dutzends Zeilen dar, eine ständige seelische Bewegung, ein pausenloses Hin und Her zwischen den zwei Menschen. Sie ist unendlich mehr als Brechts oftzitierte »Freundlichkeit«.

Man ist versucht, auf die seinerzeit aktuelle »personalistische« Theorie des Menschen als eines fragenden und antwortenden Wesens, einer dialogischen Existenz, eines das Ich erst begründenden Du hinzuweisen. Denn Brechts Gedicht, über dem ein Märchenhauch (sieben Jahre!) liegt, strömt reine Menschlichkeit aus. Aber gerade diese gibt einen bevorzugten Gegenstand des Spottes marxistischer Schriftsteller ab, ihr gilt der ganze Hohn ideologiekritischer Germanisten, die » bürgerliche« Positionen entlarven wollen, sie steht als »abstrakt«, als dubiose »Innerlichkeit« in Verruf, ist abgestempelt als nur scheinbar unpolitischer »Humanitarismus«.

Vergänglichkeit war das geheime Hauptthema des jungen B. B. Das verbindet diese Verse mit anderen aus seiner Feder. Nirgendwo jedoch ist Brechts frühes Wissen vom Transistorischen, Zeitweiligen, Flüchtigen des »Menschentieres« derart in feinste Wehmut gehüllt wie in diesem Bericht einer kurzen Einkehr. Die Episode offenbart mit liedhaftem Melos die bittere Wahrheit, daß wir für eine kurze Weile »nur Gast auf Erden« sind.

BERTOLT BRECHT
DER KIRSCHDIEB

An einem frühen Morgen, lange vor Hahnenschrei,
Wurde ich geweckt durch ein Pfeifen und ging zum Fenster.
Auf meinem Kirschbaum – Dämmerung füllte den Garten –
Saß ein junger Mann mit geflickter Hose
Und pflückte lustig meine Kirschen. Mich sehend
Nickte er mir zu, mit beiden Händen
Holte er die Kirschen von den Zweigen in seine Taschen.
Noch eine ganze Zeitlang, als ich wieder in meiner Bettstatt lag
Hörte ich ihn sein lustiges kleines Lied pfeifen.

WERNER ROSS
MIT JEDERMANN GUT KIRSCHEN ESSEN

Als ich das kleine Gedicht zum erstenmal las, hielt ich es für ein Lehrstück, eine Parabel zu Nutz und Frommen der Genossen. Macht euch frei – hätte die Botschaft gelautet – von dem »mein« vor den Gütern der Welt. Nicht Kirschenpflücken ist Diebstahl, sondern Eigentum. Halte dem Kirschendieb, der den vorgeblich dir gehörenden Baum plündert, die andere Wange hin.
Der Genosse mit der geflickten Hose könnte seinerseits schon dem neuen Zeitalter jenseits von Mein und Dein angehören, so selbstverständlich nimmt er seinen Besitzanspruch wahr. Seine Geste ist entwaffnend: augenzwinkernd versteht er sich mit dem Besitzer über Teilhaberschaft am gemeinsamen Produktionsbetrieb. »Wollen Sie nicht auch ein paar von unseren Kirschen?« könnte er fragen.
Wenn dies der Sinn, die Lektion wäre, so würde eines stören: das Ich. Wohl oder übel, dieser Prediger des sanften Kirschverzichts oder des vergnügten Kirschenraubs hieße Brecht, empfähle sich der geneigten Gemeinde als Mustermarxist. Das Beispiel für vorbildliches Verhalten angesichts von Gartenplünderern würde Maß nehmen an ihm, dem Bahnbrecher der Kirschen-Umverteilung, dem Pionier einer neuen Gartenmoral. Derlei ist aber bei dem listigen, betont untugendhaften Brecht nicht zu erwarten, und erst recht nicht, daß das Ich allgemein für einen Prediger der neuen Heilslehre stünde.

Ist das Ich aber Brecht, Bürger und Baumbesitzer, wie anzunehmen, dann muß die Frage lauten: Warum ärgert er sich nicht? Da fällt erstens eine nächtliche Schlafstörung vor. Wie früh es ist, wird in den wenigen Versen dreimal mitgeteilt. Zweitens: dieser Bursche in den Kirschbaumzweigen nippt und nascht nicht nur, sondern füllt sich die Taschen. Drittens: er nickt dem aufgestörten Schläfer, dem verschlafenen Fenstersteher auch noch zu, statt wenigstens stillschweigend und ertappt zu verschwinden. Er setzt ein Einvernehmen voraus, das keineswegs in der Lektüre einschlägiger Brecht-Werke wurzelt. Verblüffenderweise werden die Reaktionen des gestörten Schläfers im Gedicht ausgespart, kein Wort davon. Hat er zurückgenickt? Hat er sich stillschweigend abgefunden? Der nächste Vers zeigt ihn wieder in seiner, diesmal unumstritten *seiner* Bettstatt, während der Bursche draußen weiterpfeift und weiterpflückt. Lustig pflückt und lustig pfeift. Wir kommen zur Hauptsache. Die Ausdauer des jungen Mannes im Pfeifen ist ebenso groß wie die im Pflücken. Er pfeift sein Lied wie einst in einer anderen Parabel Johann der muntere Seifensieder, der erst zu pfeifen aufhörte, als er einen Schatz hüten mußte. Der Dieb, der dem Besitzer zunickt, provoziert ihn nicht, warte nur, bald bist du an der Reihe, sondern erinnert ihn an goldene Zeiten, als die Welt voller Kirschbäume und der Himmel voller Geigen war. Vor allem Eigentum gab es einmal den Naturzustand, so Rousseau, oder das Paradies, so die Bibel, viel Unterschied ist zwischen beiden nicht.

Heute können nur noch die geflügelten Kirschdiebe, die Amseln, die von Brecht geliebten, beides: das Stehlen und das Pfeifen, in aller Unschuld und Unverschämtheit. Ein solcher Typ ist der junge Mann im Baum; ihm ist nicht nur alles zuzutrauen, sondern alles zu verzeihen. Kein Proletarier, der dem Vitaminmangel durch Zufuhr von frischen Früchten abhilft, sondern ein Hans-im-Glück oder Taugenichts, ein Gottes-Schelm, ein Elf oder Engel. Der bringt ins Morgengrauen (vor dem tröstenden Trompetensignal des Hahnenschreis), in die dumpfen Träume und Ängste des Schläfers in seiner Bettstatt seine Fröhlichkeit, seine Zuversicht, sein Zutrauen, daß die Welt schon morgens um vier in Ordnung ist.

Ist man an diesem Punkt angelangt, so wird der wahre Charakter des Gedichts deutlich. Es ist ein Märchen, zwischen Schlaf und Wachen.

BERTOLT BRECHT
DER PFLAUMENBAUM

Im Hofe steht ein Pflaumenbaum
Der ist klein, man glaubt es kaum.
Er hat ein Gitter drum
So tritt ihn keiner um.

Der Kleine kann nicht größer wer'n.
Ja größer wer'n, das möcht er gern.
's ist keine Red davon
Er hat zu wenig Sonn.

Den Pflaumenbaum glaubt man ihm kaum
Weil er nie eine Pflaume hat
Doch er ist ein Pflaumenbaum
Man kennt es an dem Blatt.

WOLFGANG BRENNEISEN
EIN BENACHTEILIGTER BAUM

Dieses »Kinderlied« aus dem Jahre 1934 ist in Skovsbostrand bei Svendborg an der dänischen Küste entstanden, was in unseren Ohren so märchenhaft und idyllisch klingt wie »hinter den sieben Bergen«. So hinter dem Mond mag sich der Städter Brecht in der Tat gefühlt haben, aber andererseits war die deutsche Grenze nicht weit weg, Brecht lebte im Exil, und die Stimme des »Anstreichers« wurde immer schriller und lauter. War es da nicht etwas frivol und geradezu deplaziert, ausgerechnet ein Kinder- und Naturgedicht zu schreiben?

In den »Svendborger Gedichten«, in die »Der Pflaumenbaum« aufgenommen wurde, gibt es durchaus auch andere Texte, mit denen Brecht direkt, scharf und entschieden auf die Zeitereignisse reagierte. Und zum anderen: Er war ja auch Familienvater, Kinder waren im Haus und forderten ihr Recht, wollten nicht nur belehrt werden, sondern verlangten überdies »Vergnügungstheater«. Vielleicht hieß es einmal: Vater, komm, erzähl – nein, nicht vom Krieg, nicht von der Dialektik, nicht von der ruhmreichen Sowjetunion, nein, erzähl uns vom – Pflaumenbaum!

So setzte sich Vater Brecht an den Schreibtisch, zündete sich eine seiner billigen Zigarren an und dichtete das Kinderlied »Der Pflaumenbaum«. Wie gut ihm das gelungen ist, merkt man, wenn man es laut vorliest. Beim stillen Lesen hat man ja den Eindruck, der Dichter habe sich mit einer gewissen Wurstigkeit an seine Aufgabe gemacht, nach

der Devise: Bei den Kleinen braucht man es nicht so genau zu nehmen. Doch beim Aufsagen schnurren die Verse so munter wie ein Spielkreisel, so akkurat wie ein Abzählvers: »So tritt ihn keiner um« – und du bist dran.
Doch konnte der Dichter B. B. nicht wider seine Natur, zu kulinarisch durfte die Sache nicht sein, und so streut er in der ersten Zeile der dritten Strophe Sand ins Getriebe: Sie liest sich so schwer wie ein Zungenbrecher. Ein akkustischer Verfremdungseffekt, die stolpernde Zunge weckt den dösenden Verstand, und dieser erkennt den Sonderstatus der dritten Zeile mit ihren im Vergleich zu den entsprechenden Zeilen in den ersten beiden Strophen ungewöhnlichen vier Hebungen. Hier wird die Botschaft, die tröstliche, verkündet: ein Pflaumenbaum, trotz allem!
Es wäre für Brecht doch ein leichtes gewesen, sein Bauernhaus zu verlassen und sich in Skovsbostrand einen Pflaumenbaum zu suchen, um diesen zu bewispern. Was aber tut er? Er imaginiert einen solchen, im Qualm seiner Zigarre! Ein verkümmertes Bäumchen in einem armseligen städtischen Hinterhof – bei dieser urbanen Szenerie wurde ihm sicher warm ums Herz. Das ist keine Naturschilderung, sondern ein kleines Theaterstück, mit minimalistischer Handlung zugegebenermaßen. Das Hauptrequisit, der Protagonist ein Underdog, für den das reine Überleben eine Leistung ist, zugleich ein Repräsentant für eine ganze Klasse Unterprivilegierter. Dazu Stimmen aus dem Off, der kommentierende Chor sozusagen. Daraus hätte auch Samuel Beckett etwas machen können.
Gehört so etwas, wenn nicht in das Lesebuch für die Oberstufe, so doch ins Erbauungsbuch für Konfirmanden? Bei Brecht gilt es, auf der Hut zu sein. Der tapfere kleine Baum hat »ein Gitter drum«, ein Schutzgitter also.

Oder ist das etwa, da sich der Geschützte nicht bewegen kann – Schutzhaft? Und glaubt man nicht, in den munteren Kinderstimmen auch Überheblichkeit, Schadenfreude und Häme zu hören?

So haben wir hier, wie so oft bei Brecht, dieses merkwürdige Zwielicht, diese Uneindeutigkeit, die nicht vom Unvermögen des Dichters herrührt, sondern von der Ungewißheit des Lebens, das ja manche insgesamt als Exil verstehen und das für andere tatsächlich eines ist.

BERTOLT BRECHT
DER RADWECHSEL

Ich sitze am Straßenhang
Der Fahrer wechselt das Rad.
Ich bin nicht gern, wo ich herkomme.
Ich bin nicht gern, wo ich hinfahre.
Warum sehe ich den Radwechsel
Mit Ungeduld?

GABRIELE WOHMANN
DER LANGE TAG IM KURZEN LEBEN

Mein Blick fällt auf einen unscheinbaren Vorgang. Vom unerheblichen Zwischenfall aufgehalten, läßt der Berichtende an seiner allumfassenden Lustlosigkeit keinen Zweifel. Die Panne behebt der Fahrer, dessen Arbeit er nicht schildert, weil sie ihn nicht interessiert. Wartend am Straßenrand prüft er seine Empfindung. Unumwunden gibt er die bittere Information: über die ungeliebte Herkunft, das genauso ungeliebte Ziel. Hat er nur einen schlechten Tag? Auf den ersten Blick, vorerst nur bis zum Ende der vierten Zeile, scheint die Lage aussichtslos.
Beim Weiterlesen erfahre ich allerdings, daß ich es mit einem gar nicht apathischen Passagier zu tun habe. Ungeduldig ist er. Obwohl ihn die Weiterfahrt nicht reizt? Hier spricht kein fröhlicher Tourist, den der erzwungene Aufenthalt nur deshalb stört, weil er ihm Zeit für sein neugieriges Vergnügen an der nächsten Station stiehlt. Muntere Leute würden ihn einen Spielverderber nennen. Sag *ja* zu deiner Reise, verdirb uns nicht die Laune, wir möchten bleiben, wie wir sind, aus Gedankenlosigkeit reiselustig.
Ich sehe die Straße und den defekten Wagen, den Fahrer mit dem Rad, den Wartenden vor mir, die ganze Kulisse, das ziemlich öde Bild. Brechts Geheimnis: Wortkarg liefert er zu der Diagnose einer Gemütsverfassung das Portrait des Reisenden in der Landschaft mit. »Ich bin nicht gern ...«: Das klingt viel unwiderruflicher traurig als,

ohne die ernste Zurückhaltung, etwa: »Ich hasse, ich verabscheue ...« Wut könnte vorübergehend sein und wäre therapiefähig. Brechts Feststellung kündet von Unheilbarkeit, der Seinsbefund ist endgültig. Erschiene da nicht dieser Lichtblick, paradoxerweise durch das unbequeme, unbekömmliche Gefühl der Ungeduld. Etwas muß es geben, das der nostalgische, noch vorwärtsstrebende Reisende doch erwartet.

Woher diese Unruhe? Das Gedicht gehört in den Zusammenhang der »Buckower Elegien« und könnte vermutlich autobiographisch, politisch gedeutet werden. Ich nehme die Ungeduld lieber aus allem möglichen Bescheidwissen (oder Mutmaßen, Unterstellen) heraus und erkenne in ihr eine Lebensnervosität. Die kleine Reise von da nach dort steht für die Strecke von allerdings unbekanntem Maß, die wir Menschen von unserem Anfang bis zu unserem Ende zurücklegen.

Der kurze Aufenthalt ist dem Ungeduldigen zu lang. Wie leichtsinnig wünschen wir sehr oft – denn Lebenszeit läuft ab –, wir hätten, im kurzen Leben, den langen Tag schon hinter uns. Oder tröstet nicht gerade solches Weitersehnen? Das Gedicht verweist auf ein Verlangen, das dem Menschen einwohnt und für das es keinen irdischen Platz gibt. Man muß nicht gläubig sein – obgleich das angenehmer wäre –, um sich seiner Unerlöstheit bewußt zu werden und die innere Ungeduld als Todeshoffnung zu empfinden. Im Verschweigen ewigkeitssüchtiger Gefühle, im Weglassen aller Hinweise auf die Parabelhaftigkeit des Vorgangs Radwechsel offenbart sich Brechts Kunstinstinkt, und indem er nichts erklärt, kommt es zum bewundernswürdigen Gelingen dieser paar Zeilen.

Alles, was wir Menschen zu Lebzeiten ganz und gar nicht

verstehen können, es steckt in der Frage, mit der uns der geschickte Brecht auch noch nach der letzten Zeile nicht eigentlich entläßt: »Warum sehe ich den Radwechsel/Mit Ungeduld?« Und für die, denen der Wegweiser fehlt: Weil Brecht keine Antwort gibt, verliert das Gedicht seine Bodenhaftung. Nur weil die Frage offenbleibt, läßt es die Erdschwere hinter sich.

BERTOLT BRECHT
DER RAUCH

Das kleine Haus unter Bäumen am See.
Vom Dach steigt Rauch.
Fehlte er
Wie trostlos dann wären
Haus, Bäume und See.

GABRIELE WOHMANN
TROST

Fünf Zeilen beschwören das kleine schmucklose Bild herauf, anschaulich und komplett. Ich muß an die Häuser mit Landschaftszugabe denken, die ich gemalt habe, als ich ein Kind war. Auch bei mir hat nie der Rauch aus dem Schornstein gefehlt. Ging es mir dabei um den letzten Schliff und, wie im Gedicht, um Trost? Mein Gedicht über meine Häuser hätte der Einbildungskraft den Spielraum genommen und alles erzählt, die Zufahrt und den Gartenzaun nicht weggelassen und auch nicht die drei oder vier Personen, die ich in die Gegend stellte und von denen Brecht gar nicht erst reden muß, denn daß sie da sind, sagt er im Titel, und in der zweiten Zeile: »Vom Dach steigt Rauch«. Schriftsteller der Mittelklasse hätten sich darum bemüht, in der letzten Zeile nicht die Substantive der ersten Zeile zu wiederholen. Bei Nichtgelingen: Dekoration mit Adjektiven.

Ein Kindervertrauen äußert sich im Bedürfnis, mit dem qualmenden Schornstein das Bild zu vervollständigen und gleichzeitig zu signalisieren: Das Haus ist nicht verlassen, es steht nicht nutzlos herum. Kindliches Vertrauen bei mir von damals, als ich beim Malen vielleicht unbewußt an meine mit sich selber glückliche Familie dachte, und ebenso beim erwachsenen Bert Brecht, dem es doch nach Erfahrungen mit Menschen schon erheblich schwerer fallen mußte, von der Nutzanwendung des kleinen Hauses, die der Rauch verheißt, auf gutartige Bewohner zu schließen. Brecht muß ein Optimist gewesen sein. Einer, der die gesamte Szenerie als »trostlos« empfände ohne Leute, die sie beleben. »Trostlos«, wenn hier nicht geheizt würde, der Kamin, der Herd in der Küche: Hier kann man sich aufwärmen, hier gibt es was zu essen. Hier kann man einkehren, denkt nach langem Ritt der Western-Held. Brecht rechnet, beim Trost durch Rauch, nicht mit Zank und Streit. Ihm werden Bäume und See erst zum Gewinn, wenn jemand vom kleinen Haus aus sie anblickt und genießt.

Ein Pessimist sähe das Haus lieber unbewohnt. Einer, der auf Immobiliensuche ist – reizvolle Gegend offenbar –, erst recht. Ein Naturpurist ließe das kleine Haus lieber überhaupt abreißen. Mit Öko-Blick hat Brecht auch noch nicht geschaut: Ein Grün-Freak würde den schadstoffhaltigen Rauch verfluchen. Aber, optimistischer Menschenfreund oder nicht, vor allem ist Brecht ein Dichter. Und den muß die Anwesenheit von Menschen interessieren, schon als Schreibstoff. Erst der Rauch verwandelt die Genre-Idylle zum Schauplatz, der Schnappschuß ist nur mehr ein Standbild aus einem Spielfilm. Fast egal, wer da drin Feuer macht: Selbst unfriedfertige Bewohner sind dem, der über Menschen schreibt, lieber als gar keine Bewohner.

Beim Gedichteschreiben – ausgenommen Lehrgedichte, »Unterweisungen« – sperrt Brecht mich nicht in eine Schulbank. Eine Aussage aber lasse ich mir gern gefallen, und in diesem Gedicht fällt sie eindeutig aus, geradezu altmodisch verständlich. Ich weiß, woran ich bin. Trotzdem bleibt ein Geheimnisrest, das Nicht-zu-Ende-Erklärbare, dessen ein gutes Gedicht bedarf. Der Schreibende selber scheint »trostlos« zu sein. Aller schönen Wörter über-

drüssig. Er nimmt die ruhige Gangart der Prosa, seine karge Sprechweise paßt sich der Schlichtheit des Sujets an. Es sei kein Gedicht: von einem, den nicht der Verfasser verraten würde, höre ich diesen Einwand. Das Fehlen jeder Chiffriertheit, die üblichen Verrätselungen, an die Lyrikleser sich gewöhnt haben, als liebten sie es, sich mit dem prätentiösen Unzugänglichen abzuquälen, es würde vermißt.
Aber was einfach scheint, ist am schwersten zu bewerkstelligen. Es glückt dem Dichter, den sinnlichen Eindruck mit der Erfahrung der Verlassenheit zusammenzubringen. Hinter der Verschwiegenheit des kleinen Geniestücks gibt es alles zu erraten. Ich habe es vorhin ausprobiert und bin an einem kleinen Haus unter Bäumen – ein See war so schnell nicht zu haben – vorbeigegangen. Kein Rauch stieg aus dem Schornstein. Ich habe es, fast, trostlos gefunden und zum Glück nicht genau gewußt, warum.

BERTOLT BRECHT
DEUTSCHLAND 1952

O Deutschland, wie bist du zerrissen
Und nicht mit dir allein!
In Kält' und Finsternissen
Läßt eins das andre sein.
Und hätt'st so schöne Auen
Und reger Städte viel;
Tät'st du dir selbst vertrauen
Wär alles Kinderspiel.

FRIEDRICH DIECKMANN
DER KERN DER VERHÄLTNISSE

Brecht, der Vaterlandsdichter, macht eine kaum bekannte Figur. Sein Programmwort von 1951: »Wir werden ein nationales Theater haben oder keines« geriet lange Zeit ebenso in Vergessenheit wie sein Nationallied von 1949. Erst als es im Vorfeld der neuen deutschen Staatseinheit um die Hymnenfrage ging, kam, folgenlos, das Bewußtsein dafür auf, daß Brecht nach dem Krieg das wahre Lied der Deutschen geschrieben hat. »Anmut sparet nicht noch Mühe«, begann der Text auf Haydns Melodie, der Bechers Hymnentext damals auf SED-Ebene unterlag.

Vor diesem Deutschlandlied, das eines der Ermutigung ist, liegen vier Gedichte, die den Landesnamen in Titel oder Versanfang exponieren; von 1920 bis 1945 markieren sie die Zäsuren der Nationalgeschichte. Dies tut auch die achtzeilige Strophe von 1952, die ihren Zeitbezug schon im Titel kundgibt. In ihrer dritten Fassung geschieht das, dem Erstdruck in einem Programmheft des Berliner Ensembles; ursprünglich war das Gedicht als liedhafte Einlage in einen Mutter-Courage-Film gedacht, der nicht zustande kam. Die Verse lehnen sich an die Vaterlandsklage an, welche die Dichter des Dreißigjährigen Krieges angestimmt hatten. Ihre Wiederberufung fällt in das Ohr einer Zeit, in der das Ende eines andern Verwüstungskrieges in den kalten Frieden entzweiter Sieger umgeschlagen war.

Nach 1948, dem Jahr der Währungs- und Wirtschaftsspaltung, war 1952 das andere Schicksalsjahr der deutschen

Nachkriegsgeschichte; mit der Ratifizierung des Generalvertrags der drei Jahre alten Westrepublik wurde in diesem Jahr die Verselbständigung des staatgewordenen sowjetischen Besatzungsgebiets für mehr als eine Generation unabwendbar. Brechts Verse erheben sich über den Kampflärm der Bemächtigungsgebärden; traurig-inständig deuten sie auf den Kern der Verhältnisse. Aus dem evokativ gespannten ersten Vers löst sich im zweiten die rhythmische Grundform, ein dreihebiger Jambus, und bringt die sperrig-eindringliche Wendung hervor: »Und nicht mit dir allein«. Sie deutet, für die Kriegszeit der Mutter Courage wie für die Jetztzeit des Dichters, auf den Anteil fremder Mächte an der deutschen Staatszerreißung.

Der vierte Vers ist die Differenzstelle der Stadien, welche der Text durchläuft, um zu sich selbst zu kommen. »In Kält' und Finsternissen / Schlägt eins aufs andre ein«, heißt es im Filmskript und Programmheftdruck. »...läßt eins das andre sein«, setzt der Dichter drei Jahre später, als er die Verse für den aus politischen Gründen inhaftierten Frankfurter Magistratsrat Julius Hahn abschreibt und einem Ermutigungsbrief beilegt, der gerichtlicher Beschlagnahme verfällt.

Mit einem subtilen Konjunktiv deutet der fünfte Vers darauf, daß die Auen schön und die Städte rege nicht unabhängig davon sind, daß ein Deutschland das andere »in Kält' und Finsternissen« läßt. Die Verwüstung der Städte bleibt hier außer Betracht; um eine andere Zerstörung geht es dem Autor. Seine Schlußverse fühlen auf den Grund der Dinge; an der Wurzel des Übels erkennt er das zerstörte Selbstvertrauen. Nicht fatalistisch legt er sie frei; in dem Mantel der Trauer, den er über sein Land breitet, öffnet sich der Spalt der Hoffnung: »Tät'st du dir selbst vertrauen...«

Das Deutschland von 1952 hat sich die Ermutigung seines Dichters nicht zu Herzen genommen. Siebenunddreißig Jahre hat es gedauert, bis jenes Selbstvertrauen sich einstellte, dem fast wie im Spiel gelang, was im Bann der Furcht einst verspielt worden war: Deutschlands Einheit. Die Situation, auf die Brechts Verse das Licht der Dichtung werfen, liegt hinter uns; dennoch sind diese mehr als nur die Stimme der Geschichte. Das nicht mehr staatszerrissene Deutschland produziert Kält' und Finsternisse eigener Art; ihnen zu wehren ist jenes Kinderspiel nicht, das uns der Dichter für den Fall des Gelingens in Aussicht stellt.

BERTOLT BRECHT
DEUTSCHLAND, DU BLONDES, BLEICHES

Deutschland, du Blondes, Bleiches –
Wildwolkiges mit sanfter Stirn!
Was ging vor in deinen lautlosen Himmeln?
Nun bist du das Aasloch Europas.

Geier über dir!
Tiere zerfleischen deinen guten Leib
Dich beschmutzen die Sterbenden mit ihrem Kot
Und ihr Wasser
Näßt deine Felder. Felder!

Wie sanft deine Flüsse einst!
Jetzt vergiftet von lila Anilin!
Mit nackten Zähnen raufen
Die Kinder das Getreide aus vor
Hunger

Aber die Ernte schwimmt in das
Stinkende Wasser!

Deutschland, du Blondes, Bleiches
Nimmerleinsland! Voll von
Seligen! Voll von Gestorbenen!
Nimmermehr, nimmermehr
Schlägt dein Herz, das vermodert
Ist, das du verkauft hast

Eingepökelt in Salz von Chile
Und hast dafür
Fahnen erhandelt!

O Aasland, Kümmernisloch!
Scham würgt die Erinnerung
Und in den Jungen, die du
Nicht verdorben hast
Erwacht Amerika!

HANSPETER BRODE
KONSERVATIVES PATHOS

Brechts Deutschlandgedicht von 1920 ist Antwort und Reaktion auf das, was Historiker die Urkatastrophe der deutschen Geschichte unseres Säkulums genannt haben: den Ausgang des Ersten Weltkrieges, den Absturz von hochbürgerlichem Weltmachtswahn zu grenzenloser nationaler Erniedrigung. Die Fallhöhe von den »lautlosen Himmeln« zu »Aasloch Europas« beschreibt das Schicksal eines Landes, das sich eben noch in unendlichem Kraftgefühl sonnte und nun, territorial reduziert und seiner bisherigen Führungselite beraubt, von gegenbürgerlichen Revolten geschüttelt wird und ohne Perspektive dahintaumelt. Offensichtlich ringt der zweiundzwanzigjährige Dichter mühsam um Orientierung und schreibt von einem Standpunkt der Trauer um das Dahingeschwundene aus. Er hat sich durchaus noch nicht ganz gelöst von den Identifikationsmustern des wilhelminischen Staates und dem Talmiglanz seines kulturellen Weltüberlegenheitsgefühls.

Der gegenwärtige Zustand ist freilich erschütternd. Die düsteren Bilder vom »Aasloch« und vom »Geier«, vom zerfleischten »Leib« und von »Kot« und »Wasser« der Sterbenden erinnern an barockes Todespathos und greifen noch einmal Verwesungsphantasien und Leichenarrangements des früheren Expressionismus auf. Die Erwähnung der hungernden »Kinder« streift die soziale Frage, aber ganz im Vordergrund stehen Hinweise auf fehlgeleitete

Industrialisierung und verbrecherische Kriegsrüstung: Die »Flüsse« sind vergiftet mit »lila Anilin«, und das »Herz« des Landes ist »eingepökelt in Salz von Chile«, womit vermutlich angespielt wird auf Sprengstoffherstellung mittels des Chile-Salpeters. Die vergeblich erhandelten »Fahnen« mögen zusätzlich politischen Wahn und militärisches Scheitern signalisieren.

All dies wird nicht im Sinne entschiedener Anklage vorgetragen, sondern ist von einem eher konservativen Pathos grundiert. In Deutschland gab es ja »lautlose Himmel« und »Selige«, hat ein »Herz« geschlagen, das freilich »verkauft« wurde und jetzt »vermodert«. Kritik an Handelsgebaren und Geldwirtschaft läßt sich heraushören, aber keineswegs im marxistischen Sinne. Brecht scheint vielmehr anzudeuten, daß Deutschland gut daran getan hätte, dasjenige zu pflegen, was Thomas Mann die »machtgeschützte Innerlichkeit« des deutschen Kulturbewußtseins genannt hat, statt sich in großtechnisch betriebene Kriegsabenteuer zu stürzen, welche nun seine »sanfte Stirn« besudelt und es aus seinen »lautlosen Himmeln« hinausgeworfen haben.

Am Schluß des Gedichtes dämmert als mythische Utopie »Amerika« auf, wie sie nachmals in Brechts Werk breit ausgearbeitet wurde. Die neue Welt steht für Dynamik und Vitalität, für Boxkämpfe und »Riesenstädte von jenseits des großen Teiches«, wie Brecht zum Theaterstück »Im Dickicht der Städte« anmerkte. Dieser Aufbruch zu gänzlich neuen Ufern führt von den abgelebten kulturbürgerlichen Zuständen der Vergangenheit ebenso weg wie von dem Grauen der Materialschlachten und dem Hunger der Nachkriegszeit.

Im ganzen ein Gedicht des Übergangs: Die martialische

Deutschland-Begeisterung, der Brecht als Schüler frönte, ist verflogen, aber von den marxistischen Ansichten der zwanziger und dreißiger Jahre findet sich noch keine Spur. Vielleicht machen das ungestüme Kraftgefühl dieser Verse und der Schwebezustand zwischen einem Nicht-Mehr und einem Noch-Nicht den Reiz dieser Zeilen aus.

BERTOLT BRECHT
DIE GUTE NACHT

Der Tag, vor dem der große Christ
Zur Welt geboren worden ist
War hart und wüst und ohne Vernunft.
Seine Eltern, ohne Unterkunft
Fürchteten sich vor seiner Geburt
Die gegen Abend erwartet wurd.
Denn seine Geburt fiel in die kalte Zeit.
Aber sie verlief zur Zufriedenheit.
Der Stall, den sie doch noch gefunden hatten
War warm und mit Moos zwischen seinen Latten
Und mit Kreide war auf die Tür gemalt
Daß der Stall bewohnt war und bezahlt.
So wurde es doch noch eine gute Nacht
Auch das Heu war wärmer, als sie gedacht.
Ochs und Esel waren dabei
Damit alles in der Ordnung sei.
Eine Krippe gab einen kleinen Tisch
Und der Hausknecht brachte ihnen heimlich einen Fisch.
(Denn es mußte bei der Geburt des großen Christ
Alles heimlich gehen und mit List.)
Doch der Fisch war ausgezeichnet und reichte durchaus
Und Maria lachte ihren Mann wegen seiner Besorgnis aus
Denn am Abend legte sich sogar der Wind
Und war nicht mehr so kalt, wie die Winde sonst sind.
Aber bei Nacht war er fast wie ein Föhn.
Und der Stall war warm und das Kind war sehr schön.

Und es fehlte schon fast gar nichts mehr
Da kamen auch noch die Dreikönig daher!
Maria und Joseph waren zufrieden sehr.
Sie legten sich sehr zufrieden zum Ruhn
Mehr konnte die Welt für den Christ nicht tun.

WALTER JENS
KLEINES GLÜCK, GROSSES ELEND

Weihnachten: Das ist für den Christen Licht im Dunkel, Glanz inmitten großer Finsternis, der Schimmer im Stall und die Helle vom Himmel herab, während die Erde noch im Dämmern liegt. Die Geburt Jesu geschieht im Zeichen des Lichts.

Hier die düstere Nacht und dort das wegweisende Leuchten – von solchem frommen Gegensatz will Brecht, der 1926 die Weihnachtsgeschichte unbekümmert und frisch nacherzählt, nicht viel wissen. Ihm geht es um eine realere, der Not unwirtlicher Nachkriegs-Zeitläufte angemessene Antithese, um das Wechselspiel von Wärme, die freundlich, menschlich, vernünftig ist, und einer Kälte, wie sie die Obdachlosen auf der Straße erleben.

Die große Kälte in einer Welt, wo im Zeichen des Tanzes um das goldene Kalb Nächstenhaß statt Nächstenliebe regiert – dieses Leitmotiv früher Brechtscher Lyrik bestimmt auch den Hymnus auf die gute Nacht: Es ist kalte Zeit, ein Winter, in dem die Tage sich wie Menschen gebärden, die einander als Wölfe begegnen – *hart*, *wüst* und *ohne Vernunft*.

Und dagegen dann der kleine warme freundliche Bezirk, in dem der Versemacher Brecht mit hurtiger Geste das vertraute Inventar der Krippenspiele versammelt: »Ochs und Esel waren dabei, damit alles in der Ordnung sei.« Aus der Ehrfurcht gebietenden Legende wird im Nu eine zeitgenössische, im Bayerischen angesiedelte Moritat: Der mit Moos zwischen den Latten ausgestopfte Stall inmitten einer Region, wo es einen Hausknecht gibt und der Föhn sich als wetterbestimmend erweist – er könnte in Schwaben oder Altbayern stehen. Und auch die Menschen nehmen sich wie Zeitgenossen aus: ein Elternpaar *ohne Unterkunft*, das unmittelbar vor der Geburt seines Kindes schließlich doch noch einen Stall findet und ihn sogar bezahlen kann – eine Hütte, die warm ist (das Heu sogar *wärmer als gedacht*) und eine Nacht lang beinahe so etwas wie einen Märchenplatz bietet, mit einer Krippe, die als Tisch dient, mit einem reichlichen Fischgericht, mit einem plötzlichen Einbruch von gelinder Luft, mit dienstbaren Geistern und angenehmen Besuchern.

Jesu Geburt in einem bayerischen Stall bei einfallendem Föhn – ein Wunder in unvernünftiger Zeit, das alle Furcht und Verzagtheit als unbegründet erweist. Statt der Angst bestimmen Zufriedenheit, Wärme und Sich-wohl-sein-Lassen die nächtliche Stunde. Behaglichkeit stellt sich ein, der Stall wird beinahe zur Nobelherberge (»der Fisch war ausgezeichnet«; Maria und Joseph als plebejische Gourmets!), und am Ende ist, nach so viel Mirakeln, sogar ein Hauch von Ausgelassenheit spürbar. Die Kindsmutter lacht den allzu besorgten Kindsvater aus.

Eine Idylle also? Ein bayerisches Krippenbild, anmutig und bäuerlich-traulich? Im Gegenteil. Das kleine Glück im Stall verweist, als Wunder und Ausnahme, nachdrücklicher, als es die dramatischste Grau-in-Grau-Schilderung könnte, auf die harte Kälte da draußen und damit auf einen von Unvernunft bestimmten Äon, zu dem auch jener *große Christ* gehört, der, so Brecht, nur heimlich und unter Aufwand von viel List geboren werden konnte. Jesus von Nazareth, für den die Welt nicht mehr tun konnte, als ihm in der Nacht von Bethlehem ein paar Stunden der Ruhe und des Friedens zu schenken. (Danach: Verfolgung, Verhöhnung, Einsamkeit, elender Tod.)

So betrachtet verweist die Gute Nacht in Brechts Gedicht schon auf die Böse Nacht, die Nacht von Bethlehem auf die Nacht von Golgatha. Das kleine Glück macht großes Elend um so sichtbarer. Unverhofftes (betont durch die Wiederholung der Worte *doch noch*) bleibt freundliche Ausnahme, die eine schreckliche Regel bestätigt: Wo Krieg die Stunde regiert, ist Zu-Friedenheit nur in der Zeitenthobenheit der Guten Nacht möglich.

Bethlehem als eine Art von Feuerstelle in einer Epoche der Eiszeit: Ganz so weit, wie es auf den ersten Blick scheint, ist Brechts Gedicht am Ende von Lukas denn doch nicht entfernt – zuallerletzt in jenem wunderbaren sechsundzwanzigsten Vers, in dem der Nicht-Christ B. B. jenem jesuanischen Geist Reverenz zollt, der mit dem Kult des »großen Christ« nicht das Geringste, mit dem Hoffnungs-Traum der armen Leute in aller Welt hingegen sehr viel zu tun hat: *Und der Stall war warm und das Kind war sehr schön.*

BERTOLT BRECHT
DIE KRÜCKEN

Sieben Jahre wollt kein Schritt mir glücken.
Als ich zu dem großen Arzte kam
Fragte er: Wozu die Krücken?
Und ich sagte: Ich bin lahm.

Sagte er: Das ist kein Wunder.
Sei so freundlich, zu probieren!
Was dich lähmt, ist dieser Plunder.
Geh, fall, kriech auf allen vieren!

Lachend wie ein Ungeheuer
Nahm er mir die schönen Krücken
Brach sie durch auf meinem Rücken
Warf sie lachend in das Feuer.

Nun, ich bin kuriert: ich gehe.
Mich kurierte ein Gelächter.
Nur zuweilen, wenn ich Hölzer sehe
Gehe ich für Stunden etwas schlechter.

RAINER KIRSCH
GEHORTETE ENERGIE

Findet ein Dichter eine neue Kombination poetischer Mittel, kann er sie leicht zur Manier verschleißen; ist er ein Kopf, wird er damit wirtschaften wie mit Kostbarem. Den regelmäßigen Trochäus braucht Brecht erstmals in *Die Legende von der Entstehung des Buches Taoteking auf dem Weg des Laotse in die Emigration* (7. Mai 1938), dann in *Die Krücken* (Dezember 1938), später noch einmal in *Einst*. Alle drei Gedichte reden schlicht, wie für intelligente Kinder, und bieten zitierbare Lebensweisheit; *Legende* und *Krücken* spielen zudem mit der wechselnden Zahl der Versfüße. Matthias Claudius hatte den Trick ins Deutsche geholt, als er für sein »Abendlied« das Strophenschema von »Innsbruck, ich muß dich lassen« um einen Jambus erweiterte – mit viel Gewinn an Innigkeit, bei wenig Verlust an Welt. Innigkeit war Brecht, seit er der Klassik anhing, jederzeit recht, Weltverlust nie; wettstreitet er mit dem Kollegen?

Wo aber *Legende* wie *Abendlied* als Weg-Gedichte Zitierbares in Fülle ausstreuen, läuft unser Text ungemächlich stracks auf ein Ziel zu: auf die Quintessenz der beiden Schlußverse. Quintessenzen geraten oft allgemein; je wirksamer sie sind, desto mehr Kraft ziehen sie aus dem Umfeld – sie müssen wohlvorbereitet werden.

Zwei fünffüßige Verse setzen das Grundmetrum: Der erste Vers *(»Sieben Jahre ...«)* beschreibt langjähriges Mißgeschick, der zweite läßt Abhilfe in rettender Stunde ahnen. Das klingt dramatisch, haben wir eine verkappte Ballade vor uns? Sicher, weiter geht es ja aufgeregt vierhebig. Da Verse 1 und 3 weiblich, 2 und 4 männlich enden, wird die Strophe jedesmal um eine Silbe kürzer: sie bildet einen Energie stauenden Trichter.

Nichts freilich schadet Weltweisheit mehr als Übereile, von den zurückgehaltenen Verssilben wird eine für den Mittelteil freigegeben. Der ist nun vierfüßig-weiblich; eine Strophe gehört dem *großen Arzte,* eine (mit umschlungenem Krach-Reim *Krücken – Rücken*) dem Berichtenden, der in einer weiteren halben sich als betroffen erinnert und, geheilt, wieder *ich* sagt. Hier wäre die Ballade zu Ende; doch hatte der Dichter zwölf Verse lang Energie gehortet, wohin mit der?

In die zweimal fünf vollen Trochäen der Schlußformel, die den scheinbar abgeschlossenen Vorgang ins Dauernde reißt: Die Heilung, erfahren wir, war heikel, das ausgelacht Alte west als Schatten im neuen Schreiten, und *Hölzer*, daraus Krücken zu machen gehen, trifft der Blick alleweil. Wüßten die Leute heute Gedichte – bei welchen Gelegenheiten könnten sie die beiden Zeilen nicht hersagen!

Wovon, übrigens, ist eigentlich die Rede? Ich habe immer gemeint, der *große Arzt* sei der marxistische Theoretiker Karl Korsch, der Eigner des zähen Rückens Brecht, der Krückendrechsler Dshugaschwili, genannt »Der Stählerne«. Wäre indes nur das alte *Sapere aude!* in Verse gebracht (das Kant übersetzt *Habe Mut, dich des eigenen Verstandes zu bedienen!*), bliebe der Text schön und wahr genug: Latein kann niemand mehr, Kant liest keiner, und im neuen Gewimmel der Gurus wird Verstand wieder zum Schimpfwort. Nun aber kommen die Biographen; es war, sagen sie, alles ganz anders. Brechts Geliebte in Dänemark, Ruth Berlau, mochte aus ihrer Ehe mit einem Arzt sich nicht lösen; dies zu tun, rät ihr Brecht dringlich, der *große Arzt* ist er selber. (Berlau folgte ihm und verfiel dem Suff.) Muß man derlei wissen? Unbedingt; den Anlaß eines Kunstwerkes für dessen Mitteilung zu halten kann zu so plattsinnigen Albernheiten führen, daß das Vergessen der Anlässe öffentlich geübt werden sollte. Die Biographen, schließlich, wollen wir nicht abschaffen; die Texte aber bleiben und erzählen uns über die Welt.

BERTOLT BRECHT
DIE LIEBENDEN

Sieh jene Kraniche in großem Bogen!
Die Wolken, welche ihnen beigegeben
Zogen mit ihnen schon, als sie entflogen
Aus einem Leben in ein andres Leben.
In gleicher Höhe und mit gleicher Eile
Scheinen sie alle beide nur daneben.
Daß so der Kranich mit der Wolke teile
Den schönen Himmel, den sie kurz befliegen
Daß also keines länger hier verweile
Und keines andres sehe als das Wiegen
Des andern in dem Wind, den beide spüren
Die jetzt im Fluge beieinander liegen
So mag der Wind sie in das Nichts entführren
Wenn sie nur nicht vergehen und sich bleiben
So lange kann sie beide nichts berühren
So lange kann man sie von jedem Ort vertreiben
Wo Regen drohen oder Schüsse schallen.
So unter Sonn und Monds wenig verschiedenen
Scheiben
Fliegen sie hin, einander ganz verfallen.
Wohin, ihr? – Nirgend hin. – Von wem davon? –
Von allen.
Ihr fragt, wie lange sind sie schon beisammen?
Seit kurzem. – Und wann werden sie sich trennen? –
Bald.
So scheint die Liebe Liebenden ein Halt.

PETER WAPNEWSKI
DER GROSSE, KÜHNE FLUG

Gleitende Verse und bindende Reime, Gefühle breitend wie Schwingen: was sich als reines Gedicht vorstellt, ist ursprünglich Teil nicht eines lyrischen, sondern eines dramatischen Zusammenhangs, ist Zentrum der Szene 14 einer »Oper«, sie heißt »Aufstieg und Fall der Stadt Mahagonny« und entstand 1928/29. Kein Gedicht also, sondern ein Lied, ein Duett: Jenny und Paul spielen sich die Verse rollenverteilt zu, und sie tun es inmitten der nackten Häßlichkeit eines Bordells (»Er raucht, sie schminkt sich«). Erst um 1950 hat Brecht den Dialog zu einem monologisch sich gebenden »Gedicht« umgeformt, dabei vorübergehend auch den singularischen Einsatz »Sieh« in den Plural »Seht« verwandelt, was spätere Ausgaben wieder rückgängig gemacht haben, zum Nutzen dieser Verse, denen das didaktische Hinweisen nicht bekommt: *Sieh*, so Jenny zu Paul, sie entwerfen sich ein Gesicht von Glück und Vergänglichkeit der Liebe.

Was sich in der Gesprächsform den Anschein des Gelegentlichen gibt, ja des Lässigen, erweist sich bei genauem Zusehen als strenges Kunstgebilde, das seit Dante und Petrarca in einer stetig erneuerten Tradition bis zu Hofmannsthal und Stefan George steht: Um Terzinen nämlich handelt es sich, also um Gruppen von jeweils drei Versen, deren erster und letzter sich reimend verbinden, getrennt durch einen mittleren – der seinerseits wiederum die umarmende Reimung der nächsten Terzine vorausnimmt.

Im Deutschen vertraut sich diese Formation dem Metrum des Blankverses an, also des fünffüßigen Jambus.
Ein Schema wie Marmor, dessen Würde erhaben herausgemeißelt wie eingeebnet wird durch die Kontrastierung mit der schäbigen Bordellbanalität. Übrigens steigert Brecht diese regelrechte Kunstform zu höherer Kunstwirkung durch bewußte Regeldurchbrechung: durch das gelegentliche Mehr eines Versfußes, durch die abweichende Reimordnung der fünf Schlußverse. Das gibt dem Lied seine ambivalente, seine schwebendflüchtige, seine aufgehobene und haltlose Stimmung. Denn der Halt der Liebe ist Schein; die Liebenden aber leben von ihm: solange Liebe lebt. Zweimal das Verbum »scheinen«, in der sechsten und in der letzten Zeile. Und es sind diese beiden Zeilen die einzigen, die der Dichter in der Dialogfassung ausdrücklich an »Beide« vergibt, auf diese Weise das Scheinwesen, den Illusionszauber der Zweieinigkeit deutlichmachend.
Terzinen von der Vergänglichkeit. Endlichkeit der Liebe im unendlichen Raum: die Kraniche im Wolkenbogen, Teil des Himmels in luftiger Materie, augenblicklich nur und nicht verweilend, in der Harmonie des Flügelschlags jedes das andere spürend wie den sie tragenden Wind. »Im Fluge« liegen sie beieinander, nicht ruhend, flüchtig nur. Ein Gespinst aus Wind und Wolke, ein Bild von Wechsel und Vorüberziehn, gleitende Station des Weges aus dem einen Nichts in ein anderes Nichts. Indessen: wenn *sie* nur nicht vergehen (das Versmaß zwingt zur Betonung des »sie«, als dem Gegensatz zur Vergänglichkeit ihrer Umwelt); das heißt, wenn und solange ihre Liebe bleibt, sind sie Unberührbare, sind geschützt und isoliert. Die letzten Verse mit ihrem traumsicheren Frage- und Ant-

wortspiel wissen freilich schon das Ende: »Seit kurzem« bis »bald«, das ist das Zeitmaß, das Zeitalter der Liebenden. Sie aber ahnen nichts von Raum und Zeit, ihr Kranichflug ist ihr Jetzt und Immer, und ihr Bett ist Wolke und Himmel und Wind.

Verse des Schwebezustands. Auch ihre Syntax teilt ihn mit, die im Mittelteil (den Zeilen sieben bis siebzehn) keinen Boden unter den Füßen hat, nicht den geordneten Halt der Üblichkeit will. Am Ende des Bogens wird ein Halt sein. Ein Halt von anderer Art freilich als jener war, der den Liebenden ihre Wahrheit gab, sie auf den großen Flug schickte und sie unverwundbar machte, so daß die Regentropfen der Welt sie so wenig treffen konnten wie ihre Kugeln. Den kühnen Flug aus einem Leben in ein andres Leben: aber was zwischen dem einen und dem anderen war, zeitentrückt und raumvergessen, das war *ihr* Leben.

BERTOLT BRECHT
DIE MASKE DES BÖSEN

An meiner Wand hängt ein japanisches Holzwerk
Maske eines bösen Dämons, bemalt mit Goldlack.
Mitfühlend sehe ich
Die geschwollenen Stirnadern, andeutend
Wie anstrengend es ist, böse zu ein.

LUDWIG HARIG
VERRUCHTE DIALEKTIK

»Schwer ist es, gut zu sein«, heißt es bei Plato, der mit unermüdlichem Eifer den Menschen mahnt, sich der anstrengenden Schau der Ideen zu widmen, im Vollkommenen das Gute zu erkennen. Doch was ist das Vollkommene, was ist das Gute? Was ist, im Gegensatz dazu, das Unvollkommene, folglich das Böse? Nur im dialogischen Widerstreit von These und Antithese sei die Erkenntnis dessen zu gewinnen, lehrt der Philosoph, und so kam es durch fortwährendes Umwerfen, Umkehren, Umwenden des Erkannten – das man die dialektische Methode nennt – zu immer neuen, immer anderen Urteilen.

Im wortwörtlichen Sinn das Perverse an der Dialektik ist ihre verruchte Spitzfindigkeit, mit deren Hilfe man jedes Ding drehen, auf den Kopf stellen, ihm seine natürliche Unschuld nehmen und es ins Gegenteil verkehren kann. Bertolt Brecht, der geschickte Dialektiker, in der Kunst erprobt, mit dem Kniff des konträr gedeuteten Wortsinns das Vertraute fremd zu machen, suggeriert uns in seinem Gedicht »Die Maske des Bösen« die verblüffende Einsicht, nicht gut, sondern böse zu sein bedürfe der Anstrengung. Zwar schickt er den bösen Dämon vor, uns seine Behauptung einzureden, doch er selbst stellt sich ihm zur Seite, fühlt mit ihm, denkt mit ihm, handelt schließlich mit ihm, indem er den Eindruck erweckt, höchstselbst als Bösewicht aufzutreten, mit dem Kunstgriff der Dialektik anerkannte Lebenserfahrungen in Frage zu stellen.

Doch bei näherem Betrachten fällt in diesem dialektischen Ineinandertauschen von Gut und Böse wie ja auch beim Wechselspiel von Erinnern und Vergessen die naturbedingte Stärke, die Urkraft des Bösen und des Vergessens auf. Muß nicht die Forderung, Gutes zu tun, dringlicher erhoben werden als die Anweisung, das Böse zu unterlassen, wie ja auch dem Erinnerungsgebot kein Vergessensbefehl entgegengestellt zu werden braucht? Am Guten hält man sich erst fest, wenn man das Böse unterläßt, ist ebenso plausibel wie: Erinnert werden kann nur, was auch vergeßbar ist. Oder ist diese aus der Lebenserfahrung gewonnene Einsicht im dialektischen Gedankenspiel umkehrbar, damit der positive Wert, unterstzuoberst als negativ erscheinend, überprüft werden kann?

So betrachtet, ist Brechts Gedicht ein geheimer Appell, der zur Anstrengung herausfordert, sich vehement gegen das Böse zu stellen. Dafür mußte die Dialektik herhalten, die sich am Ende ihrer wortwörtlichen Perversität wegen als das einzig Böse herausstellt: ein jesuitischer Winkelzug, in dem der Zweck die Mittel heiligt.

Sogar Pestalozzi, der brave Pädagoge und Sozialreformer, von dem man es am allerwenigsten erwartet hätte, entpuppt sich als versierter Dialektiker. Er geht, seine Einschätzung von gut und böse so eindringlich und überraschend wie möglich zu formulieren, so weit, daß er sie, mit ihrem Sinn spielend, in eins setzt.

In seinem Erziehungsroman »Lienhard und Gertrud« legt er uns dringend nahe: »Um so gut zu sein wie menschenmöglich, muß man bös' erscheinen.«

BERTOLT BRECHT
DIE MUSEN

Wenn der Eiserne sie prügelt
Singen die Musen lauter.
Aus gebläuten Augen
Himmeln sie ihn hündisch an.
Der Hintern zuckt vor Schmerz
Die Scham vor Begierde.

JAN KNOPF
UNSCHÖNE WAHRHEIT

Ehe die Musen von wissenschaftlichem Geist verschiedenen Bereichen und Funktionen zugeordnet wurden, Erato zum Beispiel der Lyrik, Kleio der Historie, zeichneten sie sich durch ihren sirenengleichen Gesang aus. Der Mythos besagt: Wenn sie nach dem Olymp, dem Sitz der Götter, zogen, so hüllten sie sich in Wolken und ließen nur ihren wunderschönen Gesang hören. Wen sie liebten und anrührten, so der Mythos weiter, aus dessen Mund sei süß die Rede und herrlich der Gesang geflossen. Hesiod verbindet die Schönheits- mit der Wahrheitsfrage und läßt die Musen sagen: *Seht, wir reden viel Trug, auch wenn es wie Wirklichkeit klänge / Seht aber, wenn wir gewillt, verkünden wir lautere Wahrheit.*
Der bloße Glanz des Schönen als wunderbarer Trug der Sinne und der Anspruch, Wirklichkeit wiederzugeben, lagen von Beginn an widerspruchsvoll in eins. Die Aufgabe der Musen war es, die ewigen und seligen Götter im Gesang zu verehren, zugleich aber auch von Gewesenem und Künftigem zu künden.
Ohne diese mythische Rückerinnerung verflachte Brechts beziehungsreiche »Buckower Elegie« zur bloßen Stalinschelte. 1953 entstanden, gehört sie zu dem (unvollendeten) Gedichtzyklus, der sich mit dem 17. Juni und seinen Folgen poetisch auseinandersetzt. Elisabeth Hauptmann publizierte sie erst 1965 – in einem zweiten Nachtrag (der erste war 1964 erschienen) – aus dem Nachlaß, an

unscheinbarer Stelle: Das Gedicht schien (zu) eindeutig politisch Stellung zu nehmen. Ich meine jedoch – und darin sehe ich ihren besonderen Reiz –, daß diese Elegie ihren politischen Anlaß überschreitet: Sie spricht poetisch von Poesie, verdoppelt sich damit gleichsam und stellt sich selbst in Frage: Hält sie, was sie verspricht, sagt sie unschöne Wahrheit auf schöne Weise?
Drei Bildbereiche sind im Gedicht miteinander verschmolzen. Zunächst sind da die antiken Mythen und Bilder, welche die »Buckower Elegien« insgesamt durchziehen. Die Musen sind nach antikem Muster personifiziert, vorzustellen als nackte weibliche Gestalten von großer Schönheit, der Gottheit ergeben und zu schönen Diensten. Diese Bildsphäre ist von Beginn an überlagert von der zweiten, der des Eisernen, der in die antike Landschaft nicht paßt. Zwar gab es auch da gewappnete Helden und Götter, sie traten jedoch den Musen nicht zu nahe. Das Verhältnis hat sich hier umgekehrt: Nicht die Musen »rühren« an, der »Eiserne« traktiert sie. Die ursprüngliche Frage, ob die Musen bloße Schönheit oder auch Wahrheit verkünden, ist dispensiert. Dermaßen in Zucht genommen, geht es nicht mehr darum, *was* sie singen, sondern nur noch, wie laut sie sich der falschen Verehrung widmen.
Der dritte Bildbereich ist der der Sexualität. Die antiken Gottheiten sind zu diensteifrigen Prostituierten verkommen. Ihre Blauäugigkeit, die ehemals Unschuld bezeugen sollte, dokumentiert als Augenring der vielen Nächte, in denen sie sich mißbrauchen ließen, ihren bezahlten Dienst ebenso wie die Brutalität ihres Beschälers, der ihnen die Augen blau geschlagen hat.
Das Ineinssetzen der drei Bildsphären, das noch verstärkt

wird vom metrischen Zitat aus Brechts Horaz-Lektüre in jener Zeit, bestimmt die poetische Kraft des Gedichts. Es fügt das Unpassende ineinander und gibt so ein unmittelbares Bild der Perversion. Tiefer scheint Kunst nicht sinken zu können.

Freilich: Das Gedicht sagt dies kunstvoll, und das heißt, Kunst vermag zu überleben, wenn sie ihre politische Erniedrigung nicht verschweigt, sondern in Poesie widerspruchsvoll gestaltet. Sie umgibt sich mit dem Glanz der antiken Schönheit und sagt dennoch die unschöne Wahrheit. Das Schöne kann wahr sein, auch wenn die Wahrheit unschön ist.

BERTOLT BRECHT
DIE PAPPEL VOM KARLSPLATZ

Eine Pappel steht am Karlsplatz
Mitten in der Trümmerstadt Berlin
Und wenn Leute gehn übern Karlsplatz
Sehen sie ihr freundlich Grün.

In dem Winter sechsundvierzig
Fror'n die Menschen, und das Holz war rar
Und es fielen da viele Bäume
Und es wurd ihr letztes Jahr.

Doch die Pappel dort am Karlsplatz
Zeigt uns heute noch ihr grünes Blatt:
Seid bedankt, Anwohner vom Karlsplatz
Daß man sie noch immer hat!

WALTER HINCK
DAS FREUNDLICHE GRÜN

Das Gedicht gehört zur Gruppe der »Kinderlieder« Brechts aus dem Jahre 1950. Solche Umgebung lädt zur Unterschätzung ein. Dabei ist es in der Poesie gerade das Einfache, das schwer zu machen ist. Fürs Kinderlied trifft zu, was auch für neuere Versuche, im Volksliedstil weiterzudichten, gilt »Die modernen Lieder ›im Volkston‹ sind oft«, meint Brecht, »abschreckende Beispiele, schon ihrer künstlichen Einfachheit wegen. Wo das Volkslied etwas Kompliziertes einfach sagt, sagen die modernen Nachahmer etwas Einfaches (oder Einfältiges) einfach.« Einfältigkeit wäre das letzte, was sich Brechts poetischem Dank für die Anwohner des Karlsplatzes nachsagen ließe.
Aber die Bedingung des Kinderlieds: uneingeschränkte Verständlichkeit, erfüllt das Gedicht – ohne beflissen in die vermeintliche Kinderpsyche hineinzuschlüpfen. Klar ist der Aufbau; der Dreischritt der Strophen führt aus der Gegenwart in die Vergangenheit, ins erste Nachkriegsjahr, und wieder in die Gegenwart zurück. Fast wirkt die erste Zeile der dritten Strophe, die den Anfangsvers nur wenig abwandelt, wie ein Kehrreim. Der Satzbau meidet Schachtelung; das Bindewort »und« läßt eine Reihe nebengeordneter Sätze entstehen. Die Sprache bleibt leger; keine Lobrede wird hier geschwungen, kein Orden wird verliehen. Gezeigt werden ein uneigennütziges Verhalten und seine segensreichen Folgen. Das Handeln spricht für sich, da darf sich der Dank eher beiläufig anschließen.

Der Dichter macht von den Möglichkeiten der Volksliedstrophe, zumal der metrischen Freiheit in der Füllung der Senkungen, Gebrauch. Nur den Schlußversen der drei Strophen ist, wenn auch kaum merklich, die Ordnung des Trochäus unterlegt, so daß man diese Zeilen etwas langsamer liest. Sie wirken dadurch bedeutungsbeschwert; und tatsächlich wendet sich hier der Gedanke jeweils auf das Entscheidende hin: auf das freundliche Grün, den »Tod« der Bäume in anderen Gegenden, die Rettung des Grüns am Karlsplatz. Nicht verschwiegen sei allerdings, daß ausgerechnet der Schlußvers des Gedichtganzen in Diktion und Bildlichkeit etwas abfällt.

Keine Illustration eines Programms der Ostberliner Staatspartei von 1950 oder der Grünen-Bewegung von heute bietet dieses Gedicht, obwohl es als poetischer Beleittext zu unseren Umwelt-Debatten wie geschaffen scheint. Wie alle bedeutende Kinderlyrik ist auch dieses Gedicht für die Weltsicht der Erwachsenen offen. Es entfaltet einen sehr anschaulichen Beispielsfall und erlaubt eine Deutung auf verschiedenen Stufen. Grundsätzlich erkennt das Gedicht dem Wohlgefallen Vorrang vor dem Nutzen zu.

Den Verzicht auf das Fällen eines Baums zur Notzeit, so wird demonstriert, belohnt die fortdauernde Freude am lebendigen Grün, an der Naturschönheit. Sinnliches Wohlgefallen ohne Besitzenwollen, ohne »Begehren« aber – das zu wissen, muß man nicht unbedingt Kants »Kritik der Urteilskraft« gelesen haben – hat immer auch eine ästhetische Seite. Im dritten der »Kinderlieder 1950«, im Gedicht »Die Vögel warten im Winter vor dem Fenster«, erhalten die »um eine kleine Spende« bittenden Vögel ihr Futter: der Sperling, weil er im Sommer mit seinem

Warnruf den Raben aus dem Saatbeet vertreiben half, der Buntspecht, weil er Ungeziefer aufpickte, aber auch die Amsel, die den ganzen Sommer lang nur sang. Auch hier also ein Plädoyer für ein Erfreuen, das sich nicht durch seine Nützlichkeit rechtfertigen muß. Läßt sich die Schlußstrophe dieses Gedichts als ein Gleichnis für das unbedingte Daseinsrecht der Kunst ohne Auftrag lesen, so »Die Pappel vom Karlsplatz« als gleichnishafte Ermunterung, das Schöne (und damit auch die Kunst) über die existentiellen Schiffbrüche hinweg zu retten.

Ebenfalls im Jahr 1950 sinniert Gottfried Benn, in Versen unter dem Titel »Was meinte Luther mit dem Apfelbaum?«, über die legendäre Antwort Luthers auf die Frage, was er angesichts des nahen Weltuntergangs tun würde. Das »Pflanzen eines Apfelbaums« ist zum Symbol einer Haltung des Dennoch, der Hoffnung geworden. Brechts Gedicht rückt uns noch näher. Auf die Zukunft setzt schon, wer einen Baum stehen läßt, ihn bewahrt gegen das Kalkül der raschen Verwertbarkeit.

BERTOLT BRECHT
DIE RÜCKKEHR

Die Vaterstadt, wo find ich sie doch?
Folgend den Bomberschwärmen
Komm ich nach Haus.
Wo denn liegt sie? Wo die ungeheueren
Gebirge von Rauch stehn.
Das in den Feuern dort
Ist sie.

Die Vaterstadt, wie empfängt sie mich wohl?
Vor mir kommen die Bomber. Tödliche Schwärme
Melden euch meine Rückkehr. Feuersbrünste
Gehen dem Sohn voraus.

WULF SEGEBRECHT
DAS MENETEKEL DER BOMBERSCHWÄRME

»Das Herz bleibt einem stehen, wenn man von den Luftbombardements Berlins liest.« »Hamburg geht unter. Über ihm steht eine Rauchsäule, die doppelt so hoch ist wie der höchste deutsche Berg, 6000 m.« Notizen des Entsetzens, niedergeschrieben 1943 von Bertolt Brecht im sonnigen Kalifornien, seinem Exil. Brecht war durch amerikanische Zeitungen und Zeitschriften stets gut informiert über den Kriegsverlauf und über die Luftangriffe der Anglo-Amerikaner auf deutsche Städte; er schnitt sich die Abbildungen aus und verwendete einen Teil davon später in seiner »Kriegsfibel«.

Brechts Vaterstadt Augsburg wurde zwischen 1940 und 1945 mehrfach bombadiert. Am 17. April 1942 wurde auch die Papierfabrik Haindl, deren kaufmännischer Direktor Brechts Vater (bis zu seinem Tod im Jahre 1939) gewesen war, während eines Luftangriffs von britischen Bombern getroffen. Weitaus schwerere Bombardements der Stadt sollten noch folgen. Im Jahre 1943, als an eine Rückkehr in die Vaterstadt noch kaum zu denken war, schrieb Brecht das Gedicht »Die Rückkehr« so, als stünde sie unmittelbar bevor: »Folgend den Bomberschwärmen / Komm ich nach Haus.« Die Bombenangriffe auf die Vaterstadt und die bevorstehende Rückkehr des Sohnes in die Vaterstadt werden aufs engste miteinander in Verbindung gebracht. Die Rückkehr steht fortan – wann und unter welchen Umständen sie auch zustande kommen mag – immer unter dem Menetekel der tödlichen »Bomberschwärme«.

Sie werfen in beiden Strophen des Gedichts die Fragen auf, die sich dem Sohn stellen, wenn er sich seine Rückkehr in die Vaterstadt vorstellt. Sie fordern ihm zunächst – in der ersten Strophe – eine Neuorientierung ab: Nicht nach dem Vaterhaus und den vertrauten Stätten der Kindheit und Jugend hat er zu suchen, wenn er »nach Haus« kommt; diese Heimat ist unauffindbar geworden. Sie liegt »in den Feuern«, und über ihr stehen »die ungeheueren Gebirge von Rauch«. Die Vaterstadt ist für den Sohn nur noch als kaum mehr identifizierbarer Ort des Schreckens und der Vernichtung aufzufinden. Ihre Zerstörung ist nicht nur die zeitliche Voraussetzung, sondern zugleich die schreckliche Bedingung seiner Heimkehr: »Folgend den Bomberschwärmen / Komm ich nach Haus.« Das steht für ihn fest.

In der zweiten Strophe ändert sich die Perspektive. Hier wird nicht mehr gefragt, wie der Rückkehrer seine Vaterstadt nach den verheerenden Bombenangriffen wohl wiederfinden mag, sondern wie die zerstörte Stadt ihrerseits diesen Rückkehrer wohl empfangen wird, dessen Vorboten die tödlichen Bomber und die Feuersbrünste sind. Wird sie den, der so angekündigt wird, als »Sohn« überhaupt akzeptieren können? Brecht wendet sich hier ausdrücklich an die Bewohner der Stadt: »Tödliche Schwärme / Melden euch meine Rückkehr«. Sie müssen, ebenso wie der Rückkehrer selbst, zur Kenntnis nehmen, daß die Rückkehr des Sohnes an die Zerstörung der Stadt gebunden ist.

Das Gedicht nimmt Probleme und Kontroversen vorweg, die nach dem Ende des Krieges die Diskussion über die Rückkehr der Exilanten bestimmen sollten. Die Exilschriftsteller vermißten im Nachkriegsdeutschland die Einsicht in die Notwendigkeit eines fundamentalen Umdenkens; die im Lande Gebliebenen glaubten, es fehle den Exilanten zur selbständigen Urteilsbildung an einer vergleichbaren Leiderfahrung. Die »Bomberschwärme« über Deutschland hatten eher zu einer Trennung zwischen den Vaterstädten und ihren Söhnen geführt als zu ihrer Annäherung.

Auch Brecht kehrte nicht heim. Er lebte und arbeitete seit 1949 als österreichischer Staatsbürger in Ost-Berlin, des Theaters wegen, das man ihm versprochen hatte. Am 3. September 1949 sah er auf der Durchreise von München nach Berlin seine Vaterstadt Augsburg wieder: »Augsburg etwas zertrümmert, fremd, läßt mich ziemlich kalt«, schrieb er in sein Journal. Eine Rückkehr im Sinne des Gedichts »Die Rückkehr« hat es damals nicht gegeben, geschweige denn einen Empfang. Erst lange nach Brechts Tod bekannte sich Augsburg zu seinem großen Sohn.

BERTOLT BRECHT
DIE WAHRHEIT EINIGT

Freunde, ich wünschte, ihr wüßtet die Wahrheit und sagtet sie!
Nicht wie fliehende müde Cäsaren: Morgen kommt Mehl!
So wie Lenin: Morgen abend
Sind wir verloren, wenn nicht . . .
So wie es im Liedlein heißt:
»Brüder, mit dieser Frage
Will ich gleich beginnen:
Hier aus unsrer schweren Lage
Gibt es kein Entrinnen.«
Freunde, ein kräftiges Eingeständnis
Und ein kräftiges WENN NICHT!

WOLFGANG WERTH
SOZUSAGEN ZU INNEREM GEBRAUCH

Nicht selten spricht Brecht in Gedichten deren Adressaten als »Freunde« an. So auch in dieser Buckower Elegie aus dem trüben Sommer, der dem Aufstand vom 17. Juni 1953 folgte. Doch hier wendet sich der Dichter an »Freunde«, unter denen er kaum Freunde hat: an die Mitglieder der DDR-Regierung und an die des SED-Zentralkomitees. Nur für sie soll dieses Gedicht bestimmt sein – »sozusagen zu innerem Gebrauch«, wie es in dem als Begleitschreiben verfaßten Brief an den ZK-Sekretär Paul Wandel heißt. »Die Wahrheit einigt« gehört nicht zu Brechts großen Gedichten – aber es ist einzigartig. In der politischen Lyrik deutscher Sprache findet sich nichts, was ihm zu vergleichen wäre. Seine Vorgeschichte und sein Zweck bestimmen die poetischen Mittel und den Ton. Es ist Brechts dritter (und letzter) Versuch, die Machthaber der DDR zum dringend Notwendigen zu ermutigen: zum »kräftigen Eingeständnis« ihrer politischen Fehler und zu der Anstrengung, das Vertrauen des Volkes zu gewinnen. Wenn ihnen das nicht gelingt, hat die DDR, davon ist Brecht überzeugt, keine Zukunft. Als totalitärer Funktionärsstaat kann sie sich nicht halten. Sie muß endlich werden, wofür sie die Propagandisten nur ausgeben: eine vom Volk getragene sozialistische Demokratie.

»Die große Aussprache mit den Massen über das Tempo des sozialistischen Aufbaus wird zu einer Sichtung und einer Sicherung der sozialistischen Errungenschaften führen.« Schon am Morgen des 17. Juni hat Brecht dem »werten Genossen Ulbricht« diesen Wink zukommen lassen – und zynischen Dank dafür geerntet. Nur der Schlußsatz seines Telegramms ist, am 21. Juni, im Parteiorgan »Neues Deutschland« zusammen mit zahlreichen Ergebenheitsadressen abgedruckt worden – so als habe auch Brecht »in diesem Augenblick«, also nach der Niederschlagung des Aufstandes, nur das »Bedürfnis« gehabt, »die Verbundenheit mit der Sozialistischen Einheitspartei auszudrücken«. Eine »Erklärung«, in der er noch einmal die »große Aussprache« anmahnt, wird am 23. Juni unter der Sammelüberschrift »Für Faschisten darf es keine Gnade geben« im ND veröffentlicht.

Nun also, doppelt düpiert, entschließt sich der Dichter, den unfreundlichen »Freunden« hinter vorgehaltener Hand ins Gewissen zu reden, und es sieht so aus, als zwinge er sich zur Erfolgszuversicht, an deren Berechtigung er zweifelt.

»Die Wahrheit einigt«, aber Brecht fordert nicht: Sagt sie! Statt des Imperativs wählt er den Irrealis, die Aussageweise der Unwirklichkeit, und seufzt: »Freunde, ich wünschte, ihr wüßtet die Wahrheit und sagtet sie!«

Unmögliches schiene der Dichter zu begehren, wenn er »wünschte«, die »Freunde« wüßten, was sie nicht wissen, und sagten, was sie mangels Wissen nicht sagen (können). Doch das schlichte Wörtchen »und« verlangt eine andere Lesart des Satzes. Die Wahrheit wissen und sie sagen – das gehört zusammen! Denn wer sie weiß und sie nicht sagt, der unterdrückt sie und verrät damit, daß er sie fürchtet wie vor ihr »fliehende müde Cäsaren«, die um die »große Aussprache« herumzukommen meinen, indem sie den murrenden Massen kleine Versprechungen für morgen machen.

Nein, Brecht wirft den »Freunden« nicht vor, sie machten diesen Fehler, er »wünschte«, sie vermieden ihn, so wie es, in ähnlich aussichtslos erscheinender Lage, Lenin getan hat. Ihm, den sie als ihren unfehlbaren Lehrmeister feiern, müßten sie doch folgen! Und zur Aufmunterung könnte ihnen das »Liedlein« taugen. Brecht hat es in einem jener sowjetischen Aufbauromane gefunden, welche die »Freunde« den Massen als Kraftquelle empfehlen. Es sind Verse des damals noch unbescholtenen Alexander Twardowskij.

Doch das kräftige Eingeständnis und das kräftige WENN NICHT sind ausgeblieben. Sie wären auch ausgeblieben, wenn die »Freunde« das Gedicht gelesen hätten. Der Wille zur Zuversicht, mit dem Brecht es schrieb, scheint ihm alsbald abhanden gekommen zu sein. Im Nachlaß seiner 1974 gestorbenen Mitarbeiterin Ruth Berlau fand sich das Original des erwähnten Begleitbriefs. Wie die meisten Buckower Elegien ist »Die Wahrheit einigt« 1967 erstmals veröffentlicht worden, elf Jahre nach dem Tod des Dichters. Weitere 22 Jahre später kam es doch noch zum Eingeständnis der Wahrheit. Zu spät. Sie einigte zwar, aber nicht in der von Brecht gewünschten Weise.

BERTOLT BRECHT
EIN NEUES HAUS

Zurückgekehrt nach fünfzehnjährigem Exil
Bin ich eingezogen in ein schönes Haus.
Meine Nō-Masken und mein Rollbild, den Zweifler zeigend
Habe ich aufgehängt hier. Fahrend durch die Trümmer
Werde ich tagtäglich an die Privilegien erinnert
Die mir dies Haus verschafften. Ich hoffe
Es macht mich nicht geduldig mit den Löchern
In denen so viele Tausende sitzen. Immer noch
Liegt auf dem Schrank mit den Manuskripten
Mein Koffer.

HELMUT KOOPMANN
DER BESITZ DES REISENDEN

Die Häuser, in denen Brecht im Exil wohnte, standen in Prag, Stockholm, Moskau, London, Paris, New York, Los Angeles: auf dem Lande in Dänemark und Finnland. Daß er öfters die Länder als die Schuhe gewechselt habe, glaubt man ihm mehr als anderen. Im Grunde das Leben eines Obdachlosen. Ein Haus mit einem großen Garten hatte er schon einmal besessen: sieben Wochen lang. Es waren, wie er in einem Gedicht 1933 schrieb, »sieben Wochen echten Reichtums«. Er verließ es, floh über die Grenze. Bilder im Exil zeigen ihn unter dem dänischen Strohdach, in New Yorks Hochhauswüste, vor einem unscheinbaren Haus in Los Angeles: immer nur flüchtig bewohnt, er selbst alles andere als ein »hartnäckiger Villenbesitzer«, für den Thomas Mann galt. Das Gedicht über »Die Auswanderung der Dichter« beginnt mit der Feststellung, daß Homer kein Heim hatte. Brecht hatte viele – aber sie waren nicht eigentlich die seinen.

Als er 1948 nach Berlin zurückkehrt, hat er für seine frühere Stadt nur sarkastische Formulierungen: »eine Radierung Churchills nach einer Idee Hitlers« oder auch: »der Schutthaufen bei Potsdam«; eine Ruinenstadt. Am 23. Oktober 1948 notiert er: »gestern abend sahen wir nur bei einfahrt im dunkeln die ruinen der friedrichstraße undeutlich. früh sechs uhr dreißig gehe ich die zerstörte wilhelmstraße hinunter zur reichskanzlei. sozusagen meine zigarre dort zu rauchen. ein paar arbeiter und trümmerweiber. die trümmer machen mir weniger eindruck als der gedanke daran, was die leute bei der zertrümmerung der stadt mitgemacht haben müssen.«

In Buckow findet er sein neues Haus, und er genießt seine Exklusivität – ein wenig schlechten Gewissens ob der anderen, die in den Trümmerlöchern hausen. Ein Ort fast jenseits der Zeit. »berlin ein hexensabbat, wo es auch noch an besenstielen fehlt«, hat er über die Nachkriegsstadt in sein Arbeitsjournal notiert: ein Gomorrha, das den Brand überstanden hatte. Doch Brecht fährt durch die Trümmerlandschaft nur hindurch, auf dem Weg zum Theater.

Er hätte es für töricht gehalten, auch in ein Trümmerloch zu ziehen. Aber die Lehren der Erfahrung sind dennoch in Buckow miteingezogen. Der Zweifler: das ist er selbst, und das Exil hat ihn gelehrt, was alles zu bezweifeln ist. Vor allem: es hat ihm seine Existenz als transitorisch gezeigt. Die Manuskripte sind noch nicht ausgepackt, der Koffer bleibt sichtbares Zeichen eines Lebens, das sich als unterwegs begreift. »Ich bin nicht gern, wo ich herkomme. Ich bin nicht gern, wo ich hinfahre«, heißt es im Gedicht »Der Radwechsel« und: »Warum sehe ich den Radwechsel / Mit Ungeduld?«

Es ist die Ungeduld des Reisenden, und sie bleibt bei Brecht, auch in seinem schönen Haus. Die Lust am Besitz hat er übrigens schon früh nach dem Verlassen Deutschlands verloren. »Ich ging ohne Bedauern, oder mit geringem Bedauern«, hieß es in »Beim Lesen von ›Zeit meines Reichtums‹«. Der Exilant bleibt unbehaust, mag sein Haus noch so bequem sein. Brecht hat damit, nicht ohne Selbstgenuß und nicht ohne Zweifel an diesem, am Ende aber doch noch mehr beschrieben – das Vorübergehende auch unserer Existenz, in scheinbar kunstlosen Versen.

BERTOLT BRECHT
ENTDECKUNG AN EINER JUNGEN FRAU

Des Morgens nüchterner Abschied, eine Frau
Kühl zwischen Tür und Angel, kühl besehn.
Da sah ich: eine Strähn in ihrem Haar war grau
Ich konnt mich nicht entschließen mehr zu gehn.

Stumm nahm ich ihre Brust, und als sie fragte
Warum ich Nachtgast nach Verlauf der Nacht
Nicht gehen wolle, denn so war's gedacht
Sah ich sie unumwunden an und sagte:

Ist's nur noch eine Nacht, will ich noch bleiben
Doch nütze deine Zeit; das ist das Schlimme
Daß du so zwischen Tür und Angel stehst.

Und laß uns die Gespräche rascher treiben
Denn wir vergaßen ganz, daß du vergehst.
Und es verschlug Begierde mir die Stimme.

JOSEPH ANTON KRUSE
LIEBE ZWISCHEN TÜR UND ANGEL

Natürlich sind wir in der Liebe Egoisten. Und oft genug haben wir erfahren, daß die sogenannte selbstlose Liebe sich irgendwann rächt. Natürlich ist es wunderbar, wenn sexuelle Erfüllung und erotisch-existentielle Anziehung übereinstimmen. Jedoch müssen wir uns oft genug eingestehen, daß Liebesbeziehungen und die sexuellen Kontakte nicht unbedingt identisch sind. In Liebesgedichten aber erwarten wir geordnete Verhältnisse und eine gesittete Reihenfolge, sind demgemäß von diesen Brecht-Zeilen irritiert und merken dann erst, daß sie endlich einmal die Wahrheit erzählen, jedenfalls mehr reale Fäden unserer Begierden und ihrer tieferen Bedeutung bloßlegen, als es konventionell schmachtende, keusche, petrarkistische Verse vermögen. In ihnen wurde viel zu häufig so getan als ob. Das war Brechts Sache gerade nicht.
An seiner landläufig als brachial beschriebenen Erotik kann uns dies Gedicht in der Tat einige Zweifel lehren. Aus üblicher Alltagssexualität *zwischen Tür und Angel* erwächst so etwas wie Interesse, wie zarte Liebe, die freilich nicht sehr haltbar sein muß. Aber die Verse des Sonetts sind die scheue Anerkennung jener stets von Sehnsucht grundierten Vereinigungs- und Glücksgefühle, die den Liebesakt begleiten oder ihm folgen können, wenn er mehr ist als bloße Selbstbefriedigung. Das Gedicht beschreibt Liebe, aber eine solche als Folge des Beischlafs für eine Nacht, von dem ursprünglich keine tiefere Einsicht

oder Verpflichtung auszugehen hatte. Nicht die sachlich und rational getroffene Übereinkunft, miteinander Liebe zu machen, hat eine Annäherung gebracht, sondern der Abschied nach nicht gerade unzufriedener Bettgenossenschaft. Das Interesse des Liebhabers wird durch die morgendliche *Entdeckung* an seiner jungen Gefährtin erst endgültig, wenn auch für einen überschaubaren Zeitraum, wachgerufen. Ihre graue Haarsträhne hebt die aufgelesene Person aus der Gleichmacherei der Nacht heraus. Ihre Jugend war gut fürs Bett, das erste Anzeichen für ihr Altern hingegen drückt den Kern der Liebesbegegnung aus: die Zeit vergeht, und wir sind vergänglich. Allein diese Erfahrung weckt Zärtlichkeit und anhängliche Fürsorge.
Doch die Rückkehr zur Frau einer einzigen Nacht für eine weitere Nacht und den Tag dazwischen enthält eine herrische Drohung, spiegelt die barocke Geste *carpe diem*, wie sie auch in anderen Liebesgedichten auftaucht: Wir haben den Augenblick zu *nützen*, da Schönheit und Jugend der Frau vergehen. Die Attribute ihrer Weiblichkeit, ihr Haar, ihre Brust, ihre Rede tragen den Stachel des Todes in sich. Der Mann, sterblich wie sie, nimmt sie sich als die Schwächere, der Zeit Unterworfene, um sich der eigenen Stärke, der ewigen Potenz zu vergewissern. Er nimmt sie aber als seine notwendige Ergänzung: Hand paßt zur Brust, Frage zur Antwort, und weiß, daß es nicht gut ist, unter den Bedingungen der menschlichen Existenz allein zu sein.
Diese Bedingung zu akzeptieren, das Gegenüber wahrzunehmen, bedeutet die Entstehung von Liebe, bedeutet, die eigene Begierde und Lust mit der Geliebten zu teilen, solche Emotionen nicht zwischen Tür und Angel in einem nüchternen Abschied verkommen zu lassen, sondern zu

wiederholen als Protest gegen die Vergänglichkeit und gleichzeitig als deren respektvolle Anerkennung. Brecht schließt somit den Kreis seines Sonetts, das so *nüchtern* beginnt, sinnlich, ja hemmungslos: aus der sexuellen Vereinzelung entsteht die erotische Vereinigung, die aus dem Geiste erwächst, aber gerade deshalb die Körper miteinander verschmilzt zu einem Gespräch ohne Worte.

BERTOLT BRECHT
ERINNERUNG AN DIE MARIE A.

1 An jenem Tag im blauen Mond September
Still unter einem jungen Pflaumenbaum
Da hielt ich sie, die stille bleiche Liebe
In meinem Arm wie einen holden Traum.
Und über uns im schönen Sommerhimmel
War eine Wolke, die ich lange sah
Sie war sehr weiß und ungeheuer oben
Und als ich aufsah, war sie nimmer da.

2 Seit jenem Tag sind viele, viele Monde
Geschwommen still hinunter und vorbei.
Die Pflaumenbäume sind wohl abgehauen
Und fragst du mich, was mit der Liebe sei?
So sag ich dir: Ich kann mich nicht erinnern
Und doch, gewiß, ich weiß schon, was du meinst.
Doch ihr Gesicht, das weiß ich wirklich nimmer
Ich weiß nur mehr: ich küßte es dereinst.

3 Und auch den Kuß, ich hätt ihn längst vergessen
Wenn nicht die Wolke dagewesen wär
Die weiß ich noch und werd ich immer wissen
Sie war sehr weiß und kam von oben her.
Die Pflaumenbäume blühn vielleicht noch immer
Und jene Frau hat jetzt vielleicht das siebte Kind
Doch jene Wolke blühte nur Minuten
Und als ich aufsah, schwand sie schon im Wind.

MARCEL REICH-RANICKI
DAS DIALEKTISCHE LIEBESGEDICHT

Wenn man einer Eintragung Brechts in seinem Notizbuch trauen kann, hat er dieses Gedicht im Zugabteil geschrieben, während einer Fahrt nach Berlin. Es war kurz nach dem Ersten Weltkrieg, er war knapp 22 Jahre alt. Für das Drama suchte er damals neue Wege, in der Lyrik hingegen hielt er sich vor allem an die Tradition. Oft befolgte er hier, sorgfältig und souverän zugleich, strenge Regeln der klassischen Poetik. Alte und bewährte Schläuche füllte der junge Poet mit neuem Wein.

Das Gedicht »Erinnerung an die Marie A.« besteht aus drei Stanzen oder auch Oktaven, jeder der 24 Verse hat zehn oder elf Silben (einzige Ausnahme: Strophe 3, Vers 6) und den fünftaktigen jambischen Rhythmus, in jeder Strophe reimt sich der zweite Vers mit dem vierten und der sechste mit dem achten, wobei alle Reimpaare »männlich« sind.

Aber so klassisch die Form, so mutet doch die erste Strophe romantisch-volksliedhaft an. Der sich sentimental erinnernde Poet schwelgt in Adjektiven, einfachen eher und gefühlsbetonten: Was sich in diesem blauen Mond September unter einem schönen Sommerhimmel abspielte und woran er offenbar nicht ungern denkt, war jung und hold, still und bleich. Doch in den letzten drei Versen der ersten Oktave verzichtet Brecht plötzlich auf die Attribute, vielmehr wiederholt er dreimal ein kurzes, dunkel klingendes Zeitwort: »war«. Der Schluß der Strophe kün-

digt gleichsam warnend den Inhalt der zweiten an: Sie folgt auf die erste wie die Antithese auf die These.
Es sind nicht nur viele Monde inzwischen vergangen, auch die Liebe ist »still hinunter und vorbei«, jene jungen Pflaumenbäume gibt es ebenfalls nicht mehr, der Dichter kann sich an nichts erinnern, nicht einmal an das Gesicht der Geliebten. War es etwa ironisch gemeint, daß er sie in seinem Arm »wie einen holden Traum« gehalten habe?
Der letzte Vers der zweiten Strophe relativiert den düsteren Befund: Immerhin kann der Dichter nicht vergessen, daß er dieses Gesicht geküßt hat. Und damit ist wieder auf die nächste und letzte Strophe verwiesen, die, der Hegelschen Dialektik getreu, nach der These und Antithese nun die Synthese bietet.
Auch den Kuß hätte er, gesteht der skeptische Poet, längst vergessen, wenn nicht die Wolke am Himmel gewesen wäre, von der es noch einmal heißt, daß sie sehr weiß war. Aber er hat in seinem Leben unendlich viele Wolken gesehen. Warum also erinnert er sich gerade an diese, die nur Minuten »blühte«? Doch nur deshalb, weil er damals sie, »die stille bleiche Liebe«, in seinem Arm hielt und küßte. Was er in der zweiten Strophe mit betonter Sachlichkeit behauptete – »Ich kann mich nicht erinnern« –, ist hier in der dritten indirekt widerlegt. Während er vorher nüchtern vermutete, daß die Pflaumenbäume wohl inzwischen abgehauen seien, hofft er jetzt, daß sie noch immer blühen. Den ursprünglichen, etwas kokett anmutenden Titel des Gedichts (»Sentimentales Lied No. 1004«) hat Brecht verworfen.
Sollte die Wolke – »sie war sehr weiß und kam von oben her« – in diesem Gedicht die Liebe symbolisieren, ihre Reinheit und zugleich ihre Vergänglichkeit? Dann wäre

gar die Liebe, wie einst in einer Operette gesungen wurde, eine Himmelsmacht? »Die weiß ich noch und werd ich immer wissen« – heißt es von jener Wolke. Und das soll wohl bedeuten: So vergänglich die Liebe auch sein mag, sie verschwindet nun doch nicht ganz. Denn es bleibt die Erinnerung und vielleicht auch Dankbarkeit. Im Titel des Gedichts ist ja nicht von einem Pflaumenbaum und eben nicht von jener Wolke die Rede, sondern von einer Frau. Er hat sie nicht vergessen, sie und das Septembererlebnis werden ihm nie mehr aus dem Sinn kommen. Ihr sind diese Zeilen gewidmet.

BERTOLT BRECHT
FRAGEN
EINES LESENDEN ARBEITERS

Wer baute das siebentorige Theben?
In den Büchern stehen die Namen von Königen.
Haben die Könige die Felsbrocken herbeigeschleppt?
Und das mehrmals zerstörte Babylon –
Wer baute es so viele Male auf? In welchen Häusern
Des goldstrahlenden Lima wohnten die Bauleute?
Wohin gingen an dem Abend, wo die Chinesische Mauer
fertig war
Die Maurer? Das große Rom
Ist voll von Triumphbögen. Wer errichtete sie? Über wen
Triumphierten die Cäsaren? Hatte das vielbesungene
Byzanz
Nur Paläste für seine Bewohner? Selbst in dem
sagenhaften Atlantis
Brüllten in der Nacht, wo das Meer es verschlang
Die Ersaufenden nach ihren Sklaven.

Der junge Alexander eroberte Indien.
Er allein?
Cäsar schlug die Gallier.
Hatte er nicht wenigstens einen Koch bei sich?
Philipp von Spanien weinte, als seine Flotte
Untergegangen war. Weinte sonst niemand?
Friedrich der Zweite siegte im Siebenjährigen Krieg. Wer
Siegte außer ihm?

Jede Seite ein Sieg.
Wer kochte den Siegesschmaus?
Alle zehn Jahre ein großer Mann.
Wer bezahlte die Spesen?

So viele Berichte.
So viele Fragen.

JÜRGEN THEOBALDY
DIE TRADITION IST UMKÄMPFT

Geschichtsbücher sind lange Zeit, ehe sie von Fachbüchern abgelöst wurden, bevorzugte Lektüre sich bildender Arbeiter gewesen. Wie das Gedicht hier öffnen sie den Blick auf Räume und Zeiträume, sie entwickeln eine perspektivische Schau der Epochen und reizen zum Widerspruch, wenn die offene oder uneingestandene Wertung der Ereignisse dem aktuellen Erkenntnisinteresse nicht mehr genügt. Denn was mit der Entscheidung des Historikers für seine Art der Darstellung in den toten Winkel rückt, vermißt der Leser, der im Zugriff auf das Vergangene die Gegenwart zu sichten sucht. Die schlichte Frage: Was bleibt? enthält ihren Zündstoff. Und wo die Geschichte nur von den Siegern geschrieben wird, schwindet aus der Welt, was von den Unterlegenen zu erfahren, wenn nicht zu lernen gewesen wäre.
Nun gibt es aber Unterlegene immer auch im Lager der Sieger. Die Geschichtsbücher, die der »Arbeiter« liest, scheinen den Anteil der Namenlosen an den Taten der Großen als gering einzustufen. Hier setzen die »Fragen« an. Ingrimmig und nicht ohne Witz schreitet die erste und längste Strophe fort von der Fron des Häuserbaus über Grenzbefestigungen, Triumphbögen und Paläste zum sagenhaften Untergang eines sagenhaften Reichs, bei dem die sozialen Abhängigkeiten bis zuletzt auf groteske Weise bestehenblieben. Als mache die Herrschaft über andere blind vor der nahenden Katastrophe, weil die eigenen Pri-

vilegien immer noch näher sind. Nicht nur die Berichte des *Club of Rome* drohen dies im Weltmaßstab zu bestätigen.
Mit einem scharfen Schnitt wendet sich die zweite Strophe dem Kriegsruhm zu. Die mythenbeladene Sieben spannt den Bogen vom alten Theben nach Potsdam, Andeutung eines Zahlenspiels, das der Zahlenmagie wohl nichts hinzufügen will. Danach werden die Verse lapidar und ziehen Schlußstriche; die beiden letzten fassen die Problematik der Geschichtsschreibung auf das knappste zusammen.
Aber ist das Gedicht nur eines über deren Probleme? Brecht hat es 1935 im Exil geschrieben und vier Jahre später den »Chroniken« in den »Svendborger Gedichten« vorangestellt, einer Sammlung, die alle Facetten seiner politischen Lyrik zeigt, vom Kinderlied über das Agitationsgedicht bis zum Lobgesang auf einen damals schon von Stalin zugerichteten Kommunismus.
Die »Fragen« indes halten die Mitte zwischen Agitprop und aufgesetztem Lehr- oder Ermutigungsgedicht. In den sechziger Jahren hörte ich sie aus Megaphonen auf Oster- und Friedensmärschen, wo sie die Gewißheit stiften sollten, daß sich da eine künftige Mehrheit zusammenfinde. Seit mit dem Ende des Kommunismus in Osteuropa auch hier die Schlacken der Ideologie abgefallen sind, lassen sich die Fragen nicht mehr mit Antworten verwechseln; mehr noch als nach diesen verlangt das Gedicht nach weiteren Fragen. Erstaunlicherweise, da doch ein »Arbeiter« liest, spricht es von keinen Revolutionen. Weil Usurpatoren selbst die siegreichen an sich rissen und dann ihr eigenes Geschichtsbild in Auftrag gaben? Die russische Revolution war für Brecht schon damals mehr als Zeitgeschichte, wie Chroniken über die »Große Metro« in

Moskau und Lenin ehrende »Teppichweber von Kujan-Bulak« belegen. Wer bezahlte ihre »Spesen«?
Das Gedicht enthält sich jeder Auskunft. »Fragen« ist sein erstes und sein letztes Wort. Dazwischen stehen die Vorbehalte und Einwände eines Dichters, der auf seinem Grabstein, wenn überhaupt, für seine Vorschläge geehrt sein wollte. Aber Vorschläge von Dichtern werden nie angenommen. Sie sind auch nie schon deshalb richtig, weil sie von Dichtern stammen. Daß jedoch Geschichtsschreiber heute Brechts Fragen stellen, ehrt sie und ihn.

BERTOLT BRECHT
GEGEN VERFÜHRUNG

1
Laßt euch nicht verführen!
Es gibt keine Wiederkehr.
Der Tag steht in den Türen;
Ihr könnt schon Nachtwind spüren:
Es kommt kein Morgen mehr.

2
Laßt euch nicht betrügen!
Das Leben wenig ist.
Schlürft es in schnellen Zügen!
Es wird euch nicht genügen
Wenn ihr es lassen müßt!

3
Laßt euch nicht vertrösten!
Ihr habt nicht zu viel Zeit!
Laßt Moder den Erlösten!
Das Leben ist am größten:
Es steht nicht mehr bereit.

4
Laßt euch nicht verführen
Zu Fron und Ausgezehr!
Was kann euch Angst noch rühren?
Ihr sterbt mit allen Tieren
Und es kommt nichts nachher.

HORST KRÜGER
GEGEN VERFÜHRUNG?

Dieses Gedicht ist in seiner Art vollkommen: vollkommen schön, vollkommen klar. Ist es auch vollkommen wahr? Es definiert Brechts Verhältnis zum Tod. Selten ist das, was man den dialektischen Materialismus des Marxismus nennt (und was bei den Klassikern des Marxismus meist einen immensen Begriffsapparat in Bewegung setzte), so einfach, so bildhaft, so fast volksliedhaft sangbar in Sprache übergegangen. »Der Tag steht in den Türen; / Ihr könnt schon Nachtwind spüren« – die Bilder, reimhaft, nehmen die Tradition deutscher Lyrik seit Goethe auf. Auch Romantik schwingt mit, romantisches Ungenügen, unstillbare Lebenslust: »Schlürft es in vollen Zügen! / Es wird euch nicht genügen / Wenn ihr es lassen müßt!«
Auch dies ist, wie bei Brecht fast immer, ein Lehrgedicht. Es vertritt eine These. Es will aufklären. Ja, es verkörpert in seinem didaktischen Tenor geradezu den Extremfall von Belehrung. Es lebt ganz aus dem Pathos aufklärerischer Unterweisung. »Laßt euch nicht verführen!« – die Eingangszeile geht bis zur letzten Zeile als erzieherischer Zeigefinger bewußt und ganz unüberhörbar durch das Gedicht. So sollt ihr es sehen! So steht ein Lehrer vor seiner Schulklasse. So sieht sich ein Sozialrevolutionär vor seiner Klasse.
Trotzdem ist es an keiner Stelle lehrhaft blaß, theoretisch, nur »aufklärerisch«. Im Gegenteil: es ist, als wenn die Dramatik und Wucht des Todesthemas letzte Tiefenerfah-

rungen des Dichters freigelegt hätte. Weisheit, nicht Wissen treibt diese Belehrung voran. Auch Weisheit der Bescheidung: »Ihr sterbt mit allen Tieren / Und es kommt nichts nachher.«

Was das Gedicht im historischen Kontext marxistischer Aufklärung meint, ist evident: Aufklärung gegen Klerikalismus und Mystizismus. Die kirchliche Tröstung auf ein besseres Jenseits zugunsten der Massenarmut hier, also auch zugunsten stabilisierter, konservativer Besitzverhältnisse wird schroff zurückgewiesen – mit Recht. »Laßt euch nicht verführen! Zu Fron und Ausgezehr!« Es ist ein leidenschaftlicher Aufruf, das Diesseits, die Irdischkeit ernst zu nehmen, voll auszuschöpfen, ja das eine Leben, das jeder nur hat, zur Feier irdischer Fülle sich entwickeln zu lassen: »Schlürft es in vollen Zügen!« Solche dionysischen Aufbrüche haben Seltenheitswert in der marxistischen Anthropologie, die gemeinhin den Menschen ja eher als Teil des ökonomischen Prozesses versteht und – verwertet.

Gleichwohl scheint mir das Stück revolutionärer Sprengkraft, das in solchen Sätzen steckt, von der heutigen Situation her, merkwürdig rückwärtsgewandt, als kritische Auseinandersetzung mit der christlich-bürgerlichen Ideologie. Soweit es den Mißbrauch von Jenseitsvertröstungen attackiert, ist es unverändert aktuell und wahr. Geht man aber zum Beispiel von der Utopie eines gelungenen Sozialismus aus (in dem ökonomische Ausbeutung nicht mehr vorhanden wäre), so zeigt es zugleich seine Grenze. Ich habe dieses Gedicht immer bewundert – ich kann ihm trotzdem nicht folgen, zuletzt. Der Tod wird einfach als Schlußpunkt hypostasiert: »Ihr sterbt mit allen Tieren« – dies ist einerseits richtig. Andererseits

wirft es eine Tür einfach zu, die man eben offenhalten sollte, meine ich.
Ob man es nun mit Bloch »Das Prinzip Hoffnung« nennt oder mit Jaspers »Die Grenzerfahrung« – der Tod, indem er fast autoritär zum absoluten Schlußpunkt deklariert wird, wird um ein Winziges gebracht, was sein Wesen ausmacht: das Fragezeichen. »Gegen Verführung« – Gegenverführung? frage ich.

BERTOLT BRECHT
GEMEINSAME ERINNERUNG

Nacht auf der Nyborgschaluppe
Frührot im finnischen Ried
Zeitung und Zwiebelsuppe
New York, fifty-seventh Street

Im Paris der Kongresse
Svendborg und Wallensbäk
Londoner Nebel und Nässe
Auf der »Anni Johnson« Deck

Zelt auf der Birkenkuppe
In Marlebaks Morgengraun
O Fahne der Arbeitertruppe
In der Altstadt von København!

GÜNTER KUNERT
VOM FIKTIVEN UND VOM UNFREIWILLIGEN REISEN

Zugegeben: Brechts »Gemeinsame Erinnerung« gehört nicht zu seinen allerbesten Gedichten. Doch es ist aus einem eigentlich unliterarischen Grunde bemerkenswert: Es besitzt ein Pendant, dessen Autor kein anderer ist als Gottfried Benn.

Die »Gemeinsame Erinnerung« (in der sich kein Wort auch nur andeutungsweise auf eine Gemeinsamkeit, auf ein Wir oder Du bezieht) wurde 1943 in der Emigration geschrieben, Benns Gedicht »Reisen« hingegen zum ersten Male 1950 veröffentlicht. Formal, das heißt in Reim und Metrum, sind beide Gedichte fast identisch; Brechts ist um eine vierzeilige Strophe kürzer. Und beide summieren topographische Angaben, freilich mit unterschiedlichem Resümee. Benns Gedicht verklingt in Resignation. Brechts mit einer metaphorischen Anspielung auf die soziale Utopie. Aber beide Male ist der Ursprung des Unternehmens ein »Besuch bei der Welt«.

Brechts Erinnerungen geben sich unpathetisch, fast nüchtern und lassen kaum etwas vom Lebensgefühl des in die Fremde Verschlagenen ahnen: Zweimal findet Erwachen statt, beim »Frührot im finnischen Ried« und in »Marlebaks Morgengraun« im Zelt, das den einzigen Hinweis auf etwas wie Gemeinsamkeit enthält. Den Topoi »Frührot« und »Morgengraun« entspricht hier nicht der aus deutscher Dichtung bekannte »frühe Tod«, vielmehr ein revolutionäres Erwachen: »O Fahne der Arbeitertruppe«. In

dieser Wendung, einer Formel aus dem Dunstkreis des sozialistischen Realismus, dessen Forderung sich auf positive Schlüsse kaprizierte, steckt eine Schwäche des Gedichts. Es findet eine Umschaltung statt: Von den Realitäten, konkret und »wertfrei« gesehen, auf ein Symbol: O Fahne. Diese Fahne ist ein Gegenstand unter den anderen, sie bedeutet etwas, stellt etwas dar und steht für etwas anderes ein: für die Überzeugung, daß das unfreiwillige Reisen letzten Endes seine höhere Rechtfertigung finde. Ein Irrtum, wie ich meine, dem ein andersgearteter Irrtum, mit dem Benns Gedicht schließt, entspricht.
Benns »Reise« ist eine fiktive; wenig von dem Benannten hat er wirklich gesehen: »Bahnhofstraßen und Ruen,/ Boulevards, Lidos, Laan –/ selbst auf den Fifth Avenuen/ fällt Sie die Leere an«. Hier gibt sich der Reisende *sophisticated*, ohne tatsächliche Begründung für sein Gelangweiltsein. Und ich fürchte, Benns lyrische Zurückweisung der Welt resultiert nur aus dem Umstand, sie versäumt zu haben, nach dem Motto: Was ich nicht kriege, will ich auch gar nicht. Wie ärmlicher, pietistischer Selbsttrost klingt das: »Ach, vergeblich das Fahren!/ Spät erst erfahren Sie sich:/ bleiben und stille bewahren/ das sich umgrenzende Ich.« Verteidigt sich dergestalt die »innere Emigration« vor der anklagenden Tatsache der äußerlich erzwungenen, indem sie sich eines eigenständigen Wertes, nämlich der Bewahrung von exklusiver Individualität rühmt? Wird unbewußt ein Alibi angestrebt? Die Verinnerlichung gefeiert?
Extroversion und Introversion: bei Brecht ein subjektloser Monolog, in welchem Stationen einer Biographie die Basis bilden, wobei der Biograph seiner selbst so weit in seinem Stoff aufgeht, daß nichts Eindeutiges von ihm üb-

rigbleibt, während bei Benn der Dialog scheinhaft ist und die Rede sich nur an das eigene Ich wendet, dem, Höhepunkt der Selbstbezogenheit, eine Erfahrung zugeschrieben wird, die es gar nicht gemacht hat.
Wie oft haben wir gehört, die Intentionen des Autors bestimmten auch seine Schreibweise, seine Ästhetik, seine Ausdrucksformen. Angesichts dieser beiden so gegensätzlichen Gedichte, die dennoch mit der gleichen Nadel genäht zu sein scheinen, muß man, um einen Brecht-Titel zu variieren, nach der Willfährigkeit der Literatur (in Hinsicht auf ihre Mittel) fragen. Schreibt sich die Form nicht mehr selber zwingend vor, so ist es vielleicht auch mit unseren Intentionen nicht sehr weit her, deren Schwäche sich durch den Griff in den Fundus des »lyrischen Schatzkästleins« aller Epochen und Gegenden kundtut.

BERTOLT BRECHT
GLÜCKLICHER VORGANG

Das Kind kommt gelaufen
Mutter, binde mir die Schürze!
Die Schürze wird gebunden.

HARALD WEINRICH
SELBSTVERSTÄNDLICHES GEDICHT

Ich besitze eine alte Photographie, da stehe ich auf dem Spielplatz und habe den linken Fuß auf einen Spaten gesetzt, arbeite. Wie alle meine Freunde trage ich eine Spielschürze. Ich spiele. Die Schürze legt sich stramm an meinen Leib. Ich bin glücklich.

Aber dieses Glück ist gefährdet. Es braucht sich nur die Schleife zu lösen, mit der die Schürze auf dem Rücken gebunden ist. Wie jämmerlich hängen dann die Flügel der Schürze und ihre dummen, hinderlichen Bänder herunter und stören bei der Arbeit! Man kann ja noch gar keine Schleife binden (diese beneidenswerte Kunst!) – und schon gar nicht hinter dem Rücken. Das Unglück ist also da: Der »glückliche Vorgang« beginnt mit seinem krassen Gegenteil. Doch es gibt Hilfe. Die Mutter ist nicht weit ... Wir wollen nun den Standort wechseln. Das Kind »kommt« ja gelaufen. Wir stehen bei der *glücklichen* Mutter, die dem Kind beim Spielen zusieht. Sie kann helfen. Rasch bindet sie die Schürze, und das Kind kann eilends wieder an seine Arbeit (wir wissen: zu seinem Spiel) zurückkehren. Die kurze Unterbrechung, dieser kurze Unglücksschmerz, wird das Glück des wohlbehüteten Kindes nur gesteigert haben. Und wir sinnen dem kleinen Vorgang nach: Muß denn das Glück, wenn es Dauer hat, hin und wieder für kurze Zeit – möglichst kurze Zeit – unterbrochen werden, damit wir es wahrnehmen?

Dem Dreitakt Glück–Unglück–Glück entspricht die

dreizeilige Form des Gedichts. Mit den Zeilen wechselt auch der Rhythmus, der in der zweiten Zeile trochäisch und in der dritten Zeile jambisch ist. In der ersten Zeile sind diese beiden Metren gemischt, so daß zwei der drei Hebungen unmittelbar nebeneinander liegen: das macht das Herbeieilen des Kindes kurzatmig. Die Trochäen der zweiten Zeile mit ihren vorangestellten Hebungen bewirken einen energischen Rhythmus: Das Kind erhebt seinen Anspruch mit Nachdruck. Sehr ruhig folgen dann die regelmäßigen Jamben der letzten Zeile: selbstverständlich wird der Forderung des Kindes entsprochen.

Das Passiv dieser letzten Zeile (die Grammatiker sprechen von einem »Vorgangspassiv«) ist übrigens nicht der Kindersprache entlehnt. Kinder gebrauchen fast kein Passiv. Brecht hat es vielmehr der Verwaltungssprache entnommen. Die Verwaltung liebt dieses Passiv und gebraucht es oft, wenn sie zum Ausdruck bringen will, daß ein berechtigter Anspruch ohne Ansehen der Person als Verwaltungsakt (»Vorgang«) behandelt und sachgerecht befriedigt wird. Aber sind das auch glückliche Vorgänge?

BERTOLT BRECHT
GROSSER DANKCHORAL

1
Lobet die Nacht und die Finsternis, die euch
umfangen!
Kommet zuhauf
Schaut in den Himmel hinauf:
Schon ist der Tag euch vergangen.

2
Lobet das Gras und die Tiere, die neben euch leben
und sterben!
Sehet, wie ihr
Lebet das Gras und das Tier
Und es muß auch mit euch sterben.

3
Lobet den Baum, der aus Aas aufwächst jauchzend
zum Himmel!
Lobet das Aas
Lobet den Baum, der es fraß
Aber auch lobet den Himmel.

4
Lobet von Herzen das schlechte Gedächtnis
des Himmels!
Und daß er nicht
Weiß euren Nam' noch Gesicht
Niemand weiß, daß ihr noch da seid.

5
Lobet die Kälte, die Finsternis und das Verderben!
Schauet hinan:
Es kommet nicht auf euch an
Und ihr könnt unbesorgt sterben.

THOMAS ANZ
TEUFLISCH GUTES LIED

»Luzifers Abendlied« sollte zunächst ein Gedicht heißen, das Brecht später unter dem Titel »Gegen Verführung« als eine Art Resümee an den Schluß seiner ersten Lyriksammlung stellte. In ihr steht auch der »Große Dankchoral«. Beide Gedichte erhellen und ergänzen sich gegenseitig. Das eine Lied ist so teuflisch wie das andere.

»Laßt euch nicht verführen!« – mit dieser Warnung beginnt das eine. Vom Teufel verführen? Zum diesseitigen Sinnengruß, der nach dem Tod den Weg ins himmlische Jenseits verbaut? Nein, im Gegenteil: Laßt euch nicht von religiösen Verheißungen einer besseren Zukunft um euer Leben betrügen, lautet sinngemäß die Botschaft des Gedichts. »Es gibt keine Wiederkehr«, sagt schon der zweite Vers, und ein weiterer: »Das Leben ist am größten«.

Luzifer bedient sich in seinem Lied perfider Mittel. Er benutzt und verdreht zur Verbreitung seiner Botschaft die sprachlichen Wendungen und Ausdrucksformen der frommen Gegner. Im Gewande eines Predigt- und Andachtsbuches, das der religiösen Erbauung und Unterweisung dient, präsentierte der christlich erzogene mit der Lutherbibel aufgewachsene Provokateur aus der Provinzstadt Augsburg 1927 der Öffentlichkeit einen Teil seiner seit Kriegsende entstandenen Lyrik unter dem Titel »Bertolt Brechts Hauspostille«.

In den alten Postillen hatten so beliebte Kirchenlieder wie das von Joachim Neander ihren Platz: *Lobe den Herren, den mächtigen König der Ehren / Meine geliebete Seele, das ist mein Begehren. / Kommet zu Hauf*... Brechts Begehren ist auf Diesseitiges gerichtet. Sein »Dankchoral« übernimmt die Melodie, die Zahl der Strophen (um jeweils einen Vers kürzer gemacht), manche Motive und den Gestus des Lobenden. Doch das Lob gilt nicht dem Herren, über den es im Kirchenlied heißt: »Er ist dein Licht«, sondern der Finsternis und dem Verderben.

Warum diese enthusiastische Bejahung ausgerechnet der Nacht und des Todes? Weil beides, wie die Tiere, der Tag, der Baum, das Gras, das Aas und wir alle, zum lebendigen Kreislauf der Natur gehört. (Nebenbei: Nach Neander ist das Tal benannt, in dem das berühmte Skelett aus vorgeschichtlicher Zeit gefunden wurde.) Zu einem Teil der vitalen Natur wird auch der Himmel; er ist nicht mehr mit religiösen Phantasien besetzter Ort göttlicher Allwissenheit, die jeden einzelnen am Ende zur Rechenschaft zieht. Jene Angst vor dem Tod, die eine Angst vor der Strafe ist, wird damit so hinfällig wie die, die aus der Selbstüberschätzung hervorgeht.

Als Brecht den »Dankchoral« um 1920 schrieb, war er noch kein Marxist, auch wenn seine Kritik religiöser Jenseitsverheißungen der in Heines »Wintermärchen« so nahestand wie der in den Frühschriften von Marx. Als Marxist hat Brecht seine frühe Lyrik später als typisch für die »Dekadenz der bürgerlichen Klasse«, als »Verwirrung der Empfindungen« und Symptom des »Zerfalls« und der »Ziellosigkeit« mißbilligt. Das enthusiastische, auch den Tod mit einschließende Lob genußfreudigen Lebens in den verteufelt guten Liedern der »Hauspostille« hat er jedoch nie ganz hinter sich gelassen. Die Lust am gegenwärtigen Leben blieb stark genug, um später andere, irdische Heilsversprechungen und Zukunftsvertröstungen, deren Verführungskraft mächtig auf ihn wirkte, immer wieder zu unterlaufen.

BERTOLT BRECHT
KINDERHYMNE

Anmut sparet nicht noch Mühe
Leidenschaft nicht noch Verstand
Daß ein gutes Deutschland blühe
Wie ein andres gutes Land.

Daß die Völker nicht erbleichen
Wie vor einer Räuberin
Sondern ihre Hände reichen
Uns wie andern Völkern hin.

Und nicht über und nicht unter
Andern Völkern wolln wir sein
Von der See bis zu den Alpen
Von der Oder bis zum Rhein.

Und weil wir dies Land verbessern
Lieben und beschirmen wir's
Und das liebste mag's uns scheinen
So wie andern Völkern ihrs.

IRING FETSCHER
LEIDENSCHAFTLICH, ABER KONTROLLIERT

Brechts Kinderhymne ist das schönste Deutschlandlied, das ich kenne. Es scheint ganz einfach und ist doch weise durchdacht. Das »Deutschland, Deutschland über alles« hatte einmal den Überschwang des subjektiven Gefühls ausdrücken sollen: mir geht mein Vaterland über alles, aber die Maßlosigkeit der Wilhelminischen Ära und das Verbrechen der Nazis gaben dem »über alles« einen anderen Sinn, als habe der Dichter sagen wollen, dieser Staat solle über alle anderen herrschen, seinen Eigennutz über alle erheben. Dem Katzenjammer der Niederlage folgte die Unterwürfigkeit der Besiegten. »Man hat sie entweder an der Gurgel oder zu seinen Füßen.« So ähnlich hat sich Churchill einmal über die Deutschen geäußert.
Brechts Kinderhymne ist ganz auf den Ton der »Gleichheit« Deutschlands mit andren Ländern gestimmt: Schon in der ersten Strophe heißt es »Wie ein andres gutes Land«, in der zweiten wird der Gedanke aufgenommen »Uns wie andern Völkern ...«, und in der dritten ist dann klar die Antithese zum »über alles« der Chauvinisten formuliert, aber zugleich auch die zur Servilität der Besiegten: »nicht über und nicht unter / Andern Völkern wolln wir sein«.
Während Hoffmann von Fallerslebens Hymne eine feierliche Beschwörung des lyrischen Individuums darstellt, spricht in Brechts Kinderhymne das ›wir‹ ähnlich wie in der Marseillaise, wenn auch weit friedlicher und stiller. Von der zweiten Strophe an ist dieses »wir« präsent: im

»uns«, in der dritten heißt es »wolln wir sein« und in der vierten »weil wir ... verbessern«. Das ist eine bewußt gestaltete Steigerung von der passiven Entgegennahme der Hände der andren Völker über das »wolln wir sein« und »wir ... verbessern«, zum aktiven, Liebe begründenden und aus Liebe kommenden Tun.

So bewußt wie der Gang des Liedes ist jede Strophe gestaltet. In der ersten wird schon auf das »Verbessern« in der letzten vorausgedeutet und die Ausbalanciertheit der Haltung umschrieben. Dieses Verbessern soll mit Anmut und Mühe, unverkrampft, aber doch mit Anstrengung erfolgen, leidenschaftlich – aber kontrolliert durch den nüchternen Verstand. Solche Ausgeglichenheit und Ausgewogenheit ist das Unterpfand dafür, daß jene Wendung in der Einstellung anderer Völker eintritt, die dann nicht mehr vor uns erbleichen »wie vor einer Räuberin«. Dies ist die einzige Stelle der Hymne, in der auf die damals (1950) noch so junge Nazivergangenheit andeutungsweise hingewiesen wird.

Vielleicht wird von hier aus auch klar, warum die Hymne eine »Kinderhymne« ist. Sie kann ja kaum von denen gesungen werden, vor denen – zu Recht – die Völker schreckhaft erbleichten. Es ist das Lied der neuen Generation, von der nicht nur Brecht hoffte, sie werde dieses Land verbessern. Keine Hymne für Kinder, sondern das Lied, das die Kinder singen (können). Und nur sie. Sie sind es auch, die sich von dem »über alles« abkehren, um ein Volk unter Völkern zu sein. Sie nur dürfen zum Schluß erklären, »das liebste mag's uns scheinen«, weil sie es verbessern. Welch besseren Grund gäbe es für Liebe zu einem Land als den, daß man es »verbessert«? Brechts Lied ist eine demokratische Hymne.

Brecht drückt sich hier weit bescheidener aus, als es einer dogmatisch gedeuteten marxistischen Theorie entspräche. Dieses »gute Land« wird kein Paradies, aber es wird verbessert werden und stets verbesserungsbedürftig bleiben. Aus der verbessernden Arbeit rührt unsere Bindung an dieses Land und die Bereitschaft, es zu hüten und »zu beschirmen«. Das mag als Bereitschaft zur Abwehr äußerer Feinde gedeutet werden oder auch als Absage an solche, die das Verbessern nicht zulassen wollen. Es gibt wohl keine Hymne, die die Liebe zum eigenen Land so schön, so rational, so kritisch begründet, und keine, die mit so versöhnlichen Zeilen endet.

BERTOLT BRECHT
LIED DER MUTTER ÜBER DEN HELDENTOD DES FEIGLINGS WESSOWTSCHIKOW

Wie also war er?
Wie immer er war
Als er zur Wand ging
Konnte er sterben.
Und er verglich nicht jene mit anderen
Und auch nicht sich mit anderen, sondern
Schickte sich an, bedroht, sich schnell zu verwandeln in
Unbedrohbaren Staub. Und alles
Was noch geschah, vollzog er wie
Abgemachtes, als erfülle er
Einen Vertrag. Und ausgelöscht waren
Ihm im Innern die Wünsche. Jegliche Bewegung
Untersagte er sich streng. Sein Inneres
Schrumpfte ein und verschwand. Wie ein leeres Blatt
Entging er allem
Außer der Beschreibung.

REINHARD BAUMGART
EIN LEERES BLATT

Das soll ein Lied sein? Bestenfalls die ersten vier Zeilen könnte man sich schlicht gesungen vorstellen, doch nur als Einleitung, Überleitung zu einem Lied. Was aber dann folgt, dunkel, trocken und doch hymnisch, bricht mit aller Lied-Konvention, auch durch seinen kräftig und doch für ein erstes Hinhören kaum deutlich hingemurmelten Inhalt. Da hilft nur ein Rückblick auf die Überschrift, die klarmacht: Ein zum Sterben Verurteilter, ein Untergehender nimmt vor seinem Tod schon seine Auslöschung vorweg. Wer Brechts Leben und Schreiben etwas genauer kennt, wird nun auch eine Datierung wagen: um 1930. In dieser seiner finstersten und entschlossensten Zeit, zwischen »Fatzer«-Fragment, »Die Maßnahme« und »Die heilige Johanna der Schlachthöfe«, muß er gemeint und sicher auch gehofft haben, eine deutsche Revolution stünde wie das reinigende Weltgericht unmittelbar bevor.

Das soll ein Gedicht sein? Auch das darf nach einem ersten Lesen erstaunt und befremdet gefragt werden. Zum »Lied« jedenfalls ist der Text tatsächlich erst durch die Zufügung der ersten vier Zeilen und einer Überschrift befördert worden. In dieser hier abgedruckten Gestalt fand er sich in Eislers Nachlaß unter den Kompositionsvorlagen für »Die Mutter«, und so erschien er zum ersten Mal 1982 in den »Gedichten aus dem Nachlaß«. Doch in einem Brechtschen Notizheft aus dem Jahr 1931 beginnt der emphatische Wortlaut, in brüchiger Bleistiftschrift hingeworfen, erst jäh mit der fünften Zeile, und genauso, auch mit den zufälligen Zeilenbrüchen auf der zu schmalen Notizbuchseite, als düster leuchtendes Fragment also, wurde der Text schon einmal, 1960 in der noch von Elisabeth Hauptmann verantworteten achtbändigen Gedichtausgabe, abgedruckt. Dann aber verschwand der Torso, als wäre seine durch Brechts Handschrift doch beglaubigte Echtheit anzuzweifeln, über zwanzig Jahre stillschweigend aus allen Editionen. Als wäre er weder Lied noch Gedicht, als wäre nichts von ihm geblieben als eben »ein leeres Blatt«.

Das mag für öde philologische Daten halten, wer will. Für mich jedenfalls gehört die Editionsgeschichte dieser Zeilen, ihr Auftauchen, Verschwinden und Wiederauftauchen in restaurierter Fassung, unabtrennbar zu ihnen selbst. Es ist, als hätten die Herausgeber den Sog des Gedichts oder Kaum-noch-Gedichts, diese Verwandlung eines Menschen und der Sprache in Staub, Leere, Schweigen, *nolens volens* nachvollzogen. Auch will es mir nicht gelingen, die Überschrift und das Zeilen-Quartett des Anfangs anders zu lesen als wie etwas ängstlich Dazugeflicktes. Mit dieser vorausgeschickten Ansage versucht Brecht, die klare und doch raunende Mystik seines Untergangs-Gedichts patent ins Epische, Szenische und Dialektische hinüberzuretten. Ein »Feigling«, so begreifen wir nun, wird, an die Wand gestellt, unverhofft noch zum Märtyrer, ja zum »Helden«, indem er sich innerlich abtötet vor seinem Tod.

Der ursprüngliche Entwurf aber erzählt und vollstreckt etwas anderes, Unheimlicheres, wenn auch weniger Konkretes und Praktisches. Da wird nicht nur ein zum Sterben

Verurteilter aus seiner Individualität herausgesprochen, sondern mit ihm verwandelt sich auch die Sprache, in der das geschieht, ins Anonyme. Auch sie »vollzieht«, »wie Abgemachtes«, »einen Vertrag«. Um nur ja »unbedrohbar« zu sein, »ausgelöscht«, wunsch-, bewegungs-, leblos, sich entziehend, nichtssagend »wie ein leeres Blatt«. Aber welcher triumphale Umschwung dann in der allerletzten Zeile, so scheinbar dürr, ja bürokratisch er sich auch verkündet: Nicht einmal das Nichts entgeht – »der Beschreibung«.

Fiat ars pereat mundus? In solchen kryptisch nüchternen Bekenntnissen jedenfalls, in dieser unerwarteten Nähe zu Goethes »Stirb und Werde« oder Hölderlins »Tod des Empedokles« verrät Brecht mehr von sich in der radikalsten Krise seines Lebens und Schreibens als in den dialektisch-materialistischen Denkübungen, in die er sich damals so krampfhaft hineinträumte und die seine beflissenen Ausleger so lange für den Generalschlüssel zum Werk gehalten haben.

BERTOLT BRECHT
LOB DER VERGESSLICHKEIT

Gut ist die Vergeßlichkeit!
Wie sollte sonst
Der Sohn von der Mutter gehen, die ihn gesäugt hat?
Die ihm die Kraft seiner Glieder verlieh und
Die ihn zurückhält, sie zu erproben.

Oder wie sollte der Schüler den Lehrer verlassen
Der ihm Wissen verlieh?
Wenn das Wissen verliehen ist
Muß der Schüler sich auf den Weg machen.

In das alte Haus
Ziehen die neuen Bewohner ein.
Wenn die es gebaut haben noch da wären
Wäre das Haus zu klein.

Der Ofen heizt. Den Hafner
Kennt man nicht mehr. Der Pflüger
Erkennt den Laib Brot nicht.

Wie erhöbe sich ohne das Vergessen der
Spurenverwischenden Nacht der Mensch am Morgen?
Wie sollte der sechsmal zu Boden Geschlagene
Zum siebenten Mal aufstehen
Umzupflügen den steinigen Boden, anzufliegen

Den gefährlichen Himmel?
Die Schwäche des Gedächtnisses verleiht
Den Menschen Stärke.

JÜRGEN JACOBS
STRENGE FÜGUNG

»Lob der Vergeßlichkeit« – der Titel klingt paradox: Will Brecht eine Schwäche anpreisen oder gar eine Untugend, die doch vorläge, wenn jemand seiner Bequemlichkeit wegen das Vergangene vorsätzlich vergäße und verdrängte? Natürlich nicht. Das Gedicht soll die Wahrheit aussprechen, daß der Mensch um seiner Lebensfähigkeit willen vergessen muß: Bliebe ihm alles Überlieferte und Erlebte verbindlich, dann fehlte ihm die Freiheit, sich den Forderungen der Gegenwart und Zukunft zuzuwenden. Man kennt den Gedanken von Nietzsche, aus der Abhandlung über Nutzen und Nachteil der Historie: Als eines der Mittel gegen die »historische Krankheit« ist dort die Fähigkeit genannt, »vergessen zu können und sich in einen begrenzten Horizont einzuschließen«.
Brechts Gedicht liefert gleich zu Beginn ein drastisches Beispiel für die Lebensnotwendigkeit des Vergessens. Der Sohn muß die Liebe und die Wohltaten der Mutter aus seinem Gedächtnis drängen, er muß die stärksten Bindungen zerreißen, um sich auf eigene Beine zu stellen. Ebenso muß sich der Schüler von seinem Lehrer lossagen. Das sind schmerzliche Vorgänge für die Beteiligten, aber sie sind unvermeidlich. Fänden Sohn und Schüler nicht die Kraft, Gefühle zu verletzen und undankbar zu erscheinen, dann blieben sie im Bann ihrer Vergangenheit und könnten niemals selbst Väter und Lehrer werden.
Ein anderer Aspekt des Vergessens ist, daß über dem Ge-

brauch nützlicher und notwendiger Dinge deren Vorgeschichte aus dem Bewußtsein schwindet. Wer im warmen Zimmer sitzt, so Brechts Beispiel, denkt nicht mehr an den Ofensetzer. Aber auch wer zur Befriedigung der elementaren Lebensbedürfnisse selbst beigetragen hat, verliert seinen Anteil aus den Augen: Der Pflüger denkt nicht mehr an seine Arbeit, wenn er das Brot vom Tisch nimmt. Der gelebte Augenblick ist erinnerungslos, denn er macht mit unwidersprechlicher Evidenz sein Recht, das der augenblicklichen Notwendigkeit, geltend.

In seinem vorletzten Abschnitt weist das Gedicht auf den vielleicht größten Segen des Vergessens: Dem Menschen hilft über seine Niederlagen, über das Scheitern an äußeren Widrigkeiten allein »das Vergessen der / Spurenverwischenden Nacht« hinweg. Wenn ihm die Enttäuschung und der Schmerz unauslöschlich vor Augen blieben, fände er nicht den Mut zu einem neuen Anfang.

Der Text erweist sich in seinem lapidaren Stil als ein typisches Denk-Gedicht aus Brechts Exilzeit. Die sprachliche Bewegung ist nicht durch den Zwang des Reims, durch ein bestimmtes Metrum oder ein Strophenschema gebunden. Trotzdem erwecken die Zeilen des Gedichts den Eindruck einer strengen Fügung. Offensichtlich schafft sich hier der Gedanke in seiner fortschreitenden Entfaltung die ihm gemäße sprachliche Form, wobei er sich dem Gesetz der Knappheit und der prägnanten Profilierung unterwirft. In der gedrängten Bündigkeit und in der spannungsvollen, aber sparsamen Bewegung des Gedankens zeigt sich die ästhetische Qualität des Textes.

Das Gedicht schließt mit einer Sentenz, die dem Leser den gedanklichen Gehalt in zitierfähiger Form einhändigt: »Die Schwäche des Gedächtnisses verleiht / Dem Menschen Stärke«. Der Dialektiker Brecht würde sofort zugestehen, daß damit nur eine Teilwahrheit ausgesprochen ist. Denn ohne Zweifel darf nicht alles vergessen werden, und nicht bei jeder Gelegenheit ist das Vergessen am Platz. Die Menschen lebten sonst – um noch einmal Nietzsche zu zitieren – wie die Tiere, »kurz angebunden mit ihrer Lust und Unlust, nämlich an den Pflock des Augenblicks«. Es widerspräche auch im höchsten Maße der dialektischen Denkweise, das Gewordensein der Dinge zu verleugnen. Brechts eigenes Prinzip des »Historisierens«, dem er zentrale Bedeutung innerhalb seiner Dramaturgie zuwies, trägt dem Rechnung. In einigen Gedichten der dreißiger Jahre allerdings betont er die Notwendigkeit des Vergessens und bezieht diesen Gedanken auch auf seine eigene Person. Auf die Frage »Warum soll mein Name genannt werden?« gibt er die Antwort, er sei damit einverstanden, aus dem Gedächtnis späterer Generationen zu verschwinden: »Warum / Soll es eine Vergangenheit geben, wenn es eine / Zukunft gibt?«

BERTOLT BRECHT
MARIA

Die Nacht ihrer ersten Geburt war
Kalt gewesen. In späteren Jahren aber
Vergaß sie gänzlich
Den Frost in den Kummerbalken und rauchenden Ofen
Und das Würgen der Nachgeburt gegen Morgen zu.

Aber vor allem vergaß sie die bittere Scham
Nicht allein zu sein
Die dem Armen eigen ist.

Hauptsächlich deshalb
Ward es in späteren Jahren zum Fest, bei dem
Alles dabei war.

Das rohe Geschwätz der Hirten verstummte.
Später
wurden aus ihnen Könige in den Geschichten.
Der Wind, der sehr kalt war
Wurde zum Engelsgesang.
Ja, von dem Loch in dem Dach, das den Frost einließ,
blieb nur
Der Stern, der hindurch sah.

Alles dies
Kam vom Gesicht ihres Sohnes, der leicht war
Gesang liebte

Arme zu sich lud
Und
die Gewohnheit hatte, unter Königen zu leben
Und einen Stern über sich zu sehen zur Nachtzeit.

HERMANN KURZKE
DIE SCHAM DER ARMEN

Ein Mariengedicht von Brecht, dem protestantisch erzogenen künftigen Atheisten und Kommunisten? Natürlich war der Ledermantel- und Schiebermützenträger nicht im gewöhnlichen Sinne fromm. Natürlich hat er in seinem Gedicht die Weihnachtslegende entmythologisiert, die Heiligen Drei Könige in gewöhnliche Hirten zurückverwandelt, das Staunen über den Stern von Bethlehem auf ein Loch im Dach herabgesetzt und den Engelsgesang als notgeborene Verklärung von kalten Winden entzaubert. Aber er betreibt die Legendenkritik nur lässig, mit der linken Hand, ohne sonderlichen Aufwand. Sie ist nicht das, was ihn antreibt. Er will nicht darauf hinaus, daß alles doch ganz gewöhnlich zugegangen sei. Er sucht im Gegenteil nach einer Erklärung dafür, warum sich ausgerechnet diese ordinäre Geburt im Stall zur Legende verzaubert hat. Die Erklärung lautet: »Alles dies / kam vom Gesicht ihres Sohnes.«

Etwas Besonderes war an diesem. »Leicht« war er, ein Mensch wie ein Wunder, in dessen Gegenwart nichts mehr Gewicht hat, alles sich wie von selbst löst, alles rohe Geschwätz verstummt. Kein aufs Nützliche bedachter Vernunftmensch war er, sondern ein Poet, der Gesang liebte. Da er die Gewohnheit hatte, unter Königen zu leben, wurden alle in seiner Gegenwart zu Königen, auch die Armen. »Ja, ich bin ein König!« hatte er dem Pilatus bestätigt, auf dessen Nachfrage hin. Der Stern, den zu sehen er gewöhnt war, war sein Sinnbild für eine ungeheure Hoffnung, gewaltig-weiträumig, wenn auch unbestimmt, die auf eine Rundum-Erlösung von allem Schweren, Bösen und Häßlichen zielte, auf Liebe, Leichtigkeit, Vollkommenheit, auf Befreiung von Unrecht, Leid und Schmerz, auf Friede unter allen Menschen, die guten Willens sind, auf den Tag, »wenn es soweit sein wird / daß der Mensch dem Menschen ein Helfer ist«, auf ein Zusammenleben wie im Paradies, wonach die Sehnsucht nie verstummen wird, außer unter hoffnungslosen Philistern.

Aber Maria, nicht Jesus ist das Subjekt dieses Gedichts. In ihr geschieht die Verwandlung des Niedrigen, vollzieht sich der Aufstieg vom Ochsenpissengeruch (wie es in einer ersten Fassung hieß) und dem Frost in den Kummerbalken zum Stern der Hoffnung in der Nacht. Der Rebell Brecht preist in Maria die Kraft der Armen, die Welt zu verwandeln. Er war kein Doktrinär. Damals jedenfalls, 1924, als das Gedicht in der Weihnachtsnummer des Berliner Börsen-Couriers zuerst erschien, fand er nichts Verwerfliches darin, wenn sich die bittere Scham der Armen ins christliche Liebesfest traumhaft verzauberte, anstatt zum Motor einer proletarischen Revolution zu werden.

Die Scham der Armen. Vor den Augen der rohen Hirten mußte Maria gebären. Ihr Menschenrecht auf Intimität wurde verletzt. Preisgegeben war sie Ochs und Esel und Krippe und Hirten, die nicht Zubehör eines sentimentalen Idylls, sondern Zeichen der Erniedrigung sind. Daß die Scham sich verwandelt, ist Brechts Weihnachtswunder. Der Augenaufschlag des Sohnes läßt die Angst um sich selbst wesenlos werden. Seit die Armen einen König haben, der sie ihre Würde empfinden läßt, wird aus Scham, die sich verschließt, Gemeinsamkeit, die sich öffnet.

Es weihnachtet bei Brecht wider Willen. Er will cool bleiben, wie es die Neue Sachlichkeit, das Stilideal der Zeit, verlangt. Die große Botschaft darf nicht mit großen Worten kommen. Pathos ist verboten. Daher die halb nüchterne, halb verschämt feierliche Sprechweise, das wegwerfend beiseite Gesprochene, das holprig-verlegene Parlando. Der Tonfall legt Zeugnis davon ab, wie Brecht mit Maria ungläubig staunt über den leichten Poeten Jesus, in dem alles sich sänftigt und der er selbst gern wäre: einer, der Arme zu sich lädt, unter Königen lebt und einen Stern über sich sieht in der Nacht.

BERTOLT BRECHT
MEINE MUTTER

Als sie nun aus war, ließ man in Erde sie
Blumen wachsen, Falter gaukeln darüber hin ...
Sie, die Leichte, drückte die Erde kaum
Wieviel Schmerz brauchte es, bis sie so leicht ward!

WALTER HINCK
KEIN RAUM FÜR SPRACHBALLAST

Das Gedicht erinnert an kurze Grabinschriften, wie wir sie aus der Antike kennen. Trauer und Andenken fordern nicht mit Notwendigkeit die epigrammatische Bündigkeit des sprachlichen Ausdrucks. Es gibt auch großartige Beispiele des ausladenden pathetischen Klagens und hymnischen Gedenkens. Und Brecht hat auf den Tod seiner Mutter im Mai 1920 noch ein weiteres Gedicht geschrieben, das unter den sogenannten »Psalmen« zu findende »Lied von meiner Mutter«, eine rhythmisierte Prosa in biblischem Ton, deren Strophen siebenmal ansetzen, das eine Thema in immer neuen Bildern und Gedanken auszufalten.

Es fällt nicht leicht, einem der beiden Gedichte den Vorzug vor dem anderen zu geben. Vom »Psalm« bleiben eindringliche Sätze haften, Sätze, in denen die Kruste von Unempfindlichkeit nur notdürftig die Scham einer Liebe verbirgt, die versagte: »Sie starb zwischen Gesichtern, die ihr zu lang beim Sterben zugeschaut hatten, da waren sie hart geworden.«

Dennoch habe ich mich für den Vierzeiler entschieden. Und mir war beim Wiederlesen dieses Gedichts ein Gespräch mit Elisabeth Borchers gegenwärtig. Unsere Sprache, so sagte die Lyrikerin, überschütte uns mit Wörtern, die zu Hülsen geworden seien; Dichten heiße Ballast abwerfen. Ja, das ist es, was Brecht in diesen vier Versen gelang: Ballast abwerfen.

Man braucht sich nur bewußtzumachen, was alles der Autor in diesen Versen vermeidet, umgeht. Das ganze Arsenal von Motiven und Danksagungen für unvergeßliche Mutterliebe stand zur Verfügung, das ganze sentimentale Vokabular des Schmerzes über den Verlust. Wir sollten die geölten Wendungen unserer Bestattungsunternehmer und die gestanzten Versatzstücke der Kondolenzsprache im Ohr haben, um das Unverbrauchte dieser lyrischen Sprache voll wahrzunehmen.

Hier wird keiner »sanft entschlafenen« Toten gedacht. In scheinbar roher, jedenfalls unterkühlter Diktion beginnt das Gedicht. Aber in der Wendung »Als sie nun aus war« ziehen sich die Bedeutungen von »als es nun aus war mit ihr« oder »mit ihrem Leben«, »als es aus war mit ihrem Leiden« oder »als sie ausgelitten hatte« zusammen. Als eine Kreatur ist die Mutter gestorben, als eine Kreatur »ließ man in Erde sie«. Und es fällt einem die Schlußstrophe des (ebenfalls zu Anfang der zwanziger Jahre entstandenen) Gedichts »Von der Freundlichkeit der Welt« ein: »Von der Erde voller kaltem Wind / Geht ihr all bedeckt mit Schorf und Grind. / Fast ein jeder hat die Welt geliebt / Wenn man ihm zwei Hände Erde gibt.«

Freundlich begegnen der Toten tatsächlich die Erde und die Natur, und für einen Augenblick scheint das Gedicht – mit den Bildern der Blumen und des gaukelnden Falters – auf Beschwichtigungspoesie zuzusteuern. Doch dann bewegt sich die Sprache wieder gegen den Strich; zur Grabreden-Floskel »Möge ihr die Erde leicht werden!« geht sie in Opposition: »Sie, die Leichte, drückte die Erde kaum.« Freilich kommt in diesem sprachlichen Gegenzug biographische Wirklichkeit zum

Vorschein. »Dann starb sie«, heißt es im »Lied von meiner Mutter«, »und man fand einen Kinderleib.«
Der Schlußvers holt die Tote in die Erinnerung an die Lebende zurück, in die Erinnerung an ihr Leiden, ihr Dahingehen, ihr Verschwinden. Dieser Vers steht unter dem starken Außendruck von Worten, die der Sprachvorrat für Gemütsbewegungen bereitstellt; er hält ihm stand. Er wehrt den Ballast ab. Aber das Ausrufungszeichen signalisiert die Betroffenheit.
Man rühmt die Kunst der verdichtenden Kürze in Brechts »Buckower Elegien« aus dem Jahre 1953. Diesen Vierzeiler des zweiundzwanzigjährigen konnten die Gedichte des späten Brecht nicht mehr übertreffen.

BERTOLT BRECHT
MORGENS UND ABENDS ZU LESEN

Der, den ich liebe
Hat mir gesagt
Daß er mich braucht.

Darum
Gebe ich auf mich acht
Sehe auf meinen Weg und
Fürchte von jedem Regentropfen
Daß er mich erschlagen könnte.

KLARA OBERMÜLLER
DAS KOSTBARE

Es sind jetzt fünfzehn Jahre her, da schickte mir »der, den ich liebe«, eine Postkarte. Darauf, mit der Maschine geschrieben, die acht Zeilen von Bertolt Brecht: »Morgens und abends zu lesen«. Seither ist mir dieses Gedicht lieb – nicht nur, weil es mir gleichsam noch einmal zugeeignet wurde, sondern auch, weil es so ganz anders ist als alles, was die Weltliteratur sonst an Liebeslyrik zu bieten hat. Bei Brecht fehlt so gut wie alles, was ein klassisches abendländisches Liebesgedicht ausmacht. Da leuchtet kein Mond, da erwacht kein Frühling; da fällt kein Wort von Seligkeit, Sehnsucht und Schmerz. Da ist nur diese seltsame Dringlichkeit einer Bitte, ja fast schon eines Befehls, die nüchterne Sprache einer medizinischen Verordnung, die schlichte Feststellung: *Der, den ich liebe / Hat mir gesagt / Daß er mich braucht*. Damit ist zum Thema »Liebe« alles gesagt, was zu sagen ist.
Als Bertolt Brecht »Morgens und abends zu lesen« 1937 für Ruth Berlau schrieb, befand er sich mit seiner Familie seit vier Jahren im dänischen Exil. Es war die Zeit, da das Schreiben über Bäume problematisch geworden war und die Leute nicht an den Milchmann dachten, wenn es morgens um fünf an der Tür läutete. Es war die Zeit, da man nicht auseinandergehen konnte, ohne fürchten zu müssen, daß man sich nie mehr wiedersah. In dieser Zeit war nicht nur die Liebe bedroht, sondern auch das Leben selbst. Vielleicht ist es in solchen Zeiten wichtiger zu wissen, daß man gebraucht als daß man geliebt wird.

Doch eigentlich ist in diesem Gedicht gar nicht von der Liebe die Rede, sondern von den Folgen, die sie hat. Seit die Frau weiß, daß er sie braucht, ist sie eine andere geworden. Das Wissen wertet sie auf. Und sie sorgt sich weniger um den Geliebten als vielmehr um sich selbst. Sie gibt auf sich acht, sie fürchtet um sich als um ein kostbares Gut, dem ein Nichts, ein Regentropfen schon, Schaden zufügen könnte. Aus der Liebe ist Selbstliebe geworden – ganz so, wie schon das alttestamentliche Gebot der Nächstenliebe es formuliert: »Liebe deinen Nächsten wie dich selbst.«

Bertolt Brecht, der ja nicht unbedingt ein Ausbund an Selbstlosigkeit gewesen sein soll, scheint gewußt zu haben, daß das eine das andere bedingt. Er gibt dieses Wissen der Frau mit auf den Weg: »Morgens und abends zu lesen«. Grammatikalisch ist sie es zwar, die spricht; doch geschrieben hat das Gedicht ein Mann, geschrieben hat es Brecht. Er ist es, der will, daß sie auf sich achtgibt, weil er sie braucht. Der Gedanke war früher schon einmal da. In einem Brief an seine erste Frau, Marianne Zoff, aus dem Jahr 1922 heißt es: »Jetzt küsse ich Dich und ich bitte Dich, gib acht auf Dich, denn Du mußt achtgeben auf das Meine. Nicht?«

Es ist wohl nicht ganz zufällig, daß in der Sammlung der »Gedichte 1933-1938« dem Liebesgedicht ein anderes vorausgeht, das mit den Worten beginnt: *Wenn ich mit deinem Wagen fahre / Muß ich da nicht besonders achtgeben? / Wisse: du / Fährst mit meinem Wagen*. Auffällig ist die gleiche Verschränkung von mein und dein, und es steht der gleiche Gedanke dahinter: daß ich achtgeben muß auf etwas, was mir nicht gehört. In der Liebe, so scheint Brecht sagen zu wollen, gehöre ich nicht mehr mir selber. Deshalb habe ich für mich Sorge zu tragen wie für ein Lehen, das mir übertragen ist.

Ein possessives Denken, könnte man meinen. Und Brecht war ja bekannt dafür, daß er Menschen, Frauen vor allem, brauchte und für sich arbeiten ließ. Doch ich denke, man täte ihm und dem kleinen Gedicht unrecht, wenn man es bei dieser Interpretation bewenden lassen wollte. Denn was der Schreiber des Gedichts sagt, ist dieses: Wisse, du bist das Kostbarste, was ich habe. Darum fürchte ich von jedem Regentropfen, daß er dich erschlagen könnte. Brecht sagt es andersherum. Doch die Frau, die das Gedicht morgens und abends liest, weiß, wie's gemeint ist, und ist dadurch sich selbst kostbar geworden.

BERTOLT BRECHT
O FALLADAH, DIE DU HANGEST!

Ich zog meine Fuhre trotz meiner Schwäche
Ich kam bis zur Frankfurter Allee.
Dort denke ich noch: O je!
Diese Schwäche! Wenn ich mich gehenlasse
Kann's mir passieren, daß ich zusammenbreche.
Zehn Minuten später lagen nur noch meine Knochen auf der Straße.

Kaum war ich da nämlich zusammengebrochen
(Der Kutscher lief zum Telefon)
Da stürzten sich aus den Häusern schon
Hungrige Menschen, um ein Pfund Fleisch zu erben
Rissen mit Messern mir das Fleisch von den Knochen
Und ich lebte überhaupt noch und war gar nicht fertig mit dem Sterben.

Aber die kannte ich doch von früher, die Leute!
Die brachten mir Säcke gegen die Fliegen doch
Schenkten mir altes Brot und ermahnten noch
Meinen Kutscher, sanft mit mir umzugehen.
Einst mir so freundlich und mir so feindlich heute!
Plötzlich waren sie wie ausgewechselt! Ach, was war mit ihnen geschehen?

Da fragte ich mich: Was für eine Kälte
Muß über die Leute gekommen sein!

Wer schlägt da so auf sie ein
Daß sie jetzt so durch und durch erkaltet?
So helfet ihnen doch! Und tut es in Bälde!
Sonst passiert euch etwas, was ihr nicht für möglich haltet!

HILDE SPIEL
AUFSCHREI

Von jeher war und blieb ihm, ob im jugendlichen Überschwang und Weltveränderungsdrang oder in der listigen, lehrhaften Reife, eines bewußt: daß die großen Bilder in der Bibel und den Mythen, jenen »Träumen der Menschheit«, zu finden waren. Dem Grimm-Märchen von der Gänsemagd entnahm Brecht das geschundene Pferd, dessen abgehauenem Kopf die Königstochter ihr Leid klagt und das zu ihr spricht: »Wenn das deine Mutter wüßte, das Herz tät ihr zerspringen.«
Aus dem treuen Falada wurde, wer weiß warum, eine Falladah, und ihr grausames, gleichnishaftes Schicksal zerreißt nun uns das Herz im Leib. So wie Brecht in seinem Lied vom Flug der Kraniche mit den Wolken aus »Mahagonny« eines der schönsten Liebesgedichte deutscher Sprache geschrieben hat, ist seine Ballade vom Pferd Falladah eines der bewegendsten Zeugnisse kreatürlicher Qual.
Man sollte meinen, sie wäre in den letzten Jahren vor der Machtergreifung entstanden, als unter dem Druck des Elends und dem Sog der Verführung die Seelen der Menschen sich wandelten und Mitgefühl nur zu oft in steinerne Gleichgültigkeit überging. Aber sie stammt aus dem Jahr 1919 und rührt offenkundig aus den Nachwehen des Ersten Weltkrieges her, dem Hunger und der Verarmung, wohl auch den Januar- und Februarmorden an Rosa Luxemburg, Liebknecht, Mehring und an Eisner, den man

am Münchener Ostfriedhof beerdigte, während »in der ganzen Stadt wie wahnsinnig geschossen« wurde.
»Es war wie ein Schmerz, wie wenn die rohe Gewalt dies alles noch zurückholen wollte, was sie verloren hatte. Unendlich ergreifend«, berichtete Caspar Neher, der mit Brecht im Trauerzug ging. Das war die Zeit des »Baal«, der im Vorjahr beendet worden, mit dem Brecht aber immer weiter befaßt war, die Zeit des »Spartakus«, der ersten Fassung von »Trommeln in der Nacht«, aber auch so formvollendeter Lyrik wie »Vom Klettern in den Bäumen« und dem »Lied von den Seligen«, in dem Mörder und Opfer Hand in Hand in den Himmel einziehen.
Das Falladah-Gedicht ist alles andere als formvollendet. Erst Hanns Eisler, der es 1932 vertonte, gab ihm Rhythmus und Struktur. Diesen frühen Berliner dreißiger Jahren mit ihrem Tucholsky-Ton scheint es eher zu entsprechen als der eruptiven »Baal«-Metaphorik oder manch anderen schön ausgezählten, schlicht poetischen Reimen der gleichen Periode und bald darauf der »Hauspostille«. Hier ist alles Inhalt, Aussage, Aufschrei – so hilflos in dem Versuch, die Pein des Erdenlebens in Worte zu fassen, wie Büchners Woyzeck es ist: »Und ich lebte überhaupt noch und war gar nicht fertig mit dem Sterben.« Oder: »Aber die kannte ich doch von früher, die Leute! / Die brachten mir Säcke gegen die Fliegen doch / Schenkten mir altes Brot und ermahnten noch / Meinen Kutscher, sanft mit mir umzugehen. / Einst mir so freundlich und mir so feindlich heute!«
Erst in dem letzten Vers des Jammers und der Beschwörung nimmt das Gedicht, von der holprigen drittletzten Zeile abgesehen, so knappe wie expressive Gestalt an. Oder scheint es uns nur so in Erinnerung daran, wie Kathe

Kühl diesen Vers gesungen hat und einem damit Schauer einjagte, wenn nicht das Blut in den Adern gefrieren ließ? Es war passiert, was man damals nicht für möglich gehalten hatte, aber der einundzwanzigjährige Brecht vorauszuahnen imstande war. Die falschen Helfer kamen. Und mit dieser Kälte im Herzen marschierten in einem neuen Krieg die geschundenen Soldaten Hitlers, Opfer auch sie, Hand in Hand mit Mördern in die eisigen Steppen Rußlands hinein, um dort unterzugehen und den Untergang ihrer falschen Helfer herbeizuführen.

BERTOLT BRECHT
O LUST DES BEGINNENS

O Lust des Beginnens! O früher Morgen!
Erstes Gras, wenn vergessen scheint
Was grün ist! O erste Seite des Buchs
Des erwarteten, sehr überraschende! Lies
Langsam, allzuschnell
Wird der ungelesene Teil dir dünn! Und der erste
Wasserguß
In das verschweißte Gesicht! Das frische
Kühle Hemd! O Beginn der Liebe! Blick, der wegirrt!
O Beginn der Arbeit! Öl zu füllen
In die kalte Maschine! Erster Handgriff und erstes
Summen
Des anspringenden Motors! Und erster Zug
Rauchs, der die Lunge füllt! Und du
Neuer Gedanke!

REINHOLD GRIMM
ODE AN DEN ALLTAG

Unumwunden, hemmungslos gestehe ich: ich liebe dieses Gedicht. Wenn mich die dumpfe Unlust des Endes packt, wenn Ekel und Verzweiflung an Welt und Leben oder einfach die üble Laune des an seinen Schreibtisch, in seine Bücherzelle Gebannten, die alte Mönchskrankheit der *acedia,* mich zu übermannen drohen: immer dann lese ich »O Lust des Beginnens«.

Diese dreizehn scheinbar so kargen Zeilen sind von einer unbändigen Fülle und Frische, sind selber wie ein Wasserguß, sind Kühlung, Labsal, Erquickung. Nichts ist mir heilsamer und stimmt mich heiterer in der Öde unseres Alltags als diese Brechtsche Ode. Ich lese sie: leise und nur die Lippen bewegend, laut und langsam skandierend, stets genußvoll und allmählich, trotz allem, fröhlich. Letzten Endes koste ich diese »Lust des Beginnens« auf der Zunge nicht weniger als im Hirn. Frühere Jahrhunderte hätten gesagt, ich »erbaue« mich an Brechts Versen. Doch weil ihnen jedwedes Feierliche oder Weihevolle, jegliches Pathos im üblichen Sinne so gänzlich abgeht, füge ich eilig und englisch und mit angelsächsischem *understatement* hinzu: *They give me an uplift.*

Freilich, womit soll man seinerseits, um die Eigenart und Schönheit von Brechts Versen zu schildern, beginnen? Muß nicht selbst den Kenner erstaunen, was dieses Gedicht auf engstem Raum mitteilt? Wahrhaft allumfassend wird die Lust des Beginnens in seinen dreizehn Zeilen wiedergegeben. Die Natur im Tageslauf (der frühe Morgen) wie im Jahreslauf (das erste Grün) kommt darin zur Sprache, desgleichen das Naturhafte am Menschen, dessen Zeugung.

Ebenso ist aber auch das spezifisch Menschliche, das Nicht-Natürliche am Menschen – und zwar ganz folgerichtig für Brecht, den marxistischen Dichter – darin enthalten: nämlich die Arbeit. Das verschweißte Gesicht, der kühlende Wasserguß, das frische Hemd künden von körperlicher Anstrengung, das begierig geöffnete Buch und der neue Gedanke von geistiger Tätigkeit.

Lustvoll indes, daran läßt Brecht keinen Zweifel, ist beides: insbesondere eben die Erkenntnis, der er mit unstillbarem Wissensdurst verhaftet blieb, die wieder und wieder aufs neue für ihn begann. Ja, sogar die technische Welt der Maschine (will sagen des Autos, mitsamt dem Drehen des Zündschlüssels, dem Anspringen und ersten Summen des Motors) ist fugenlos in diese Brechtschen Verse eingegangen, ist gegenwärtig in seiner Alltäglichkeit und doch in lyrischer Schönheit. Nicht einmal die sogenannten Laster, die ja die wahren Freuden des Lebens auf dieser Welt sind, fehlen: denn auch Zigarre oder Zigarette und das wohlige Gefühl des tief in die Lunge eingesogenen ersten Rauches gehören, wie sehr uns die Ärzte warnen mögen, zur Lust des Beginnens.

Goethe meinte von einem der großen, reichen, makellosen Dramen Calderóns, man würde daraus die gesamte Poesie, sollte sie wirklich einmal verlorengegangen sein, rekonstruieren können. War er vielleicht allzu überschwenglich, so bin jedenfalls ich gerne dreist genug, um in ähnlichem Sinne zu behaupten, man könne aus solch einem kleinen, kargen, doch nicht minder makellosen

Versgebilde Bertolt Brechts die volle Ganzheit dieses Dichters, sein Wesen als Mensch wie als Denker und Künstler, erahnen – und notfalls rekonstruieren, selbst wenn der Rest seines Schaffens, alle zwanzig Bände seiner Werkausgabe, unwiederbringlich verloren wären. »Neu beginnen«, wußte Brecht, »kannst du mit dem letzten Atemzug.«

BERTOLT BRECHT
SCHLECHTE ZEIT FÜR LYRIK

Ich weiß doch: nur der Glückliche
Ist beliebt. Seine Stimme
Hört man gern. Sein Gesicht ist schön.

Der verkrüppelte Baum im Hof
Zeigt auf den schlechten Boden, aber
Die Vorübergehenden schimpfen ihn einen Krüppel
Doch mit Recht.

Die grünen Boote und die lustigen Segel des Sundes
Sehe ich nicht. Von allem
Sehe ich nur der Fischer rissiges Garnnetz.
Warum rede ich nur davon
Daß die vierzigjährige Häuslerin gekrümmt geht?
Die Brüste der Mädchen
Sind warm wie ehedem.

In meinem Lied ein Reim
Käme mir fast vor wie Übermut.

In mir streiten sich
Die Begeisterung über den blühenden Apfelbaum
Und das Entsetzen über die Reden des Anstreichers
Aber nur das zweite
Drängt mich zum Schreibtisch.

KURT DRAWERT
GUTE ZEIT FÜR LYRIK

Wer schlechte Nachrichten bringt, hat Zuspruch nicht zu erwarten. Warum aber überbringt er sie dann? Könnte er nicht auch die Botschaften tauschen und verkünden, was gerade gewünscht wird? Zumal er, wie im Falle des Brechtschen Gedichtes, selber entscheidet, welche Nachricht seinen Schreibtisch verläßt? Es muß also ein Motiv geben, das stärker ist als das Begehren, geliebt und geehrt zu werden. Wir erfahren es mit dem letzten Satz: es ist die Empörung.

Zunächst aber beginnt das Gedicht, geschrieben 1939 im dänischen Exil, mit einem Zeichen von Resignation. Ich bin unglücklich, sagt das lyrische Ich, und meine Stimme wird man nicht hören wollen. Es rechnet damit, kein Souverän auf einem Podium zu sein mit einem gesicherten Anspruch auf Wirkung. Eher steht es auf verlorenem Posten gleich dem Verfasser, der aus der Ferne mit seinem Land spricht. Aber Sprache realisiert sich nur im Dialog, und ein Text findet seinen Sinn erst in dem, den er anspricht.

So erklärt sich das Ich, das zu uns redet, einverstanden mit dem Bedürfnis des Lesers nach Harmonie. Allerdings nur für den Augenblick, den es braucht, ihn zu gewinnen, um sofort, schon in der zweiten Strophe, den Glanz des Harmonischen, Schönen radikal in Frage zu stellen: auch wenn die Vorübergehenden den verkrüppelten Baum einen Krüppel schimpfen, so gibt er doch einen Hinweis auf die Beschaffenheit des Bodens, auf dem er steht. Dieses grandiose Bild versperrt jeden Fluchtweg. Selbst das nachgestellte *Doch mit Recht*, das noch einmal den fremden Blick imitiert, hat nicht mehr die Kraft, die Dialektik des Bildes außer Kraft zu setzen. Er, dessen Glück gebrochen und dessen Gesicht häßlich geworden ist, er spricht zugleich über die Verhältnisse, wenn er über sich spricht, und seine Einzelheit wird exemplarisch. So darf auch das Gedicht, wo es wahr werden möchte, nicht schön sein wollen. Allein deshalb jeder Verzicht auf Elemente der hohen, lyrischen Rede, auf Glamour und poetische Raffinesse, denn *In meinem Lied ein Reim / Käme mir fast vor wie Übermut.*

Das ist auch ein Bekenntnis und ein literarischer Standort. Der Dichter ist kein Lieferant von Bestätigungsschriften, und er kann nicht frei über die Stoffe verfügen, die ihn zum gültigen Text bringen können. Eher gleicht er einem Spiegel, der reflektiert, was ohne ihn unsichtbar wäre, und er spricht aus, was andernfalls stumm und damit abwesend bliebe. Was nicht in der Sprache erscheint, darüber kann nicht gesprochen, und es kann nicht verändert werden. Diese Tatsache ist ebenso simpel, wie sie gerade Diktaturen ihr Fundament gibt. Deren Bedingung ist es, Sprache und damit Bewußtsein zu zerstören, um sich selbst am Leben zu erhalten, und so begründet sie ihre Macht im erzwungenen Schweigen. Aber das Schweigen ist keine Leere, sondern Sprache, die ihre Verlautbarung sucht. Je größer und damit bedrückender es wird, um so stärker wird auch das Wort, das daraus erwächst. Kann die Zeit für Lyrik, wie der Titel des Gedichtes sagt, also tatsächlich schlecht sein?

Das Zentrum des Gedichtes bildet die dritte Strophe, die mit sieben Versen die längste darstellt und auch optisch den Mittelpunkt einnimmt. Hinter dem lyrischen Subjekt können wir nun klar den Autor erkennen, und mit ihm sehen wir aus dem Fenster seines Hauses am Svendborg Sund in die Landschaft. In einem Fragesatz, von dem aus das Gedicht sich organisiert, werden wir nun Zeugen eines quälenden Zweifels: warum nur mischt man sich ein in die Geschicke der Welt und überläßt sie nicht ihrer blinden Bestimmung.

Er, der hier mit sich selbst spricht, sieht *Die grünen Boote und die lustigen Segel des Sundes* sehr wohl, auch weiß er, daß *die Brüste der Mädchen* warm sind *wie ehedem.* Warum also redet er *nur davon / Daß die vierzigjährige Häuslerin gekrümmt geht?* Für die Zeit eines Strophensprunges sind wir allein. Natürlich ist er weiter als wir und hat seine Zweifel nur konstruiert, um sie für uns zu verwerfen. *Die Begeisterung über den blühenden Apfelbaum* drängt nicht, Sprache zu werden. Aber *das Entsetzen über die Reden des Anstreichers* Hitler, die Empörung also, die mehr wiegt, als die betäubende Lust am schönen Text, sie ist die Energie, die dem Autor Stimme verleiht.

Das Gedicht kommt und geht leise. Klar und kühl spricht es aus, was es weiß. Kein dunkler, metaphysischer Grund, keine ästhetische Verrenkung mit versteckt gehaltenem Sinn, keine Sprache, die sich einem zu starken Interesse an Poesie unterwirft. Fast scheint es, als verweigerte es seine lyrische Gestalt, wäre nicht der Wille des Verfassers zu einem Gedicht dadurch erkennbar, daß er Strophen und Verse gesetzt hat. Gerade diese Absichtslosigkeit aber ist es, die das Gedicht eindringlich macht. Es will fast nichts, deshalb erreicht es fast alles.

BERTOLT BRECHT
SIEBEN ROSEN HAT DER STRAUCH

Sieben Rosen hat der Strauch
Sechs gehörn dem Wind
Aber eine bleibt, daß auch
Ich noch eine find.

Sieben Male ruf ich dich
Sechsmal bleibe fort
Doch beim siebten Mal, versprich
Komme auf mein Wort.

SIBYLLE WIRSING
DER ZAUBERSPRUCH

Obwohl die große kommentierte Berliner und Frankfurter Ausgabe zu den Versen »Sieben Rosen hat der Strauch« anmerkt, daß Brecht sie 1950 für seine Mitarbeiterin Käthe Rülicke geschrieben hat, könnte der Gruß auch ein Rundschreiben an alle seine Frauen gewesen sein. Denn er enthält eine prinzipielle Botschaft. Die erste Strophe handelt von der Genügsamkeit am Beispiel der Rosenblüte. Der Liebhaber will den Strauch nicht abernten, sondern sich von der Sorte nur ein Exempel sichern. Schon ein zweites, darf man folgern, wäre für ihn eine Doublette. In der folgenden Strophe behauptet er seine Gesamtforderung trotz allem. Die Adressatin bleibt an ihn gebunden, auch wenn er sich rar macht. Ihr Ausscheiden aus seinem Dienst kommt nicht in Frage.
Aber warum die Liedform für das Reglement? Ist die Verordnung so irrational, daß der Gesetzgeber zu ihrer Mitteilung nach »Des Knaben Wunderhorn« greifen muß? Eine Wortmelodie erklingt wie Romantik, aus der er hervortritt, um sein Fernbleiben zu statuieren. Es ist motivlos, gleichsam gottgegeben, ein Faktum, mit dem die Liebste desto weniger rechnen kann, als kein Anflug eines Bedauerns oder einer Entschuldigung sein Schreiben begleitet. Was er treibt, während sie blüht, zeigt ihr das Papier. Er macht Verse a-b-a-b.
Die sieben Schönheiten gelten ihm gleich, aber an seinen acht Zeilen hat er gebosselt wie an acht Pfeilen: jeweils

zwei und zwei, der Vierheber und der Dreiheber im lakonischen Wechsel und die Reimpaare männlich und bündig. Spottet seine Kunst der weiblichen Natur? Von weit her tönt aus dem Schatz der deutschen Poesie die Mädchenklage herüber: »Heute, nur heute bin ich so schön.«
Seinen Frauen bleibt nichts weiter übrig, als sich aufzusparen, bis er die Pfänder einsammelt. Statt Briefmarken, Münzen oder Insekten wählt er die poetische Metapher, die Rose, von jedem Strauch eine. Und bittet sich aus, daß sie im akuten Moment am Platz sei. Aber wie die Abmachung funktionieren soll, läßt er offen.
Für eine törichte Jungfrau ist das Unglück programmiert. Sie muß meinen, daß sie ihre Reize bis auf den siebenten Teil vergeuden und ihre Wachsamkeit vorerst vernachlässigen könne. Am Ende steht sie unweigerlich mit leeren Händen da und hat den Appell verpaßt. Dagegen wird sich die kluge Jungfrau von vornherein hüten, auch nur den mindesten Teil zu verschwenden. Lieber läßt sie die Pracht verdorren. Und mögliche Anrufer, die ihr in die Quere kommen, ersucht sie jedes Mal, die Leitung freizugeben. Denn sie erwartet ja den verheißenen Anruf: den seinen. Wann er kommen wird, steht allerdings in den Sternen. Heute, morgen oder zu Ostern in einem Jahr? Das Warten auf Brecht kehrt in den Biographien seines gesamten weiblichen Personals als Folter wieder, der Schmerz, verbunden mit der Seligkeit, ihn im Garten des Herrn zu erdulden.
Im musterhaften Gedicht gesellt der Gärtner zum Tonfall das Prinzip. Beide sind altertümlich und für ihn vorteilhaft. Der Charme begünstigt das verordnete Hangen und Bangen, das die beste und billigste Methode ist, um Hörigkeit zu erzeugen. Abwarten und hoffen macht seine Ge-

schöpfe gefügig. Daß er sie nicht vergeblich harren läßt, suggeriert ihnen sein Zauberspruch: *Sieben Rosen hat der Strauch*.

Der Dramatiker Brecht befürwortet in seinem sowjetischen Märchenstück »Der kaukasische Kreidekreis« die Güterverteilung im Sinn des Objekts. Das Kind soll der mütterlichen Betreuerin gehören und das fruchtbare Tal demjenigen Kollektiv, das es am besten bestellt hat. Von einer Wirtschaft, die den größten Teil der Ernte dem Wind überläßt, ist dort nicht die Rede. Folglich müßte auch über den Rosenstrauch neu nachgedacht werden.

BERTOLT BRECHT
SONETT

Was ich von früher her noch kannte, war
Sausen von Wasser oder: von einem Wald
Jenseits des Fensters, doch entschlief ich bald
Und lag abwesend lang in ihrem Haar.

Drum weiß ich nichts von ihr als, ganz von Nacht
zerstört
Etwas von ihrem Knie, wenig von ihrem Hals
In schwarzem Haar Geruch von Badesalz
Und was ich vordem über sie gehört.

Man sagt mir, ihr Gesicht vergäß sich schnell
Weil es vielleicht auf etwas Durchsicht hat
Das leer ist wie ein unbeschriebenes Blatt.

Doch sagte man, ihr Antlitz sei nicht hell
Sie selber wisse, daß man sie vergißt
Wenn sie dies läs, sie wüßt nicht, wer es ist.

HARALD HARTUNG
GERUCH VON BADESALZ

Der junge Brecht verglich Frauengesichter gern mit Wolken, die im Himmel verschwinden und vergessen werden – am unvergeßlichsten in seiner »Erinnerung an die Marie A.«: *Doch ihr Gesicht, das weiß ich wirklich nimmer.* Da er unter dem Vergessen litt, gab er gern den Virtuosen des Vergessens. So auch in diesem »Sonett«, das gewiß keins seiner großen Gedichte ist. Es wirkt wie eine Studie, rasch, ja flüchtig hingeworfen, und eine – dann wieder verworfene – Korrektur deutet darauf, daß der Autor es nicht für vollendet gehalten hat.

Merkwürdig unbestimmt ist der Einsatz. Zögernd beginnt diese Stimme zu sprechen, unsicher sucht sie die Umstände zusammen, die zu der verflossenen Liebesnacht gehören. Das tönt wie aus totenähnlichem Schlaf, der nur Traumtrümmer zurückließ. Ein Mann sucht sich zu vergewissern, was es mit der Frau auf sich hat, in deren Haar er so »lang« geschlafen hat. Offenbar nicht lang genug, um wirklich zu vergessen.

Nun möchte er sich der Frau vergewissern, doch reicht es nur zu Einzelheiten, die nicht einmal einen Torso ergeben. Allein das schwarze Haar wirkt stark und vollständig. Stärker noch die einfache und starke Sensation, die es ausströmt. Das Badesalz, das hier wohl zum ersten Mal im deutschen Gedicht seine Sinnlichkeit entfaltet, erhält eine geradezu penetrante Präsenz. *In schwarzem Haar Geruch von Badesalz* – das ist das Konzentrat aller sinnlichen Ein-

drücke, die von der Frau ausgehen. Fast hilflos ergänzt der Sprechende: *Und was ich vordem über sie gehört*. Das ist alles, was er besitzt. Also nicht eben viel.
Er hat noch sechs Zeilen Frist und prüft nun, was die Fama ihm sagt. *Man sagt mir* – das klingt, als wolle er der Richter sein, der nach Anhörung entscheidet. Doch dazu langt es nicht. Was er reproduziert, wirkt merkwürdig ambivalent, ja fast mitfühlend. Wer ein Gesicht wirklich leer findet, redet nicht von *Durchsicht*, vom *Antlitz*. Was also ist mit der Frau? Er weiß es nicht. Oder tut doch so.
Also ist nicht die Frau das Problem, sondern der Mann, der sich vom Urteil anderer abhängig gemacht hat und seine Gefühls- als Erinnerungsunsicherheit ausgibt. Aber man meint fast eine kleine Trauer zu spüren – und sei es darüber, daß er zum Gefangenen eines Gerüchts wurde. Andererseits hat er etwas für sie getan. Etwas, womit er in der letzten Zeile herausrückt: er hat über sie geschrieben, und gar ein Sonett. Das Sonett, einst erfunden, um die Geliebte zu verewigen, ist zur Verlustanzeige geworden. Kein Triumph der Kunst, noch weniger des schreibenden Mannes: Er hält sich heraus, er übt sich in Neuer Sachlichkeit.
Ob biographische Daten zum Verständnis von Gedichten beitragen, wird immer fraglich bleiben. So auch hier. Im März 1921 schreibt Brecht in sein Tagebuch: »Es gibt kein anderes Halten als durch das Gesicht.« Und einige Zeilen weiter: »Ein gutes Gesicht ist besser als eine gute Tat.« Er formuliert diese emphatischen Sätze in einer Situation, als er sich über sein Verhältnis zu Marianne Zoff klarzuwerden versucht, die ein Kind von ihm erwartet. Vier Jahre später, im Juli 1925 während eines Besuchs in Baden bei Wien, wo sich Marianne Zoff und die gemeinsame Tochter

Hanne zur Kur aufhielten, schreibt er das »Sonett«. Es war für den Zyklus der »Augsburger Sonette« bestimmt, der nicht in Druck ging, und blieb zu Brechts Lebzeiten unveröffentlicht.

BERTOLT BRECHT
TANNEN

In der Frühe
Sind die Tannen kupfern.
So sah ich sie
Vor einem halben Jahrhundert
Vor zwei Weltkriegen
Mit jungen Augen.

VOLKER BOHN
MAHNBILD VOM SCHERMÜTZELSEE

Ein auf den ersten Blick eher unscheinbares lyrisches Gebilde, von geringem Umfang, ohne auffällige Formstruktur und auch inhaltlich, so sieht es aus, kaum rätselhaft. Aber es verträgt einen zweiten und dritten Blick.

Ein »Ich« erinnert sich an Vergangenes, an die eigene Kindheit oder Jugend, an die ein halbes Jahrhundert zurückliegende Zeit: »So sah ich sie.« Versonnener Rückblick eines älteren oder alten Menschen? Eine einzelne sinnliche Wahrnehmung wird herausgerufen aus der Tiefe der Zeit: der Anblick von Tannen in der Morgensonne. Das hat jedenfalls etwas Nostalgisches, das Wort »kupfern« verstärkt diesen Eindruck. Irritierend ist allerdings, daß, wie es heißt, die Tannen kupfern *sind*, also heute wie eh und je. In diesem Wechsel der Zeitperspektive kommt wohl die Erfahrung zum Ausdruck, die das Thema dieses Gedichts ist: So, wie ich die Tannen mit jungen Augen sah, kann ich sie heute nicht mehr sehen, obwohl sie doch immer noch genauso aussehen wie damals. Eine Folge des Alterns? Das ließe sich sagen, wäre nur von einem halben Jahrhundert die Rede, nicht zugleich von zwei Weltkriegen. Dürfen wir also sagen: eine Folge der Schreckenserlebnisse dieses Jahrhunderts? Ist es unmöglich geworden, sich am Anblick unschuldiger Tannen im Morgenlicht zu erfreuen?

Das Gedicht gehört zu den »Buckower Elegien«. Brecht schrieb sie im Sommer 1953 auf seinem »Land- und Arbeitssitz« am Schermützelsee in der Märkischen Schweiz – ein Landhaus, dazu ein Gärtnerhäuschen zum Arbeiten, alles unter hohen alten Bäumen. Daß sich unter diesen Gedichten einige der schönsten Verse Brechts befänden, war bald allgemeines Urteil. Vor allem im Westen wurden sie gerne als Zeugnisse für die Wiedererlangung der wahren lyrischen Potenz des Autors zur Kenntnis genommen. Anders gesagt: Man glaubte sie dem politischen Lyriker als seine nunmehr selbstgeschaffenen Mahnbilder entgegenhalten zu können. Im Osten tat man sich entsprechend schwerer: Nur eine Handvoll von ihnen wurde, kurze Zeit nach ihrem Erscheinen, in Brechts »Versuche«-Heften und in der Zeitschrift »Sinn und Form« veröffentlicht. Die erste vollständige Einzelausgabe erschien zehn Jahre später im Westen, und zwar in der edlen Insel-Bücherei. Nunmehr betonte die Kritik das zeitlos Elegische an diesen Elegien ganz besonders.

Ein paar Jahre später las man dann in Brechts »Arbeitsjournal« unter dem 20. August 1953: »buckow. TURANDOT. daneben die BUCKOWER ELEGIEN. der 17. juni hat die ganze Existenz verfremdet.« Erhellend an diesem Eintrag ist jedenfalls die in Brechts Schriften einzigartige Nachbarschaft der Wörter »Existenz« und »verfremdet« – dieses *sein* Programmwort, jenes *die* Modevokabel seiner ideologischen Kontrahenten.

Ich bin nicht gern, wo ich herkomme. / Ich bin nicht gern, wo ich hinfahre, heißt es in dem Gedicht »Der Radwechsel«, das ebenfalls zu den »Buckower Elegien« gehört. Zweifel an Geschichtlichkeit und Zukünftigkeit, das bedeutet für einen Sozialisten in der Tat das Ende. Viele der »Buckower Elegien« lassen sich auf den 17. Juni 1953 beziehen. Auch das Gedicht »Tannen«? Vielleicht so: Die

Morgenröte, den Sonnenaufgang – das Emblem der Welterneuerung, »Wacht auf!« – mochte man vor zwei Weltkriegen noch mit jungen Augen begeistert schauen. Nun aber ist, nach einem halben Jahrhundert Sonnenfinsternis, nicht mehr bloß dieses oder jenes verfremdet, ins kritische Licht gerückt, nicht die Neben- und nicht einmal die Hauptwidersprüche sind betroffen, sondern die *ganze Existenz*. Aber: *In der Frühe / Sind die Tannen kupfern.* So sah sie Brecht im Sommer 1953. Und wir, heute?

Man durfte dem Sozialismus das Ende prophezeien, man durfte dem Kapitalismus das Ende prophezeien. Man darf vielleicht der ganzen Menschheit das Ende prophezeien. Aber einem jungen Menschen die Zukunft absprechen, das darf man nicht. In der Frühe sind die Tannen kupfern.

BERTOLT BRECHT
ÜBER DAS LEHREN OHNE SCHÜLER

Lehren ohne Schüler
Schreiben ohne Ruhm
Ist schwer.

Es ist schön, am Morgen wegzugehen
Mit den frisch beschriebenen Blättern
Zu dem wartenden Drucker, über den summenden Markt
Wo sie Fleisch verkaufen und Handwerkszeug:
Du verkaufst Sätze.

Der Fahrer ist schnell gefahren
Er hat nicht gefrühstückt
Jede Kurve war ein Risiko
Er tritt eilig in die Tür:
Der, den er abholen wollte
Ist schon aufgebrochen.

Dort spricht der, dem niemand zuhört:
Er spricht zu laut
Er wiederholt sich
Er sagt Falsches
Er wird nicht verbessert.

GÜNTER KUNERT
VON DER WIDERSTANDSKRAFT DER UNVERNUNFT

Ein autobiographisches Gedicht – was wohl sonst? Obschon keineswegs von schwarzen Wäldern und den Zigarren die Rede ist; obschon das bekennerische Ich in die dritte Person versetzt und damit »verfremdet« wird. Immerhin: Das Echtheitssiegel für das selbstkritische und merkwürdig hilflose Geständnis bildet die dritte Strophe, die sich auf das verpaßte Treffen mit dem Chauffeur bezieht, weil sie für das Verständnis des Ganzen völlig überflüssig ist: Sie dient nur der Faktentreue des erinnerten Augenblickes. Abgesehen davon hebt das Gedicht (nach häufig geübter Brechtscher Manier) sinnspruchartig an, freilich mit einer unstimmigen psychologischen Prämisse, verbunden mit einem logischen Denkfehler. Denn Lehren ohne Schüler ist nicht nur schwer, wie deklariert, es ist sogar absolut unmöglich. Und Schreiben im Zustand des Ruhmes, des Berühmtseins, erweist sich für den Berühmten eher schwieriger als vordem, da ihm nun die Erwartung seiner Leser, seiner Kritiker, seines Verlegers bewußt ist – ganz zu schweigen von dem inneren Zwang, nicht hinter die den Ruhm voraussetzende literarische Leistung zurückfallen zu dürfen.
In manchen von Brechts Gedichten der mittleren und späteren Periode begegnet man ähnlichen auf den ersten Blick frappierenden Formeln, die sich beim zweiten Hinsehen in Luft auflösen. Vermutlich entsteht solch Apodiktum wie das obige aus einer Intention, die zu Lebzeiten

des Dichters in Deutschland zur Selbstverständlichkeit entartet war: nämlich sich als *Praeceptor Germaniae* zu verstehen. Das »Theater als moralische Anstalt«, die Poesie als Mittel der Menschenbildung und Humanisierung, mit einem Wort: Literatur als Instrument der Aufklärung und Erziehung spielt bei Brecht, zwar marxistisch eingefärbt und dementsprechend zweckgerichtet, die altbekannte und überlieferte Rolle.

Nicht allein in den ausdrücklich als solche bezeichneten »Lehrstücken«, auch in einer Vielzahl der Gedichte wird der »Lehrauftrag« vollzogen. Wollte man unter diesem Aspekt Brechts Werk durchforschen, man würde wohl über die nahezu obsessiv betriebene Didaktik staunen.

In diesem Gedicht nun, im Exil geschrieben, kehrt sich unvermittelt und entgegen dem Titel das Verhältnis um: Hier spricht nicht länger der sich und seiner »großen Sache« gewisse Lehrer, sondern ein unerwartet vom Selbstzweifel befallener Autor, dessen Rolle fast schülerhaft zu nennen ist: Er sagt Falsches und wird nicht verbessert. Trotz der Kargheit nüchterner Sprache wird Hilflosigkeit spürbar.

Wir kennen Brechts Arbeitsmethode, die unter anderem darin bestand, Vertrauenspersonen seine Texte lesen und korrigieren zu lassen. Hier aber ist nun offenkundig niemand, der den verbessernden Ratschlag geben könnte, und man weiß nicht, ob das an der Abwesenheit von »Schreibhelfern« liegt oder ob sich der verbesserungssüchtige Dichter nicht in einer Lage befindet, in der guter Rat unbezahlbar, gar unkäuflich ist. Und: Geht es da eigentlich nur um die Verbesserung des Falschen? Ginge es nicht eher darum, das Richtige zu sagen?

Doch gibt es das überhaupt in Hinblick auf Lyrik? Unter-

scheiden wir etwa zwischen richtigen und falschen Gedichten? Oder nicht vielmehr zwischen guten und schlechten? Und wir besitzen weitaus gewissere Überzeugungen von den Kriterien, nach denen wir urteilen, als davon, was denn ein »gutes« Gedicht sei. Freilich: Die Kriterien sind relativ: Sie unterliegen den Zeitströmungen, dem geschichtlichen Wandel. Dergestalt erscheinen uns heute die aufrufartigen Gedichte Brechts überanstrengt, ja, mißlungen, da die Synthese zwischen dem poetischen Impuls und der politischen Absicht mehr einer Zwangsvereinigung gleicht; das politische Moment, historisch widerlegt, liegt wie Mehltau auf solchen Arbeiten.
War es nicht dennoch richtig, damals das Falsche, nämlich das Versimpelnde zu sagen? Und wäre nicht, durch Verbesserung, die angestrebte Wirkung gemindert worden? Der Notruf nach Verbesserung bezeugt, daß die Aufgabe des ästhetischen Primats, wie berechtigt auch immer, ein Stück Selbstaufgabe bedeutet, eine psychische Amputation, derzufolge »die Idee« mehr und mehr zur Krücke wird. Nur: Zu verbessern bleibt dann nur noch die Prothese.

BERTOLT BRECHT
ÜBER GOETHES GEDICHT
»DER GOTT UND DIE BAJADERE«

O bittrer Argwohn unsrer Mahadöhs
Die Huren möchten in den Freudenhäusern
Wenn sie die vorgeschriebne Wonne äußern
Nicht ehrlich sein. Das wäre aber bös.

Wie schön singt jener, der das alles weiß
Von jener einzigen, um die's ihm leid war
Die für ihn auch zu sterben noch bereit war
Um den von Anfang ausgemachten Preis.

Wie streng er prüfte, ob sie ihn auch liebte!
Ausdrücklich heißt's, er hab ihr Pein bereitet . . .
Sechs waren schon geprüft, doch erst die siebte

Vergoß die Tränen, als sie ihn verlor!
Doch wie belohnte er sie auch: beneidet
Von allen hob er sie am Schluß zu sich empor!

NORBERT MECKLENBURG
DIE WAHRE LIEBE UND DIE WARE LIEBE

Wer dieses Gedicht verstehen will, muß ein anderes kennen. Denn Brechts modernes Sonett kommentiert eine klassische Ballade Goethes. Diese erzählt in bezaubernd anmutigen Versen eine alte »indische Legende« nach. Der Gott Mahadöh kommt auf die Erde herab, um die Herzen der Menschen zu prüfen. Zuletzt besucht er eine Prostituierte. (Eigentlich ist eine Bajadere jedoch eine kultische Tempeltänzerin.) Als sich ihr geschäftsmäßiger Dienst an dem schönen jungen Mann in wirkliche Liebe verwandelt, prüft Mahadöh deren Echtheit, indem er sich am Morgen totstellt. Aus Schmerz über den Verlust folgt die Bajadere ihm auf den Scheiterhaufen. Doch da geschieht das Wunder: Der Götterjüngling erwacht und hebt die Geliebte mit »feurigen Armen zum Himmel empor«.

Goethes Ballade war anstößig und ist es geblieben. Den Christen empört das Auftreten Gottes als Sextourist, die gemeinsame Himmelfahrt nach gemeinsamer Liebesnacht, den Hindu umgekehrt eine Verleumdung kultischer Liebespraxis als »tiefes Verderben«, die Feministin eine extreme Ungleichheit der Rollen von Mahadöh und Bajadere, Mann und Frau. Die frommen Goetheverehrer halten sich an die – ziemlich unpassende – Schlußformel der Ballade: »Es freut sich die Gottheit der reuigen Sünder«, und finden in ihr das klassische Humanitätsideal dargestellt. Und die scheinheiligen Spießer unter ihnen beteuern, auch Prostituierte seien liebesfähig; so manche von ih-

nen habe durch spätere treue Ehe und Mutterschaft die Flecken ihres früheren Lebens getilgt.
Genau an solcher Spießigkeit hat sich Brecht zeitlebens gerieben. Als nach der Novemberrevolution junge Bohemiens in einem Augsburger Prostituiertendomizil beisammensaßen, löste einer von ihnen die Amüsierdame ab, die auf dem Tisch tanzte und anzügliche Lieder sang, und trug mit dürftigen Klampfengriffen und aufreizend krächzender Stimme ein Gedicht vor: »Der Gott und die Bajadere«. Das war natürlich der junge B. B., der den anstößigen gegen den bürgerlich vereinnahmten Goethe ausspielte. Distanzierter und einfallsreicher hat sich dann der älter gewordene Brecht der Exiljahre mit dem »klassischen Erbe« auseinandergesetzt, über das damals heftige Debatten geführt wurden. Das Goethe-Sonett von 1938 ist dafür ein markantes Zeugnis. Es gehört zu einem kleinen Zyklus literaturkritischer Sonette, der für Leser gedacht war, die »niedrige Motive noch in den erlesensten Kunstgebilden zu schätzen wissen«.
Die Sonettform bewirkt eine Verfremdung: Der Einspruch gegen den klassischen Text wird in klassischer Form und hohem Stil dargeboten. Ein komischer Widerspruch zur »niedrigen« Absicht und zum anstößigen Gegenstand. Goethes Wortzauber wird mit beißender Ironie als fauler Zauber entlarvt, seine Erzählung »bis zur Kenntlichkeit« entstellt. Der indische Gott ist nur einer »unsrer Mahadöhs«, also der Bürger, die lächerlicherweise für Geld echte Liebe erwarten. Die Serie seiner Menschwerdungen besteht nur aus Bordellbesuchen, einem erotischen Warentest, obendrein mit sadistischem Anhauch. Auch wird der Held mit dem gleichgesetzt, der da so schön von der großen Ausnahme »singt«, von der bis in den Tod liebenden

Bajadere – also mit dem Erzähler, mit Goethe. Dessen Ballade erscheint damit als bürgerliche Männerphantasie. Vom klassischen Humanitätsideal keine Spur.

Ebenso scharf wie Brecht und sehr scharfsinnig hat ein paar Exiljahre später Adorno Goethes indische Legende kritisiert. Der 112. Aphorismus seiner »Minima Moralia« schließt so: »Die Nacht hat ihre Lust, aber die Hure wird doch verbrannt. Der Rest ist die Idee.« So wenig Brecht und Adorno einander persönlich mochten, so ähnlich war damals ihr kritischer Umgang mit klassischer Literatur. Wie ihre gemeinsamen Freunde Benjamin, Eisler und Bloch wehrten sie sich einerseits gegen bürgerlichen Goethekult und nationalsozialistische Goetheverfälschung, andererseits gegen die Doktrin des kommunistischen Literaturpapstes Lukács, der in Moskau die moderne Literatur als dekadent verdammte und Goethe als Repräsentanten eines »klassischen Realismus« feierte.

Die Legende von Gott und Bajadere – realistisch? Auch daher kommt die Überschärfe der Kritik an Goethes Gedicht. In einem Selbstkommentar Brechts zu seinem Sonett aber finden wir neben dem Nein auch ein Ja zu Goethes Ballade: Sie werde einem guten Leser durch sein Sonett nicht verleidet. Denn sie kämpfe gegen Besitz- und Standesdenken in der Liebe und zeige die freie Vereinigung von Liebenden als etwas Göttliches, etwas Schönes und Natürliches. Daher sei sie so lebendig und lieblich und könne »mit Freude gelesen werden«. – Der Leser dieser Zeilen mache die Probe!

BERTOLT BRECHT
ÜBER INDUKTIVE LIEBE

F. Bacon gewidmet, der die induktive Methode in die Naturwissenschaften einführte.

Der große Bacon baute auf Versuche.
’s wär Zeit, sie in die Liebe einzuführen.
Vielleicht, wir finden, wenn wir uns berühren:
Wir liegen gerne unter einem Tuche.

Und meine Hand, die deine Brüste fand
Sag: ist sie angenehm? Wenn wir’s nur wüßten!
Vielleicht dem Schoß nicht, aber doch den Brüsten?
Vielleicht dem Schoß, und diesem nur die Hand?

Nur dürfte weder Wollen noch Verwehren
Bei dem Versuch das letzte Wort bedeuten.
Erfreuen sollten wir, wenn wir uns freuten.
Aus dem Genießen wachse das Begehren.
Gestattete sie, daß er sie begattet
Ist ihm, sich nicht zu gatten, auch gestattet.

REINHOLD GRIMM
DISCOURS DE LA MÉTHODE

Er gilt als Pascha, wenn auch wohl kaum als Papagallo. Denn dazu wie zum echten Macho fehlte ihm wohl das Imponiergehabe. »Aber«, tönt es schrill, »ein Male Chauvinist war Bertolt Brecht bestimmt!« Und Kritiker, die sich emanzipiert dünken, bieten eilig die Belege hierfür an. Beispiele werden hervorgeholt, Aussprüche nachgewiesen, erotische Untaten aufgezählt. Flugs hat man (will sagen man/frau) den Stab über den armen B. B. gebrochen und lauthals sein Verdammungsurteil verkündet. Wagte er nicht, dieser angeblich so fortschrittlich gesinnte Dichter, von Frauen wie von Frauen zu reden und als Frauen mit ihnen umzugehn? Weh ihm!

Nun war in der Tat das Liebesleben des Mannes Brecht ein bißchen – ja, wie soll ich es eigentlich nennen: »unbürgerlich«? Doch erstens ist das Bürgertum keineswegs so prüde und puritanisch, wie uns gewisse Kreise weismachen wollen; und zweitens treibt »man« es ausgerechnet in solchen Kreisen zumeist noch so autoritär, patriarchalisch und auch muffig wie nur je unter Kleinbürgern.

Also? Müßten wir uns mit dem abgedroschenen Wort »bohemehaft« behelfen? Sollen wir gar den gefährlichen Ausdruck »natürlich« wählen? Oder wäre ganz schlicht und einfach zu konstatieren, Brechts Liebesleben sei eben kein sehr gewöhnliches gewesen? Daß er im Sinn gewöhnlicher, gängiger, hergebrachter Moralbegriffe (wie erst recht, versteht sich, im Sinn rigoros feministischer Verkehrsformen und -forderungen) einiges auf dem biographischen und poetischen Kerbholz hat, läßt sich schwerlich leugnen. Zu fragen bleibt indes, ob es durch ein Gedicht wie »Über induktive Liebe« nicht längst schon aufgewogen ist, wenn es denn aufgewogen werden soll und muß.

Ich werde mich freilich hüten, das in Prosa breitzutreten, was Brecht in Versen vorschlägt. Gerade weil es sich hier um kein schwüles Bettgeflüster, sondern um den Austausch zwischen zwei gleichberechtigten Partnern handelt, hat dieses Gedicht keine Paraphrasen oder sonstigen Phrasen nötig. In ihm ist, obzwar bloß die männliche Stimme spricht, stets auch die weibliche gegenwärtig. Die Gemeinsamkeit der beiden sich liebend Erprobenden und Erfreuenden ist sogar, zur Abwechslung, rein philologisch-numerisch demonstrierbar. Nicht weniger als achtmal steht das Pronomen »wir« oder »uns«, hingegen kein einziges Mal das Pronomen »ich«!

Statt mieser Tradition, die sich fortschleppt, oder neuer dogmatischer Starre erscheint lebendige Dialektik – wenn anders Dialektik das Ineinander von Gegensätzen und deren Entfaltung oder, konkret, die widerspruchsvolle Einheit von Wollen, Verwehren und Gestatten, von »Genießen« und »Begehren« (man beachte die Umkehrung) darstellt.

Auch ihren Humor besitzt diese kecke Verwissenschaftlichung des Erotischen: von der augenzwinkernden Widmung an den »großen Bacon« bis zur Lautkomik des stotternden Staccatoschlusses, die dessen Ernst aber darum keineswegs mindert. Und wie sich's seit Petrarca und Shakespeare für ein auf Gefühl und Gedanke bauendes Liebesgedicht, zumal ein didaktisches, ziemt, ist

Brechts *Discours de la méthode* selbstverständlich ein Sonett.

Übrigens behaupte ich durchaus nicht, das Gedicht sei vollkommen. Aber es ist so ganz ohne Faxen und Verrenkungen, von solch humaner Gelassenheit, lässigem Freimut, freier Bindung und Rücksicht wie nur selten Verse über die Liebe. Sinnlich zugleich und sachlich, zeigt es die schöne Nacktheit der wirklichen Emanzipation, die keinerlei ideologischer Reizwäsche bedarf.

BERTOLT BRECHT
ÜBER KLEISTS STÜCK
»DER PRINZ VON HOMBURG«

O Garten, künstlich in dem märkischen Sand!
O Geistersehn in preußischblauer Nacht!
O Held, von Todesfurcht ins Knien gebracht!
Ausbund von Kriegerstolz und Knechtsverstand!

Rückgrat, zerbrochen mit dem Lorbeerstock!
Du hast gesiegt, doch war's dir nicht befohlen.
Ach, da umhalst nicht Nike dich. Dich holen
Des Fürsten Büttel feixend in den Block.

So sehen wir ihn denn, der da gemeutert
Durch Todesfurcht gereinigt und geläutert
Mit Todesschweiß kalt unterm Siegeslaub.

Sein Degen ist noch neben ihm: in Stücken.
Tot ist er nicht, doch liegt er auf dem Rücken:
Mit allen Feinden Brandenburgs im Staub.

JOACHIM KAISER
GROSSMÜTIGE VISION, KLEINMÜTIGER SCHWINDEL

1940, im September, als Hitler alles zu gelingen schien und dem Westen gar nichts, wunderte sich Brecht, der gerade am »Puntila«-Drama arbeitete, über sich selbst: »der puntila geht mich fast nichts an, der krieg alles; über den puntila kann ich fast alles schreiben, über den krieg nichts.« Brecht, auf seiner Flucht in Finnland festsitzend, schließt das Notat mit folgender Elfenbeinturm-Feststellung: »es ist interessant, wie weit literatur, als praxis, wegverlegt ist von den zentren der alles entscheidenden geschehnisse.«
In jenem bedrückenden Jahr 1940 hat Brecht auch streng geformte Sonette verfaßt, »Studien« über Texte von Dante, Shakespeare, Kant, Lenz, Schiller (zweimal), Goethe und eben über Kleists »Prinz von Homburg«. Die insgesamt acht Gedichte gelangten erst 1951 an die Öffentlichkeit, und zwar mit dem beschwichtigenden Hinweis: »Diese sozialkritischen Sonette sollen natürlich den Genuß an den klassischen Werken nicht vereiteln, sondern reiner machen.« Wie sieht nun die »sozialkritische« Säuberung des Kleistschen »Homburg«-Schauspiels zum Zwecke reineren Genusses aus? Das Sonett läßt sich als Musterbeispiel dafür lesen, wie Brecht beim dichterischen Arbeiten die Poesie des Kleistschen Dramas visionär, fast sehnsuchtsvoll, zu verklären wußte, aber andererseits die Handlung des Stückes umbog und umlog, auf daß sie sich

als Ausdruck preußisch-militaristischer Menschenverachtung für marxistische Sozialkritik eigne. Brechts Sonett beginnt in pathetisch gehobener Sprechweise. Nach der getragenen Anrede »O Garten« stellt sich eine zarte Spannung her zwischen dem »märkischen Sand« (wo man Exerzierplätze oder günstigstenfalls Kartoffelanbau erwartet) und dem »künstlich« (das man dortselbst entschieden weniger erwartet).

Der Beginn des Sonetts – die ersten fünf Zeilen enden sämtlich mit einem Ausrufezeichen! – konstituiert einen hochgespannten Ton. Rasch ist ein visionärer Höhepunkt erreicht. Brecht vermag Kleists unvergleichliche Anfangsszene in eine einzige, freilich geniale Zeile zu sublimieren: »O Geistersehn in preußischblauer Nacht!« Was für eine enharmonische Umdeutung des Preußischblau! Preußischblau, ein synthetisches Pigment, 1704 von dem Alchimisten Diesbach in Berlin dank glücklichen Zufalls gewonnen, ist ja zunächst nur eine ganz bestimmte Farbe. Von Brecht in Zusammenhang mit dem größten Preußen-Drama unserer Literatur gebracht, widerfährt dem Preußischblau das Wunder einer poetischen Transformation. Es ist ein verzaubertes Preußen, wie Gott und Kleist es träumten, wie Gérard Philipe es einst in Paris spielte. Ein Preußen, dessen Helden eben nicht bloß Kommißköppe, Kriegsspezialisten, funktionierende Befehlsempfänger waren, sondern auch Geisterseher und Träumer sein durften in preußischblauer Nacht.

Wohin soll das führen? Brecht nimmt sich sogleich gehorsamst sozialkritisch zusammen. Bereits das zweite Quartett endet mit einer Dissonanz, einer Grimasse. »Dich holen / des Fürsten Büttel feixend in den Block.« Feixend? Das beschädigt nicht nur den hohen Ton des Sonetts, sondern auch Kleists Wahrheit. Kein Mensch kommt ja bei Kleist auf die Idee, über des undisziplinierten Arthur von Homburg Schicksal zu *feixen*. Der wiederum hat auch keineswegs »gemeutert«, sondern er ist übereifrig gewesen, exzentrisch, eigensinnig, todesängstlich, verliebt, zerstreut – am Ende schuldbewußt. Um dem Kleist-Drama sozialkritisch beikommen zu können, mußte der große Brecht also schwindeln. Sein Sonett nahm daran Schaden, ging aber nicht zugrunde. Sondern nun steht es als Muster vor uns, wie wunderbar Brecht Wahrheit dichten konnte und wie schlecht Lüge.

BERTOLT BRECHT
ÜBER SCHILLERS GEDICHT
»DIE BÜRGSCHAFT«

O edle Zeit, o menschliches Gebaren!
Der eine ist dem andern etwas schuld.
Der ist tyrannisch, doch er zeigt Geduld
Und läßt den Schuldner auf die Hochzeit fahren.

Der Bürge bleibt. Der Schuldner ist heraus.
Es weist sich, daß natürlich die Natur
Ihm manche Ausflucht bietet, jedoch stur
Kehrt er zurück und löst den Bürgen aus.

Solch ein Gebaren macht Verträge heilig.
In solchen Zeiten kann man auch noch bürgen.
Und, hat's der Schuldner mit dem Zahlen eilig

Braucht man ihn ja nicht allzustark zu würgen.
Und schließlich zeigte es sich ja auch dann:
Am End war der Tyrann gar kein Tyrann!

HELMUT KOOPMANN
SCHULDENERLASS

Wie hat die Nachwelt doch Schiller mitgespielt! Kaum war Schillers »Reiterlied« aus dem »Wallenstein« erschienen, da machte sich Achim von Arnim schon darüber her und schrieb: *Auf, auf, Kameraden zu Fuß und zu Pferd, / Ins Feld, in die Freiheit gezogen! / Im Felde da ist der Preuße was wert* – nicht mehr der Mann, und wenn das auch noch kein Spott war, so hielt Mynona, also Salomo Friedlaender, sich wohl kaum zurück, als er schrieb: *Wohl ab, Kameraden, vom Pferd vom Pferd, / Aus dem Feld in die Freiheit gezogen, / Im Frieden, da ist die Uniform nichts mehr wert.* Das war 1922. Anderen Schillerschen Gedichten ist es nicht besser gegangen. Wie hat man nicht »Die Glocke« satirisch verunstaltet! Am harmlosesten war noch »Das Lied von der Erbswurst«, 1871 verfaßt, denn da gab es zwar etwas groben Humor, aber am Ende dann doch die Zeile: »Wilhelm, unser Kaiser lebe«. Schiller war an alledem nicht ganz unschuldig – schon Caroline Schlegel hatte die Nase gerümpft über seine »hochfahrenden Poesien«.

Aber nun »Die Bürgschaft« – wir haben Schillers Pathos noch im Ohr und seine letzten Zeilen *Ich sey, gewährt mir die Bitte, / In eurem Bunde der dritte* als Sprichwort jederzeit parat. Eine rührselige Situation: Der Freund bürgt für den zum Tode verurteilten verhinderten Tyrannenmörder, und was auch kommen mag – tropische Regengüsse, ein über die Ufer getretener Fluß, einige Grobiane, die ihm ans Leder oder doch zumindest ans Geld wollen, schließlich die erbarmungslos davoneilende Zeit –, er hält Wort und löst den Freund aus, und da kann der Tyrann gar nicht anders, als jene Bitte äußern, die inzwischen redensartlich geworden ist. Soll man Schiller die Geschichte glauben? Der ist freilich insofern fein heraus, als er die Sache gar nicht erfunden, sondern ziemlich genau einer Fabel des römischen Polyhistors und Schriftstellers Gaius Julius Hyginus nachgeschrieben hat.

Aber Brecht hat es nicht auf diesen, sondern auf Schiller abgesehen, und er reduziert die rührende Geschichte erst einmal auf ihre eigentliche Substanz: auf die quasi-kapitalistischen Verhältnisse, die dem Sachverhalt zugrunde liegen. Da sind ein Schuldner und ein Bürge, da sind Verträge, und da geht es um das Zahlen. Aber angesichts der erstaunlichen Geschichte, von der Schiller berichtet, kommt Brecht aus seinem höhnischen Kopfschütteln nicht heraus. Jene »edle Zeit« muß eine fabulöse Zeit gewesen sein, in der der Mensch sich geradezu unmenschlich verhielt, da er nicht den Vorteil nutzte, den ihm die Bürgschaft bot, sondern mit einer Sturheit, die man sonst eher der Landbevölkerung gewisser Distrikte zuschreibt, tatsächlich zurückkehrt und sich an den Galgen liefert. Wäre dem wirklich so, ja, dann müßten Verträge ja auch gehalten werden, da wären Bürgschaften möglich und am Ende gar ein vorsichtiger Schuldenerlaß. Fürwahr eine edle Zeit, mit Menschlichkeit versehen bei Schuldner, Bürge und Tyrann. Sollen wir es glauben? Mitnichten, denn hier ist alles nur schöner Schein, der Tyrann schließlich überhaupt kein Tyrann, der sture Schuldner in seinem Fluchtverzicht fast schon unbegreiflich, der Tyrann ohnehin schon merkwürdig, weil er Geduld zeigt.

Nein, da bleiben Brecht nur Hohn und Spott, denn die Verhältnisse, sie sind nicht so. Fauler Zauber alles, das menschliche Gebaren nichts als Lüge, denn die Wirklichkeit, das weiß Brecht nur zu gut, sieht anders aus: Weder hat der Tyrann Geduld, noch kommt der Schuldner zurück, und vieles mag heilig sein, Verträge aber sind es nicht. Die erste Zeile von Brechts Sonett darf nicht als hymnischer Begeisterungsschrei gelesen werden. Sie enthält ein Todesurteil über Schillers hochherzige Menschheitsphantasie, denn nicht nur die Verhältnisse sind nicht so, sondern auch die Menschen. Das ist ein poetisches Wolkenkuckucksheim, das Schiller sich da zurechtbaut, ein balladeskes Ammenmärchen, und Brechts eigentliche Botschaft lautet: Laßt alle Hoffnung fahren.

Das Gedicht entstand im Exil, das Brechts Blick für vieles geschärft hat; 1938 hat er es zusammen mit anderen als »Vierte Lektion« in seine »Hauspostille« eingefügt. Und er hat bissig hinzugefügt, diese vierte Lektion sei »für die wenigen Leser bestimmt, welche niedrige Motive noch in den erlesensten Kunstgebilden zu schätzen wissen, für Leser, welche imstande sind, Werke der Vergangenheit nicht zu verstehen«. Aber jetzt, nach diesem Gedicht, sollte jeder Leser verstanden haben, was es mit der »Bürgschaft« Schillers eigentlich auf sich hat. Brecht, mit einiger Schlitzohrigkeit ausgestattet, hat später noch hinzugefügt: »Diese sozialkritischen Sonette sollen natürlich den Genuß an den klassischen Werken nicht vereiteln, sondern reiner machen.« Gewiß, aber doch wohl nur im Sinne dessen, der die »edle Zeit« von damals durchschaut hat.

BERTOLT BRECHT
VERGNÜGUNGEN

Der erste Blick aus dem Fenster am Morgen
Das wiedergefundene alte Buch
Begeisterte Gesichter
Schnee, der Wechsel der Jahreszeiten
Die Zeitung
Der Hund
Die Dialektik
Duschen, Schwimmen
Alte Musik
Bequeme Schuhe
Begreifen
Neue Musik
Schreiben, Pflanzen
Reisen
Singen
Freundlich sein.

HARALD WEINRICH
EIN GLÜCKSKATALOG

In diesem Gedicht, das doch sichtlich vom Glück handelt, kommt das Wort Glück nicht vor. Es wird vertreten durch das Titelwort Vergnügungen. Das ist ein munteres Wort, das wir zur Glücksvertretung gerne annehmen. Denn das Wort Glück hat in der deutschen Sprache keinen Plural. Dem Wort Vergnügungen hingegen steht der Plural ausgezeichnet. Das eben macht seine Munterkeit aus.

Ein wenig Untertreibung ist bei diesem Titel natürlich auch im Spiel. Überhaupt hat Brecht für dieses Gedicht das Register einer fast naiven Einfachheit gewählt. Es besteht ja nur aus einem Katalog. Das ist die anspruchsloseste Form, um eine Vielzahl von Erscheinungen zu ordnen: kein Stammbaum, keine Struktur, kein System. Die Vergnügungen werden einfach genannt. Das Gedicht zählt wirklich nur auf.

Brecht hat es in den fünfziger Jahren geschrieben. Seit 1948 lebte er in Ost-Berlin. Die ersten großen Kollektivanstrengungen des Wiederaufbaus sind erbracht. Nun kann man aufatmen und etwas mehr Gelassenheit aufkommen lassen. Auch Brecht schafft sich eine Nische, wie man später sagen wird, ein kleines Refugium: Buckow. Dennoch ist dieses Gedicht keine Buckower Elegie. Ist es eine Buckower Idylle?

Schiller hat einmal zu den Gefährdungen der literarischen Gattung Idylle die Neigung gerechnet, »den Geist auszuschließen, um mit dem Herzen ein leichteres Spiel zu haben«. Er läßt daher die Idylle unter den Bedingungen der modernen Zivilisation nur als Ausdruck einer sentimentalischen und nicht etwa einer naiven Empfindungsweise gelten. In diesem Sinn ist auch dieser Glückskatalog höchstens auf sentimentalische Weise naiv.

Er ist nämlich auf politische Weise privat, so will ich Schillers Ausdrucksweise nun in die Sprache unserer Zeit übersetzen. Denn nicht ohne List ist diesen auf den ersten Blick so locker aufgezählten Vergnügungen das Politische beigemischt, am eindeutigsten in der (Hegelschen) Dialektik, am ersichtlichsten in den (vom Sozialismus) begeisterten Gesichtern und am eindrucksvollsten in der letzten Vergnügung, dem Freundlichsein – wobei wir uns des Gedichts »An die Nachgeborenen« erinnern mit seinen elegischen Versen: »Die wir den Boden bereiten wollten für Freundlichkeit / Konnten selber nicht freundlich sein.«

Brechts Glückskatalog ist nicht meiner. Ich habe beispielsweise keinen Hund und will auch keinen haben. Pflanzen, ja, das tue ich ganz gerne, bin aber dabei immer besorgt, daß die Pflanzen vielleicht nicht angehen. Dann die Dialektik. Hegel, an den man bei diesem Wort ja zuerst denkt, hat einmal geschrieben: »Die Weltgeschichte ist nicht der Boden des Glücks. Die Perioden des Glücks sind leere Blätter in ihr.« Brechts Glückskatalog ist vielleicht, wenn Hegel recht hat, auf einer dieser leeren Seiten geschrieben. Dazu passen die bequemen Schuhe – es sind ja nicht die Marschstiefel der Legionen und Divisionen. Die bequemen Schuhe stehen nun in Brechts Glückskatalog, zusammen mit dem Begreifen, gerade zwischen den beiden Vergnügungen Alte Musik und Neue Musik. Deren Widersprüchlichkeit ist auf diese Weise bequem auszuhalten. Hier haben wir eine Spur Dialektik mitten im

Katalog. Aber glücklicherweise geht es nach dieser These und Antithese nicht – eins, zwei, drei – zu irgendeiner Synthese weiter.

Noch an zwei anderen Stellen weist der Glückskatalog Paarbildungen auf. Es stehen zunächst in einem Vers zusammen das Duschen und das Schwimmen. Sodann bindet Brecht in einem Vers zusammen das Schreiben und das Pflanzen: Vergnügungen zweifellos auch sie – aber gehören sie zusammen? Ist Schreiben vielleicht eine Art des Pflanzens? Und wenn ja, geht das Geschriebene dann auch immer an?

BERTOLT BRECHT
VOM ARMEN B. B.

1
Ich, Bertolt Brecht, bin aus den schwarzen Wäldern.
Meine Mutter trug mich in die Städte hinein
Als ich in ihrem Leibe lag. Und die Kälte der Wälder
Wird in mir bis zu meinem Absterben sein.

2
In der Asphaltstadt bin ich daheim. Von allem Anfang
Versehen mit jedem Sterbsakrament:
Mit Zeitungen. Und Tabak. Und Branntwein.
Mißtrauisch und faul und zufrieden am End.

3
Ich bin zu den Leuten freundlich. Ich setze
Einen steifen Hut auf nach ihrem Brauch.
Ich sage: Es sind ganz besonders riechende Tiere
Und ich sage: Es macht nichts, ich bin es auch.

4
In meine leeren Schaukelstühle vormittags
Setze ich mir mitunter ein paar Frauen
Und ich betrachte sie sorglos und sage ihnen:
In mir habt ihr einen, auf den könnt ihr nicht bauen.

5
Gegen Abend versammle ich um mich Männer
Wir reden uns da mit »Gentlemen« an.
Sie haben ihre Füße auf meinen Tischen
Und sagen: Es wird besser mit uns. Und ich
frage nicht: Wann?

6
Gegen Morgen in der grauen Frühe pissen die Tannen
Und ihr Ungeziefer, die Vögel, fängt an zu schrein.
Um die Stunde trink ich mein Glas in der Stadt aus
und schmeiße
Den Tabakstummel weg und schlafe beunruhigt ein.

7
Wir sind gesessen, ein leichtes Geschlechte
In Häusern, die für unzerstörbare galten
(So haben wir gebaut die langen Gehäuse des
Eilands Manhattan
Und die dünnen Antennen, die das Atlantische Meer
unterhalten).

8
Von diesen Städten wird bleiben: der durch sie
hindurchging, der Wind!
Fröhlich machet das Haus den Esser: er leert es.
Wir wissen, daß wir Vorläufige sind
Und nach uns wird kommen: nichts Nennenswertes.

9
Bei den Erdbeben, die kommen werden, werde ich hoffentlich
Meine Virginia nicht ausgehen lassen durch Bitterkeit
Ich, Bertolt Brecht, in die Asphaltstädte verschlagen
Aus den schwarzen Wäldern in meiner Mutter in früher Zeit.

PETER DEMETZ
HEIMWEH

Manchmal liegt das Autobiographische eher zwischen den Zeilen als in ihnen, und wer dieses Gedicht als unmittelbare Lebensbeichte lesen wollte, dem wird energisch nahegelegt, und nicht nur durch die nüchterne Numerierung der Strophen, auf Distanz zu gehen. Abstand! Abstand! und keine Sentimentalitäten, die geneigt wären, sich in unerdachte lyrische Gefühle einzuleben, die der Autor streng zensuriert. Das beginnt schòn mit der Form des Vornamens – Bertolt, eine kalkulierte Chiffre, also nicht Eugen Berthold, Bertold oder Bert, wie der Verfasser sonst zeichnet, und mit den Reimen und Assonanzen, in studierter Nonchalance und melodisch wirksam, einmal wie wegradiert und ein andermal, in Strophe sieben, in auffälliger Konzentration.
Ich höre das Gedicht als Ballade mit Gitarrenbegleitung, vorgetragen von diesem B. B. mit seiner ein wenig krähenden Stimme, ähnlich wie das Lebenslied Baals im frühen Stück, mitsamt den Wedekindschen Provokationen, den Adjektiven Rimbauds und den Wäldern Karl Mays: wenn Brecht das ursprüngliche Gedicht, geschrieben im Jahre 1922, nicht für die »Hauspostille« (1927) – so wie der Text hier vorliegt – radikal umgeschrieben hätte, und nicht nur durch die neuere Kombination der radebeulschen Winnetou-Wälder mit dem eleganteren Dickicht der Städte Berlin/Chicago/New York.
Im ursprünglichen Gedicht, das John Willett im Brecht-

Archiv transkribierte, sind die Wälder, wie im Leben Baals, zaubrische Orte der Zuflucht und Geborgenheit, und als sich der jüngere B. B. in den Städten findet, vermag er sich noch in die tröstliche Erinnerung zu flüchten, »es müssen die Wälder aber damals in mir geblieben sein«, und selbst »in Papier und Weiber verschlagen«, hat er in sich »eine schwarze Stille« und »ein Tannengebraus«. Das hat sich im neueren Gedicht geändert: Die Kälte der Wälder ist weder Heimat noch tröstende Erinnerung mehr.

Der Mann der Großstädte empfiehlt uns, seine Kühle und seinen lockeren Egoismus zu bedenken; und aus seiner Geschichte heben sich sein Bericht über den Ablauf eines beispielhaften Tages und einer Nacht (Strophen 4, 5 und 6) und die abrupten Prophezeihungen als selbständige Elemente hervor. Vormittags die Frauen (Plural) in erotisch hingebender Bewegung, welcher er sich entzieht, abends die dubiosen Gentlemen, die aus den Schnapssalons herkommen, und die leichte Unruhe vor seinem betäubten Branntweinschlaf – eine leichte Unruhe nur, denn auch die zukünftigen Katastrophen sind wie Szenen eines epischen Theaterstücks, das den kühlen Zuschauer nicht daran hindern wird, seine Virginia weiterzurauchen (das gekoppelte Motiv der Zigarre und des epischen Theaters stammt wörtlich aus den theoretischen Schriften). Manhattan/Mahagonny ist überall, *cool, man, real cool*, und die postmoderne *Relax*-Attitüde einer Lässigkeit ohne Engagement wird mit Genauigkeit antizipiert.

Aber das Ganze hat doch noch einen autobiographischen Haken. Die gründliche Veränderung des Gedichtes verwandelt die ursprüngliche Nostalgie nach den Wildwestwäldern, die jetzt ebenso kalt sind wie die großen Städte, ins Heimweh nach einem anderen Glück. Das war nur im warmen Mutterschoß zu finden, als er »in ihrem Leibe lag«, in der ersten und dann wieder, abschließend, in der letzten Strophe – »in« seiner Mutter »in früher Zeit«. Merkwürdig, wie wenig man in der Epoche der Psychoanalyse an den »armen« B.B. und seine Mutter Sophie dachte, die seit 1910 zehn Jahre lang an Brustkrebs dahinsiechte, der Familie immer mehr entrückt, und nur, wie eine Augenzeugin berichtet, an lauen Sonntagen »in ihrem Stuhl oft den ganzen Nachmittag in dem Garten im Hof«. Eine Hausdame übernahm das Regiment im Haus; und daß man B.B. eine Mansarde, oben im zweiten Stock, anwies, förderte seine Freiheit, aber zugleich seine Isolation. Er liebte seine Mutter sehr, wie die frühen Gedichte in der »Münchner-Augsburger Abendzeitung« zeigen, Mutter sein, das heißt: »tausendmal sterben«, und als er seinen »Baal« schrieb, war es deutlich, wie sehr er sich von den Brutalitäten des jungen Dichters gegen seine Mutter (in Hanns Johsts Grabbe-Stück, gegen das er anschrieb) abgestoßen fühlte. Als seine Mutter gestorben war, notierte er den Satz, wie eine Freundin bezeugte, »man kann sie mit den Nägeln nicht mehr auskratzen« (1920). Welche Geborgenheiten suchte er dann und wo, bei welchen Frauen, in welchen Städten, in welchen Glaubenssystemen? In diesem Gedicht sagt einer *Mama* und pfeift in einer kalten und finstern Welt ohne Zukunft und Hoffnung, um sich Mut zu machen.

BERTOLT BRECHT
VOM ERTRUNKENEN MÄDCHEN

1
Als sie ertrunken war und hinunterschwamm
Von den Bächen in die größeren Flüsse
Schien der Opal des Himmels sehr wundersam
Als ob er die Leiche begütigen müsse.

2
Tang und Algen hielten sich an ihr ein
So daß sie langsam viel schwerer ward.
Kühl die Fische schwammen an ihrem Bein
Pflanzen und Tiere beschwerten noch ihre letzte Fahrt.

3
Und der Himmel ward abends dunkel wie Rauch
Und hielt nachts mit den Sternen das Licht in Schwebe.
Aber früh ward er hell, daß es auch
Noch für sie Morgen und Abend gebe.

4
Als ihr bleicher Leib im Wasser verfaulet war
Geschah es (sehr langsam), daß Gott sie allmählich vergaß
Erst ihr Gesicht, dann die Hände und ganz zuletzt erst ihr Haar.
Dann ward sie Aas in Flüssen mit vielem Aas.

HANS-ULRICH TREICHEL
GESANG VOM VERGESSEN

Seit Shakespeares Ophelia ins Wasser ging, treibt ihre Gestalt noch immer durch die imaginären Flußlandschaften der Poesie und der Malerei. Doch anders als in den erotischen und schönheitstrunkenen Ophelienbildern des Symbolismus und des Jugendstils ist Ophelia in Brechts Gedicht nicht mehr die schöne Braut, die unversehrt und einer weißen Lilie gleich in den Armen der Elemente ruht und den Strom der Zeiten hinabtreibt.
Brecht nimmt auf radikale Weise Abschied vom Bild der schönen Toten, und er tut dies auf unmerkliche, sanfte und gleichsam schwebende Weise. »Sehr langsam« und im Adagio treibt die Tote »von den Bächen in die größeren Flüsse« und schließlich dorthin, wo alles organische Leben endet, in Verwesung und Fäulnis. Ohne das Pathos des Sterbens, denn gestorben wird in diesem Gedicht nicht mehr, überführt der Autor das tote Mädchen aus dem Reich der Menschen in das der Tiere und Pflanzen, um es schließlich gänzlich der Verwesung preiszugeben und gleichzumachen mit allem, was einmal lebte und nun verdirbt.
Brechts Ballade »Vom ertrunkenen Mädchen« gehört in den Kontext seines frühen Stückes »Baal«, dessen erste Fassung 1923 in Leipzig uraufgeführt wurde. Hier ist es der zynische und asoziale Dichter Baal, der in dem Gedicht das Schicksal seiner Geliebten Johanna besingt, die sich, von Baal verführt und entehrt, in den Fluß stürzt und

ertränkt. 1927 nahm Brecht das Gedicht in seine Sammlung »Hauspostille« auf, die bekanntlich in »Lektionen« gegliedert ist. Doch die Lektion, die Brechts böser Baal uns mit auf den Weg gibt und die lautet, daß die Liebe wie eine Kokosnuß ist, »die gut ist, solange sie frisch ist, und die man ausspeien muß, wenn der Saft ausgequetscht ist«, und daß die Geliebte, »wenn du sie beschlafen hast«, nur noch »ein Haufen Fleisch« ist, »der kein Gesicht mehr hat« – diese Lektion aus dem Wörterbuch des Frauenhassers Baal erreicht den Leser der »Hauspostille« nicht mehr.

Denn die, die einmal Johanna hieß, hat nun keinen Namen mehr, und mit ihrem Namen ist auch die Erinnerung an ihr Schicksal getilgt. Das ertrunkene Mädchen ist nur noch »Leiche« und ihr Tod nur noch ein Verwesen, eingefügt in den Kreislauf eines unerbittlichen, alle individuellen Lebensformen tilgenden natürlichen Verfalls. Doch damit nicht genug. Auch der letzte Trost wird ihr und uns versagt: mit dem menschlichen Leib zerfällt auch das Gedächtnis Gottes.

Es ist ein doppelter Prozeß der Verwesung, den Brecht hier lyrisch ins Bild setzt. Dem Verfaulen folgt das Vergessen, und ein Gott, der vergißt, ist kein allmächtiger, sondern selbst ein sterbender, zerfallender Gott. So wird das Gedicht vom ertrunkenen Mädchen am Ende zu einem über den Tod dieses Mädchens in Gott, ja über den Tod Gottes selbst. Was bleibt, ist die einfache, schreckliche Wahrheit, daß niemand weiß, daß wir da sind und waren, und daß über den Wolken nichts ist.

BERTOLT BRECHT
VOM SPRENGEN DES GARTENS

O Sprengen des Gartens, das Grün zu ermutigen!
Wässern der durstigen Bäume! Gib mehr als genug.
Und
Vergiß nicht das Strauchwerk, auch
Das beerenlose nicht, das ermattete
Geizige! Und übersieh mir nicht
Zwischen den Bäumen das Unkraut, das auch
Durst hat. Noch gieße nur
Den frischen Rasen, oder den versengten nur:
Auch den nackten Boden erfrische du.

WALTER HINDERER
TRÖSTLICHER VORSCHEIN AUF EINE MENSCHLICHERE WELT

»Vom Sprengen des Gartens« zählt nicht zu den bekanntesten Exilgedichten Bertolt Brechts, aber für mich gehört es seit langem zu seinen schönsten. Ich mag diesen klassischen Odenton, der aus der Ferne an Hölderlin oder Mörike erinnert, die epigrammatische Aktion mit der Kunst der zarten Imperative und verhaltenen Ermahnungen, den fast schüchternen pathetischen Parlandoton, der immer wieder neu ansetzt und es schließlich mit der letzten Zeile zu einer rhythmischen und inhaltlichen Pointe bringt. Ich bewundere, wie Sprachmeister Brecht den daktylischen Grundrhythmus variiert, Pausen und Zäsuren markiert, die Satzstruktur mit Inversionen und Zeilensprüngen verändert und neu akzentuiert.
In diesem Gedicht fällt kein Wort von den »finsteren Zeiten«, in denen angeblich ein »Gespräch über Bäume fast ein Verbrechen ist«. Hatte sich Brecht bei diesen 1942 oder 1943 in Santa Monica, Kalifornien, geschriebenen Versen etwa aus der feindlichen Welt ins Private zurückgezogen? War er gar vor der öffentlichen Tätigkeit in eine häusliche geflüchtet? Eine Antwort auf solche Fragen gibt der schwäbische Dialektiker in seinem Arbeitsjournal am 20. Oktober 1942: »was ich gerne mache, ist das wässern des gartens. merkwürdig, wie das politische bewußtsein all diese alltäglichen verrichtungen beeinflußt. woher sonst kommt die sorge, eine stelle des rasens könnte über-

sehen werden, die kleine pflanze dort könnte nichts abbekommen oder weniger, der alte baum dort könnte vernachlässigt werden, weil er so stark aussieht. und unkraut oder nicht, wasser braucht, was grün ist, und man entdeckt so viel grünes in der erde, wenn man erst einmal zu gießen anfängt.«

Das, was sich dem oberflächlichen Blick als Idylle präsentiert, ist in Wirklichkeit ein scharf gemeißeltes Gegenbild zu Brechts historischer Situation im kalifornischen Exil. Dem in Europa tobenden Weltkrieg stellt Brecht seine Vorstellung von sozialer Ordnung und Harmonie im Kleinen gegenüber und der »unedlen« banalen Lebensweise seines Gastlandes die vorgefundene und erneuerte Form der europäischen Kulturtradition. Er plädiert im Gedicht für den natürlichen Garten, in dem das Unkraut und der nackte Boden das gleiche Recht auf Bewässerung haben wie die Blumen und der Rasen, und wirbt im übertragenen Sinn für eine humanere, kultivierte Lebensform für alle, ohne Unterschiede.

Gerade in einem Land, in dem nach seiner Erfahrung »das essen, das betrachten der landschaft, das gespräch«, das Schreiben und Lesen eines Buches keinen würdigen Zweck besaß, in dem der »merkantilismus« alles erzeugte und bestimmte, in dem »eine alles depravierende billige hübschheit« einen hinderte, »halbwegs kultiviert, dh würdig zu leben«, in dem selbst die Natur noch etwas Künstliches an sich hatte, erschien ihm ein solches Gedicht als etwas Belebendes, als der tröstliche Zeuge einer anderen Welt. Hatte der Dichter Brecht vor seinem Exil das Geburtsland zugunsten des neuen Kontinents abgewertet und die ästhetischen Erwartungen der deutschen Bildungsbürger mit verfremdenden Banalisierungen gezielt enttäuscht, seine künstlerische Sache mehr oder weniger auf den Gebrauchswert gestellt: in Amerika, wo ihn nach seinen eigenen Worten die »geistige verstümmelung ... physisch krank« machte, seine Person sich »aufzudröseln« begann, entdeckte er zu seinem eigenen Erstaunen die einst geschmähten ästhetischen Werte der heimatlichen Kultur.

So einfach die in diesen neun Zeilen beschworene Tätigkeit, das »Sprengen des Gartens«, auch sein mag, der Lyriker Brecht versteht es, sie dergestalt kunstvoll, inhaltsreich und spannend zu inszenieren, daß sie im Gedächtnis bleibt. Dieses Gedicht wurde ihm, wie er selbst erläutert, nicht nur zu einem heimatlichen »domesticum« in der Fremde, sondern auch zum schönen Vorschein einer menschlicheren Welt in »finsteren Zeiten«.

BERTOLT BRECHT
VON DEN VERFÜHRTEN MÄDCHEN

1
Zu den seichten, braunversumpften Teichen
Wenn ich alt bin, führt mich der Teufel hinab.
Und er zeigt mir die Reste der Wasserleichen
Die ich auf meinem Gewissen hab.

2
Unter sehr getrübten Himmeln schwammen
Lässig und müde sie in die Hölle hinein
Wie ein Geflechte von Algen, alle zusammen
Wollen dort auf meine Kosten sein.

3
Ihre faulen entzündeten Leiber gaben
Einst mir Glut, die ich selber mir angefacht
Die den orangenen Tag mit mir genossen haben
Sie entzogen sich der düsteren Nacht.

4
Satt und bequem, als die schöne Speisung vorüber
Stießen aus Faulheit sie mich in Gewissensqual
Versauten die Erde mir, machten den Himmel mir trüber
Ließen mir einen entzündeten Leib und kein Bacchanal.

DORIS RUNGE
DIE OPFER WERDEN ZU TÄTERN, DIE VERFÜHRTEN ZU VERFÜHRERINNEN

Die Sirenen hatten aufgehört zu singen. Von ihren romantischen Wiederentdeckern beseelt, domestiziert, mundtot gemacht und mit Menschenbeinen versehen, hatten sie ihre Magie eingebüßt. Die Wasser waren still – totenstill. Wer von den romantischen Wasserfrauen die Zeichen der Zeit mißgedeutet und den Abgang verpaßt hatte, nicht rechtzeitig abgetaucht war, und zwar bis zum Grund des Elements, lag bald trieb-tot, ungefährlich, besiegt und blumenbekränzt auf dem Wasser als schöne Leiche.
Erst als Rimbaud in der Wasserleiche die tote Ophelia wiedererkennt und ihr das lang verweigerte Requiem singt, schlagen die Wellen wieder hoch, lösen den Ophelienkult des fin de siècle aus und stimmen noch die nachfolgenden Dichter auf die »Wasserleichenpoesie« ein. Die aquatischen Traumbilder sind Psychogramme. Sie zerfließen, lösen sich auf, formieren sich neu und spiegeln die Sehnsüchte, Ängste und Wünsche ihrer Epoche wider.
Als sich Dichter wie Trakl, Benn oder Brecht über die schöne Leiche beugten, war sie im dionysischen Reich der Formlosigkeit und Auflösung als Ophelia nicht mehr zu identifizieren, hatte sie ihren Namen und ihre Individualität verloren, war nur noch »Aas in Flüssen mit vielem Aas«, wie es in Brechts Gedicht »vom ertrunkenen Mädchen« heißt oder in der gleichfalls von Rimbauds Ophélie-Gedicht inspirierten Ballade »von den verführten Mädchen«, »…ein Geflechte von Algen«.

Beide Gedichte nahm Brecht in seiner 1927 erschienenen ersten Gedichtsammlung, der »Hauspostille« auf. Es sind die Gesänge Baals, des Vaganten aus Brechts frühem Bühnenstück, es sind Abgesänge auf verratene Bräute, Selbstmörderinnen, die den Weg des amoralischen Protagonisten säumen: Ein fast versöhnlicher Dreiklang auf das »ertrunkene Mädchen«: vergehen, vergessen, vergeben. Vergeben allerdings wird ihr der Suizid, die Sünde wider das Leben, nur weil Gott sie langsam vergißt – oder weil Gott Baal ist?
Die »verführten Mädchen« indes bleiben verdammt. Warten in der Hölle als stumme Anklage auf ihren Verführer. Kein Vergessen erlöst sie. Kein Vergessen erlöst ihn. »Wenn ich alt bin, führt mich der Teufel hinab. / Und er zeigt mir die Reste der Wasserleichen / Die ich auf meinem Gewissen hab.« Was hier noch als ein Eingeständnis von Schuld klingt, mündet in der letzten Strophe in eine zynische Anklage gegen seine Opfer. »Versauten die Erde mir, machten den Himmel mir trüber / Ließen mir meinen entzündeten Leib und kein Bacchanal.« Ursprünglich ist das Gedicht mit dem Motto versehen: »Zum Dank dafür, daß das Licht sie bescheint, werfen die Dinge Schatten«. Undankbar sind die Gespielinnen. »Satt und bequem, als die schöne Speisung vorüber«, sagt der Bösewicht Baal, »Stießen aus Faulheit sie mich in Gewissensqual«. Untauglich zur Größe aus Einsamkeit wählten sie den bequemsten Weg und gingen ins Wasser, in jenes Element, für das sie geboren und begabt sind. Das ist Verrat am religiösen Diesseitsglauben eines Baal.
Doch kaum sind die Sünderinnen in ihrem angestammten Reich, gewinnen sie, wenn auch als Wasserleichen, etwas von ihrer ursprünglichen sirenischen Macht zurück: sie

rächen den Liebesverrat. Worin diese Rache besteht und worauf die »faulen entzündeten Leiber« anspielen, nämlich auf das Schreckensgespenst, das schon in Rimbauds »Venus Anadyomene« auftaucht, wird in einer fünften, von Brecht nicht publizierten Strophe deutlich. »Alle, die auf meine Kosten gestorben / Euch vermach ich zu guter Letzt noch mein Aas .../ Wenn er schon fault, mein Leib, den ihr mir verdorben / Dann nehmt ihn noch einmal zum höllischen Spaß .../«

Noch als »Reste der Wasserleichen« wecken die »verführten Mädchen« makabre Verschmelzungssehnsüchte. Mit seinem sarkastischen Vermächtnis kehrt Brecht die Verhältnisse um. So werden die Opfer zu Tätern, die Verführten zu Verführerinnen, sind die Wasserfrauen, was sie schon immer waren: Verderberinnen.

Seit der Brechtschen Leichenschau ist viel Wasser den Fluß hinunter geflossen, wurden die Wasserbilder neu getuscht, haben die Wasserfrauen wieder einen Namen. In schöner Apotheose erscheint Heiner Müllers Ophelia. Und siehe, sie spricht: »Ich bin Ophelia. Die der Fluß nicht behalten hat ...Gestern habe ich aufgehört mich zu töten.« Ich gestehe es, diese Ophelia ist mir lieber als ihr Schatten in Bertolt Brechts aufrührenden Moritaten. Aber, um mit Fontanes »Melusine« aus dem Stechlin zu sprechen: »Ich bin freilich Partei«.

BERTOLT BRECHT
VON DER FREUNDLICHKEIT DER WELT

1
Auf die Erde voller kaltem Wind
Kamt ihr alle als nacktes Kind.
Frierend lagt ihr ohne alle Hab
Als ein Weib euch eine Windel gab.

2
Keiner schrie euch, ihr wart nicht begehrt
Und man holte euch nicht im Gefährt.
Hier auf Erden wart ihr unbekannt
Als ein Mann euch einst nahm an der Hand.

3
Und die Welt, die ist euch gar nichts schuld:
Keiner hält euch, wenn ihr gehen wollt.
Vielen, Kinder, wart ihr vielleicht gleich.
Viele aber weinten über euch.

4
Von der Erde voller kaltem Wind
Geht ihr all bedeckt mit Schorf und Grind.
Fast ein jeder hat die Welt geliebt
Wenn man ihm zwei Hände Erde gibt.

THOMAS ANZ
DER TOD – KEIN THEMA MEHR

Im selben Jahr wie Martin Heideggers Hauptwerk »Sein und Zeit« erschien Bertolt Brechts »Hauspostille« (1927), in der dieses Gedicht steht. Die hier in Verse gefaßte »Existenzphilosophie« des jungen, vormarxistischen Dichters (der Text entstand vor 1926) nimmt sich wie eine Grabpredigt aus. In der archaisierenden Sprache der Luther-Bibel und mit Anklängen an die Weihnachtsgeschichte werden allgemeinste Aussagen über die Stationen und Befindlichkeiten menschlicher Existenz gemacht, von der Geburt bis zum Tod.

Anders als es der Titel nahelegt, lassen die feierlichen Worte das Leben in einem eher unfreundlichen Licht erscheinen: hilf- und schutzlos wird man hineingeworfen in eine kalte Welt (erste Strophe), in der man unbedeutend und anonym bleibt (zweite Strophe), die sich dem einzelnen gegenüber gleichgültig zeigt (dritte Strophe) und die man am Ende, gezeichnet von Leiderfahrungen, wieder verläßt.

Dennoch ist die Gedichtüberschrift nicht ironisch gemeint. Im Kontrast zu der Bedeutungsebene des Textes, die durch das Merkmal »unfreundlich« bestimmt ist, spricht der jeweils letzte Vers aller vier Strophen über Gesten mitmenschlicher Zuwendung: von der Mutter, die das Kind in Windeln wickelt, und dem Vater, der es an der Hand führt, bis hin zu den »zwei Händen Erde«, die man dem Toten mit in das Grab gibt. Erst diese Freundlichkeiten machen auch jenen vorletzten Vers verständlich, der an einer Strophenstelle, die sonst den negativen Daseinsbestimmungen vorbehalten ist, dem Gedicht eine überraschend direkte Wendung ins Positive gibt: »Fast ein jeder hat die Welt geliebt«.

Auch das ist, wie ein Blick auf die anderen Gedichte der »Hauspostille« bestätigen kann, keineswegs mit Sarkasmus oder Bitterkeit gesagt. In Brechts Liebe zur Welt, trotz ihrer Unfreundlichkeiten, liegt ein heroisch-trotziges Dennoch, das mit einer Ablehnung religiöser Vertröstungen einhergeht. Der bei Grabreden übliche Verweis auf ein besseres Jenseits fehlt in dem Gedicht, in anderen wird er scharf angegriffen. Den christlichen Verheißungen setzt Brecht eine vitalistische Bejahung des diesseitigen Lebens mitsamt seiner Kälte, Fremdheit und Sterblichkeit entgegen. »Lobet die Kälte, die Finsternis und das Verderben!« heißt es in dem »Großen Dankchoral«.

An der Religionskritik, dem Motiv der Kälte und dem Wert der Freundlichkeit hat Brecht zeitlebens festgehalten. Doch was er später, nachdem er 1926 durch die Schule des Marxismus zu gehen begann, an seiner Jugendphilosophie nicht mehr akzeptieren konnte, zeigt prägnant sein »Gegenlied zu ›Von der Freundlichkeit der Welt‹«, das er 1956 niederschrieb. In dem frühen Gedicht verweisen »frierend« und »ohne alle Hab« noch keineswegs auf die Probleme einer unterprivilegierten Klasse, sondern charakterisieren allgemeinmenschliche Existenzbedingungen, die als solche akzeptiert werden. Das durchgängig unkonkrete Vokabular (ein Kind, ein Weib, ein Mann; Welt, Erde; alle, keiner, viele, jeder, man) zielt auf eine zeitenthobene Gültigkeit der Aussage.

Anders in dem »Gegenlied«: »Soll das heißen, daß wir uns

bescheiden / Und ›so ist es und so bleib es‹ sagen sollen?« Ein ganz bestimmter Zustand der Welt ist jetzt angesprochen, und der erscheint nun als veränderbar. Das Gedicht mündet in den Appell, »aufzubegehren« und »die Welt uns endlich häuslich einzurichten!« Kälte ist keine Grundbefindlichkeit der Existenz mehr, sondern ein sozialer Zustand, für den sich Ursachen angeben lassen: von »Leidensstiftern« ist die Rede und, drei Jahre nach dem 17. Juni 1953 mit einem deutlichen Seitenhieb auf die planwirtschaftliche Praxis in der DDR, von »großen Herrn«, die »geruhn, uns vorzuschreiben / Was da zukommt uns an Leiden und Genüssen«.

Geburt und Tod sind freilich in diesem »Gegenlied« aus Brechts Todesjahr keine Themen mehr. Sie entziehen sich dem sozialrebellischen Veränderungswillen. Das frühe Gedicht mit seiner existentiellen Perspektive wird durch das späte nicht einfach aufgehoben und widerlegt, es behält etwas von der ihm eigenen Wahrheit.

BERTOLT BRECHT
VON DER WILLFÄHRIGKEIT DER NATUR

Ach, es kommt ja der Krug mit der schäumenden Milch auch
Noch zu des Alten zahnlos geiferndem Mund.
Ach, es reibt sich dem flüchtenden Schlächter
Noch am Bein der Liebe heischende Hund.
Ach, dem Mann, der das Kind mißbraucht hinterm Dorfe
Neigen sich Ulmen noch mit schönem und schattigem Laub.
Und es empfiehlt eure blutigen Spuren, ihr Mörder
Unserm Vergessen der blinde, freundliche Staub.
So auch verwischt der Wind die Schreie von sinkenden Booten
Vorbedacht mit dem Säuseln des Blattwerks im Innern des Lands
Und er hebt höflich der Magd vor dem syphilitischen Fremden
Daß er die lustigen Beine sähe, den Zipfel des armen Gewands.
Und es deckt das tiefe, wollüstige Du eines Weibes
Nachts das Geflenn des erschreckten Vierjährigen zu in der Ecke des Raums.
Und in die Hand, die das Kind schlug, drängt sich der Apfel
Schmeichlerisch aus der Ernte des jährlich üppiger wachsenden Baums.
Ach, wie glänzt das klare Auge des Kindes

Wenn der Vater den Kopf des Ochsen zu Boden zwingt,
und das Messer aufschnellt!
Und wie wogen die Busen der Weiber, an denen einst
Kinder gehangen
Wenn durchs Dorf der kriegrische Marsch der
Manöverkapelle gellt.
Ach, unsre Mütter sind käuflich, es werfen sich weg
unsre Söhne
Denn nach jedwedigem Eiland späht die Mannschaft des
brüchigen Kahnes!
Und ihm ist genug auf der Welt, daß der Sterbende
kämpft, doch die Frühe
Noch zu erleben und noch das dritte Krähen des Hahnes.

HANS-HARALD MÜLLER
EINE ART ZWISCHENBILANZ

Brechts Gedicht »Von der Willfährigkeit der Natur«, 1926 geschrieben, aber erst 1951 gedruckt, ist kaum beachtet worden. Es paßt nicht in das Bild des harten Brecht, der 1921 in seinem Tagebuch anordnete: »Man darf nicht gegen die Natur jammern.«

Das Gedicht scheint ein massiver Block, er ist jedoch wirkungsvoll gegliedert. Sechs strophenähnliche Einheiten werden durch den Reim gebildet, je zwei Verse umfassen die einzelnen Bilder, noch andere Gliederungen ergeben sich durch die Wiederholungsfiguren der Zeilenanfänge. Die Verse sind dem Hexameter nah, vor dessen Monotonie aber schützen unterschiedliche Silbenzahlen und eigenrhythmische Abweichungen – das Gedicht ist ein kunstvoll ausbalanciertes Gebilde.

Es ist kein Natur-, sondern – wie Schillers Elegien – eher ein Lehrgedicht, freilich eines, das nicht in Begriffen spricht. Zehn einprägsame Bilder bietet der Erzähler auf, um zu verdeutlichen, wie gleichgültig oder gar boshaft die äußere Natur dem Menschen gegenüber ist. Das Ende des Gedichts ist aber ganz allein der menschlichen Natur gewidmet. Sie ist labil und käuflich, und dafür folgt mit dem einzigen »Denn« des Gedichts eine Erklärung: Der nackte Lebenswille läßt den universell bedrohten Menschen wahllos nach jedem Halt greifen. Das auf sich gestellte menschliche Wesen inmitten einer ethisch indifferenten Natur: das ist das Thema vieler früher Brecht-Gedichte.

Neu ist hier der vom Meister der Stimmen und Masken um nichts gemilderte Ton der Trauer. Eine Elegie, geschrieben in einer prekären Situation.

Brecht wurde als strenggläubiger Protestant in Augsburg erzogen. In seinem ersten Drama, »Die Bibel«, stellte der fünfzehnjährige Schüler fest, daß die Gesellschaft dem Postulat der *imitatio Christi* nicht gewachsen war. Irgendwann im Ersten Weltkrieg zerbrach Brechts Glaube. Seine Gedichte nach 1916 sind vom Eifer gegen Gott, die Zehn Gebote und den Glauben an ein Jenseits geprägt. Der Mensch ist ein Naturwesen, das, entlastet von den Zumutungen von Religion und Ethik, groß und genußvoll leben und sterben soll – wie »Baal«. Brecht hatte Nietzsche gelesen und schrieb: *Wenn die Irrtümer verbraucht sind / Sitzt als letzter Gesellschafter / Uns das Nichts gegenüber.*

Brecht war kein Nihilist, aber er wollte es sein. Der Atheismus seiner frühen Gedichte ist so forciert wie deren lärmender Immoralismus, das Lob der blinden Natur ist geschrieben gegen das eigene Herz. In der Elegie »Von der Willfährigkeit der Natur«, einer Art Zwischenbilanz des frühen Brecht, blitzt diese Erkenntnis auf. Sie wird bald wieder zugedeckt. Brecht konnte des Sinns in den Dingen und einer gewissen Ordnung der Welt nicht entbehren. Am Ende der zwanziger Jahre wandte er sich einer spezifisch wissenschaftlichen Art des Marxismus zu, die nicht mit dem der KPD zu verwechseln ist. Sie schien der Wirklichkeit selbst, aber keiner geschlossenen Weltanschauung verpflichtet, sie bot eine flexible Moral samt der Herausforderung, den Sinn und die Ordnung der Dinge erst zu schaffen. Viel später erst, im »Guten Menschen von Sezuan« etwa und in all den großen Dramen, bekannte sich Brecht gar verschämt zu einer anthropologischen Güte

des Menschen, die erst der Kapitalismus korrumpiert habe.
Das Gedicht »Von der Willfährigkeit der Natur« verweist auf eine unterdrückte Spur in Brechts Werk, die vom Drama »Die Bibel« bis zu den »Buckower Elegien« reicht: die Klage über die mangelhafte moralische Einrichtung der Welt. Brecht war nicht allein ein großer Dichter, sondern, zu allem Überfluß, ein wenig auch ein Moralist. Er wollte es nicht sein.

BERTOLT BRECHT
WECHSEL DER DINGE

I.
Und ich war alt, und ich war jung zu Zeiten
War alt am Morgen und am Abend jung
Und war ein Kind, erinnernd Traurigkeiten
Und war ein Greis ohne Erinnerung.

II.
War traurig, wann ich jung war
Bin traurig, nun ich alt
So, wann kann ich mal lustig sein?
Es wäre besser bald.

IRING FETSCHER
DAS GLÜCK, LUSTIG ZU SEIN

Das Gedicht ist in den letzten Lebensjahren Brechts geschrieben. Vermutlich nach dem 17. Juni 1953, der Anlaß zu vielen traurigen Versen des Stückeschreibers wurde. Alt sein und jung sein muß man sowohl wörtlich als auch symbolisch verstehen. In mancher Hinsicht war der junge Brecht schon alt. Er hatte das Grauen des Ersten Weltkrieges – im Lazarett zu Augsburg – kennengelernt und die Schmach einer Niederlage, deren Unvermeidlichkeit ihm noch nicht klar war. Der Zynismus der frühen Gedichte und des Baalschen Lebensgefühls erscheint dem Zurückblickenden als »alt« und resigniert.

Aber auch jetzt, da es Morgen zu werden schien nach dem Sieg der Antihitler-Koalition und der Gründung des ersten »deutschen Arbeiter-und-Bauern-Staates«, auch jetzt vermag Brecht nicht froh zu sein. Er nennt sich einen »Greis ohne Erinnerung«, vielleicht weil er an jene hohen Hoffnungen und Träume nicht mehr denken mag, die von der banalen Gegenwart allzu deutlich desavouiert werden. Ein Kind noch, erinnerte er sich schon der Traurigkeiten des Krieges, jetzt muß er seine Erinnerungen vergessen, weil er so viel Schmerz nicht aushalten könnte.

Die Erinnerung nicht nur an Hoffnungen und Träume, sondern auch an die vielen Toten, an Walter Benjamin, der sich auf der Flucht vor den Nazis das Leben nahm, an die junge Kommunistin Margarete Steffin, die in Moskau an Tuberkulose starb, an die Freunde in der Sowjetunion, von denen er kein Wort mehr gehört hat und die den »Säuberungen« zum Opfer gefallen sind, an einen Sohn, der als Soldat der Naziarmee im Osten fiel ... Das alles wird Brecht kaum vergessen haben, aber er kann wohl nicht mit all diesen Erinnerungen leben. Sucht sie von sich abzuschütteln. Wenn man alt wird, möchte man auch vergessen.

Die zweite Strophe faßt zusammen und spricht deutlich aus, was in der ersten nur angedeutet wurde. Um die gleiche Zeit schrieb Brecht ein Gedicht, in dem er sich als Grabschrift die beiden Zeilen ausbittet: »Er hat Vorschläge gemacht. Wir haben sie angenommen.« Weder trifft das auf vieles zu, was Brecht vorschlug, noch sind die Worte auf seinen Grabstein gemeißelt worden. Brecht wußte als Materialist: »und nichts kommt hinterher«; er erwartete kein langes Leben, und er, der unendlich Geduldige, begann ungeduldig zu werden. Zwar spricht er nur von seinem eigenen Glück, das er bescheiden und unerwartet als »lustig sein« umschreibt, aber er meint gewiß auch das der anderen, das er gerne miterlebt und mitempfunden hätte. Eine tiefe, ungetröstete Trauer spricht aus diesen zwei letzten Zeilen: »So, wann kann ich mal lustig sein? / Es wäre besser bald.« Aber noch in seinen traurigsten Zeilen insistiert der Materialist und Hedonist auf die Einheit von Glück und Lust.

BERTOLT BRECHT
WEIHNACHTSLEGENDE

Am heiligen Christabend heut
Sitzen wir, die armen Leut
In einer kalten Stube drin.
Der Wind geht draußen und geht herin.
Komm lieber Herr Jesus zu uns, sieh an:
Weil wir Dich wahrhaft nötig han.

Wir sitzen heute so herum
Als wie das finstre Heidentum.
Der Schnee fällt kalt auf unser Gebein:
Der Schnee will unbedingt herein.
Komm Schnee zu uns herein, kein Wort:
Du hast im Himmel auch keinen Ort.

Wir brauen einen Branntwein
Dann wird uns leicht und wärmer sein.
Einen heißen Branntwein brauen wir.
Um unsere Hütt tappt ein dick Tier.
Komm, Tier zu uns herein nur schnell:
Ihr habt heut auch keine warme Stell.

Wir tun ins Feuer die Röck hinein
Dann wird's uns allen wärmer sein!
Dann glüht uns das Gebälke schier.
Erst in der Früh erfrieren wir.
Komm, lieber Wind, sei unser Gast:
Weil Du auch keine Heimat hast.

BARBARA FRISCHMUTH
KOMM, LIEBER WIND, SEI UNSER GAST

Wer würde schon bei Bertolt Brecht – ohne mit der Nase darauf gestoßen zu werden – nach Weihnachtsgedichten suchen, erst recht nach so berührenden? Dennoch scheinen in der Sammlung »Gedichte 1913-1926« ganze drei unter »Weihnachtsgedichte« zusammengefaßte Poeme auf.

Der Ton der voranstehenden »Weihnachtslegende« ist – wie oft bei Brecht – auf raffinierte Weise schlicht, und mit den Reimen verhält es sich nicht anders. Da darf, ja da muß es dann schon »han« anstatt »haben« heißen, weil das genau jene Bravheit (eine Mischung aus Biederkeit und Rechtschaffenheit) der armen Leute anklingen läßt, die Brecht, natürlich auch um des Reimes willen, mit dieser leicht künstlich wirkenden mittelalterlichen, noch in manchen Dialekten gebräuchlichen Form (deren sich übrigens auch schon Claudius, Bürger und Uhland bei Bedarf bedient hatten) unterstreicht.

Natürlich sind die armen Leute – zumindest die armen Leute bei Brecht – überhaupt nicht brav, es soll nur so klingen, als wären sie brav, wie man das von den armen Leuten eben so gewöhnt ist, vor allem in jenen Vor-, Zwischen- und Nachkriegszeiten des zwanzigsten Jahrhunderts. In Wirklichkeit sind die armen Leute nur arm, und zwar dermaßen arm, wie man das heutzutage nur mehr in der dritten, vierten und fünften Welt sein kann.

Daß Weihnachten ist, kommt erschwerend hinzu, das Fest

der Liebe, wie es an jedem Kaufhaus geschrieben steht, das Fest der Familie, das Fest der Geschenke – das Christfest eben. Die Einladung ergeht allerdings an den lieben Herrn Jesus und nicht an das Christkind, denn das bringt den armen Leuten ohnehin nichts. Vom lieben Herrn Jesus weiß man zumindest, daß er einmal, vor langer Zeit, das Brot vermehrt hat. Aber daran erinnert er sich wohl nicht mehr. Noch dazu sitzen die armen Leute »heute so herum / Als wie das finstere Heidentum« – eine wundersame Formulierung, die einen das Dumpfe, das sich bereits Verdinglichende dieser Armut zum Tode spüren läßt.

Das einzige an Weihnachten Gemahnende ist die Kälte. Wenn man nichts zu heizen hat, ist es gleichgültig, ob man draußen oder drinnen sitzt. Und wenn die Ritzen schon einmal so tief gehen, daß der Wind vor den Wänden nicht mehr haltmacht, nimmt es nicht wunder, wenn sich auch der Schnee seinen Weg in die frostige Stube bahnt. Nur ein Angenehmes ist noch vorhanden, nämlich ein wenig Branntwein, dessen Duft allein schon die Herzen einen Spaltbreit öffnet, auch wenn sie sich nicht mehr entsprechend erwärmen werden wie in dem alten Adventslied vom leise rieselnden Schnee (In den Herzen wird's warm, / Still schweigt Kummer und Harm . . .) Wenigstens dehnen sie sich noch einmal zu einer Art kosmischem Mitleid, das auch den Schnee nicht ausschließt, geschweige denn das dicke tappende Tier (wohl ein Sinnbild aller Kreatur), das sich ähnlich ausgesetzt fühlen mag.

Der Branntwein macht zumindest innen drin ein wenig wohlig, dazu auch noch hellsichtig. Es gibt keine Hoffnung mehr, und wo nichts ist, hat bekanntlich der Kaiser das Recht verloren. Wozu also den Rock noch schonen, wenn das, was er vor der Kälte schützen soll, ohnehin erfriert, verhungert? Da schon lieber eine letzte Verausgabung mit einer letzten Wärme, selbst wenn es die Balken, die sich ein letztes Mal biegen werden, kostet. Viel scheint von ihnen ohnehin nicht mehr da zu sein – so leicht, wie es dem Wind fällt, ein flammenfachender Gast zu sein, ein Heimatloser unter Heimatlosen, wie auch der Schnee als Himmelloser unter Himmellosen zu dieser Allianz der letzten Stunde gehört, einer Allianz, die anderntags bereits verweht sein wird.

BERTOLT BRECHT
ZUFLUCHTSSTÄTTE

Ein Ruder liegt auf dem Dach. Ein mittlerer Wind
Wird das Stroh nicht wegtragen.
Im Hof für die Schaukel der Kinder sind
Pfähle eingeschlagen.
Die Post kommt zweimal hin
Wo die Briefe willkommen wären.
Den Sund herunter kommen die Fähren.
Das Haus hat vier Türen, daraus zu fliehn.

WALTER HINCK
ATEMHOLEN AUF DER FLUCHT

Während des dänischen Exils auf der Insel Fünen bewohnte Brecht zwischen 1933 und 1939 ein Haus in Skovbostrand bei Svendborg. In wenigen Sätzen werden die Grundverhältnisse der Zufluchtsstätte umrissen. Das Ruder auf dem Strohdach kennzeichnet von vornherein das Domizil als eine nur bedingt sichere Wohnstätte – ein stärkerer Wind oder gar ein Sturm könnte das Dach wegreißen. So wissen wir von Anfang an: Der Bewohner hält sich die Gefährdetheit des Daseins in diesem Haus bewußt. Dennoch richtet er sich nach den Bedürfnissen der Familie ein, davon zeugen die Pfähle der Kinderschaukel. Mit der Fürsorge für die Kinder wird dem Zukunftsoptimismus ein kleiner Spielraum gewährt. Die Reflexion allerdings – »Wo die Briefe willkommen wären« – deutet auf einen Anflug von Resignation und die Isolation des Emigranten. Immerhin, diese Isolation ist keine Gefangenschaft, Ortswechsel sind möglich; diese Gewißheit verschafft der Anblick der Fähren.

Selbst die Vorläufigkeit der Zuflucht erlaubt das Atemholen (und dem Dichter Brecht, wie wir wissen, Zeit zur Arbeit an bedeutenden literarischen Werken). Lebensmut und Lebensfreude keimen auf. Das spiegelt sich im Mut zur Schönheit der lyrischen Form. In einem anderen Gedicht der dänischen Exilzeit, »Schlechte Zeit für Lyrik«, versagt sich Brecht, vom »Entsetzen« über die Reden Hitlers zum Schreibtisch gedrängt, den lyrischen Schmuck:

»In meinem Lied ein Reim / Käme mir fast vor wie Übermut.« In den Versen über die Zufluchtsstätte binden Reime die Zeilen in lockerer Weise: der Kreuzreim im ersten, der umarmende Reim im zweiten Teil des Achtzeilers. Allerdings hindern leichte rhythmische Sperren, das Zusammentreffen zweier Hebungen in »wegtragen« und »sind Pfähle«, den Leser daran, sich in eine Idylle einzuwiegen.

Denn welche Freiheit ist es, die erhalten blieb? Die Schlußzeile stellt es ernüchternd klar: die scheinbare Freiheit des Gejagten. »Das Haus hat vier Türen, daraus zu fliehn.« Türen sind dazu da, daß man eintreten und hinausgehen, Gäste empfangen kann. Fluchtgänge baut sich das Tier, das immer auf tödliche Bedrohung gefaßt sein muß. Wo ein Wohnhaus zur Flucht eingerichtet ist, ist auch der Bewohner, der Mensch einem humanen Dasein entfremdet. Dieses Haus ist eine Zufluchtsstätte ohne Geborgenheit, eine Durchgangsstätte des Flüchtlings.

In buchstäblicherem Sinne, als Brecht bei der Niederschrift des Gedichts ahnen konnte, verwiesen die »vier Türen« auf vier weitere Fluchtwege des Exilierten. Im Frühjahr 1939, als ein Krieg immer wahrscheinlicher wurde, siedelte er nach Schweden über, ein Jahr später nach Finnland. Daß er wiederum ein Jahr darauf über Moskau und Wladiwostok nach Amerika, nach Kalifornien, auswich, daß er also den politischen Hoffnungen, die er in die Sowjetunion setzte, selbst nicht traute, zählt zu den Widersprüchen in der Haltung dieses Dichters.

Im Gedicht »An die Nachgeborenen« hat Brecht das Verhängnis der Exilierten, den Zwang zur ständigen Wanderschaft, in einem einzigen Satz auf den Punkt gebracht: »öfter als die Schuhe die Länder wechselnd«. Brechts Verse über sein Haus im dänischen Exil greifen weder zum anklägerischen noch zum pathetischen Ton. Sie entwickeln die Situation des Flüchtlings allein aus der konkreten Beschreibung seines Übergangsdomizils. Ich kenne kein Gedicht, das von der Vorläufigkeit der Zufluchtsstätten in unserem Jahrhundert in so lapidarer und bildhaft lyrischer Form spräche wie dieses.

FRIEDRICH GEORG JÜNGER
BESCHWÖRUNG

Leicht begeht den Wald das Reh,
Leicht der Ammer Tritt den Schnee.

Mit der Feder leicht und leis
Setz' ich Zeichen Schwarz auf Weiß.

Glückt es, fang' ich im Gedicht
Aus der Geisterlampe Licht.

Ungeborenes wird frei,
Schlüpft aus Leda wie das Ei.

Vers an Vers bewegt sich schnell,
Regt sich leicht und silberhell.

Leicht wie eines Mädchens Fuß,
Wie der Liebespaare Gruß.

Wie die Knospe leicht zerspringt,
Wenn der Südwind sie umsingt.

In der Elfen Zehenspur
Zieh' ich meiner Reime Schnur.

Zauberei, Zauberei,
Mache die Gefangnen frei!

GÜNTER BLÖCKER
EIN ZAUBERSPRUCH, EINE GEMURMELTE BESCHWÖRUNG

Was an diesem Gedicht bezaubert, ja verzaubert, ist die anmutige, scheinbar mühelos hergestellte Identität von Idee und Gestalt. Ein Dichter gibt Auskunft über sein Tun – eine Selbstreflexion, wenn man so will. Aber eine, die – fern von aller Abstraktion – selber ein poetischer Akt ist. Um sich zu erklären, zitiert er die Natur; und zwar da, wo sie ihrerseits Schriftzeichen zu setzen scheint. Die weiße, unberührte Schneedecke gleicht dem Blatt, vor dem der Autor sitzt; der Tritt der Ammer und die zierliche Spur des Rehs entsprechen dem, was er auf dem Papier anstellt, sie sind die Handschrift der Natur.

Das wäre – in leichter Anlehnung an Mörikes »Jägerlied« – gewiß nicht sonderlich originell, wenn es bloße Metaphorik bliebe. Doch Friedrich Georg Jünger läßt es – und das macht die lyrische Qualität dieser scheinbar so schlichten Verse aus – nicht beim Aussprechen bewenden. Er nimmt die Thematik in die Körperlichkeit des Gedichts auf, übersetzt sie in metrische Bewegung, in Rhythmus und Melodie; er »vertont« sie, ohne dabei die Anschaulichkeit preiszugeben. »Reh« und »Schnee«, »leis« und »weiß«, »Fuß« und »Gruß« – das Leichtfüßige, beinahe Getupfte mancher dieser Reime hat selber etwas vom Tritt der Ammer und von der Grazie des Rehs. Nicht zufällig kommt in den ersten vier Zeilen dreimal das Wort »leicht« vor, später noch weitere dreimal. Es hat Hebekraft, entführt uns in den sphärischen Bereich jener »Geisterlampe«, von der die dritte Strophe spricht.

Reime üben nur dann ihren Zauber, wenn sie – wie hier – ungekünstelt wirken. Gute Reime seien wie Glocken, sagt der Autor selbst einmal. »Sie füllen mit ihrem Klang nicht nur ihre Stelle, sondern das ganze Gedicht.« In diesem Fall sind es Glocken mit silbernem Klang. Dem Gesetz der melodischen Wiederkehr gehorchend (Jünger: »Das Ohr soll erinnert werden«), vermitteln sie uns ein Wohlgefühl heiterer Geborgenheit. Aber sie sind auch Gelenke, von deren Elastizität die Gangart des Gedichts nicht weniger abhängt als von Rhythmus und Metrum. Daß Jünger den Reim hier nicht als ein gefälliges Geklingel von Endsilben praktiziert, sondern daß es immer kraftvolle, ausdrucksstarke Wörter sind, die ihn tragen, ja daß die Sinnbewegung jeder Zeile auf den Reim zueilt und sich geradezu explosiv in ihm entlädt, bewahrt die Verspaare vor metrischer Starrheit, gibt ihnen ihre federnde Spannkraft.

Wenn der Lyriker Friedrich Georg Jünger sonst wohl dazu neigt, seine Gedichte weiträumig anzulegen, und bei ihrer Ausstattung auf rhetorischen Prunk nicht verzichtet – hier nähert er sich eher der Spruchdichtung; und das hat nicht nur formale Bedeutung. Es ist ein Teil dessen, was uns dieses Gedicht über das Dichten mitzuteilen hat, daß nämlich, aller handwerklichen Rationalität zum Trotz, immer auch ein Stück Zauberei dabei ist – Zauberei, die das in uns Verschlossene und Eingekerkerte freisetzen möchte. Das gibt uns die letzte Strophe nicht nur zu verstehen, sie will es bewirken. Sie ist selber ein Zauberspruch, eine gemurmelte Beschwörung, und damit etwas, das einem Gedicht selten gelingt: in eigener Gestalt, als objektives Gebilde das zu sein, wovon es handelt.

ALFRED MARGUL-SPERBER
AUF DEN NAMEN EINES VERNICHTUNGSLAGERS

Daß es bei Weimar liegt, vergaß ich lang.
Ich weiß nur: man hat Menschen dort verbrannt.
Für mich hat dieser Ort besondern Klang,
Denn meine Heimat heißt: das Buchenland.

Entrücktes Leben, unvergeßner Tag:
Der Buchenwald – ich weiß es noch genau,
Wie ich als Bub in seiner Lichtung lag,
Und eine weiße Wolke schwamm im Blau ...

O Schmach der Zeit, die meinen Traum zerstört!
Erinnern, so verhext in ihrem Bann,
Daß, wenn mein Ohr jetzt diesen Namen hört,
Ich nicht mehr an die Kindheit denken kann,

Weil sich ein Alpdruck in mein Träumen schleicht,
Ein Schreckgedanke, jeden Sinnes bar:
Ob jene weiße Wolke dort vielleicht
Nicht auch der Rauch verbrannter Menschen war?

PETER HORST NEUMANN
DAS SCHÖNE WAR DES SCHRECKLICHEN ANFANG

Unter den häufig gebrauchten Dichtungsmotiven gibt es einige, die uns besonders »deutsch« erscheinen. Zu ihnen gehören das Bild des Waldes und die weiße Wolke, dieses poetische Zeichen für die verfängliche Gleichzeitigkeit von Erinnerung und Vergessen. An Wolkengedichten ist unsere Lyrik verräterisch reich. Ich stelle mir eine Sammlung vor: viel deutsche Innerlichkeit, Romantik, Pfadfinder-Reime und Hitlerjugend-Gesänge neben Hermann Hesses »Wie eine weiße Wolke« und Brechts »Erinnerung an die Marie A.« (Sie war sehr weiß und ungeheuer oben / und als ich aufsah, war sie nimmer da.«). Und an den Schluß einer solchen Anthologie wünschte ich dieses unbekannte Gedicht. Mir ist es das deutscheste aller Wald- und Wolkengedichte. Es spricht von der Vergiftung schöner Erinnerung durch unvergeßbare Greuel.

Ein Ostjude, der den Vernichtungslagern entging, hat es geschrieben. Als seine Heimat, die Bukowina, sowjetisch wurde und sich die Mehrzahl der überlebenden Juden nach Israel oder nach Westen wandte, blieb er in der Volksrepublik Rumänien. Zur »Schmach der Zeit«, von der seine Verse sprechen, gehört auch die Unbekanntheit ihres Verfassers in Deutschland. (Man verwechsele ihn nicht mit Manes Sperber.) Dabei ist Alfred Margul-Sperber (1898-1967) ein Lyriker mit großem Ausdrucksregister. Als Publizist und Übersetzer, vor allem aber als Inspirator vieler Talente war er jahrzehntelang die Leitfigur

einer wohl heute noch lebensfähigen deutschsprachigen Literatur im Südosten des alten Habsburgerreiches. Er war auch der Mentor und Freund von Rose Ausländer und Paul Antschel, der sich auf seinen Rat hin Celan nannte.
Celans »Todesfuge« und Margul-Sperbers Buchenwald-Gedicht sind am selben Ort, zur gleichen Zeit und aus gleicher Erfahrung entstanden. Nur eine Gemeinsamkeit ihrer Sprachform findet sich nicht. Der Ältere hält sich an klassische Muster. Hat er dem Schrecklichen nicht ein »zu schönes« Gefäß gegeben? Mag sein. Doch diese klassische Formung gewinnt ihr unbestreitbares Recht aus dem Schmerz, den sie uns bereitet. Das Gedicht stellt sich in eine verlorene Tradition deutscher Dichtersprache, um deren Untergang desto eindringlicher zu bezeugen. Das Weimar des deutschen Dichterkultes und das Weimar der gescheiterten ersten Republik – sie sind geistig und topographisch der Vorort jenes Vernichtungslagers. So spricht das Gedicht in der Sprache Weimars von Buchenwald.
In der Lichtung eines bukowinischen Buchenwaldes hatte ein Knabe erstmals begriffen, was Heimat ist. Er war zugleich über deren Enge hinaus, indem er einer weißen Wolke nachsah. Dann wurde das heimathaltige Wort zum Namen des Lagers, über dem eine andere Wolke aufstieg – »der Rauch verbrannter Menschen«. Nun haben in jeweils einem und demselben Wort – Buchenwald, Weimar und weiße Wolke – das Edelste und das Schrecklichste ihre gemeinsame Epiphanie. »Das Schöne« war »nur des Schrecklichen Anfang«. (Rilke)
Wir sagen, daß Dichtung entstehe, wenn die Sprache die Kraft gewinnt, mehr als nur *ein* Ding und *ein* Geschehen mit *einem* Wort zu benennen. Hier indes verdankt sich der Doppelsinn deutscher Worte keiner Einbildungskraft und

keiner »Willkür des Dichters« (ein Schiller-Wort aus Weimar), sondern allein unserer deutschen Geschichte: »ein Schreckgedanke, jeden Sinnes bar«.

(Ich würde dieses Gedicht gern aus einer in der Bundesrepublik erschienenen Auswahl der Lyrik von Alfred Margul-Sperber zitiert haben; doch es gibt keine.)

FRITZ MÜHLENWEG
SEHNSUCHT

Morgen ist es. Horch! die Grille zirpt im Bauer.
Über Blumenwiesen tönt ihr Liebeslied.
Eine kahle Stube und ein Herz voll Trauer
blieb mir, seit der Liebste von mir schied.
Ihn zu grüßen,
ihm zu Füßen,
ach, wie lange werd' ich warten müssen.

Mittag ist es. Sieh, des Farnkrauts zarter Flügel
sinkt ermattet. Staub und Steine glühn.
Ach! Vergebens späh ich von dem Hügel.
Welche Straße wird mein Liebster ziehn?
Ihn zu grüßen,
ihm zu Füßen,
wollt ich Farnkraut, Staub und Steine küssen.

Abend ist es. Hügelan mit der Laterne
steig ich. Roter Mond am Himmel schwebt.
Meinen Liebsten such ich in der Ferne
durch den Tränenschleier, den die Sehnsucht webt.
Ihn zu grüßen,
ihm zu Füßen,
möcht ich gerne meinen Kleinmut büßen.

HARTMUT VON HENTIG
MUTWILLIGE, MAKELLOSE MELODIE

Dieses Gedicht sei unter der Tschou-Dynastie (1150 bis 250 v. Chr.) entstanden; Konfuzius habe es mit anderen im Schi-King, im »Buch der Lieder«, vereinigt; von den dreitausend auf Bambusstäben geschriebenen Gedichten seien dreihundertfünf auf uns gekommen – so steht es in dem schmalen Band »Tausendjähriger Bambus«, in dem neunundreißig Nachdichtungen daraus abgedruckt sind. In welchem Jahr, teilt der Verlag – wohl angesichts des Alters der Originale – gar nicht erst mit.

»Nimm und lies«, möchte ich nun sagen, mehr nicht. Wen dies nicht anrührt, der hat es nicht erlebt, dem wird kein Kommentar dazu verhelfen; auch keine weitere Auskunft über den Autor Fritz Mühlenweg, der 1927 mit Sven Hedin durch die Wüste gezogen ist und daraus später zwei der schönsten Abenteuerromane der Weltliteratur gemacht hat. Diese sind zwar Dichtungen, »Sehnsucht« aber ist ein Gedicht.

Ein Gedicht ist, was es ist, durch seine Form. Ein Gedicht sagt, was es sagt, durch die Einbildungskraft, die es im Leser auslöst. Zu diesen zwei Sätzen drängen mich Mühlenwegs »Nachdichtungen«. Machen wir die Probe wenigstens auf den ersten der beiden. Geben wir das, wovon das Gedicht handelt, »tatsachengetreu« wieder, und ändern wir »nur« die Form, indem wir sie in Prosa übertragen.

»Mein Liebster hat mich verlassen. Schon am Morgen beginnt das Warten. In meiner Einsamkeit nehme ich das Zirpen der Grille, die Kahlheit der Stube, meine Trauer wahr. Das Schlimme ist: Ich weiß nicht, wie lange ich werde warten müssen. Mittags besteige ich, trotz der sengenden Hitze, den Hügel und spähe nach dem Geliebten aus – vergebens. Ich versuche, mir vorzustellen, wo er ist. Ich bin demütig. Käme er, ich küßte dankbar, was mir jetzt lästig oder gleichgültig ist. Am Abend entzünde ich die Laternen. Noch einmal steige ich den Hügel hinan. Der Mond steht rot am Himmel. Ich weine – ich kann darum nicht sehen. Ich schäme mich meines Kleinmuts.«

Indem wir übersetzen, spüren wir, wie schwer wir vom Gedicht loskommen, wie das, was es mitteilt, mit seinem Wortlaut identisch ist. Ist es dasselbe oder etwas anderes, wenn ich prosaisch von »meiner Trauer« oder poetisch von »einem Herz voll Trauer« spreche? Gehört das Schweben des Mondes zur genauen Wiedergabe, oder ist's dichterische Metapher? Muß es unbedingt »Will ich meinen Kleinmut büßen« heißen, oder folgt der Autor da dem Reimzwang, so daß in der Übersetzung ebensogut, ja, psychologisch treffender stehen könnte »Ich schäme mich meines Kleinmuts«? Nein, was dieses Gedicht in mir anrichtet, ist nur unter schweren Verlusten anders wiederzugeben.

Auch Fritz Mühlenweg hat etwas Neues geschaffen, als er dem chinesischen Gedicht diese Form gab. Eine Sinologin erklärt mir, wodurch ein chinesisches Gedicht ein Gedicht ist: Es besteht gleichsam aus einer Reihe von »Piktogrammen«, zwischen denen wir lesend und lauschend die Beziehung knüpfen. Übersetze ich Mühlenwegs Nachdichtung zurück: »Morgen / Zirpen der Grille im Bauer / ein

Liebes-lied / über die Blumenwiesen / die Stube – leer / das Herz – voll Trauer / das bleibt – der Liebste ist gegangen / warten / endlos ...«, kann ich alles, was ich je an Verlassenheit, Ungeduld, Sehnsucht, Vergebung in der Liebe empfunden habe, da hineinlegen. Aber die mutwillige und zugleich eingängige Melodie, der dreifache Reim am Ende jeder Strophe, die mühelose Alliteration »Staub und Steine«, das unauffällige, den Vers auflockernde Enjambement »voll Trauer / blieb mir« würden mir fehlen. Nicht die Bilder und nicht die Sprache, sondern die Bilder durch die Sprache machen, daß unser Erlebnis in einem fremden Gedicht aufgeht.

GUSTAF GRÜNDGENS
WIE SIND WIR BEIDE VORNEHM

Gräfin, dazu bin ich zu vornehm,
ich bin so schrecklich vornehm,
o Gott, wie bin ich fein,
es ist nicht auszuhalten!

Herzog, die hat ja keine Chance,
bei uns'rer Contenance
kommt die ja gar nicht hoch!

Ach, ist das schön,
sich verstanden zu sehn,
man braucht sich nur
in die Augen zu sehn!

Gräfin / Herzog:
Wie sind wir beide vornehm,
o Gott, wie sind wir vornehm,
wir bleiben unter uns.

Die Manieren, die Allüren
meiner Gattin machen mich nervös!
Nervös!
Für die Plumpheit,
für die Tumbheit
dieser Deutschen bin ich zu preziös,
und kapriziös!

Immer gibt sie an
schlimmer als ein Mann!

Wir charmanten,
eleganten
Edelmenschen bleiben separat!
Separat!
Die Usancen, die Nuancen unserer Liebe
sind zu delikat, zu delikat!
Unser stiller Charme ist nicht für Alarm.

(beide) Doch wir lassen uns
von gar nichts irritieren, nein! uns!

MARCEL REICH-RANICKI
WIR LASSEN UNS VON GAR NICHTS IRRITIEREN

Nichts Theatralisches war ihm fremd. Gründgens war ein glänzender Regisseur und ein begnadeter Intendant, ein vorzüglicher Kabarettist und, vor allem, einer der besten deutschen Schauspieler dieses Jahrhunderts. Er konnte alles, was zum Theater gehörte – und bisweilen noch ein bißchen mehr. Er war der Hamlet und der Mephisto seiner Generation. Aber er war sich nicht zu schade, auch in belanglosen Possen und Schwänken zu spielen. Er inszenierte klassische Tragödien und allerlei Boulevardstücke, Opern und Operetten, Mozart und Offenbach. Und Gründgens war auch noch ein geborener Kabarettist, ein Großmeister der Kleinkunst.
Obwohl er keine große Stimme hatte, konnte er reizvoll singen. Die Songs und Chansons, die Couplets, die er für manche seiner Rollen brauchte, schrieb er meist selber. Gerade diese Einlagen, in denen er auf eher leise Weise brillierte und gelegentlich triumphierte, ließen erkennen, woher der Künstler Gründgens kam: Er war ein Produkt der Weimarer Republik, ihn hat die von den Nazis gehaßte »Asphaltkultur« geprägt.
Als er Görings Schützling und Intendant der Staatlichen Schauspiele in Berlin wurde, blieb er, soweit es nur möglich war, seinen Ursprüngen treu. Was man sich heute kaum vorstellen kann: Er erwies und bewährte sich im »Dritten Reich« als Antityp der neuen Zeit. Nicht Blut und Boden verkörperte er, wohl aber das Morbide und

das Zwielichtige, auch das Anrüchige. Nicht die Helden spielte er, sondern die Gebrochenen, die Schillernden, oft die Degenerierten.

Das Duett »Wie sind wir beide vornehm« ist einer von vier Texten, die Gründgens zu der Operette »Liselott« von Eduard Künneke beisteuerte, in der er 1932 als Herzog von Orleans seinen ersten großen Berliner Erfolg feiern konnte. Natürlich, dieses Duett ist eine Bagatelle. Aber sie ist typisch für den Zeitgeist in den letzten Jahren der Weimarer Republik, in jener Phase also, in der die Songs aus der »Dreigroschenoper« in aller Munde waren.

»Liselott« spielt in Frankreich zur Zeit König Ludwigs XIV. Die Tage der Aristokratie sind gezählt, eine Epoche geht zu Ende. Man verschließt die Augen vor der Wirklichkeit, man amüsiert sich, so gut es geht, man verhöhnt das Milieu, in dem man lebt. Also macht man sich lustig über sich selber: Die Ironie ist hier stets zugleich Selbstironie. Die Vokabel »Alarm« deutet an, daß diese »Edelmenschen« immerhin ahnen, was ihnen bevorsteht.

Das Ganze ist, wie es sich für ein solches Chanson schickt, keck und keß, pfiffig und witzig. Mehr noch: Es ist nicht ohne Raffinesse. Die Gesellschaft, die von ihrem nahenden Untergang nichts wissen will, wird mit Hilfe vieler Fremdworte charakterisiert. Das mag nicht sonderlich originell sein. Aber Gründgens findet den Ton dieses kabarettistischen Texts, indem er diese Fremdworte für die Endreime verwendet (Chance – Contenance, preziös – kapriziös, charmanten – eleganten, separat – delikat) und auch für Binnenreime: Usancen – Nuancen, Charme – Alarm. Dieser Ton ist es, dem das kleine Duett seine Qualität verdankt. Haben wir es mit Poesie zu tun? Das wäre gewiß zu hoch gegriffen. Aber der Literatur oder zumindest ihrem Randbezirk darf man die Petitesse doch zurechnen.

Das Publikum im Berliner Admiralspalast, auf dessen Bühne Gründgens in »Liselott« erfolgreich war, hat sich fabelhaft vergnügt. Sein Text wurde damals nicht gedruckt, aber er ist glücklicherweise auf einer Schallplatte erhalten. Ob jemand bei dieser Vorstellung, bei diesem Duett auch schauderte? Hat man seine Hintergründigkeit, seine unheimliche Aktualität verstanden oder wenigstens gespürt? Oder hielt sich die Berliner Gesellschaft damals, 1932, eher an die Worte: »Doch wir lassen uns / von gar nichts irritieren . . .«? Und Gründgens selber, der das Liedchen heiter und bedeutungsvoll und wunderbar ironisch vortrug? Ich fürchte, die »charmanten, eleganten Edelmenschen« hatten keine Ahnung, was auf sie, was auf Deutschland zukam.

ERICH KÄSTNER
CHOR DER FRÄULEINS

Wir hämmern auf die Schreibmaschinen.
Das ist genau, als spielten wir Klavier.
Wer Geld besitzt, braucht keines zu verdienen.
Wir haben keins. Drum hämmern wir.

Wir winden keine Jungfernkränze mehr.
Wir überwanden sie mit viel Vergnügen.
Zwar gibt es Herrn, die stört das sehr.
Die müssen wir belügen.

Zweimal pro Woche wird die Nacht
mit Liebelei und heißem Mund,
als wär man Mann und Frau, verbracht.
Das ist so schön! Und außerdem gesund.

Es wär nicht besser, wenn es anders wäre.
Uns braucht kein innrer Missionar zu retten!
Wer murmelt düster von verlorner Ehre?
Seid nur so treu wie wir, in euren Betten!

Nur wenn wir Kinder sehn, die lustig spielen
und Bälle fangen mit Geschrei,
und weinen, wenn sie auf die Nase fielen –
dann sind wir traurig. Doch das geht vorbei.

EGON SCHWARZ
KEINE JUNGFERNKRÄNZE

Bei Erich Kästner gehen großstädtisch abgebrühte Schnoddrigkeit und provinzielle Sentimentalität eine charakteristische Verbindung ein. Diese Mischung ist aber Signatur der Zeit, typisch für den Stil jener Sachlichkeit, die man besser rührselig als ›neu‹ genannt hätte. Sie findet sich auch bei Kästners Generationsgenossen Brecht, Benn und Tucholsky. Womit noch keineswegs etwas über das Talent dieser Dichter gesagt ist.

Um ihrer spezifischen dichterischen Eigenart auf die Spur zu kommen, muß man schon ein einzelnes Gedicht unter die Lupe nehmen, etwa Kästners Lied von den Großstadt-Stenotypistinnen, deren Hämmern auf den Schreibmaschinen die monotone Mechanik der Industriegesellschaft, die der Autor für alle modernen Schäden verantwortlich macht, ädaquat vertritt.

Der Hinweis, daß diese Beschäftigung als Ersatz für das von Mädchen der Mittelschicht sonst wohl erwartete Klavierspiel getreten ist, beschwört Vorstellungen von *Declassement* herauf. Der Beweis für die Unfreiwilligkeit des ökonomischen Frondienstes wird auch sogleich geführt: »Wer Geld besitzt«, heißt es mit Brecht ebenbürtiger Zitierbarkeit, »braucht keines zu verdienen.« Das alles ist in bloß drei Zeilen gesagt. In der vierten und letzten der ersten Strophe können sich die Sprecherinnen jetzt den Luxus einer rein formalen Unterstreichung ihrer Aussage leisten: »Wir haben keins. Drum hämmern wir.« Mit dieser

Rückkehr zum Ausgangspunkt ist der sinnlose Teufelskreis eindrucksvoll geschlossen.
Daß zu einer rein wirtschaftlich bedingten, das Individuelle ausschaltenden Lebensweise – man denke daran, daß das Wort »Chor« im Titel steht – die alte Geschlechtsmoral von »Zucht und Ehre« nicht paßt, daß das Mechanische des zwanghaften Arbeitsprozesses sich auch auf die Liebesbeziehungen der in ihn eingespannten, zu Fräuleins degradierten Mädchen erstreckt, leuchtet sofort ein, sobald Kästner darauf anspielt. Wie er es tut, ist freilich meisterhaft. »Wir winden keine Jungfernkränze mehr«, lautet das burschikose Geständnis. Der Vers hat es in sich! In ihm mischt sich die Absage an veraltete erotische Vorschriften mit einer gegen die Oper alten Stils gerichteten Parodie – daß den Fräuleins Webers Werk noch bedeutsame, aber unter den gegebenen Umständen eben zu verspottende Erinnerung ist, gehört gleichfalls zu den Relikten ihrer sinnlos gewordenen Erziehung.
Wie die Gedichtszeile einen Bildungswert der Vorkriegsbourgeoisie im Phrasenhaften erstickt, stellt im kleinen eine Parallele zum Gesamtvorgang des Gedichtes dar. Und darauf folgt die Zeile »Wir überwanden sie mit viel Vergnügen« mit ihrem frechen Wortspiel. Hier bildet sich sozusagen vor den Augen des Lesers eine neue, dem Industriebürokratismus entsprechende Gesellschaftsethik heraus. Zu den abgelehnten Instanzen gehört auch die arrogante, von den herrschenden Schichten propagierte Seelsorge für die unteren Klassen: »Uns braucht kein innrer Missionar zu retten!« heißt es mit emphatischem Ausrufungszeichen. Die neue Art der Kopulation hat der Ehe wenigstens die Aufrichtigkeit voraus.
Soweit Schnoddrigkeit und Herausforderung. Jetzt folgen

freilich, in einem an Rilke erinnernden Umschlag, Idylle, Sentimentalität und Resignation: »Nur wenn wir Kinder sehn, die lustig spielen / (...) dann sind wir traurig. Doch das geht vorbei.« Die Einschaltung der nächsten Generation ist kein Zufall. Die Nachbarschaft von bissiger Attacke auf die moderne Kultur und intakter Kinderwelt findet sich bei allen Satirikern von Cervantes bis Swift. Die Gemeinsamkeit, die den Schritt in die Vergangenheit mit dem Vorauseilen in die Zukunft verbindet, ist Abscheu vor der Gegenwart.

Kästner wird nicht müde, das Los der herumgestoßenen, degradierten, mißbrauchten und dennoch ihre menschliche Güte bewahrenden Großstadtfrau darzustellen. Wo er gleichzeitig seine persönlichen Sympathien und seine satirische Verachtung anbringen kann, dort entstehen Gebilde von einer großen poetischen Formkunst, einer Kunstfertigkeit, die an Witz, einschneidender Thematik und militanter Humanität den Werken seiner Zeitgenossen George Grosz und Frans Masereel nicht nachsteht.

ERICH KÄSTNER
DAS LETZTE KAPITEL

Am 12. Juli des Jahres 2003
lief folgender Funkspruch rund um die Erde:
daß ein Bombengeschwader der Luftpolizei
die gesamte Menschheit ausrotten werde.

Die Weltregierung, so wurde erklärt, stelle fest,
daß der Plan, endgültig Frieden zu stiften,
sich gar nicht anders verwirklichen läßt,
als alle Beteiligten zu vergiften.

Zu fliehen, wurde erklärt, habe keinen Zweck.
Nicht eine Seele dürfe am Leben bleiben.
Das neue Giftgas krieche in jedes Versteck.
Man habe nicht einmal nötig, sich selbst zu entleiben.

Am 13. Juli flogen von Boston eintausend
mit Gas und Bazillen beladene Flugzeuge fort
und vollbrachten, rund um den Globus sausend,
den von der Weltregierung befohlenen Mord.

Die Menschen krochen winselnd unter die Betten.
Sie stürzten in ihre Keller und in den Wald.
Das Gift hing gelb wie Wolken über den Städten.
Millionen Leichen lagen auf dem Asphalt.

Jeder dachte, er könne dem Tod entgehen.
Keiner entging dem Tod, und die Welt wurde leer.
Das Gift war überall. Es schlich wie auf Zehen.
Es lief die Wüsten entlang. Und es schwamm übers
Meer.

Die Menschen lagen gebündelt wie faulende Garben.
Andre hingen wie Puppen zum Fenster heraus.
Die Tiere im Zoo schrien schrecklich, bevor sie
starben.
Und langsam löschten die großen Hochöfen aus.

Dampfer schwankten im Meer, beladen mit Toten.
Und weder Weinen noch Lachen war mehr auf der
Welt.
Die Flugzeuge irrten, mit tausend toten Piloten,
unter dem Himmel und sanken brennend ins Feld.

Jetzt hatte die Menschheit endlich erreicht, was sie
wollte.
Zwar war die Methode nicht ausgesprochen human.
Die Erde war aber endlich still und zufrieden und
rollte,
völlig beruhigt, ihre bekannte elliptische Bahn.

EVA DEMSKI
FLUGZEUGE MIT TOTEN PILOTEN

Vor gut siebzig Jahren hat Erich Kästner sich die ferne Zukunft vorgestellt. Er hat sie sich schrecklich vorgestellt, und wir sind fast dort angekommen, wohin er sich damals zu versetzen suchte: Das heißt, wir haben noch ein bißchen Zeit bis zum 12. Juli 2003.

Wäre einem das neunstrophige Gedicht vor dem elften September dieses Jahres beim Schmökern begegnet, man hätte es überblättert und vielleicht ob des übereinandergehäuften Unglücks und des moritatenhaften Tons ein bißchen das Gesicht verzogen. Nicht eins seiner stärksten, hätte man gedacht, und wie schlecht doch das Beschwörende, die Drohgebärde der Lyrik bekommt. Außerdem ist Kästner in der literarischen Hausapotheke der Deutschen für Kinder- und Jugendbücher, allenfalls noch für das Ironische zuständig!

Die jüngsten Ereignisse haben den Staub von diesen Zeilen gefegt, und die Katastrophenbilder des Gedichts können nicht mehr als Metaphern gelesen werden. Menschen, gebündelt wie faulende Garben, brennend ins Feld sinkende Flugzeuge mit toten Piloten, wie auf Zehen schleichendes Gift sind Nachrichten, nicht mehr Literatur, die für angenehmes Erschauern beim in Sicherheit sitzenden Leser sorgt.

Warum hat er dieses Gedicht Ende der zwanziger Jahre geschrieben? Um sich nach seiner traumatischen Erfahrung des Ersten Weltkriegs möglichst weit weg in eine nicht selbst zu ertragende Zukunft zu schreiben? Aus dem Krieg ist er krank zurückgekommen. Zwischen diesem Untergang einer Welt, nicht zuletzt durch das im Gedicht erwähnte Giftgas, bis zu dem noch wesentlich gründlicheren Versuch, Zivilisation und Humanität zu vernichten, blieb nicht viel Zeit zum Leben.

Kästners Zeilen, die stampfend daherkommen, wie eine Demonstration aus Wörtern in einer breiten, unerbittlichen Marschordnung, sind kalt. Sie haben mit dem unglückseligen Menschengeschlecht, das sich da auslöscht, kein Erbarmen. Die zweite Strophe klänge, wären die Anschläge nicht geschehen, naiv, ein bißchen banal. Auch trifft sie den Ton jener unangenehmen Zeitgenossen, die die Abschaffung des Menschengeschlechts zur Rettung der Natur für geboten halten. Auch die letzte Strophe des Gedichts nimmt diesen Gedanken auf, aber nicht negative Überheblichkeit spricht aus ihr, sondern Verzweiflung.

Es gibt eine Misanthropie, die sich eine liebenswürdige und komische Maske aufsetzt. Kästner kann das in vielen seiner Gedichte und Prosaarbeiten meisterhaft, und wie bei vielen Misanthropen sind Kinder eine mögliche Rettung – oder Tiere. Eine einzige Zeile des Gedichts ist ihnen gewidmet, den unschuldig in Zoos eingesperrten Tieren: Es ist die einzige Zeile, in der Mitleid erscheint. Die Angst der Menschen ist ihm nur das Wort »winseln« wert. Die Tiere aber schreien, sie schreien schrecklich.

Warum aber, die Frage bleibt, schreibt Kästner dieses »letzte Kapitel« grade in dieser Zeit? Bekannt ist nur das Erscheinungsdatum, es wird zum erstenmal im Band »Ein Mann gibt Auskunft« im Sommer 1930 veröffentlicht. Die Weimarer Republik war ein schwaches Gerüst für einen Aufbau der Demokratie nach dem verheerenden Krieg.

Daß sie zu schwach war, ahnte man vielleicht, nicht aber, was ihr folgen würde. Oder sahen die Bewußten da schon Hitler ante portas wie René Schickele?

Man beschreibt das Grauen auch, um es zu bannen. Man findet Wörter für das Unvorstellbare, damit es sich nicht ereignet. Seit jeher war der Reiz beschriebener Apokalypse die Gewißheit, daß sie einen nicht trifft. Kästner hat ihr ein Datum gegeben, den 12. Juli 2003. Damit hat er sie seinen Nachfahren zugeordnet. Das sind wir. Von dem Tag trennen uns keine zwei Jahre mehr. Als George Orwells düstere Fiktion 1984 kalendarische Wirklichkeit wurde, hat man gelächelt und mit den Achseln gezuckt: So schlimm ist es nicht gekommen! Hoffentlich tun wir das am 13. Juli 2003 wieder, dessen aber so sicher wie vor dem 11. September sind wir nicht mehr.

ERICH KÄSTNER
DER HANDSTAND AUF DER LORELEY

(Nach einer wahren Begebenheit)

Die Loreley, bekannt als Fee und Felsen,
ist jener Fleck am Rhein, nicht weit von Bingen,
wo früher Schiffer mit verdrehten Hälsen,
von blonden Haaren schwärmend, untergingen.

Wir wandeln uns. Die Schiffer inbegriffen.
Der Rhein ist reguliert und eingedämmt.
Die Zeit vergeht. Man stirbt nicht mehr beim Schiffen,
bloß weil ein blondes Weib sich dauernd kämmt.

Nichtsdestotrotz geschieht auch heutzutage
noch manches, was der Steinzeit ähnlich sieht.
So alt ist keine deutsche Heldensage,
daß sie nicht doch noch Helden nach sich zieht.

Erst neulich machte auf der Loreley
hoch überm Rhein ein Turner einen Handstand!
Von allen Dampfern tönte Angstgeschrei,
als er kopfüber oben auf der Wand stand.

Er stand, als ob er auf dem Barren stünde.
Mit hohlem Kreuz. Und lustbetonten Zügen.
Man frage nicht: Was hatte er für Gründe?
Er war ein Held. Das dürfte wohl genügen.

Er stand, verkehrt, im Abendsonnenscheine.
Da trübte Wehmut seinen Turnerblick.
Er dachte an die Loreley von Heine.
Und stürzte ab. Und brach sich das Genick.

Er starb als Held. Man muß ihn nicht beweinen.
Sein Handstand war vom Schicksal überstrahlt.
Ein Augenblick mit zwei gehobnen Beinen
ist nicht zu teuer mit dem Tod bezahlt!

P.S. Eins wäre allerdings noch nachzutragen:
Der Turner hinterließ uns Frau und Kind.
Hinwiederum, man soll sie nicht beklagen.
Weil im Bezirk der Helden und der Sagen
die Überlebenden nicht wichtig sind.

GEORG KREISLER
ANGSTGESCHREI VON ALLEN DAMPFERN

In einem seiner Kinderbücher schreibt Kästner: »Ob etwas wirklich passiert ist oder nicht, ist egal. Wichtig ist, daß eine Geschichte wahr ist! Wahr ist eine Geschichte dann, wenn sie genau so, wie sie berichtet wird, wirklich hätte passieren können.« Im »Handstand auf der Loreley« betont er hingegen, daß die Geschichte wirklich passiert ist. Offensichtlich wollte er um jeden Preis vermeiden, daß seine Warnung vor verbohrtem Heldentum als bloße Schrulle eines lyrischen Humoristen abgetan wird. Künstlerlos: Man muß die Regeln der Kunst negieren, um zu beweisen, daß sie richtig sind.
Es gibt kaum einen Satz in diesem Gedicht, über den man nicht eine gelehrte Abhandlung oder ein schlechtes Buch schreiben könnte. Ein Kernsatz lautet: »So alt ist keine deutsche Heldensage, daß sie nicht doch noch Helden nach sich zieht.« Held wird man also nicht, weil man Gott behüte einer ist, sondern aus deutscher Tradition. Es gehört sich einfach für einen guten Deutschen, daß er sich für einen Helden hält.
Ergänzend dazu steht ein weiterer Kernsatz zwischen den Zeilen: Welcher ist der wahre Held, derjenige, der seine vermeintliche Heldentat mit dem Tod bezahlt, oder derjenige, der sie mit dem Leben bezahlt, also der stille, leidende, passive Held? Kästner läßt keinen Zweifel daran: »Er starb als Held. Man muß ihn nicht beweinen«, sagt er und erwähnt in der nächsten Strophe Witwe und Waise

des Toten. Sie sind die wahren Helden, sie müßte man beweinen.

»Sport ist gesund«, schrieb ich einmal in einem anderen, leider nicht so guten Gedicht. Kästner, der, so wie ich, die toten Drachenflieger, Fallschirmspringer, Autorennfahrer und natürlich auch Soldaten und ähnliche »Helden« anspricht, sagt es subtiler und trotzdem deutlicher: »Er stand, als ob er auf dem Barren stünde« – in anderen Worten: Dieser Trottel kennt nicht einmal den Unterschied zwischen einem Barren und einem gähnenden Abgrund. Auch von seinem »Turnerblick« und seinen »lustbetonten Zügen« spricht Kästner und kommt zu dem sarkastischen Schluß, daß »ein Augenblick mit zwei gehobenen Beinen« nicht zu teuer mit dem Tod bezahlt sei. Ich hätte gesagt: Gott sei Dank, ein Turner weniger! Aber damit befände ich mich schon im Blödelkabarett, und das lag Kästner fern. Er war Optimist und meinte es ernst.

Zwei Sätze, die man leicht übersieht, scheinen mir wesentlich. Der erste: »Von allen Dampfern tönte Angstgeschrei, als er kopfüber oben auf der Wand stand.« Damit sind fast alle gemeint, die dieses Buch lesen. Denn von uns, den satten Bürgern, ertönt ja immer wieder Angstgeschrei, wenn »hinten weit in der Türkei«, wie Goethe es formulierte, die Afrikaner verhungern oder Saddam Hussein mit Atombomben spielt oder der Autowahnsinn weitergeht oder eben wenn einer, den wir gar nicht kennen, einen sinnlosen Tod stirbt. Dieses Angstgeschrei, das nicht nur freiwillig ohnmächtig ist, sondern auch gerne ohnmächtig bleiben und die Dampferfahrt fortsetzen möchte, sollten wir uns vor Augen halten, wenn wir das nächste Mal die Hände überm Kopf zusammenschlagen und zur Tagesordnung übergehen. Was hätten wir denn tun sollen, frag-

ten die alten Nazis und wußten dabei genau, was ihre Pflicht gewesen wäre, und auch wir wissen es genau.
Der zweite Satz: »Er dachte an die Loreley von Heine.« Wieso denkt dieser blöde Leistungssportler an Heine, fragt man sich zuerst, aber er denkt ja nicht an Heine, sondern an die Loreley, die zwar von Heine, aber auch ein Volkslied ist, das sogar ein Held kennt. Ich meine aber, daß Kästner dabei tiefer gedacht hat: Es gelingt auch diesem kräftigen Sportler nicht, die Dichtkunst zu überwinden. Wer sich mit der Loreley einläßt, muß sterben, seinerzeit die Schiffer, heute die Turner. Der Rhein ist zwar reguliert, die Schiffer haben sich gewandelt, aber was ein Dichter wie Heine postuliert hat, behält seine Gültigkeit, und was ein Dichter wie Kästner postuliert, auch.

ERICH KÄSTNER
DIE ZEIT FÄHRT AUTO

Die Städte wachsen. Und die Kurse steigen.
Wenn jemand Geld hat, hat er auch Kredit.
Die Konten reden. Die Bilanzen schweigen.
Die Menschen sperren aus. Die Menschen streiken.
Der Globus dreht sich. Und wir drehn uns mit.

Die Zeit fährt Auto. Doch kein Mensch kann lenken.
Das Leben fliegt wie ein Gehöft vorbei.
Minister sprechen oft vom Steuersenken.
Wer weiß, ob sie im Ernste daran denken?
Der Globus dreht sich und geht nicht entzwei.

Die Käufer kaufen. Und die Händler werben.
Das Geld kursiert, als sei das seine Pflicht.
Fabriken wachsen. Und Fabriken sterben.
Was gestern war, geht heute schon in Scherben.
Der Globus dreht sich. Doch man sieht es nicht.

WOLFGANG BRENNEISEN
ERSTAUNLICHER WEITBLICK

Die Angelsachsen sind von einer beneidenswerten Nonchalance: In ihren Literaturgeschichten sprechen sie unbefangen von *minor poets* und meinen damit Dichter, die zwar den ganz großen wie Shakespeare, Keats, Joyce oder Faulkner nicht das Wasser reichen können, aber dennoch ihr Scherflein zum Schatz der englischen Literatur beitragen.

Diese lässige Toleranz kennt die deutsche Literaturgeschichte nicht. Hier heißt es: Alles oder nichts, und im Falle von Erich Kästner, der Ende der zwanziger Jahre sehr hoch in der Gunst des Publikums und sogar in der mancher Kritiker stand, neigt sich die Waage bedenklich mehr und mehr zum Nichts. Der jugendliche Heißsporn, der intelligente Dresdner mit der Berliner Schnauze, der 1928 mit seinem ersten Gedichtband »Herz auf Taille« Furore machte, reißt die heutigen Leser nicht mehr vom Hocker, und für die Germanistik war er schon immer – daran ändert auch sein Roman »Fabian« kaum etwas – eine *Quantité négligeable*, allenfalls eine Fußnote wert. Ein immer noch viel gelesener Kinderbuchautor? Um so schlimmer! *Minor poets* tun sich bei uns schwer.

Da haben wir hier also Kästners Gedicht: »Die Zeit fährt Auto.« Rasch runtergehauene Verse, wie wir vermuten, denn das war seine Arbeitsweise, das war der Stil des Studenten und frischgebackenen Redakteurs. Einfache Sätze, einfache Verse, einfache Strophen. Es reimt sich, die Versfüße stimmen, man versteht, was gemeint ist. Keine Formexperimente, keine Artistik, kein Ringen mit dem Weltgeist. Solides, schlichtes Handwerk, »Gebrauchslyrik«, wie sie Kästner selbst genannt hat.

Und dennoch. Der Mann hat einen erstaunlichen Weitblick. Meint er seine Zeit – oder unsere? Das stimmt ja immer noch, Zeile für Zeile! Man nehme die heutige Zeitung und vergleiche mit den aktuellen Nachrichten aus Politik und Wirtschaft. Nun gut, die Globalisierungsfalle kannte Kästner noch nicht, die Umweltprobleme bahnten sich erst an, das Experiment Sozialismus war noch nicht endgültig gescheitert. Aber sonst: Hut ab! Der Dichter als Seher – wird dieses Modell hier nicht auf das schönste bestätigt?

Es wäre jedoch ein arges Mißverständnis, wollte man Dichtung als eine Art Wahrsagerei mit einer gewissen Trefferquote legitimieren. Überraschend ist nicht, daß das Bild der Zeit vor rund siebzig Jahren immer noch aktuelle Bedeutung hat. Erschreckend ist vielmehr – und das wäre es auch für den Moralisten Kästner –, daß sich in der menschlichen Gesellschaft nichts wesentlich geändert hat. Der Globus dreht sich wie eh und je. Kein Fortschritt, Wiederkehr des Ewiggleichen. Dabei sind nicht nur Geld, Konjunktur und Wirtschaft gemeint: *Das Leben fliegt wie ein Gehöft vorbei* – unkontrollierbar wie ein Geschoß.

Dies ist das Gedicht eines jungen Menschen von nicht dreißig Jahren. Und doch klingt es wie das Resümee eines alten Mannes. Am Ende ist es der kalte, ungerührte Blick der Moiren, der Schicksalsgöttinnen, die aus erhabener Distanz das groteske Menschengewimmel betrachten. Die dichterischen Mittel sind nur auf den ersten Blick einfach. Durch den geschickt variierten Refrain, durch die lautlose, magische Bewegung der Erdkugel schließen sich die disparaten Einzelheiten zusammen. Dem unheimlichen Sog des Gedichtes kann man sich schwer entziehen. Frivole Zeilen verstärken nur seinen grotesken Charakter.

ERICH KÄSTNER
FAMILIÄRE STANZEN

Wenn sich Leute, die sich lieben, hassen,
tun sie das auf unerhörte Art.
Noch in allem, was sie unterlassen,
bleibt ihr Haß aufs sorglichste gewahrt.
Keiner will vorm anderen erblassen.
Selbst die falschen Zähne sind behaart.
Und auch bei den höflichsten Gesprächen
sieht es aus, als ob die Herzen brächen.

Denn sie kennen sich auf jede Weise,
tags und nachts und viele Jahre schon.
Und sie teilten Schlaf und Trank und Speise
und die Sorgen und das Telefon.
Jetzt verletzen sie sich klug und leise.
Lächeln ist noch nicht der schlechtste Hohn.
Jeder Ton ist messerscharf geschliffen.
Und der Schmerz wird, eh es schmerzt, begriffen.

Und sie mustern sich wie bei Duellen.
Beide kennen die Anatomie
ihrer Herzen und die schwachen Stellen.
Und sie zielen kaum. Und treffen sie!
Ach, es klingt, als würden Hunde bellen.
Und die Uhr erschrickt, wenn einer schrie.
Alles, was sie voneinander wissen,
wird wie Handgranaten hingeschmissen!

Aber plötzlich ist ihr Haß verschwunden.
Krank und müde blicken sie sich an.
Und sie staunen über ihre Wunden.
Keiner wußte, daß er beißen kann . . .
Beide sind beim gleichen Schicksal Kunden.
Und sie spielen wieder Frau und Mann.
Denn die Liebe wird nach solchen Stunden
endlich wieder angenehm empfunden.

ROBERT GERNHARDT
UNFAMILIÄRE VERSE

Er schreibe »Gebrauchslyrik«, hat der dreißigjährige Erich Kästner von sich gesagt und selbstbewußt hinzugefügt: »Es gibt wieder Lyriker, die wie natürliche Menschen empfinden und die Empfindungen (und Ansichten und Wünsche) in Stellvertretung ausdrücken.« Darum scheint es Kästner auch in den angeführten Strophen zu gehen. Ihr Inhalt wird jeden familiär anmuten, der etwas Zeit unter Menschen oder mit einem anderen Menschen verbracht hat: Kein Feind weiß so gut zu verletzen wie der Freund oder die Freundin.

Das ist nicht neu, doch das kümmert den Gebrauchslyriker nicht: »Und weil sie nicht für sich selber und um ihrer Sechseroriginalität willen schreiben, finden sie inneren Anschluß.« Fast demütige Dichterworte – aber treffen sie auch auf das angführte Gedicht zu? Daran sind Zweifel erlaubt, die bereits vom Gedichttitel genährt werden: »Familiäre Stanzen«.

Ein Titel, der für Kästner so ungewöhnlich ist wie die Strophenform der Stanze ungebräuchlich. Das typische Kästner-Gedicht ist in volksliedhaften vier- oder fünfzeiligen Strophen verfaßt, und der typische Kästner-Gedicht-Titel bezieht sich auf den Inhalt, nicht die Form der Mitteilung: Es heißt – beispielsweise – »Möblierte Melancholie« oder »Und wo bleibt das Positive, Herr Kästner?«.

Nicht so hier, und das wirft Fragen auf. Warum wählte der Dichter die Stanzenstrophe? Weshalb nennt er sie in der

Überschrift? Glaubte er den ungebildeteren unter seinen Lesern einen Hinweis darauf schuldig zu sein, daß es sich bei den folgenden Zeilen nicht um die normale Kästner-Kost handeln werde? Wollte er den gebildeteren Appetit auf einen besonderen sprachlichen Leckerbissen machen?

»Ein wirklich achtzeiliges Gefüge ist die Stanze (Oktave)«, lese ich in Wolfgang Kaysers »Kleiner deutscher Versschule«. »Festlich« nennt er sie, »eine Fürstin unter den Strophenformen«. Wesentlich sei ihr »die klare Zweiteiligkeit«, schreibt Kayser und wird unversehens selber zum Sänger: »Denn das dreimal wiederkehrende Zeilenpaar stellt doch nur die große Freitreppe dar, über der sich nun der krönende Abschluß des Reimpaars erhebt.«

Eine feierliche Strophe also, die denkbar große Distanz zu jeder Art von Gebrauchslyrik wahrt und die von großen Dichtern auch nur dann genutzt wurde, wenn sie Gewichtiges zu besingen oder Bedeutendes zu sagen hatten – Goethe beispielsweise vertraute der Stanze seine tiefsinnigen »Urworte. Orphisch« an. Und was tut Kästner? Formal ist die von ihm errichtete Freitreppe makellos: Die fünfhebigen Jamben mit wechselnd männlichem und weiblichem Ausgang, der dreifach gekreuzte Reim samt abschließendem Paarreim – alles stimmt. Und doch paßt nichts zusammen.

Nicht große Gedanken paradieren, kleinliche Gefühle randalieren auf dem feierlichen Bau, und auch die Wortwahl ist nicht gerade die, welche man von einer Fürstin erwarten würde: »Alles, was sie voneinander wissen, / wird wie Handgranaten hingeschmissen.« Dieser schreiende Widerspruch zwischen feierlicher Hülle und banalem Inhalt war es wohl, der Kästner zu seinen Stanzen gereizt und ihn –

vermute ich – während der Abfassung der vier Strophen belustigt hat.
»Wer gutsitzende Frackanzüge liefern will, muß fürs Schneidern begabt sein. Und wer Gedichte schreibt, muß es können«, hat Kästner in der bereits zitierten »Prosaischen Zwischenbemerkung« postuliert – nun zeigt er, was er kann: Selbst einem so ein-, wenn nicht unförmigem Thema wie »Familienstreit« verpaßt er tadellos geschneiderte Stanzen, sogar mit kleinen, feinen Extras versehen wie dem, daß der Paarreim der letzten Strophe das Reimwort von deren erster Zeile aufnimmt, wodurch das glückliche Ende der familiären Ungereimtheiten nicht nur inhaltlich behauptet, sondern auch formal aufs Überzeugendste belegt wird.
All das hat mit Sechseroriginalität nichts zu tun, ist jedoch originell. Allerdings bezweifle ich, daß es Kästner auch nur einen Moment lang darum ging, mit seinen »Familiären Stanzen« die Empfindungen »natürlicher Menschen« auszudrücken. Ich glaube vielmehr, daß er auf jenen subtilen Spaß aus war, den das Spiel mit der Sprache dem beschert, der es beherrscht, und jenen, die es begreifen, aufgeweckteren Lesern also.

ERICH KÄSTNER
KENNST DU DAS LAND, WO DIE KANONEN BLÜHN?

Kennst Du das Land, wo die Kanonen blühn?
Du kennst es nicht? Du wirst es kennenlernen!
Dort stehn die Prokuristen stolz und kühn
in den Bureaus, als wären es Kasernen.

Dort wachsen unterm Schlips Gefreitenknöpfe.
Und unsichtbare Helme trägt man dort.
Gesichter hat man dort, doch keine Köpfe.
Und wer zu Bett geht, pflanzt sich auch schon fort!

Wenn dort ein Vorgesetzter etwas will
– und es ist sein Beruf etwas zu wollen –
steht der Verstand erst stramm und zweitens still.
Die Augen rechts! Und mit dem Rückgrat rollen!

Die Kinder kommen dort mit kleinen Sporen
und mit gezognem Scheitel auf die Welt.
Dort wird man nicht als Zivilist geboren.
Dort wird befördert, wer die Schnauze hält.

Kennst Du das Land? Es könnte glücklich sein.
Es könnte glücklich sein und glücklich machen!
Dort gibt es Äcker, Kohle, Stahl und Stein
und Fleiß und Kraft und andre schöne Sachen.

Selbst Geist und Güte gibt's dort dann und wann!
Und wahres Heldentum. Doch nicht bei vielen.
Dort steckt ein Kind in jedem zweiten Mann.
Das will mit Bleisoldaten spielen.

Dort reift die Freiheit nicht. Dort bleibt sie grün.
Was man auch baut – es werden stets Kasernen.
Kennst Du das Land, wo die Kanonen blühn?
Du kennst es nicht? Du wirst es kennenlernen!

WOLFGANG WERTH
EIN GEFLÜGELTES WORTSPIEL

Wortwitzelei gehört zu den trüben Vergnügungen der sogenannten Spaßgesellschaft. Auch in seriösen Blättern wird bedenkenlos gekalauert. So war 1998, im Jubiläumsjahr des großen b. b., an mindestens fünf prominenten Stellen die Unterschrift »Alles was Brecht ist« zu lesen.

Zu Erich Kästner vom Jahrgang 1899 bot sich den Witzbolden nichts Ähnliches an. Dieser viel zitierte Zeit(ungs)-dichter könnte ihnen aber zeigen, was ein produktives Wortspiel ist. »Seelisch verwendbar« für die »kleinen Leute« sollten seine Gedichte sein, Gebrauchslyrik – und das sind sie auch deshalb, weil Kästner von Vorgefundenem guten Gebrauch zu machen wußte. Gern hat er Redewendungen, Sprichwörter, Liedzeilen und Klassiker-Zitate ver-wendet und so zu neuer Kenntlichkeit entstellt.

So mancher kästnerschen Umprägung eines geflügelten Wortes sind selbst Flügel gewachsen. Immerhin eine wurde, als Fußnote, in den Büchmann aufgenommen: »Kennst Du das Land, wo die Kanonen blühn?« Wozu Kindlers Literaturlexikon etwas säuerlich anmerkt, das so beginnende Gedichte aus dem Debütband »Herz auf Taille« (1928) gehöre »wohl nicht zuletzt wegen der Goethe-Anspielung« zu den berühmtesten Kästner-Texten.

Kanonen statt Citronen – zwei Silben nur und nur einen Vokal hat der »Anspieler« in Mignons Sehnsuchtsfrage ausgetauscht –, und er hat damit einen ganz anderen Ton und ein brisantes Thema angeschlagen. Nichts lag ihm ferner, als sich einen Jux zu machen und das Reimschema und die hochgestimmte Melodie des Goetheschen Gedichts parodistisch nachzuahmen. Mignon läßt ihrem in die Frageform gekleideten Lockruf drei Verse folgen, die dem Geliebten ein paradiesisches Italien vor die Seele zaubern. Die nun inniger wiederholte Frage »Kennst du es wohl?« erwartet die Bereitschaft des Angesprochenen zum gemeinsamen Aufbruch ins ersehnte Land. Kästner dagegen wendet sich an den zeitgenössischen Leser – und Mitbürger in der späten Weimarer Republik –, und er tut es wie ein Lehrer, der einen unwissenden Schüler vor sich hat. Verwundert und tadelnd klingt die sofort folgende Nachfrage. »Du kennst es nicht?« Doch Abhilfe ist in Sicht: »Du wirst es kennenlernen!« Das muß noch nicht als Drohung, es darf als Ankündigung des nun folgenden Belehrungsversuchs verstanden werden.

Schon mit dem zweiten Vers hat sich Kästner ganz von der Vorlage gelöst zugunsten einer vierversigen, überkreuz gereimten Strophenform, die seinem pädagogisch-plakativen Vorhaben angemessen ist. Sie taugt im übrigen auch dazu, weitere Fremdzitate aufzunehmen: »stolz und kühn« wie die Burgen in Franz Kuglers Lied »An der Saale hellem Strande« stehen die Prokuristen in den Büros; »und andere gute Sachen« erinnern an »und alle warmen Sachen« in Matthias Claudius' »Lied hinterm Ofen zu singen«; und genial verengt Kästner ein berühmtes Nietzsche-Wort (aus dem Zarathustra), wenn er vom »Kind in jedem zweiten Mann« spricht, das »mit Bleisoldaten spielen« will.

Der Lehrer Kästner schildert das Kanonenland als 1928 schon sehr nahe negative Utopie. »Dort« herrschen die Zustände, deren Keime der wachsame Blick »hier« bereits vorfindet. Es herrscht ein zur Allmacht drängender Militarismus. Kaum mehr zivil bemäntelt, erobert er die Alltagswelt, läßt Bürovorsteher wie Unteroffiziere kommandieren und den Verstand – der Angestellten – »erst stramm und zweitens still« stehen. Schlimm ist das. Aber noch Schlimmeres droht. Die nächste Generation wird keine unsichtbaren Helme mehr tragen. Sie kommt schon militärisch gespornt und gescheitelt auf die Welt. Fortpflanzung als Produktion von Kanonenfutter – ihr setzte der entschiedene Antimilitarist Kästner (dem 1917 während seiner Ausbildung zum Richtkanonier ein sadistischer Sergeant »das Herz versaut« hatte) an anderer Stelle die Devise entgegen: »Komm, laß uns den Geburtenrückgang pflegen!«

». . . wer die Schnauze hält.« Nach dem Wörtchen »hält« hält auch das Gedicht inne. Das Kanonenland ist hinreichend gekennzeichnet. Auf die verkürzt wiederholte Anfangsfrage – »Kennst Du das Land?« – scheint nur noch die Antwort »ja« möglich zu sein. Doch nach einer deutlichen Pause setzt der »Lehrer« neu an, um so etwas wie ein sachliches Idyll zu entwerfen – im Konjunktiv. Glücklich sein (das muß er zweimal seufzen) und glücklich machen könnte dieses Land, denn es ist reich an Produktionsmitteln, und es mangelte auch nicht an der Fähigkeit, sie zu nutzen. Aber das Lob der schönen Möglichkeiten wird rasch eingeschränkt. Nur »dann und wann« und »nicht bei vielen« ist das Positive zu finden. Und weil es zu wenig davon gibt, scheint dem Dichter leider angebracht, was sein heftigster Kritiker Walter Benjamin ihm angekreidet hat: »linke Melancholie«. Die Unbelehrbaren lernen nichts. Das Land, wo die Kanonen blühn – sie werden es tatsächlich kennenlernen (müssen).

Am 10. Mai 1933 stand Erich Kästner auf dem Berliner

Opernplatz, sah mit an, wie fanatisierte Nazi-Studenten auch seine Bücher verbrannten, und ballte die Faust – in der Tasche. Ein Prophet, der leider recht behalten hatte.

ERICH KÄSTNER
MASKENBALL IM HOCHGEBIRGE

Eines schönen Abends wurden alle
Gäste des Hotels verrückt, und sie
rannten schlagerbrüllend aus der Halle
in die Dunkelheit und fuhren Ski.

Und sie sausten über weiße Hänge.
Und der Vollmond wurde förmlich fahl.
Und er zog sich staunend in die Länge.
So etwas sah er zum erstenmal.

Manche Frauen trugen nichts als Flitter.
Andre Frauen waren in Trikots.
Ein Fabrikdirektor kam als Ritter.
Und der Helm war ihm zwei Kopf zu groß.

Sieben Rehe starben auf der Stelle.
Diese armen Tiere traf der Schlag.
Möglich, daß es an der Jazzkapelle –
denn auch die war mitgefahren – lag.

Die Umgebung glich gefrornen Betten.
Auf die Abendkleider fiel der Reif.
Zähne klapperten wie Kastagnetten.
Frau von Cottas Brüste wurden steif.

Das Gebirge machte böse Miene.
Das Gebirge wollte seine Ruh.
Und mit einer mittleren Lawine
deckte es die blöde Bande zu.

Dieser Vorgang ist ganz leicht erklärlich.
Der Natur riß einfach die Geduld.
Andre Gründe gibt es hierfür schwerlich.
Den Verkehrsverein trifft keine Schuld.

Man begrub die kalten Herrn und Damen.
Und auch etwas Gutes war dabei:
Für die Gäste, die am Mittwoch kamen,
wurden endlich ein paar Zimmer frei.

KLARA OBERMÜLLER
DER NATUR RISS DIE GEDULD

Diese alten Weltbilder hatten auch ihr Gutes: Im Himmel tummelten sich allerlei Götter, in jedem Bach und jedem Strauch hockte eine Nymphe oder ein Faun, und der Mensch fühlte sich geborgen in der beseelten Natur. Zumindest, solange alles gutging. Und wenn nicht, so wußte er wenigstens, woher das Unglück kam, und auch, wie es sich vielleicht ein andermal verhindern ließ. Erzürnte Nymphen, beleidigte Götter lassen sich zur Not auch wieder besänftigen.

Wir Heutigen haben es da ungleich schwerer: Stolz darauf, den Himmel entvölkert und die Natur entzaubert zu haben, stehen wir da und wissen nicht mehr, wer all die Überschwemmungen, Wirbelstürme, Erdbeben und Lawinenniedergänge schickt, die uns Erdenbewohnern in jüngster Zeit zu schaffen machen. Den lieben Gott jedenfalls können wir nicht mehr verantwortlich machen; den haben wir längst selber abgeschafft.

In seinem Gedicht »Maskenball im Hochgebirge« zeigt Erich Kästner einen eleganten Ausweg aus diesem Dilemma auf: Die Natur ist es, die die Geduld mit uns verloren hat. Sie rächt sich und schlägt zurück. Damit ist der liebe Gott, damit sind aber auch wir Menschen fein aus der Sache raus. Kein Wunder deshalb, daß sich diese Logik bei den Kommentatoren des Lawinenwinters 1999 so großer Beliebtheit erfreute. In scheinbar sicheren Dörfern fordern Lawinenniedergänge Dutzende von Toten. Die Natur hat sich gerächt – an wem, wofür? Hauptsache: »Den Verkehrsverein trifft keine Schuld.« Und auch die nicht, die in Lawinenhänge hineingebaut hatten, weil sich mit Zweitwohnungen gutes Geld verdienen ließ. Entsprechende Warnungen von Umweltschützern und anderen Spinnern waren in den Wind geschlagen worden. Es wurde weitergebaut und weitergerodet. Pisten fraßen sich in den Boden. Die Erosion nahm ihren zerstörerischen Lauf, bis nichts mehr da war, was den tödlichen Niedergang der Lawinen hätte aufhalten können.

Mit dem Bild von der sich rächenden Natur haben wir unsere Verantwortung einmal mehr an ein Numinosum delegiert – und nichts aus der Katastrophe gelernt. Im Gegenteil: »Für die Gäste, die am Mittwoch kamen, wurden endlich ein paar Zimmer frei.« Die Natur hat aufgeräumt und Platz gemacht – das wüste Treiben kann von vorn beginnen.

Als das Gedicht »Maskenball im Hochgebirge« 1930 in dem Band »Ein Mann gibt Auskunft« erschien, steckte der Wintersport noch in seinen schlichten Anfängen. Die Anzüge waren aus dunklem Wollstoff gefertigt, die Schuhe rochen nach Juchtenfett, und wer auf die Gipfel wollte, schnallte sich Seehundfelle unter die Bretter. Von Maskerade am Berg, wie wir sie heute kennen, keine Spur. Also hatte Erich Kästner kaum den Skibetrieb im Visier, als er sein Gedicht von den toll gewordenen Gästen im Hochgebirge zu Papier brachte. Was da schlagerbrüllend aus der Halle stürmt und in billigem Flitter über die vereisten Hänge saust, das sind viel eher seine Zeitgenossen, die in blindem Taumel der politischen Katastrophe entgegenstürzen. Nichts sehen und nichts hören wollen von dem, was sich da anbahnt. Sich verkleiden und mit wildem Lärm betäuben, um nicht sehen zu müssen und hinterher behaupten zu können, man habe von allem nichts gewußt. 1930 wäre vielleicht noch Zeit gewesen, das Steuer herumzureißen. Dies scheint der Mann, der da über die politischen Zustände im Land Auskunft gibt, damals noch gehofft zu haben, geglaubt schon nicht mehr ganz. »Die Umgebung glich gefrornen Betten. / Auf die Abendkleider fiel der Reif.« Die Maskerade kippt und wird zum Totentanz.

Fünfzehn Jahre nach Erscheinen des Gedichts lag Deutschland in Schutt und Asche. Und es war wie nach den Lawinenniedergängen dieses Winters: Einige wenige sprachen von Verantwortung, viele von einer Katastrophe, die über das deutsche Volk gekommen war. Oder, wie es bei Kästner heißt: »Dieser Vorgang ist ganz leicht erklärlich. / Der Natur riß einfach die Geduld. / Andre Gründe gibt es hierfür schwerlich. / Den Verkehrsverein trifft keine Schuld.«

Kästner wußte, daß es keinen menschlicheren Traum gibt als den, schuldlos durchs Leben zu kommen. Aber auch keinen vergeblicheren. Schon Ende der zwanziger Jahre ahnte er, wie alles kommen würde. Und als er vor dreißig Jahren starb, mußte er erkennen, daß er recht gehabt hatte. Es waren Zimmer frei geworden. Das Treiben konnte weitergehen. Und noch immer und schon wieder gilt: »Den Verkehrsverein trifft keine Schuld.«

ERICH KÄSTNER
MORAL

Es gibt nichts Gutes
außer: Man tut es.

DOLF STERNBERGER
DIE PRAKTISCHE VERNUNFT IN EINER NUSS

Das sitzt. Ein wahres Kolumbus-Ei. Diese Knappheit ist nicht zu überbieten. Zwei Zeilen zu je vier Wörtern. Sagt man es laut auf, so hört man in jeder Verszeile auch nur zwei Hebungen, und weiter wollen wir in das Versmaß und die Versfüße nicht eindringen, denn das Ganze ist ja nicht nach strengem Gesetz gebaut, vielmehr, im Gegenteil, leicht hingeworfen, wie hingeplaudert. Immerhin gibt es einen Reim, und er enthält selber einen komischen Effekt. Auf das erhabene Adjektiv »Gutes« reimt sich nicht ein Wort von ähnlicher Art – wie zum Beispiel »Mutes« –, sondern »man tut es«. Die grammatische Differenz zwischen jenem gleichsam Ruhenden und Seienden und diesem »Tätigkeitswort« schlechthin, obendrein salopp konjugiert mit »man«, das gibt dem »Einverständnis« der Reimwörter ein Salz des Widerspruchs, fast ein Element von Spott.

Was die Verse aussprechen, ist ein Paradox. Man könnte es für ein Bonmot nehmen, und das wäre ja gewiß nicht das Schlechteste. Aber von solchen Einfällen und Wortspielen, wie sie neuere Kleinkünstler gern in gebrochenen Verszeilen absetzen (ohne Reim natürlich), unterscheidet sich Kästners Meisterwerkchen durch die Bedeutung des Gedankens. Fast wäre man versucht, es ein Lehrgedicht zu nennen. Ich weiß, man soll ein kleines Boot nicht mit großer Last befrachten, und ich muß eine Hemmung überwinden, bevor ich ausspreche, daß dieses Bonmot eine Philosophie mitführt, eine Philosophie im gewichtigen deutschen Sinne des Wortes. Aber ich spreche es aus. Das kleine Boot bringt diese Fracht schon selber mit, es ist nicht der Kommentar, der sie erst darauf lüde. Sie hat freilich nur geringen Umfang, stellt ein Konzentrat dar; es ein wenig aufzulösen, darin besteht das Geschäft der Deutung. Ein wenig, nicht zu sehr.

Die erste Zeile macht eine allgemeine Aussage über die Beschaffenheit der Welt überhaupt, der Menschenwelt, und zwar eine negative, ja vernichtende: Es gibt nichts Gutes. Die zweite Zeile scheint die erste Lügen zu strafen, indem sie von jener empirisch-allgemeinen Feststellung eine Art Ausnahme statuiert. Aber diese Ausnahme ist ihrerseits nicht feststellbar. Die Ausnahme kann nicht erkannt und registriert werden – in dem Sinne: es gebe also eben doch etwas Gutes –, sie kann nur allenfalls vollzogen werden. Wenn und sofern nämlich einer auf den Appell hört. Die Ausnahme spielt sich gleichsam in einem anderen Medium ab als die Regel. Der erste Satz ist wahr, wenn auch in einer trivialen Weise, der zweite muß erst noch wahr werden. Es müßte wahr werden, wenn »man« seiner Aufforderung, seinem Postulat folgte. Beide Sätze zusammen bilden zwar ein Paradox, aber sie widersprechen einander keineswegs. Daß es objektiv, in dem Medium der erkennbaren Tatsachen, nichts Gutes gebe, bleibt durchaus gültig. Das Gute »gibt es« nicht, man – das heißt: ich, du, er, sie, es – kann es nur tun.

Hier ist Immanuel Kant ganz in der Nähe. Seine Abhandlung, sagt er in der Vorrede zu der zweiten seiner drei großen »Kritiken«, solle bloß dartun, »daß es reine praktische Vernunft gebe«, praktische Vernunft im Unterschied zur theoretischen oder spekulativen Vernunft. Und von ihr heißt es: »... wenn sie als reine Vernunft wirklich praktisch ist, so beweist sie ihre ... Realität durch die Tat, und alles Vernünfteln wider die Möglichkeit, es zu sein, ist vergeblich«. Das ist dasselbe Paradox, bei Kant wie bei Kästner, bei Kästner wie bei Kant. Da ist eine Art von Vernunft, die sich einzig durch die Tat beweist; als eine Tatsache, ein Sein oder Wesen ist sie in der Welt nicht anzutreffen, es »gibt« sie nicht. »Außer man tut es.« Die Freiheit, etwas Gutes zu tun – Kant nennt es sogar die »Pflicht« –, fährt senkrecht wie ein Blitz durch die Fläche der platten Welt, worin es nichts Gutes gibt. Aber die Tat verschwindet im Tun, es bleibt nichts zurück, was man vorzeigen könnte zu einem Beweis, daß es doch etwas Gutes in der Welt gebe. Man tut es, und damit ist's getan. Vorausgesetzt, daß »man« es tut.

Kästner wußte, wovon er sprach. Er denkt, indem er dichtet, aber mühelos. Er ist hier zur höchsten Einfachheit gelangt.

ERICH KÄSTNER
SACHLICHE ROMANZE

Als sie einander acht Jahre kannten
(und man darf sagen: sie kannten sich gut),
kam ihre Liebe plötzlich abhanden.
Wie andern Leuten ein Stock oder Hut.

Sie waren traurig, betrugen sich heiter,
versuchten Küsse, als ob nichts sei,
und sahen sich an und wußten nicht weiter.
Da weinte sie schließlich. Und er stand dabei.

Vom Fenster aus konnte man Schiffen winken.
Er sagte, es wäre schon Viertel nach Vier
und Zeit, irgendwo Kaffee zu trinken.
Nebenan übte ein Mensch Klavier.

Sie gingen ins kleinste Café am Ort
und rührten in ihren Tassen.
Am Abend saßen sie immer noch dort.
Sie saßen allein, und sie sprachen kein Wort
und konnten es einfach nicht fassen.

RUDOLF WALTER LEONHARDT
SACHLICH UM DER LESER WILLEN

Das Gedicht steht am Anfang des Gedicht-Bandes »Lärm im Spiegel«; es ist der Prolog, mit dem sich der durch »Herz auf Taille« gerade berühmt-berüchtigt gewordene Neunundzwanzigjährige (1928) seinen Lesern ausweisen will. Und der Titel »Sachliche Romanze« steht für ein Programm: So etwas »Romantisches« wie Liebe wird nicht geleugnet, im Gegenteil, es gehört auch bei Kästner zum Repertoire. Aber es wird in nüchterner, »neuer Sachlichkeit« darüber berichtet. Gereimte Prosa? Journalismus in Versen? Gedichte als Lebenshilfe?

All das wollte Kästner. Lebenshilfe vor allem. Nicht: sich selber darstellen (ihm kam die eine oder andere Liebe erst viel später »abhanden«); nicht: der Sprache Urlaute entlocken (er wollte allgemeinverständlich sein); nicht: Auswege in einer poetischen Metaphysik suchen (er liebte das Leben so, wie es ist, oder doch, seiner nie verzagenden Hoffnung nach, sein könnte).

Auf jedes formale Raffinement wird verzichtet. Die Sätze sind von lakonischer Kürze und schulfibelartiger Klarheit. In der vierten Strophe den Rhythmus zu brechen durch einen zusätzlichen Vers, ist das Äußerste, was Kästner hier sich und seinen Lesern zumutet. Es wird eine »alte Geschichte« erzählt, die daran erinnert, was bei Heine zwischen »Jünglingen« und »Mädchen« passiert. Da brechen dann Herzen entzwei. In der Tat ist Kästner ohne den Vorgänger Heine nicht zu denken. Was unterscheidet ihn?

Es geht um scheinbar Triviales, wobei der Schein des Trivialen deutlich genug hervorgehoben wird. Das größte Menschenglück – für Kästner und andere: die Liebe – soll sich nicht von ganz poesielosen alltäglichen Gebrauchsgegenständen unterscheiden. Jüngere, denen »Stock oder Hut« keineswegs mehr alltägliche Gebrauchsgegenstände sind, mögen Kästners Vergleich als leicht nostalgie-verstaubt empfinden; aber Stöcke und Hüte »kamen« in den zwanziger Jahren so oft »abhanden« wie heute Kugelschreiber oder Autoschlüssel.

Die erste Strophe könnte, zur Not, auch von Heinrich Heine stammen. Dann jedoch beschwört Kästner hier wie so oft eine Bürgertugend, die Heine auch schon kannte, aber so unverstellt nie beschrieben hätte: inmitten der traurigsten Ratlosigkeit verzweifelte Tapferkeit. Man muß die Form wahren, man darf niemanden verletzen, schon gar nicht den, den man einmal geliebt hat. Die einstmals alles sich waren und die nun alles verloren haben: sie schreien einander nicht an, sie bringen sich nicht um, was doch zumindest literarisch ganz wirkungsvoll wäre; sie stehen irgendwo herum und klammern sich daran: nachmittags wird Kaffee getrunken. So weit stimmt die Welt noch. Am Abend freilich hat man nicht mehr im Café zu sitzen. Das ist nicht in Ordnung.

Kästners Geschichten in Vers und Prosa sind oft ganz einfach traurig und in ihrer Traurigkeit völlig unabhängig von gesellschaftlichen Zusammenhängen, total unkorrigierbar. Humanismus und Sozialismus lagen ihm gleich nahe, aber sie bedeuteten ihm nicht das gleiche. Er verehrte Schopenhauer und glaubte mit ihm an das Mitleid als den höchsten moralischen Wert.

Dieses Gedicht ist wie viele Kästner-Gedichte eine Parabel: Wie den beiden geht es Tausenden. Und da Tausende von einem solchen ganz nüchternen, trivialen, journalistischen Versgebilde sich berührt gefühlt haben, ist es womöglich so »trivial« nun wieder auch nicht. »Trivial« ist nur der unnütze Allgemeinplatz. Kästners Verse wären treffender mit »ungemein schlicht« zu bezeichnen. Sie können ja nützen. Sie wollen es auch.

Kästner wollte Lebenssituationen so darstellen, daß viele sich betroffen und manche sich getröstet fühlen. Das »Abhandenkommen« der Liebe ist ein großes Thema. Es bedarf, dennoch oder daher, für Kästner nicht der großen Worte. Seine Leser danken ihm das.

ERICH KÄSTNER
SOGENANNTE KLASSEFRAUEN

Sind sie nicht pfui teuflisch anzuschauen?
Plötzlich färben sich die »Klassefrauen«,
weil es Mode ist, die Nägel rot!
Wenn es Mode wird, sie abzukauen
oder mit dem Hammer blauzuhauen
tun sie's auch. Und freuen sich halbtot.

Wenn es Mode wird, die Brust zu färben
oder, falls man die nicht hat, den Bauch ...
Wenn es Mode wird, als Kind zu sterben
oder sich die Hände gelbzugerben,
bis sie Handschuhn ähneln, tun sie's auch.

Wenn es Mode wird, sich schwarzzuschmieren ...
Wenn verrückte Gänse in Paris
sich die Haut wie Chinakrepp plissieren ...
Wenn es Mode wird, auf allen Vieren
durch die Stadt zu kriechen, machen sie's.

Wenn es gälte, Volapük zu lernen
und die Nasenlöcher zuzunähn
und die Schädeldecke zu entfernen
und das Bein zu heben an Laternen –
morgen könnten wir's bei ihnen sehn.

Denn sie fliegen wie mit Engelsflügeln
immer auf den ersten besten Mist.
Selbst das Schienbein würden sie sich bügeln!
Und sie sind auf keine Art zu zügeln,
wenn sie hören, daß was Mode ist.

Wenn's doch Mode würde, zu verblöden!
Denn in dieser Hinsicht sind sie groß.
Wenn's doch Mode würde, diesen Kröten
jede Öffnung einzeln zuzulöten!
Denn dann wären wir sie endlich los.

CHRISTA ROTZOLL
WIDER DIE ROTEN NÄGEL

Donner, das ist Ingrimm, das hat Schwung! Was bringt den jungen Doktor Kästner so in Rage? Anscheinend waren, als er diesmal loslegte, gerade die roten Fingernägel aufgekommen. Die haben sich – das Gedicht ist eben fünfzig Jahre alt – also nicht schlecht gehalten. Über rotgefärbte Nägel regt man sich wohl heute nicht mal mehr in Bayern auf. Sie dürfen andererseits auch im mondänsten Zirkel fehlen und könnten hier und dort sogar zum Spießer-Ausweis abgewertet worden sein, sind jedenfalls Geschmackssache.
Die anderen Mode-Einfälle hat der Satiriker – sein gutes Recht! – hinzugesponnen: bei allem Widerwillen so sinnfällig, so flott, daß auch sie in jenem Halbjahrhundert, das seit ihrer Kreation verflossen ist, fast nicht gelitten haben. Sie werden immer noch, wenn auch wohl nicht mehr von den Allerjüngsten, freudig hergezählt.
Daß Kästner seine Wut und die Entrüstung über Zeiterscheinungen mit viel Geschick, mit Schick sogar, gehandhabt hat, ist mittlerweile Schulweisheit. Woher die Wut gekommen ist, wie echt sie jeweils war, das ist nicht ganz so sicher. Der Mensch, auch der politisch regsame, geweckte, klebt vor allem an sich selbst, das wollen wir nicht vergessen. Den Unteroffizier, dem er den Herzknacks zu verdanken hat, muß Kästner aufrichtig gehaßt haben, den einzelnen Sadisten wie die Welt, die ihn zu seinen Schindereien ermutigte. Aber die Klassefrauen? Die Damen der

Oberklasse oder mehr die Männerkundigen aus der Lieblingsbar? Haben sie den Schüchternen durch unbefangene Zugriffe zunächst verletzt?
Die Schocks, die sogenannte Klassefrauen verschuldet haben mögen, waren, was den Privatmann Kästner anging, wohl nach ein paar starken Schreibanfällen ausgeheilt. Ich kann mir Kästner nicht beim freundschaftlichen Umtrunk mit Ernst Jünger oder Hindenburg vorstellen, der Schaden saß zu tief. An Klassefrauen hat es in seiner Nachbarschaft, solange ich hinsehen konnte, nie gefehlt. Mit der rührenden und schlichten Mutter, die dem Sohn immer die Wäsche nachtrug, hatten Kästners Flirts und Freundinnen keinerlei Ähnlichkeit. Nun, eine vielleicht doch: sie taten alle oder ziemlich alle irgendwas, sie waren nicht die großbürgerlichen Drohnen des Gedichts, sondern berühmte oder weniger berühmte Filmschauspielerinnen, kesse Chansonetten, Journalistinnen, auch Sekretärinnen. Ich habe ihnen zwar damals nicht auf die Fingernägel gesehen, doch rote hätten zu diesen schnittigen und manchmal schlangenhaften Geschöpfen gepaßt. Kästner-Frauen waren Frauen von erotischer Kultur und rechte Weltstadt-Pflanzen, einige mit Witz.
Vielleicht hat unser Moralist schon 1930 sein Entsetzen einem guten Zweck zuliebe überdreht. Indem er – übrigens am Ende höchst brutal, nach unseren Begriffen unzulässig – auf die Modepuppen eindrosch, konnte er es auch den Käufern dieser Puppen geben, den gewissenlosen Schwerreichen. Gezeigt und gespuckt hat er gleichwohl fast nur auf die äußeren Verunstaltungen, die Frauen, die das Kommando respektieren, dem eigenen Leib zumuten. Wenn er geahnt hätte, wie ganz und gar belanglos, nicht der Rede wert nun jede noch so kühne Haartracht oder

Badekostümierung ist, deren Schöpfer nur der unschuldige Erwerbssinn angetrieben hat! Was heute herrscht und was die jungen Frauen in Bild und Ton einander angleicht bis zur Nicht-mehr-Unterscheidbarkeit, sind die Gesinnungsmoden. Sie richten mehr an als die ärgsten Krämpfe des Verschönerungsgeschäfts.

ERICH KÄSTNER
ZUR FOTOGRAFIE EINES KONFIRMANDEN

Da steht er nun, als Mann verkleidet,
und kommt sich nicht geheuer vor.
Fast sieht er aus, als ob er leidet.
Er ahnt vielleicht, was er verlor.

Er trägt die erste lange Hose.
Er spürt das erste steife Hemd.
Er macht die erste falsche Pose.
Zum ersten Mal ist er sich fremd.

Er hört sein Herz mit Hämmern pochen.
Er steht und fühlt, daß gar nichts sitzt.
Die Zukunft liegt ihm in den Knochen.
Er sieht so aus, als hätt's geblitzt.

Womöglich kann man noch genauer
erklären, was den Jungen quält:
Die Kindheit starb; nun trägt er Trauer
und hat den Anzug schwarz gewählt.

Er steht dazwischen und daneben.
Er ist nicht groß. Er ist nicht klein.
Was nun beginnt, nennt man das Leben.
Und morgen früh tritt er hinein.

IRING FETSCHER
AUS DER LYRISCHEN HAUSAPOTHEKE

Konfirmanden sehen heute anders aus. Nicht mehr verkleiden sich Vierzehnjährige als Männer, eher schon suchen Männer so auszusehen, als wären sie vierzehn. Das Foto, das die Zeilen von Kästner in uns wachruft, ist ein historisches Dokument geworden. Das Gedicht wird auf das Jahr 1935 datiert. Konfirmationen fanden noch im schwarzen Anzug statt, einige freilich auch schon in der Uniform der Hitlerjugend. Der junge Mann, der da vor uns steht, sieht anders aus, als die Nazis »die deutsche Jugend« sich vorstellten. Aber so schnell hatten sie ihr nicht den Stempel aufdrücken können.

Wie viele Verse Kästners ist auch dieses Gedicht ganz auf Melancholie und Trauer gestimmt. Lesend empfinden wir noch einmal das Unbehagen des jungen Menschen, der da »ins Leben treten« soll und doch viel eher das Empfinden hat, getreten zu werden. Gestern noch durfte er – in einem Freiraum der Unverbindlichkeit – spielen, jetzt soll es nur noch »den Ernst des Lebens« für ihn geben. Die Feierlichkeit, die man ihm aufgezwungen hat, ließe sich auch als Trauer deuten. Trauer über das plötzliche Ende einer Kindheit. Einer Zeit, die gewiß nicht eitel Glück und Wonne war, aber in der es noch keinen Gegensatz zwischen Sein und Schein, zwischen Gefühl und Ausdruck gab. Kaum an der Schwelle zum Erwachsensein, macht er schon »die erste falsche Pose«: Er sucht unbefangen auszusehen, aber es gelingt

ihm nicht. »Er reißt sich zusammen«, aber es wirkt nur verkrampft.
Kästners Stil ist schlicht die Syntax von erstaunlicher Einfachheit. In der zweiten, dritten und fünften Strophe besteht jede Zeile aus einem Hauptsatz. Nur die vierte Strophe formt sich zu einem zusammenhängenden Satz. In ihr wird über das Bild reflektiert, bietet der Autor seine Deutung an: »Die Kindheit starb, nun trägt er Trauer.« Die ersten drei Strophen schildern, was wir auf dem Foto sehen und was der Jüngling – vermutlich – fühlt. In der letzten kehrt Kästner zur Schilderung zurück und schließt lapidar mit der Feststellung: »Was nun beginnt, nennt man das Leben. Und morgen früh tritt er hinein.«
Die lakonische Kürze des Schlusses erinnert noch einmal an die Unerbittlichkeit des Geschehens. In seinen frühen Gedichten affichierte Kästner oft einen schnoddrigen Zynismus, hinter dem sich die Angst des vereinsamten Großstadtbewohners, des von der Krise bedrohten »kleinen Mannes« nur schlecht verbarg. Er führte sich auf wie einer, der im dunklen Walde laut singt, um seine eigne Angst zu übertönen. Hier drängt sich das Mitgefühl des Dichters stärker vor. Aber nach wie vor dominiert die Nüchternheit. Nur seine Gefühle nicht zu sehr sehen lassen. Die Furcht vor der Sentimentalität ist nicht unbegründet. Manchmal entgeht der Autor ihr nur knapp. Auch das gehört wohl zum Kolorit einer versunkenen Zeit, daß man wehmütig und nicht ohne Selbstmitleid auf die eigne Vergangenheit zurückblickt. Und doch, auch wenn heute nur wenige Konfirmanden noch in schlecht sitzenden schwarzen Anzügen »den Schritt ins Leben tun«: Die Zukunft liegt ihnen nach wie vor in den Knochen.

Ich könnte mir deshalb denken, daß Kästners Gedicht einem Konfirmanden, der es heute liest, noch immer hilft, weil es ihm zeigt: Hier hat dich jemand verstanden. Es handelt sich um Gebrauchsverse aus Dr. Erich Kästners lyrischer Hausapotheke. Kein besonders starkes Mittel, aber ein nützliches, von dem mehr zu halten ist als von manch' anspruchsvoller Gedichtsammlung, die in esoterischer Metaphorik sich aufspreizt.

FRIEDO LAMPE
SOMMER VERGLÜHT

Dahlien, Astern, Gladiolen, Georginen,
Mild von der gelben Sonne beschienen,

Drängen prunkend über den Gartenzaun,
Und allüberragend die Sonnenblumen schaun

Mit den großen gelben Gesichtern, den guten,
Während die Rosen sanft verbluten.

Aus der Dorfkirche leises Orgelgebrumme,
Um die prallblauen Trauben Bienengesumme.

Und Nebel steigt auf aus dem feuchten Garten
In Laubkronen, wo die Äpfel verdämmern, die harten.

Und in der Efeulaube auf dem Eisentische
Die bläulich schimmernden, süßduftenden Fische

Und Wein, schwarzrot, und Butter und Brot
Und die Fackel des Monds, die überm Garten loht,

Und Gelächter, Umarmung, Geflüster und Kuß
Und der kühlen Nächte verschwieg'ner Genuß,

Und der braunen Geige dunkler Gesang,
Wie satt das über die Wiesen klang.

Und Jungens, die schwimmen im schwarzen Fluß
Und heben dumpf jauchzend den Arm zum Gruß,

Und Kühe, leibschwere, im Wiesendunst
Muhn auf zu dem Mond. O schlürfe die Gunst,

Die letzte, des Sommers voll in dich ein,
Noch einmal dürfen berauscht wir sein.

Wie alles am tiefsten in Farben glüht,
Bevor es sich neigt und von uns zieht,

Wie Leben, kurz vor dem Untergang,
Bricht aus in flammenden Überschwang

Und dunkel flutenden Lobgesang!

HANS CHRISTOPH BUCH
SINNLICHKEIT UND WELTUNTERGANG

Nach meiner ersten öffentlichen Lesung bei der Gruppe 47 in Saulgau schickte mir der schon damals legendäre Verleger Heinrich Maria Ledig-Rowohlt ein Buch des heute vergessenen Schriftstellers Friedo Lampe mit dem wenig aussagekräftigen Titel »Das Gesamtwerk«. Ledig-Rowohlt legte mir die Lektüre ans Herz, weil er Parallelen zu erkennen meinte zwischen Friedo Lampes Stil und meinen eigenen literarischen Gehversuchen: eine Annahme, die mich eher verstimmt hat, denn damals, im Herbst 1963, war ich neunzehn Jahre alt und wollte wie jeder junge Autor Neuland beackern, anstatt mich in ausgefahrenen Geleisen zu bewegen.

Ich las das 300 Seiten starke Buch mit zu Lebzeiten Lampes veröffentlichter Prosa sowie Lyrik aus dem Nachlaß ohne hochgespannte Erwartungen und legte es ernüchtert aus der Hand. Allzu tief schien mir die Kluft zwischen der grellen Farbigkeit und der zum Schwulst neigenden Symbolik seines Werks und der unterkühlten Sachlichkeit meiner Generation, die sich Franz Kafka und Bertolt Brecht zu Vorbildern erkoren hatte. Aber das von Ledig-Rowohlt gesäte Korn keimte und trug Früchte. Immer wieder blätterte ich in Friedo Lampes Buch, das dreieinhalb Jahrzehnte und noch mehr Umzüge überstand, und irgendwann las ich mich fest.

Diese persönliche Einleitung scheint mir nötig zum Verständnis des vorliegenden Gedichts, das für heutige Leser eine Zumutung darstellt. Ist das nun Kunst oder Kitsch oder – noch schlimmer – dunkel raunende Blut-und-Boden – Lyrik? Oder ist es einfach nur epigonal – Gottfried Benns Astern-Gedicht oder »Einsamer nie als im August«, nachempfunden von einem mediokren Poeten, dessen schmales Talent für selbständiges Schaffen nicht tragfähig war? Nichts von alledem.

Benns Sommergedichte entstanden Mitte der dreißiger Jahre, als der Autor nach anfänglicher Begeisterung für das Dritte Reich seinen Irrtum einsah und sich zurückzog in die innere Emigration. Der gehörte auch Friedo Lampe an, aber sein aus dem Nachlaß ediertes Gedicht stammt vermutlich aus der Spätphase des Zweiten Weltkriegs, nach der Niederlage von Stalingrad. Die pralle Sinnlichkeit der Natur ist durchdrungen von Fäulnis und Morbidität, von Weltuntergangsstimmung, die mehr als nur das Ende eines Sommers beinhaltet. »Und Jungens, die schwimmen im schwarzen Fluß / Und heben dumpf jauchzend den Arm zum Gruß« – der Vers entschädigt nicht bloß für mancherlei Bombast, er faßt das Schicksal einer Jugend, die mit gläubiger Hingabe in den Tod zog, auf engstem Raum zusammen. Der »schwarze Fluß« erinnert an Horst Langes 1937 erschienenen Roman »Schwarze Weide«, den Siegfried Lenz mit Sätzen charakterisiert hat, die genau so auf Friedo Lampe passen: »In der Beschwörung einer Landschaft, die seltsam infiziert zu sein scheint von einer Krankheit der Auflösung, teilt sich eine schaudernde Erwartung mit, Katastrophenerwartung.«

Unter dem NS-Regime verstanden es die Leser, wie später in der DDR, literarische Anspielungen zu entziffern. Friedo Lampe wird damit zum Vorläufer des politisch aufgeladenen Naturgedichts, das sein Weggefährte Peter

Huchel später zur Meisterschaft vervollkommnete. Er starb, 45jährig, im Mai 1945 in Klein-Machnow, irrtümlich erschossen von Soldaten der Roten Armee, die ihn für einen SS-Mann hielten. Auch den eigenen Tod nimmt der Autor im Schlußvers seines Gedichts vorweg.

ELISABETH LANGGÄSSER
DAPHNE AN DER SONNENWENDE

Wird die Verfolgte sich retten
vor seiner düsteren Brunst?
Ihre Gelenke zu ketten,
wirft er ihr Erdrauch und Kletten
zu als ein Zeichen der Gunst.

Glühend, erreicht sie des flachen,
ländlichen Gartens Geviert,
Löwenmaul sperrt seinen Rachen,
ach, und wie feurige Drachen
blühen die Bohnen verwirrt.

Mitleidlos wölben die lauen
Frühsommeräpfel die Brust,
schließt ihre Finger, die schlauen,
Demeter schnell um der blauen
Kapseln betäubende Lust.

Ist eine Zuflucht noch offen?
Lodern dort Fittiche auf?
Da, zwischen Seufzen und Hoffen,
hemmt, von Verwandlung betroffen,
plötzlich das Jahr seinen Lauf.

Und wie sich Erbsen entbinden
jäh von der goldgrünen Wand,
perlen im Anschlag die linden
Tage und rollen und schwinden
kühl durch des Hochsommers Hand.

GÜNTER BLÖCKER
ENTFESSELUNG UND ZÜGELUNG

Vor etlichen Jahren – es muß um 1948 gewesen sein – habe ich dieses Gedicht aus einer Zeitung ausgeschnitten. Aus welcher, weiß ich nicht mehr. Das vergilbte Blättchen, das vor mir liegt, trägt weder Herkunftsbezeichnung noch Datum. Augenscheinlich war die Überwältigung durch das Gelesene stärker als die Verpflichtung zu bibliographischer Sorgfalt. Erst sehr viel später entdeckte ich zu meiner Überraschung, daß es sich bei diesem Abdruck um ein Fragment handelt. Was sich mir als ein fugenlos in sich geschlossenes poetisches Gebilde mitgeteilt hatte, war für die Autorin nur der allerdings grundlegende erste Teil eines lyrischen Triptychons gewesen. Trotzdem will mir dieses Teilstück auch jetzt noch als ein Ganzes erscheinen, das eine Weiterführung, ein verdeutlichendes Umschreiben wohl zuläßt, jedoch keineswegs verlangt.

Die Überwältigung, von der ich sprach und die sich – für mich – heute wie damals mit gleicher Stärke einstellt, ist die eines Form gewordenen Elementarvorgangs – Entfesselung und Zügelung in einem. Das Jahr nähert sich seinem Zenit. Die bebende Fülle, der gewalttätige Überschwang der Natur steigern sich zur Bedrängnis. Elisabeth Langgässer wählt dafür die kühne Metapher der lustvollen Verfolgung. Wer wird verfolgt und von wem? Der Titel wirft uns das Stichwort »Daphne« zu, und der Leser ergänzt es von sich aus durch »Apoll«. Dieser Kunstgriff bewirkt zweierlei: er ermöglicht die Personalisierung des

Naturvorgangs und verleiht ihm zugleich den mythologischen Adel.

Doch in Wahrheit sind wir selber die »brünstig« Verfolgten oder werden dazu. Der drängende daktylische Rhythmus, das die Sinnbewegung vorwärtstreibende Raffinement der Versbrechungen, die dramatische Betonung der Zeilenanfänge, das streng, aber ohne Starrheit durchgehaltene Reimschema der fünfzeiligen Strophen mit der jeweils kraftvoll akzentuierten letzten Zeile – das hat die Unwiderstehlichkeit der großen Form, die zum Mitvollzug nötigt. Die Versbewegung ergreift – weit über das Artistische hinaus – von uns Besitz.

Dann, gegen Ende der vierten Strophe, wird sie jäh angehalten. Das machtvoll herausgehobene »hemmt« errichtet einen Wall, an dem sich der rasende Lauf bricht. Eine Fermate wird gesetzt. Sie zeigt die Wende an, die Verwandlung, verkündet (um mich der spezifischen Terminologie der Autorin zu bedienen) den »Jubelruf der geretteten Natur«, oder, nüchterner gesagt, bezeichnet den Übergang vom drangvollen Werden zum gelösten Sein. Die letzten Zeilen des Gedichts rollen, aus der biologischen Spannung entlassen, leicht dahin, sie »perlen« wie die Hochsommertage, von denen sie sprechen.

Das erscheint in der Intention wie in der Verwirklichung gleich vollkommen. Doch Elisabeth Langgässer, selbstquälerisch um den Ausgleich zwischen heidnischer Naturverfallenheit und katholischer Spiritualität bemüht, wollte mehr. Für sie ist die Sonnen-, die Sommerwende ein Ereignis, in welchem antike Naturwelt ins Christliche transzendiert. Apoll trägt für sie auch Züge des Täufers Johannes. Deshalb hat sie ihrem Gedicht jene Fortsetzung gegeben, von der eingangs die Rede war.

Ob die Ausweitung ins Liturgische, die ihr vorschwebte, gelungen, ob das theologische Gedankenspiel überhaupt ohne Kommentar nachvollziehbar ist, braucht uns an dieser Stelle nicht zu beschäftigen. In der Kunst, in der Poesie zählt allein, was Gestalt, sprechende Gestalt geworden ist; und das ist bei dem hier Abgedruckten auf das vollständigste der Fall, mag es – gemessen an der Absicht der Dichterin – auch nur ein »Fragment« sein.

ELISABETH LANGGÄSSER
FRÜHLING 1946

Holde Anemone,
bist du wieder da
und erscheinst mit heller Krone
mir Geschundenem zum Lohne
wie Nausikaa?

Windbewegtes Bücken,
Woge, Schaum und Licht!
Ach, welch sphärisches Entzücken
nahm dem staubgebeugten Rücken
endlich sein Gewicht?

Aus dem Reich der Kröte
steige ich empor,
unterm Lid noch Plutons Röte
und des Totenführers Flöte
gräßlich noch im Ohr.

Sah in Gorgos Auge
eisenharten Glanz,
ausgesprühte Lügenlauge
hört' ich flüstern, daß sie tauge
mich zu töten ganz.

Anemone! Küssen
laß mich dein Gesicht:
Ungespiegelt von den Flüssen
Styx und Lethe, ohne Wissen
um das Nein und Nicht.

Ohne zu verführen,
lebst und bist du da,
still mein Herz zu rühren,
ohne es zu schüren –
Kind Nausikaa!

HORST KRÜGER
HITLER ÜBERLEBEND

Sie war der einzige deutsche Schriftsteller, der am Ende der Nazizeit nicht mit der berühmten Schublade dastand, die dann leer war. Rassisch verfolgt und mit Schreibverbot belegt, hat sie immer geschrieben. Ihr Roman »Das unauslöschliche Siegel« (1946) machte die Verfemte, die schon 1932 einen Literaturpreis erhalten hatte, in den ersten Nachkriegsjahren rasch wieder bekannt. Für eine ganz kurze Zeit war sie die berühmteste deutsche Schriftstellerin, – mit Recht. 1950 ist sie, einundfünfzigjährig, gestorben. Man hat ihr im selben Jahr noch den Büchner-Preis zuerkannt. Der Ruhm ihres Werks ist dann sehr schnell auf die Germanistik hinuntergekommen: da und dort wird heute sehr kenntnisreich über sie promoviert. Das Publikum hat ihr Werk aus den Augen verloren, inzwischen. Bei der jungen Generation dürfte kaum ihr Name noch etwas besagen. Wer kauft, wer liest heute Elisabeth Langgässer?

Für mich war diese Frau zunächst mehr als Literatur: ein Stück frühes, tastendes Leben. War sie meine geistige Ziehmutter? Jedenfalls wohnten wir im Berlin Adolf Hitlers im selben Haus: Berlin-Eichkamp, Eichkatzweg 35. Ich sehe sie dort immer noch sitzen im Nachbargarten: eine kleine, untersetzte Person mit pechschwarzen Haaren und großer Hornbrille. Sie saß immer auf einer weißen Gartenbank: Haufen Papier auf den Knien: sie schrieb. Sie zeigte mir Briefe von Wilhelm Lehmann, die kamen. Sie gab mir Essays von Eugen Gottlob Winkler zu lesen. 1940 gab sie mir ein Buch über den Gartenzaun, sagte: Lies das mal! Ein Buch aus dem Widerstand! Ich las: Ernst Jünger: »Auf den Marmor-Klippen«.

Elisabeth Langgässer ist trotz ihrer umfangreichen Prosawerke zutiefst immer Lyrikerin gewesen. Ihre spirituelle Grundidee: Geschichte als heidnisch-christlicher Heilskosmos ist, wie mir heute scheinen will, ihrer Poesie nicht immer bekommen. Manches wirkt heute überladen in barock überquellender Metaphorik, aber ein Gedicht wie »Frühling 1946« zum Beispiel ist gelungen, hat überstanden, kann immer noch in mythischen Chiffren den Nachgeborenen sagen, was es heißt, Hitler überlebt zu haben. Dies ist für mich (in der modischen Sprache von heute formuliert) ein antifaschistisches Gedicht, aber aus welcher Tiefe der Geschichte, auf welcher Höhe poetischer Reflexion! Da wird nichts geredet, nichts beteuert und angeklagt: Magie ist in die Sprache gegangen. Der Schmerz der Verfolgten ist reines Staunen, ist Bild-Dankbarkeit geworden: »Aus dem Reich der Kröte / steige ich empor – und des Totenführers Flöte / gräßlich noch im Ohr.«

In ganz einfacher, übersichtlicher, fast klassischer Form, die die Tradition der deutschen Naturlyrik von Goethe bis Loerke, Huchel und Lehmann fortsetzt, ist gleichwohl das Besondere ihrer Poesie hier ablesbar. Wer will, kann sich mit diesem einen Gedicht ihrem ganzen Werk annähern. »Holde Anemone, / bist du wieder da / und erscheinst mit heller Krone / mir Geschundenem zum Lohne / wie Nausikaa?« (Der jungen Generation darf man vielleicht hinzufügen, daß Nausikaa die Tochter des Phäakenkönigs Alkinoos war, die den schiffbrüchigen Odysseus am Strand traf und ins Haus ihres Vaters brachte.)

»Ausgesprühte Lügenlauge / hört' ich flüstern, daß sie tauge / mich zu töten ganz«. Da wird nichts Privates gesagt, da klagt kein Ich, es fällt nicht das Wort Auschwitz: der Schmerz eines Verfolgten ist in die Metamorphosen einer panischen Natur zurückgenommen: »Ach, welch sphärisches Entzücken / nahm dem staubgebeugten Rükken / endlich sein Gewicht?«

Ich liebe dieses Gedicht, weil es das eminent Politische scheinbar ganz »unpolitisch« zur Sprache bringt. Mir scheint das eine Aufgabe, eine immerwährende Möglichkeit der Literatur. Ich liebe es auch, weil es nicht im Schmerz, nicht in Verzweiflung verharrt. Man muß sich die Lage konkret vorstellen: Berlin 1946, ein Trümmerhaufen der Geschichte, Deutschland ein Beinhaus nach Hitlers Totentanz. Was ist die Antwort der Betroffenen? »Anemone! Küssen / laß mich dein Gesicht«. Was bei einem minderen Lyriker unweigerlich in harmlose Naturregression zerlaufen würde, wird hier aus den Anfängen unserer Geschichte in strenger Struktur in Balance gebracht: »Kind Nausikaa!« Man könnte auch sagen: gerettet! Gerettet durch wen?

ELISABETH LANGGÄSSER
VORFRÜHLINGSWALD

Schatten wie Hunde im grauen Gewaid,
Schwarzdorn, beflockt von der Häsinnen Kleid.
Sterne, wie milchig. Von Starre erlöst.
Leben, wer lebt dich? Wer ist's, der dich west?

Murmelnde Munde. Es steigt und verrinnt.
Surren und Sausen. Die Uralte spinnt.
Windgepeitscht, wirrt sich das Schlafgarn vom Strauch –
Hört sie ihn ächzen? Und hört sie sich auch?

Grundwässer quillen. Geheimes Gefühl
Zittert und zuckt durch der Erde Gestühl.
Yggdrasils Härte, sie harzte und schmolz,
Und eine Gottheit wird hangen am Holz.

JOSEPH ANTON KRUSE
MUTTER UND TOCHTER, JAGD UND VERFOLGUNG

Nachdem ich im schmalen Lebensroman der Tochter gelesen hatte, griff ich wieder zum Gedichtbändchen ihrer Mutter. Da lagen sie unvereinbar nebeneinander. Einmal Mythologie, Naturmagie, Zeitferne, Erotomanie; Elisabeth Langgässer, wie sie leibte und lebte. Daneben die verzweifelt-liebende Abrechnung mit dieser Mutter, die poetische Rekonstruktion einer durch die Konzentrationslager Theresienstadt und Auschwitz zerstörten Jugend, die nie mehr aufzulösende Lebenslast der Cordelia Edvardson. »Gebranntes Kind sucht das Feuer«, ein heller Schutzumschlag, der ein nostalgisches Kinderbild der Autorin zeigt, ihre Prosa ein schweres Gewicht aus jüngster Zeit auf der Waagschale gegen diesen eine Generation älteren Lyrikband: Elisabeth Langgässers »Der Laubmann und die Rose« aus den ersten Nachkriegsjahren.
Sein Pappdeckelumschlag hat etwas von einer Tapete: weiße Linien, die Blattwerk und erblühte Rose auf verblichen-rosafarbenem Grund aussparen. Es ist ein fehlerhaft gesetztes Bändchen auf schlechtem Papier. Und weil es bei einem Gedicht auf jedes Wort, auf jeden Buchstaben, auf jedes Zeichen ankommt, liegt ein grauer Zettel mit Korrekturen bei, der gleichzeitig die Veröffentlichung auf das Jahr 1947 datiert. Cordelia war damals achtzehn Jahre alt, war befreit und in Schweden. Aus katholischem Hause stammend, würde sie später zur jüdischen Religion übertreten. Damit löste sie für sich den Grund ihrer Inhaf-

tierung ein. Die von ihr in den Kinderjahren als ein wenig hysterisch, ein bißchen verrückt empfundene Mutter erbittet nach der Katastrophe von der geretteten Tochter im Ausland brieflich Auskünfte über deren Schreckenszeit, weil sie literarisch davon profitieren möchte. Dadurch wird Cordelia endgültig eine im vielfachem Sinn geschlagene uneheliche Tochter; der Laubmann, die Rose und das verlassene Kind, das im Feuer fast umgekommen wäre und sich seitdem der Gefahr ständig aussetzen muß.
Und doch das Geständnis der Tochter, nur die ihr stets gegenwärtige Lyrik habe ein Überleben ermöglicht. Nicht unbedingt die Lyrik der Mutter, aber doch Lyrik, in deren Tradition diese weiterzudichten sich berufen fühlte. Auch darum hat dieses mythisch und mystisch raunende Naturgedicht viel mit dem Schicksal von Mutter und Tochter zu schaffen. Deshalb berührt und erschreckt es mich. Elisabeth Langgässer hat erst nach dem Krieg wieder publizieren können; um so erstaunlicher, daß im Gedicht die nordische Götterwelt weiterhin unheimliche Urständ feiern darf. Die Tochter ist dabei auf der Strecke geblieben.
Der Vorfrühling als Geschichte von Odins Selbstopfer an der Weltesche Yggdrasil, unter der die uralte Norne wohnt. Christlich der Ausblick, die Übertragung von Odins Opfer auf das des Jesus von Nazareth am Kreuz in Jerusalem. Germanische Naturlyrik und gleichzeitig Karfreitagsgedicht: Gegensätze und Widersprüche, die sich schwer auflösen lassen. Die Langgässer ergibt sich einfach ganz der Emphase, dem atemlosen Gefühl, der allitterierenden Sprache.
Es ist ein Gedicht des Übergangs und des Wechsels: von der Erstarrung zum Leben, vom abweisenden Grau zur

farbigen Welt, von Frost und Eis zur Schmelze, von der Härte zum weichen Harz, von der Unerlöstheit zur Befreiung durch das Opfer. Die Bilder von Jagd und Verfolgung, von Frühlingssturm als Frühlingserwachen, von Neugeburt und allgegenwärtiger Vitalität münden in die Botschaft von Yggdrasils Auflösung, von der Renovierung der Welt und von einer neuen erlösten Zukunft. Das nordische Heidentum als Vorläufer und Bote der menschlicheren Lehre des Christentums, der Osterspaziergang als Folge eines Kampfes von Göttern und Mächten mit dem Ergebnis endlichen Friedens. Nach dem bedrohlichen Vorfrühling schließlich der heitere, sanfte Frühling: ein Gott in Menschengestalt, der durch seinen Tod die Natur erlöst.

Hier wird eine religiöse Ebene erreicht, die der Dichterin wegen des erotisch-naturmythischen Tons dennoch leicht übelgenommen wird von denen, die beklagen, daß es keine christliche Literatur mehr gebe, aber selbstverständlich auch von denen, die finden, daß Lyrik nicht Predigt sein dürfe. Der Vorfrühlingswald ist mit seiner untergründig brodelnden herben Glätte mehr als Abbild und Spiegel: nordische Götterwelt und christliche Heilslehre finden dort gewissermaßen ihren »Sitz im Leben«. Jahreszeit und Natur überfallen die Dichterin mit Qual und Trost. Trotz mancher befremdlichen Manierismen teilen sich beide Erfahrungen mit, wird spürbar, daß auch die Mutter dem Feuer nicht entronnen ist.

ELISABETH LANGGÄSSER
WINTERWENDE

Welches Kommen! Welches Gehen!
Hundepfiff und leiser Schrei.
Geisterhafte Lüfte wehen,
überm Dornwall schwarzer Schlehen
jagt Orion hoch vorbei.

Durch die sturmgepeitschten Lücken
dünnen Schneefalls tastet blind
nach dem Vater auf dem Rücken,
nach dem Sohn im Niederbücken
sich Äneas gen den Wind.

Huschend kehrt ein flinker Schatte
mit der Schleppe seine Spur:
Helena im Leib der Ratte
sucht von neuem Heim und Gatte,
Liebe bettelt der Lemur.

Trojas Trümmer wandern weiter,
aufgebaut im Wolkenmeer,
aber des Gesanges Leiter
an die Zinnen, spukhaft heiter,
legt uns Armen kein Homer.

Altes kommt – und ist im Gehen:
Troja, Sternbild, Pfiff und Schrei.

Geisterhafte Lüfte wehen,
überm Dornwall schwarzer Schlehen
flammt ein Kreuz im Hirschgeweih.

KARL KROLOW
VERWANDLUNGEN

Elisabeth Langgässer, die pfälzische Dichterin, starb früh, einundfünfzigjährig, an einer tückischen Krankheit. Es war Sommer 1950. Sie stand damals als Erzählerin auf der Höhe ihres Ruhmes. Mit Gedichten hatte sie schon in den zwanziger Jahren begonnen. In der Zeit des Nationalsozialismus standen ihre »Tierkreisgedichte« sogleich auf der Verbotsliste. Die Autorin bekam lebensgefährliche Verrisse zu lesen. Nach dem Krieg hatte ich mit ihr einen kleinen Briefwechsel. Es ging um ihre Gedichte, und sie beschrieb mir ihre Poetologie im Januar 1948 mit folgenden Sätzen:
»Ich bin ja eigentlich kein Lyriker im strengen Sinne, sondern meine Verse sind Teile einer Liturgie. Man kann sie eigentlich nur theologisch verstehen – was natürlich nicht besagt, daß sie einen intellektuellen Ursprung haben. Sie sind reine Mysteriengedichte, und ich fürchte, das ist gerade, was den Zugang zu ihnen schwieriger macht, als zu Gedichten, die sich an das bloße ›Begreifen‹ wenden.« Das Gedicht »Winterwende« war damals noch nicht veröffentlicht. Es erschien ein Jahr nach ihrem Tode; im Brief an mich hatte sie von einem Zyklus »Metamorphosen« gesprochen. Um Verwandlungen geht es in diesem Gedicht einer bestimmten Jahreszeit, genauer gesagt, eines bestimmten Augenblicks der Wende vom Winter zum Frühling. Und gleichzeitig ereignet sich, inmitten atmosphärischer Unruhe, während »geisterhafte Lüfte wehen«, eine tiefere, umfassendere Unruhe: das Eingrei-

fen von Vergangenem in die Gegenwart der Landschaft. Es ist das Eingreifen von Sternbild, Mythos, Sage, Historie, Dichtung.

Der festgehaltene Moment bekommt die Last des Gewesenen zu spüren, und Homer und seine Gestalten »handeln« ebenso, wie Pfiff und Schrei hörbar sind. Die letzten beiden Strophen zeigen dieses spezifisch »Mysterienhafte« einer christlichen Naturdichtung, wie sie Elisabeth Langgässer auffaßte: »überm Dornwall schwarzer Schlehen / flammt ein Kreuz im Hirschgeweih«. Im Briefe bekannte sie: »Jedes der Gedichte fängt mit dem Tanzschritt eines Gottes an, und ich weiß am Ende nie, wohin ich entführt werde. Nur wer mich entführt – das weiß ich.« Das Kreuz leuchtet am Ende des Gedichts: es leuchtet über Landschaft, Jahreszeit, Kreatur, über dem unruhigen Licht des gewöhnlichen Tages gegen Winterende, als ein christliches Zeichen und als ein Wunder. Ein Homer singt uns nicht noch einmal vom Trojanischen Krieg, wenn auch das Gedächtnis der Geschichte lebhaft ist: »Trojas Trümmer wandern weiter, / aufgebaut im Wolkenmeer.« Doch Sternbild und Sage sind in Verwandlung auf jenen Gott zu begriffen, den die Dichterin in ihren Briefen meinte. Sie sind, wie Elisabeth Langgässer, von Gott Veränderte und »Entführte«, so eingefleischt sie der Landschaft zu sein scheinen, so unmittelbar sie auftreten, weiterleben, Regungen bekunden. Sie stehen in einem Sog der »geisterhaften Lüfte«, die das Ganze spukhaft machen. Sie sind schließlich angewiesen auf das wie ein Fanal flammende Kreuz im Hirschgeweih, das aus der Spätwinterwildnis kommt. Jahreszeiten-Wende bedeutet unruhig machendes Kommen und Gehen, bei dem nichts unmöglich erscheint und noch Ratte und Lemur wie die Unterwelt ihre Bedeutung haben.

EMIL BARTH
KREUZWEG

Das eine Tor bewacht
Der goldne Mähnenlöwe,
Das andre hütet schwarz
Der nachtgeschuppte Drache.
Mensch, Märchenheld,
Nach welchem Kleinod
Wurdest du ausgesandt?

Ein Tatzenhieb von Licht
Entriß dich seliger Blindheit,
Aus Raubtiernüstern schnob
Ein Odem schwer zu atmen.
Sohn ohne Arg,
Wohin du gehn magst,
Es wird ein Kreuzweg sein.

Die Welt ist Zaubers voll:
Lichtschnelle Hände wechseln
Vor einem Angesicht,
Das sich verbirgt, die Masken.
O Königskind,
Wo unterm Bildtrug
Springt dir der Wahrheitsquell?

JOSEPH ANTON KRUSE
RELATIVE WAHRHEIT

Seinen Namen und dieses Gedicht fand ich vor Jahren im für uns obligatorischen »Echtermeyer – von Wiese«. Die drei Strophen standen zwischen Elisabeth Langgässers »Daphne« und Rudolf Hagelstanges »Nächtlicher Fahrt«. Barth war längst tot. Die Verse seines »Kreuzwegs« wurden von uns zwar als moderne Lyrik akzeptiert, blieben aber dennoch entrückt, wirkten fraglos nicht wie die Botschaft eines Gegenwartsautors. Das war freilich bei der Langgässer nicht anders. Doch schien Barth abstrakter. Auch war sein Ruhm bescheidener; nur die genannte Anthologie verwies auf ihn. Für eine literarische Entdekkung ein geradezu hoffnungsloser Ausgangspunkt.
Am 6. Juli 1900 im rheinischen Haan geboren, starb Emil Barth am 14. Juli 1958 in Düsseldorf, Feldstraße 39. Dort, in seiner ehemaligen Wohnung, die jetzt seit vielen Monaten mir gehört, lese ich dieses Gedicht wieder. Kleine Andenken an ihn erinnern mich in meinen vier Wänden gelegentlich daran, daß es sich um die letzte Adresse des Schriftstellers handelt. Seine späten Briefe in dem von Hans Peter Keller betreuten schmalen Briefband spielen auf den Umzug drei Jahre vor seinem Tod von Haan in die Feldstraße an. Sein Gesundheitszustand war schon kritisch. Im Sommer bot ihm die – ein wenig hoheitsvoll apostrophierte – »Ostterrasse« angenehmen Schatten. Der Blick nach Westen, vom Arbeitszimmer aus, auf Garten und Klösterchen der Klarissen gehört zu den idyllischen

Ausnahmen in der Großstadt und muß gewiß auch ihm besonders gefallen haben. Hier stelle ich ihn mir, Worte suchend, vor.
Ich sah sein ernstes, intellektuelles Gesicht auf verschiedenen Fotos und auf Bildern seines Bruders, des Malers Carl Barth. Dem literarischen Werk des Essayisten, Erzählers und Lyrikers dagegen bin ich nur flüchtig begegnet. Natürlich hat die kleine quellenkritische Anekdote über Thomas Manns wörtliche »Anleihe« bei Barths Beschreibung des Schlosses Benrath für die »Betrogene« ihren besonderen Reiz. Das ist wohl das Schicksal von in Vergessenheit geratenen Autoren, die doch zu ihrer Zeit eine gewisse Bedeutung besaßen: sie werden in die Kommentare zu den »Klassiker«-Ausgaben verbannt. In diesem Fall steht darüber hinaus das Schicksal eines Schriftstellers vor uns, der wohl auch ein Opfer des Dritten Reiches wurde, weil er glaubhaft in die innere Emigration ging und anschließend trotz einiger Auszeichnungen und Preise nie mehr recht nach außen Geltung erlangt hat.
Der »Kreuzweg« ist das zweite Gedicht seines Bands »Tigermuschel«, der Gedichte aus den Jahren 1944 bis 1956 vereinte. Es handelt sich um autobiographische Verse, jedenfalls die eigene immer schwierige Situation metaphernreich in Frage stellende Strophen. Mögen sie denn für einige Jahrzehnte überfrachtet mythologisch-märchenhaft geklungen haben. Heute, da wir Bastian aus der »Unendlichen Geschichte« von Michael Ende auf seinen Sammelsurium-Abenteuern gefolgt sind, kann die Bildwelt aus dem »Kreuzweg« mit ihren von Löwen und Drachen bewehrten Toren, kann auch die Anrede an den Menschen, den Königssohn, an Herakles und Parzival, die ausziehen, die Rätsel der Welt zu lösen, uns wieder vertrauter sein.

Barth beruhigt allerdings weder sich noch den Leser. Die erste und letzte Strophe enden mit einer Frage, der Schluß der zweiten erklärt die Überschrift des Gedichts und den Zustand der Welt: Kreuzweg als Kreuzung, als quälende Aufforderung zu wählen, wenn auch unklar sein wird, ob es das Richtige ist. Gewiß enthält »Kreuzweg« aber auch die durch eine tiefgreifende Kriegserfahrung verstärkte, mehrsinnige Bedeutung jener Stationen, die auf dem Golgathahügel enden.

Der »hohe« Ton des Gedichts kommt nicht nur durch die klassizistischen Metaphern zustande. Er wird vor allem vom Metrum erzeugt, das in jeder Strophe nach der vierten Zeile die Anrede an das Du im Ich (und umgekehrt) spürbar neu in Bewegung setzt. »Zauber«, »Masken« und »Bildtrug« bestimmen die Suche des Arglosen nach dem »Kleinod« Wahrheit. Es herrschen Ratlosigkeit und Trauer. Schillers Jüngling von Sais gelangt nach dem Zweiten Weltkrieg nicht mehr zu einem einzigen verschleierten Bild, sondern zu einer Vielfalt verwirrender Erscheinungen. Eben diese Erfahrung der Relativität ist noch erschreckender als der Anblick der Wahrheit selbst. Barths Bilder von goldener und schwarzer Färbung, von Nacht und Licht stellen sich am Ende selbst in Frage. Solche emphatische Skepsis verdient Respekt.

HERMANN KESTEN
ICH BIN DER ICH BIN

lch stehe an der Barriere. Ich kann nur zurückblicken
Oder den Propheten spielen.
Schließlich halte ich mich an der Gegenwart,
Einem Geländer, das abbricht.
Je länger ich mit mir umgehe, um so weniger kenne ich mich.
Gleich wird die Sonne untergehn.
Die Nacht beginnt, die nie mehr endet.
Es ist eine Finsternis, an die man sich nicht gewöhnt.
Das Haus, das einstürzt. Schnee, der schmilzt.
Eine Stimme, die aufhört.
Ich hatte hundert Freunde. Tausende kannte ich bei Namen.
Die Erde deckt sie.
Ich sollte zweimal leben. Hatte ich andere Absichten?
Verfehlte ich meine Träume?
Bin ich abgestürzt und merkte es nicht?
Jemand spricht öffentlich von meinem Alter.
Wer hieß ihn meine Jahre zählen?
Ich habe also weniger Haare und Zähne?
Ich bin der ich bin.
Einer der mit Schatten spielt.
Ein Erfinder von Figuren.
Erzähler absurder Geschichten aus deinem und meinem Leben.

Ich amüsiere mich über die komischen Repetitionen
meinesgleichen.
Sie sehn wie Götter aus, die schon im Anfang aufhören,
In einer Welt, die ein Hiatus ist,
Ein Vexierrätsel, das keinen vexiert.
Ich gehe und blicke mich um.
Ruft er mich schon?

HORST BIENEK
BEKENNTNIS UND PROGRAMM

»Ich bin der ich bin« ist mehr als nur ein Gedichttitel, es ist ein Bekenntnis, ja, ein Stück existentieller Philosophie. Vielleicht sogar ein Programm. Ein magisch beschworener Satz in einer Biographie, die durch besondere (politische) Umstände eher zum Gegenteil verdammt schien und die sich damit der eigenen Identität vergewissert. Durchgegangen zu sein durch alle Versuchungen, durch Fährnisse, sich zu wandeln und doch der alte zu sein, in hundert anderen Personen zu erscheinen und doch die eigene Stimme nicht zu verlieren, »ein Erfinder von Figuren, Erzähler absurder Geschichten aus deinem und meinem Leben«.

Es ist ein sogenanntes Basisgedicht: Der 73jährige Autor (der Text ist im vergangenen Jahr [1973] entstanden) zieht Bilanz, er blickt sich um, blickt zurück auf dieses Jahrhundert, das sich nun langsam für ihn verdunkelt. Die Welt zeigt sich nunmehr in Chiffren und Bildern, die vom Ende geprägt sind: »Das Haus, das einstürzt. Schnee, der schmilzt.« Da ist auch für einen streitbaren Geist, für einen Mann, der noch mit siebzig einem Buch den Titel »Ein Optimist« gibt, Resignation nicht länger mehr überhörbar, da werden Zweifel wach, da stehen Fragen auf, die wohl unbeantwortet bleiben werden. Da sieht der Verfasser mit Swiftschem, schon jenseitigem Gelächter den Jungen zu, »komischen Repetitionen meinesgleichen«, und sogar die Rätsel der Welt sind ohne Überraschungen. Das alles schmeckt nach Abschied. In knappen, lapidaren Sätzen (manchmal kommen zwei davon auf eine Gedichtzeile) wird das ausgesprochen. Jetzt, am Ende, ist nicht mehr die Zeit der weitschweifigen Erläuterungen, hier werden die Wörter konkret, die Dinge, auch die Träume. Und gleichsam in einer beschwörenden Formel vergewissert sich der Autor seiner Existenz: »Ich bin der ich bin. Einer der mit Schatten spielt.« Der nun, da die Freunde gegangen sind, immer einsamer zurückbleibt.

Hermann Kesten ist so alt wie dieses Jahrhundert. Und dieses Jahrhundert hat er in nicht weniger als dreißig, vierzig Büchern – kritisch, analytisch, zustimmend – begleitet. Und jetzt, mit 74, debütiert er noch einmal: als Lyriker. Er hat gleichwohl immer Gedichte geschrieben, nicht allzu häufig, meist zu aktuellen (politischen) Anlässen, als Gruß (Ode) an seine Freunde, die Poeten, als Beschreibung (Vergewisserung!) seiner Existenz. Jetzt gesammelt in dem Band »Ich bin der ich bin«, rehabilitieren diese Gedichte zu Gelegenheiten auf geradezu glanzvolle Weise das Gelegenheitsgedicht. Oder besser, da dieses Wort keinen guten Klang bei uns hat, das Zeitgedicht. Denn immer, auch im privatesten Vers, wird Kestens engagierte Zeitgenossenschaft deutlich, aber immer auch steckt so viel Geheimnis (und Traum) in jedem Gedicht, ohne das es nicht überstehen kann.

Als Zeitgenosse dieses Jahrhunderts und dieser Literatur (und vor allem dieser Literaten!), der immer noch öfter die Hauptstädte als die Schuhe wechselt, kann er heute schreiben: Ich bin wer meine Freunde sind: ich bin wo ich war: ich bin der ich bin.

PAULA LUDWIG
NICHT MEHR MIT BLUMEN

Nicht mehr mit Blumen schmückt sich meine Rede
zu hold ist ihr Tod
denn auch die Sterbenden haben verschiedenes
Schicksal –

Darum zürnet mir nicht
wenn ich euch nicht antworte.
Aber ich habe meinen Mund verschlossen
daß in meiner Kehle der Schrei nicht ausbreche.

Ich habe mein Inneres zugedeckt
wie man einen Brunnen zudeckt
vor den spielenden Kindern –

Denn ließe ich euch in seine Tiefe schauen:
das Wort des Trostes fiele in seinen Abgrund
und der heitere Tag sänke von euern Schultern
wie ein fahl gewordenes Kleid,
ihr würdet nackt sein
bar aller Hilfe und schaudern.

Und war doch vordem
wie ein Wasser zwischen zwei Hügeln
und wie eine Weide zwischen den Sternen
und jedem der vorüber ging
lieh ich einen lieblichen Spiegel.

Aber ein Gott kam und tauchte sein Antlitz in meins
und machte mich dunkel wie sein Auge.

Sein Name färbt mir die Lippen rot
sein Brandmal leuchtet von meiner Stirn
sein Siegel sitzt auf meiner Todesstunde.

Eine Leibeigene bin ich
die der Herr nicht zählt,
ein Eigentum
das man den Feinden zurück läßt,
ein Brachfeld bin ich geworden
allen Jahreszeiten der gleiche Anblick.

Vergangener Tage Gärtnerin
sind meine Hände
aufbindend die zitternden Ranken.

Der Sonne Wärme die Kühle des Regens
sie gehen in mich ein ohne Wohltat.

Ich habe keine Blume um ihnen zu danken
die gierige Nessel allein gedeiht
in der Asche meines Herzens.

ULRICH WEINZIERL
VERGANGENER TAGE GÄRTNERIN

Mit der giftigen Herablassung, die Gattinen im Eifersuchtsfall auszeichnen kann, bescheinigte Claire Goll der Rivalin die »Unbefangenheit der Dilettanten«. Für minder Voreingenommene war Paula Ludwig hingegen eine Dichterin von Rang, Else Lasker-Schülers kleine Schwester. Daß sie trotzdem bis heute zu den Halbvergessenen zählt, geht nicht zuletzt auf das Konto erbarmungsloser Geschichte. Ein Kurzlebenslauf von eigner Hand sagt dazu das Wesentliche: »Aus Berlin emigriert 1933! aus Tirol geflohen 1938! aus Paris geflohen 1940! 13 Jahre Brasilien; 1953 ›Heimkehr‹ – fatal!«
Paula Ludwig, mit dem Jahrhundert in Vorarlberg geboren, war durch ihren Vater Auslandsdeutsche, nie besaß sie einen Paß ihrer österreichischen Heimat. Weder »rassisch« noch politisch verfolgt, wählte sie bei Anbruch des Dritten Reichs aus Gewissensgründen das Exil. Die große Liebe ihres Lebens erlebte die Mutter eines unehelichen Sohnes mit dem lothringischen Schriftsteller Yvan Goll. Ihn hat sie anno 1931 in Berlin kennengelernt. Indes war der Geliebte verheiratet und dachte nicht daran, sich von seiner angetrauten Claire zu trennen. Bis zur Emigration des Ehepaars Goll in die Vereinigten Staaten fanden wiederholt intime Begegnungen statt. Als freilich Paula Ludwig Ende 1940 Europa Richtung Südamerika verließ, erlosch auch die Korrespondenz.
Der 1931 entstandene Zyklus »Dem dunklen Gott« war

die Frucht ihrer Beziehung, das gemeinsame literarische Kind. Stück für Stück sandte die Dichterin dem Dichter ihre frisch geschriebenen Texte. Paulas Leidenschaft bestrickte und verstörte Yvan Goll zugleich. Er hielt sich seine Anbeterin mittels bewährter männlicher Techniken vom Leibe. Sie sollte bleiben, wo sie sei, am besten fleißig arbeiten: »Und eine große Einsamkeit, die immer Schmerz bedeutet, frommt der Kunst«, lautete eine der brieflichen Anweisungen zur Sublimation. Naturgemäß klingt das nach abgestandenem Rilke, ist jedoch bloß die verlogen erhabene Wortwahl eines verängstigten, wenig göttlichen Mannes. Das lyrische Ich der liebenden Frau spricht in seiner unmetaphorischen Qual eine aufrichtigere Sprache. Fern scheint sie vom Verzicht, fern von jeglichem Aufbegehren.

Stolze Resignation beherrscht die freien Rhythmen, eine Trauer, die das gefährdete, das verlorene Glück nie verrät. Natur wird hier zum Abbild der Seele, das Wechselspiel von einst und jetzt durchzieht die Verse. Das eine spiegelt sich im anderen und zeigt vor allem Verfall und Leiden. Durchaus episch mutet der Ton an, er erinnert an poetische Prosa. Gleichsam als Achse, um die sich die übrigen zehn Strophen drehen, dient der Zweizeiler im Zentrum. Er unterbricht den Fluß der Erzählung und faßt sie zusammen: *Aber ein Gott kam und tauchte sein Antlitz in meins / und machte mich dunkel wie sein Auge.* Wir hören die Verschmelzung, hören die Verdüsterung: Zauber der Laute, akustisch-erotische Buchstabenmalerei. Doch ohne Zweifel steckt sogar in der Klage und Anklage eine Liebeserklärung.

Die aus einfachen Verhältnissen stammende Paula Ludwig war gewiß keine besonders gebildete Autorin – Schiller und Hölderlin sind ihre Lehrmeister gewesen. Allein, sie kennt nicht die geringste Scheu vor Erniedrigung, Gefühle drückt sie ungehemmt aus. Der ihren Körper »besaß«, hat sein Eigentum verstoßen. Durch Liebesentzug sinkt das Selbstwertgefühl, der ans Kreuz seiner Passion geschlagene Mensch wird zum Sklaven, zum weggeworfenen Objekt. Das verbrannte Herz auf der Zunge, bleibt der Verlassenen nichts als melancholische Pflege der Erinnerung. »Vergangener Tage Gärtnerin« zu sein ist ihr einziger Trost. Und das Gedicht ein leiser Triumph der Poesie über die Verzweiflung.

ECKART PETERICH
SONETTE EINER GRIECHIN (XVII)

Ich wache. Und du schläfst im schüttern Schatten
Des Pinienhains, von Strahlen ganz umgittert.
Da bringt ein Wind, der in den Gräsern zittert,
Zwei Schmetterlinge, die sich zart begatten
Mit schönem, weichem, blauem Flügelschlagen:
In blauer Ferne ziehn, vom Wind gepaart,
Zwei Schiffe ihren Weg die gleiche Fahrt
Mit großen Segeln, die wie Flügel tragen.
Ich wache, und du schläfst und sahst es nicht,
Doch ist dir kühl ein Hauch durchs Haar geflogen.
Wie Schatten ging es über dein Gesicht,
Wie Wolken ist es leis vorbeigezogen.
Was war's? Du wachtest auf. Die Stirn war klar,
Das Auge rein. Wo träumtest du Gefahr?

NIKOLAS BENCKISER
LIEBESEPOS IN SONETTEN

Dies ist ein Sonett aus einem Zyklus von Sonetten. Es ist seltsam: Gerade die strenge, in sich geschlossene Form des Sonetts kann in der Aneinanderreihung zu einer »Erzählung« von Spannung und bestürzender Tiefe werden; im Lyrischen spiegelt sich die innere Wirklichkeit des äußeren, epischen Geschehens.

Die »Sonette einer Griechin«, von denen hier die Rede ist, lassen, auch in dieser Hinsicht, an Elisabeth Barret-Brownings Liebesgedichte, die »Sonette nach dem Portugiesischen«, und an andere Beispiele denken. Es ist in diesen Folgen, als würden gleichartige Perlen, und dennoch jede mit ihren eigenen Farbtönen, aneinandergereiht. Erst die Perlenkette ist das Ganze; und dennoch kann und will jede Perle für sich allein betrachtet, verstanden, bewundert werden.

So auch dieses Gedicht XVII aus einer dreiunddreißig Sonette umfassenden Folge. Ähnlich kann es überall und zu allen Zeiten sein wie zwischen den beiden hier erscheinenden Liebenden, die »im schüttern Schatten des Pinienhains« ruhend verweilen. Noch ist der jungen Frau die Welt im Glanze junger Liebe heiter und hoffnungsvoll; die »Schmetterlinge, die sich zart begatten«, und die Segel zweier vorüberziehender Schiffe, »die wie Flügel tragen«, tauchen auf wie mythische Symbole glücklicher Sinnenfreude, glücklicher Gemeinschaft auf gleicher Fahrt. Dann der kühle Hauch; der Wolkenschatten, der über das

Gesicht des Geliebten zieht; ein Augenblick dunklen Vorwissens. Beim Erwachen wird er noch einmal weggewischt – »Die Stirn war klar, / Das Auge rein. Wo träumtest du Gefahr?« Wer jemals an einem Sonnentag im Schatten der Pinien in mediterraner Landschaft gerastet hat, wird die Stimmung in diesen Versen der »Griechin« wiedererkennen. Glücksgefühl und düstere Mystik wohnen da nahe beieinander. In diesem Zeichen lesen oder hören wir das Sonett; es steht in der Tat für sich allein, ein vollständiges, vollkommenes Bild. Und ist doch nur eine der auf der Schnur aufgereihten Perlen. Zusammengenommen begleiten sie das tragische Geschick einer jungen Frau, die – mag sein aus konventionellem, religionsgebundenem Milieu stammend – dem Klosterleben versprochen war und sich selbst in echter Religiosität und Frömmigkeit schon als künftige Himmelsbraut ansah. So möchte man es deuten; doch es mag auch die gläubig hingenommene Fessel einer Ehe sein, die die junge Frau in den Widerstreit stürzte. Sie wird plötzlich, wider ihr Wollen von brennender und stetig wachsender Liebe zu einem Mann erfaßt. Sie ist ihm auf einem Fest begegnet, dessen verrauschende Klänge am Beginn der Folge stehen. Die dreiunddreißig Sonette schildern Glück und Bitternis in der inneren Auseinandersetzung zwischen geheiligter und irdischer Liebe, die so beginnt; und den aussichtslosen Versuch, mit der Entscheidung für die bestehende Verpflichtung Ruhe, Frieden und Glück zu finden und das in der Erinnerung verharrende Bild des Geliebten als einen »Widerschein von Gott« zu begreifen. Der Stimmungsgehalt wird in jedem einzelnen der aneinandergereihten Stücke fühlbar, so auch in dem hier wiedergegebenen.

Sicherlich werden sehr viel mehr Menschen Eckart Peterich als Autor seiner vier Italienbücher oder seiner »Pariser Spaziergänge« (oder auch seiner früheren kunst- und religionsgeschichtlichen Arbeiten) kennen und schätzen. Er hat sich selbst vor allem als Dichter gesehen. Verse haben den Sohn eines in Florenz lebenden deutschen Bildhauers aus dem Umkreis Hildebrandts und einige Jahre lang Reisegefährten Theodor Däublers sein ganzes Leben hindurch begleitet. Peterich hat als ein von seinem bevorstehenden schweren Tod (1968) schon gezeichneter Mann eine Auswahl letzter Hand aus den Gedichten getroffen, die er als sein eigentliches Lebenswerk ansah.

In diesem Band haben auch die Sonette einer Griechin ihren Platz gefunden. Sie wurden 1937 geschrieben und sind 1940 zum ersten Mal, und zwar als angebliche Übersetzungen, erschienen. Sie wirkten im Dritten Reich durch die Intensität, mit der eine brennende Liebe fern von nationalsozialistischem und kriegerischem Lärm vorgetragen wurde, wie eine stille Demonstration menschlicher Selbstbehauptung und des Protestes.

QUELLENHINWEISE

Emil Barth 1900 in Haan geboren, gestorben 1958 in Düsseldorf, S. 521.

Kreuzweg. Aus: Emil Barth, Gesammelte Werke in zwei Bänden. Herausgegeben von Franz Norbert Mennemeier. Limes Verlag in der F. A. Herbig Verlagsbuchhandlung GmbH, München. © Rimbaud Verlagsgesellschaft mbH, Aachen. Abdruck mit freundlicher Genehmigung.

Bertolt Brecht 1898 in Augsburg geboren, gestorben 1956 in Berlin, S. 133.

Ach, wie sollen wir die kleine Rose buchen? Als ich in weißem Krankenzimmer der Charité. Als ich nachher von dir ging. An den Schwankenden. An meine Landsleute. Apfelböck oder die Lilie auf dem Felde. Auf einen chinesischen Theewurzellöwen. Auslassungen eines Märtyrers. Das dreizehnte Sonett. Das Lied von der Moldau. Das Schiff. Der Blumengarten. Der Gast. Der Kirschdieb. Der Radwechsel. Der Rauch. Deutschland 1952. Deutschland, du Blondes, Bleiches. Die gute Nacht. Die Krücken. Die Liebenden. Die Maske des Bösen. Die Musen. Die Pappel vom Karlsplatz. Ein neues Haus. Entdeckung an einer jungen Frau. Erinnerung an die Marie A. Fragen eines lesenden Arbeiters. Gegen Verführung. Gemeinsame Erinnerung. Glücklicher Vorgang. Großer Dankchoral. Kinderhymne. Lob der Vergeßlichkeit. Maria. Meine Mutter. Morgens und abends zu lesen. O Falladah, die Du hangest! O Lust des Beginnens. Schlechte Zeit für Lyrik. Sieben Rosen hat der Strauch. Sonett. Tannen. Über das Lehren ohne Schüler. Über induktive Liebe. Über Kleists Stück »Der Prinz von Homburg«. Über Schillers Gedicht »Die Bürgschaft«. Vergnügungen. Vom armen B.B. Vom ertrunkenen Mädchen. Vom Sprengen des Gartens. Von den verführten Mädchen. Von der Freundlichkeit der Welt. Von der Willfährigkeit der Natur. Wechsel der Dinge. Zufluchtsstätte. Aus: Die Gedichte von Bertolt Brecht in einem Band. © Suhrkamp Verlag Frankfurt am Main 1981.

Das erste Sonett. Der Bauch Laughtons. Der Pflaumenbaum. Die Rückkehr. Die Wahrheit einigt. Über Goethes Gedicht »Der Gott und die Bajadere«. Weihnachtslegende. Aus: Bertolt Brecht, Die Gedichte.

Zusammengestellt von Jan Knopf. © Suhrkamp Verlag Frankfurt am Main 2000.

Das zehnte Sonett. Lied der Mutter über den Heldentod des Feiglings Wessowtschikow. Aus: Bertolt Brecht, Gesammelte Werke in acht Bänden. Supplementband 2. Gedichte aus dem Nachlaß. Gedichte, Gedichtfragmente und -entwürfe. Herausgegeben von Herta Ramthun. Suhrkamp Verlag Frankfurt am Main 1982. © Copyright Stefan S. Brecht. 1982.

HEIMITO VON DODERER 1896 in Weidlingau bei Wien geboren, gestorben 1966 in Wien, S. 77.

Auf die Strudlhofstiege zu Wien. Aus: Heimito von Doderer, Die Strudlhofstiege, © 1951 Verlag C.H. Beck, München. Die erste Auflage ist im Biederstein Verlag erschienen.

PETER GAN 1894 in Hamburg geboren, dort 1974 gestorben, S. 13.

Eisblume. Herzenshöflich. Sprache. Unter vier Augen. Aus: Peter Gan, Gesammelte Werke in drei Bänden. Herausgegeben von Friedhelm Kemp. Wallstein Verlag, Göttingen 1997. Abdruck mit freundlicher Genehmigung von Gesina Möring, Hamburg.

GUSTAF GRÜNDGENS 1899 in Düsseldorf geboren, 1963 in Manila gestorben, S. 431.

Wie sind wir beide vornehm. Aus: Gustaf Gründgens, Wie sind wir vornehm. Lyrik und Prosa. Hrsg. und mit einem Nachwort von Karl Riha. Postskriptum Verlag, Hannover 1993.

HENRIETTE HARDENBERG 1894 in Berlin geboren, 1993 in England gestorben, S. 29.

Wir werden. Aus: Henriette Hardenberg, Dichtungen. Hg. von Hartmut Vollmer. © 1989 by Arche Verlag AG, Raabe + Vitali, Zürich.

ERICH JANSEN 1897 in Stadtlohn/Westfalen geboren, dort 1968 gestorben, S. 89.

Annettes Kutsche auf Rüschhaus. Aus: Erich Jansen, Die nie gezeigten Zimmer. Lyrik und Prosa. Claassen Verlag, Düsseldorf 1968. © Rimbaud Verlagsgesellschaft mbh, Aachen. Abdruck mit freundlicher Genehmigung.

FRIEDRICH GEORG JÜNGER 1898 in Hannover geboren, gestorben 1977 in Überlingen, S. 421.

Beschwörung. Aus: Friedrich Georg Jünger, Gedichte. 1949. © Vittorio Klostermann, Frankfurt am Main.

ERICH KÄSTNER 1899 in Dresden geboren, gestorben 1974 in München, S. 439.

Chor der Fräuleins. Die Zeit fährt Auto. Aus: Erich Kästner, Herz auf Taille. © Atrium Verlag, Zürich, 1985.

Der Handstand auf der Loreley. Aus: Erich Kästner, Gesang zwischen den Stühlen. © Atrium Verlag, Zürich, 1961.

Das letzte Kapitel. Familiäre Stanzen. Kennst Du das Land. Aus: Erich Kästner, Seelisch verwendbar. 66 Gedichte, 16 Epigramme und 1 Prosaische Zwischenbemerkung. Ausgewählt von Teofila Reich-Ranicki. Mit einem Essay von Marcel Reich-Ranicki. Carl Hanser Verlag, München 1998. © Atrium Verlag, Zürich und Thomas Kästner.

Moral. Aus: Erich Kästner, Kurz und bündig. © Atrium Verlag, Zürich, 1950.

Maskenball im Hochgebirge. Sachliche Romanze. Sogenannte Klassefrauen. Aus: Erich Kästner, Ein Mann gibt Auskunft. © Atrium Verlag, Zürich, 1960.

Zur Fotografie eines Konfirmanden. Aus: Dr. Erich Kästner's lyrische Hausapotheke. © Atrium Verlag, Zürich, 1936.

Hermann Kesten 1900 in Nürnberg geboren, 1996 in Basel gestorben, S. 525.

Ich bin der ich bin. Aus: Hermann Kesten, Ich bin der ich bin. Verse eines Zeitgenossen. R. Piper & Co. Verlag, München 1974. © Hermann Kesten Erben.

Gertrud Kolmar 1894 in Berlin geboren, gestorben 1943, S. 33.

Abschied. An der Grenze. Die Fahrende. Die gelbe Schlange. Die Kröte. Die Verlassene. Ein grünes Kleid. Zueignung. Aus: Gertrud Kolmar, Das lyrische Werk. 1960 Kösel-Verlag. Alle Rechte bei und vorbehalten durch Suhrkamp Verlag Frankfurt am Main.

Werner Kraft 1896 in Braunschweig geboren, gestorben 1991 in Jerusalem, S. 81.

Lied. Aus: Werner Kraft, Das sterbende Gedicht. 1972-1975. Corvus Verlag, Frankfurt am Main 1976. Abdruck mit freundlicher Genehmigung des Werner Kraft Archivs.

Theodor Kramer 1897 in Niederhollabrunn geboren, gestorben 1958 in Wien, S. 95.

Abschied von einem ausreisenden Freund. Aus: Theodor Kramer, Die Wahrheit ist, man hat mir nichts getan. Hrsg. von Herta Müller. © Paul Zsolnay Verlag Wien 1999.

Die Gaunerzinke. Lied am Bahndamm. Wenn ein Pfründner einmal Wein will. Wer läutet draußen an der Tür?. Aus: Theodor Kramer, Gesammelte Gedichte. Herausgegeben von Erwin Chvojka. © 1984 by Europaverlag GmbH Wien.

Lob der Verzweiflung. Aus: Theodor Kramer, Orgel aus Staub. Gedichte. © Europaverlag Wien. 2. erweiterte und veränderte Auflage 1991.

Zur halben Nacht. Aus: Theodor Kramer, Gesammelte Gedichte. Band 1. © Europaverlag Wien. 2. durchgesehene und verbesserte Auflage 1991.

Friedo Lampe 1899 in Bremen geboren, 1945 in Klein-Machnow gestorben, S. 495.

Sommer verglüht. Aus: Friedo Lampe, Das Gesamtwerk. Copyright © 1955, 1986 by Rowohlt Verlag GmbH, Reinbek bei Hamburg.

Elisabeth Langgässer 1899 in Alzey geboren, gestorben 1950 in Rheinzabern, S. 501.

Daphne an der Sonnenwende. Frühling 1946. Vorfrühlingswald. Winterwende. Aus: Elisabeth Langgässer, Gesammelte Werke. Gedichte. © 1959 Claassen Verlag GmbH, Hamburg und Düsseldorf, jetzt München.

Alexander Lernet-Holenia 1897 in Wien geboren, dort 1976 gestorben, S. 123.

Die Bilder. Linos. Aus: Alexander Lernet-Holenia, Das lyrische Gesamtwerk. Hrsg. von Roman Rocek. © Paul Zsolnay Verlag Wien 1989.

Paula Ludwig 1900 geboren in Altenstadt/Feldkirch, 1974 in Darmstadt gestorben, S. 529.

Nicht mehr mit Blumen. Aus: Paula Ludwig, Gedichte. Gesamtausgabe. Herausgegeben von Kristian Wachinger und Christiane Peter. Verlag Langewiesche-Brandt, Ebenhausen bei München 1986.

Alfred Margul-Sperber 1898 in Storosinez geboren, gestorben 1967 in Bukarest, S. 425.

Auf den Namen eines Vernichtungslagers. Aus: Alfred Margul-Sperber. Geheimnis und Verzicht. Das lyrische Werk in Auswahl. Herausgegeben von Alfred Kittner. Kriterion Verlag, Bukarest 1975. © Rimbaud Verlagsgesellschaft mbH, Aachen. Abdruck mit freundlicher Genehmigung.

Walter Mehring 1896 in Berlin geboren, 1981 in Zürich gestorben, S. 85.

Denn: Aller Anfang ist schwer. Aus: Walter Mehring, Das großer Ketzerbrevier. Die Kunst der lyrischen Fuge. Deutscher Taschenbuch Verlag, München 1975. © Claassen Verlag München. Abdruck mit freundlicher Genehmigung.

Fritz Mühlenweg 1898 in Konstanz geboren, gestorben 1961 in Allensbach, S. 429.

Sehnsucht. Aus: Tausendjähriger Bambus. Nachdichtungen aus dem Schi-King. Hans Dulk Verlag, Hamburg o. J. Abdruck mit freundlicher Genehmigung von Frau Lisa Dulk.

Eckart Peterich 1900 in Berlin geboren, gestorben 1968 in Florenz, S. 535.

Sonette einer Griechin. Aus: Eckart Peterich, Gesammelte Gedichte. Prestel Verlag, München 1967.

Albin Zollinger 1895 in Zürich geboren, dort 1941 gestorben, S. 73.

Stille des Herbstes. Aus: Albin Zollinger, Gesammelte Werke. Band 4: Gedichte. © Patmos Verlag GmbH & Co KG/Artemis & Winkler Verlag, Düsseldorf und Zürich.